HEYNE

VICTORIA SCHWAB

Das Mädchen, das Geschichten fängt

ROMAN

Aus dem Amerikanischen
von Julia Walther

WILHELM HEYNE VERLAG
MÜNCHEN

Titel der amerikanischen Originalausgabe
THE ARCHIVED

Verlagsgruppe Random House FSC® N001967
Das für dieses Buch verwendete
FSC®-zertifizierte Papier *Super Snowbright*
liefert Hellefoss AS, Hokksund, Norwegen.

Deutsche Erstausgabe 08/2014
Redaktion: Babette Mock

Printed in Germany 2014
Umschlaggestaltung: Eisele Grafikdesign, München
Satz: Schaber Datentechnik, Wels
Druck und Bindung: GGP Media GmbH, Pößneck

ISBN: 978-3-453-41033-6

www.heyne-fantastisch.de

Für Bob Ledbetter,
dessen Chronik ich zu gerne lesen würde.
Und für Shelley McBurney,
die alles, was sie berührt, und jeden,
dem sie begegnet, verändert.

»Steh nicht weinend an meinem Grab.
Ich bin nicht dort; ich schlafe nicht.«

MARY ELIZABETH FRYE

Die Narrows erinnern mich an heiße Augustnächte im Süden.

Sie erinnern mich an alte Felsen und Orte, zu denen das Licht nicht vordringt.

Sie erinnern mich an Rauch – abgestandenen Rauch, der sich festgesetzt hat – und an Stürme und feuchte Erde.

Aber vor allem, Granpa, erinnern sie mich an dich. Wann immer ich den Korridor betrete und die schwüle Luft einatme, bin ich wieder neun Jahre alt, und es ist Sommer.

Mein kleiner Bruder Ben liegt neben dem Ventilator auf dem Bauch und zeichnet mit blauem Buntstift Monster, während ich von der hinteren Veranda aus die Sterne betrachte, die in der feuchten Nacht alle etwas verschwommen leuchten. Du stehst neben mir mit deiner Zigarette und einer Stimme voller Rauch, drehst deinen abgewetzten Ring am Finger hin und her und erzählst mit ruhiger Stimme und deinem Louisiana-Singsang Geschichten über das Archiv und die Narrows und die Außenwelt, als würden wir uns übers Wetter, übers Frühstück, über nichts Besonderes unterhalten.

Nebenher öffnest du deine Manschettenknöpfe und krempelst die Ärmel bis zu den Ellenbogen hoch. Zum ersten Mal fällt mir auf, wie viele Narben du hast. Angefangen bei den drei Linien, die in deinen Unterarm eingeritzt sind, bis hin zu Dutzenden weiteren, schneiden sie ein Muster in deine Haut, wie Risse in altem Leder.

Ich versuche, mich daran zu erinnern, wann du das letzte Mal etwas mit kurzen Ärmeln getragen hast. Mir fällt keine Gelegenheit ein.

Der rostige alte Schlüssel hängt wie immer an seinem Band um deinen Hals, und irgendwie spiegelt sich das Licht darin, obwohl die Nacht rabenschwarz ist. Du spielst an einem Stückchen Papier herum, rollst es auf, streichst es wieder glatt, um es betrachten zu können, als sollte darauf etwas geschrieben stehen. Doch es ist leer, also rollst du es wieder auf, bis es die Größe und Form einer Zigarette hat, und klemmst es dir hinters Ohr. Dann fängst du an, während des Redens Linien in den Staub auf dem Verandageländer zu malen. Du konntest noch nie gut stillhalten.

Ben kommt an die Hintertür und stellt eine Frage. Ich wünschte, ich könnte mich an den genauen Wortlaut erinnern. Ich wünschte, ich könnte mich an den Klang seiner Stimme erinnern. Aber ich kann es nicht. Ich weiß noch, wie du gelacht hast und mit den Fingern über die drei Striche im Staub gewischt und damit das Muster zerstört hast. Nachdem Ben wieder nach drinnen verschwunden ist, sagst du zu mir, ich soll die Augen schließen. Du legst mir etwas Schweres, Glattes in die Hand und sagst, ich soll genau hinhören, um den Erinnerungsfaden zu finden, um danach zu greifen und dir zu sagen, was ich sehe, aber ich sehe nichts. Du sagst, ich soll mich mehr anstrengen, mich konzentrieren, nach innen schauen, aber ich kann es nicht.

Den Sommer darauf wird es anders sein, da werde ich das Summen hören und beim Blick nach innen etwas sehen. Du wirst stolz und traurig und müde zugleich sein, und den Sommer darauf wirst du mir einen Ring schenken, genau wie deiner, nur neuer. Und im nächsten Sommer wirst du tot sein, und ich werde neben deinem Schlüssel auch deine Geheimnisse besitzen.

Aber dieser Sommer ist noch ganz einfach.

In diesem Sommer bin ich neun und du quicklebendig, und es bleibt uns noch Zeit. Wenn ich dir in diesem Sommer sage, dass ich nichts sehen kann, dann zuckst du bloß mit den Schultern, zündest dir eine neue Zigarette an und erzählst deine Geschichten weiter.

Geschichten über endlose Hallen, unsichtbare Türen und Orte, wo die Toten wie Bücher in den Regalen aufbewahrt werden. Jedes Mal, wenn du eine Geschichte zu Ende erzählt hast, muss ich sie noch einmal für dich wiederholen, als hättest du Angst, ich könnte sie vergessen.

Ich vergesse nie etwas.

Nichts an diesem Neuanfang ist wirklich neu.

Ich lehne mich ans Auto und blicke am Coronado hinauf, einem ehemaligen Hotel, das zu Wohneinheiten umgebaut worden war und das meine Eltern »ganz bezaubernd« finden. Es starrt mit großen, traurigen Augen zurück. Die ganze Fahrt über habe ich an meinem Ring herumgespielt, bin mit dem Daumen über die drei Linien gefahren, die in seine Oberfläche eingraviert sind, als wäre das silberne Band ein Rosenkranz oder ein Amulett. Ich habe gebetet, dass uns irgendein einfacher, aufgeräumter, neuer Ort erwarten würde. Und nun das hier.

Ich kann den Staub schon von der anderen Straßenseite aus sehen.

»Ist das nicht himmlisch?«, quietscht meine Mutter.

»Es ist … alt.«

So alt, dass sich die Steine abgesenkt haben und die dadurch entstandenen tiefen Risse der gesamten Fassade ein müdes Aussehen verleihen. Vor meinen Augen löst sich irgendwo ein faustgroßer Steinbrocken und kullert seitlich am Gebäude hinunter.

Ein Blick nach oben offenbart ein Dach, das mit Wasserspeiern gespickt ist. Nicht bloß an den Ecken, wo man sie erwarten würde, sondern in unregelmäßigen Abständen entlang der Kante, wie ein Haufen Krähen. Meine Augen wandern über verschnörkelte Fenster sechs Stockwerke hinunter zum brüchigen steinernen Vordach, das den Eingang überspannt.

Mom eilt voran, bleibt aber mitten auf der Straße stehen, um die »altmodischen« Pflastersteine zu bewundern, die der Straße angeblich so viel »Charakter« verleihen.

»Liebling«, ruft mein Vater, der ihr folgt. »Steh nicht auf der Straße herum!«

Eigentlich sollten wir zu viert sein: Mom, Dad, Ben und ich. Sind wir aber nicht. Granpa, mein Großvater, ist schon vier Jahre tot, aber es ist noch kein Jahr her, seit Ben gestorben ist. Ein Jahr der Worte, die keiner aussprechen kann, weil sie allesamt Bilder wecken, die keiner ertragen kann. Die albernsten Dinge machen einen völlig fertig. Ein T-Shirt, das hinter der Waschmaschine auftaucht. Ein staubiger Baseballhandschuh, der in der Garage unter einen Schrank gerutscht war und vergessen wurde, bis jemand zufällig etwas fallen lässt, ihn beim Bücken entdeckt und plötzlich schluchzend auf dem Betonboden hockt.

Doch nachdem wir ein Jahr lang auf Zehenspitzen durch unser Leben geschlichen sind und dabei versucht haben, keine Erinnerungen wie Landminen auszulösen, haben meine Eltern beschlossen aufzugeben. Sie nennen es Veränderung. Einen Neustart. Behaupten, es wäre das, was die Familie jetzt braucht.

Ich nenne es Weglaufen.

»Mackenzie, kommst du?«

Ich folge meinen Eltern auf die andere Straßenseite. Der Asphalt glüht in der heißen Julisonne. Unter dem Vordach gibt es eine Drehtür, flankiert von zwei normalen Türen. Ein paar Menschen – die meisten von ihnen älter – haben es sich in der Nähe der Türen oder auf einer Terrasse daneben bequem gemacht.

Bevor Ben gestorben ist, hatte Mom immer mal wieder verrückte Ideen. Sie wollte Zoowärterin werden, Anwältin, Köchin. Aber es waren nur *Ideen*. Nach seinem Tod wurde mehr daraus. Statt nur zu träumen, fing sie an zu handeln. Mit aller Macht. Wenn man sie nach Ben fragt, tut sie so, als hätte sie einen nicht gehört, aber wird sie auf ihr jüngstes Lieblingsprojekt angesprochen – was auch immer das gerade sein mag –, wird sie stundenlang reden und dabei so viel Energie versprühen, dass man den gesamten Raum damit versorgen könnte. Moms Energie ist jedoch ebenso unbeständig wie intensiv. Sie hat angefangen, Berufe zu wechseln, wie Bens Lieblingsessen wechselt – *gewechselt hat* –, eine Woche Käse, die Woche darauf Apfelmus ... Allein im vergangenen Jahr hat Mom sieben verschiedene Jobs durchprobiert. Wahrscheinlich sollte ich dankbar sein, dass sie nicht gleich versucht hat, ihr ganzes Leben einzutauschen, wo sie schon mal dabei war. Dad und ich hätten eines Tages aufwachen und eine Nachricht in ihrer fast unleserlichen Handschrift vorfinden können. Aber sie ist immer noch da.

Ein weiterer Stein löst sich seitlich am Gebäude.

Vielleicht hat sie hier jetzt genug zu tun.

Die leer stehenden Räumlichkeiten im Erdgeschoss des Coronados, direkt hinter der Terrasse und unter Markisen versteckt, sind das künftige Zuhause der neuesten Schnapsidee meiner Mutter – sie nennt es ihr »Traumprojekt«: Bishop's Café. Sie behauptet ja, das wäre der einzige Grund für unseren Umzug, und es hätte überhaupt gar nichts mit Ben zu tun hat (nur dass sie dabei seinen Namen nicht ausspricht).

Wir steigen die Stufen zur Drehtür hinauf, wobei mein Vater mir die Hand auf die Schulter legt. Sofort erfüllen lautes Rauschen und bebende Bässe meinen Kopf. Ich zucke zusammen, versuche aber, seine Hand nicht abzuschütteln. Die Toten sind still, genau wie Gegenstände, wenn sie Eindrücke enthalten, bis man durch sie hindurchgreift. Die Berührung der Lebenden aber ist laut. Lebende Menschen wurden noch nicht erfasst und sortiert – was bedeutet, dass sie aus einem Wust an Erinnerungen, Gedanken und Gefühlen bestehen, die alle miteinander verworren sind und nur durch den silbernen Ring an meinem Finger gedämpft werden. Der Ring hilft dabei, die Bilder abzublocken, aber gegen den Lärm kann er nicht viel ausrichten.

Ich versuche, mir eine Schallmauer zwischen Dads Hand und meiner Schulter vorzustellen, wie Granpa es mir beigebracht hat. Eine zweite Barriere, aber es funktioniert nicht. Das Geräusch ist immer noch da, übereinander gelagerte Töne und statisches Rauschen, wie ein falsch eingestelltes Radio, und nach einigen Sekunden mache ich einen großen Schritt nach vorn, wodurch Dads Hand wegrutscht und die Stille zurückkehrt. Ich lasse meine Schultern kreisen, um wieder locker zu werden.

»Und, was hältst du davon, Mac?«, fragt er. Ich blicke am Gebäudekoloss hinauf.

Am liebsten würde ich meine Mutter schütteln, bis sie eine neue Idee ausspuckt, die uns irgendwo anders hinführt.

Aber ich weiß, das kann ich nicht sagen, nicht zu Dad. Die Haut unter seinen Augen ist fast blau, und im Lauf des letzten Jahres ist er, der ohnehin schlank war, immer dünner geworden. Während Mom eine ganze Stadt mit Strom versorgen könnte, ist Dads Licht fast erloschen.

»Ich glaube ...« – ich ringe mir ein Lächeln ab –, »... es könnte ein Abenteuer werden.«

Ich bin zehn, fast elf, und ich trage meinen Hausschlüssel an einer Schnur um den Hals, um zu sein wie du.

Es heißt, ich hätte deine grauen Augen und deine Haarfarbe geerbt – bevor aus Rotbraun Weiß wurde –, aber solche Details sind mir egal. Jeder hat Augen und Haare. Ich will die Dinge, die den meisten Menschen nicht auffallen. Den Ring und den Schlüssel und deine Angewohnheit, alles im Innern zu tragen.

Wir fahren Richtung Norden, damit ich rechtzeitig zu meinem Geburtstag zu Hause bin, obwohl ich lieber bei dir bleiben würde, als Kerzen auszupusten. Ben schläft hinten auf dem Rücksitz, und die ganze Heimfahrt über erzählst du mir Geschichten über diese drei Orte.

Die Außenwelt, über die du nicht viele Worte verlierst, denn sie ist alles um uns herum, die normale Welt, die einzige, von der die meisten Menschen je wissen.

Die Narrows, ein beklemmender Ort, der nur aus fleckigen Gängen und fernem Flüstern besteht, aus Türen und Dunkelheit so klebrig wie Ruß.

Und das Archiv, eine Bibliothek der Toten, riesig und warm, Holz und Stein und buntes Glas, und über allem ein Gefühl des Friedens.

Beim Reden hältst du mit einer Hand das Lenkrad fest, während die andere mit dem Schlüssel an deinem Hals spielt.

»Das Einzige, was die drei Orte gemeinsam haben«, sagst du, »sind Türen. Türen, die hineinführen, und solche, die hinausführen. Und Türen brauchen Schlüssel.«

Ich beobachte, wie du mit dem Daumen über die Zacken an deinem fährst. Als ich versuche, dich heimlich nachzuahmen, entdeckst du die Kordel um meinem Hals und willst wissen, was das ist. Ich zeige dir meinen albernen Hausschlüssel. Auf einmal erfüllt diese seltsame Stille das Auto, als würde die ganze Welt die Luft anhalten, und dann lächelst du.

Du sagst, ich könnte mein Geburtstagsgeschenk schon vorab haben, obwohl du weißt, wie wichtig es Mom ist, die Dinge richtig zu tun, und du ziehst eine kleine, nicht eingepackte Schachtel aus der Tasche. Darin liegt ein silberner Ring, in den die drei Striche, das Archivsymbol, eingraviert sind, genau wie bei deinem.

Ich weiß nicht, wofür er ist, noch nicht – ein Schutzschild, ein Schalldämpfer, ein Puffer gegen die Welt und ihre Erinnerungen, gegen Menschen und ihre unaufgeräumten Gedanken –, aber ich bin so aufgeregt, dass ich verspreche, ihn immer zu tragen. Dann fährt das Auto über eine Bodenwelle, und der Ring kullert mir unter den Sitz. Du lachst, aber ich überrede dich anzuhalten, damit ich ihn holen kann. Weil er zu groß ist, muss ich ihn am Daumen tragen. Ich würde schon noch hineinwachsen, sagst du.

Wir schleppen unsere Koffer durch die Drehtür in die Eingangshalle. Mom jauchzt vor Freude, und ich verziehe gequält das Gesicht.

Das riesige Foyer gleicht einem jener Fotos, wo man herausfinden muss, was nicht stimmt. Auf den ersten Blick wirkt alles prachtvoll: Marmor und Stuckverzierungen und Goldakzente. Doch auf den zweiten Blick ist der Marmor von Staub überzogen, der Stuck hat Risse, und das Blattgold rieselt auf den Teppich herab. Sonnenstrahlen fallen durch die Fenster – hell, trotz des alterstrüben Glases –, aber der Geruch erinnert an Stoff, den man zu lange im Schrank gelagert hat. Dieser Ort muss einst atemberaubend gewesen sein, daran besteht kein Zweifel. Was ist seither passiert?

An einem der vorderen Fenster stehen zwei Leute, die sich unterhalten und den Staubschleier um sie herum gar nicht zu bemerken scheinen.

Direkt gegenüber führt eine gewaltige Marmortreppe hinauf in den ersten Stock. Der cremefarbene Stein würde wahrscheinlich glänzen, wenn jemand ihn lange genug polieren würde. Die Seiten des Treppenaufgangs sind tapeziert, und selbst aus der Entfernung bleibt mein Blick an einer Art Kräuseln im Fleur-de-Lis-Muster hängen. Von hier aus sieht es beinahe aus wie ein Riss. Ich bezweifle, dass es sonst irgendjemandem auffallen würde, nicht an einem Ort wie diesem, aber mir stechen solche Dinge ins Auge. Als ich gerade auf das Kräuseln zusteuere, ruft jemand meinen Namen. Ich drehe mich um und sehe meine Eltern um eine Ecke verschwinden. Schnell folge ich ihnen mit meinem schweren Gepäck.

Vor drei Aufzugtüren direkt neben der Eingangshalle hole ich sie ein.

Die schmiedeeisernen Käfige sehen aus, als könnten sie höchstens zwei Personen gefahrlos befördern. Wir quetschen uns trotzdem zu dritt in einen von ihnen, zusammen mit vier Koffern. Ich flüstere etwas, das halb Gebet, halb Fluch ist, ziehe das rostige Gitter zu und drücke den Knopf für den zweiten Stock.

Der Aufzug erwacht stöhnend zum Leben. Möglicherweise gibt es auch Aufzugmusik, aber über den Lärm dieser Maschine ist sie nicht zu hören. Im Schneckentempo kriechen wir, gepolstert durch unser Gepäck, am ersten Stock vorbei. Auf halber Strecke zwischen erstem und zweitem Stock legt der Aufzug eine Denkpause ein, ehe er sich ächzend weiter nach oben bewegt. Im zweiten Stock gibt er ein Todesröcheln von sich, woraufhin ich schnell sein Gittermaul aufschiebe und uns befreie.

Von jetzt an werde ich die Treppe nehmen, verkünde ich.

Mom versucht, die Gepäckbarriere zu überwinden. »Es hat aber doch einen gewissen ...«

»Charme?«, beende ich bissig ihren Satz, aber sie ignoriert meinen Seitenhieb. Sie macht einen großen Schritt über die Koffer hinweg, wobei sie allerdings beinahe stürzt, weil sich ihr Absatz in einer Schlaufe verfängt.

»Das Gebäude hat Charakter«, ergänzt mein Vater und fängt sie auf.

Als ich mich umdrehe, um den Flur in Augenschein zu nehmen, wird mir ganz elend: An den Wänden reiht sich eine Tür an die andere. Nicht nur normale, wie man sie erwarten würde, sondern noch ein Dutzend weitere – stillgelegt, überstrichen und mit Tapete überklebt, kaum mehr als Umrisse und Furchen.

»Ist das nicht faszinierend?«, meint meine Mutter strahlend. »Die zusätzlichen Türen stammen noch aus der Zeit, als das Coronado ein Hotel war, bevor Wände rausgeschlagen und Zimmer zusammengelegt wurden, um Wohnungen zu schaffen. Die Türen haben sie gelassen und einfach nur drüber tapeziert.«

»Faszinierend«, wiederhole ich. Und unheimlich. Wie eine hell erleuchtete Version der Narrows.

Wir erreichen schließlich das Apartment ganz am Ende, dessen Tür ein verschnörkeltes *2F* ziert. Dad schließt auf und öffnet schwungvoll die Tür. Die Wohnung ist genauso abgewetzt wie alles andere. Heruntergewohnt. Dieser Ort trägt Spuren, aber keine davon stammt von uns. Selbst nachdem aus unserem alten Haus alle Möbel ausgeräumt und der ganze Kram zusammengepackt war, blieben all diese Spuren übrig: die Macke in der Wand von dem Buch, das ich geworfen hatte, der Fleck an der Küchendecke von Moms fehlgeschlagenem Mixerexperiment, die blauen Kritzeleien von Ben in den Zimmerecken. Mir wird eng in der Brust. An diesem Ort wird Ben nie eine Spur hinterlassen.

Mom mach *Ohhh* und *Ahhh*, während Dad schweigend durch die Räume wandert und ich immer noch zögere, über die Schwelle zu treten, da spüre ich es.

Das Kratzen von Buchstaben. Ein Name, der sich auf das Stück Archivpapier in meiner Tasche schreibt. Ich ziehe den Zettel heraus – er ist ungefähr so groß wie eine Quittung und seltsam steif –, auf dem nun in fein säuberlicher Kursivschrift der Name der Chronik steht:

Emma Claring, 7.

»Mac«, ruft Dad. »Kommst du?«

Ich trete noch einen Schritt zurück in den Gang.

»Hab meine Tasche im Auto vergessen«, behaupte ich. »Bin gleich wieder da.«

Ein Schatten huscht über Dads Gesicht, aber er nickt bloß und dreht sich weg. Die Tür schließt sich mit einem Klicken. Seufzend wende ich mich dem Flur zu.

Ich muss diese Chronik finden.

Dazu muss ich in die Narrows.

Und dafür brauche ich eine Tür.

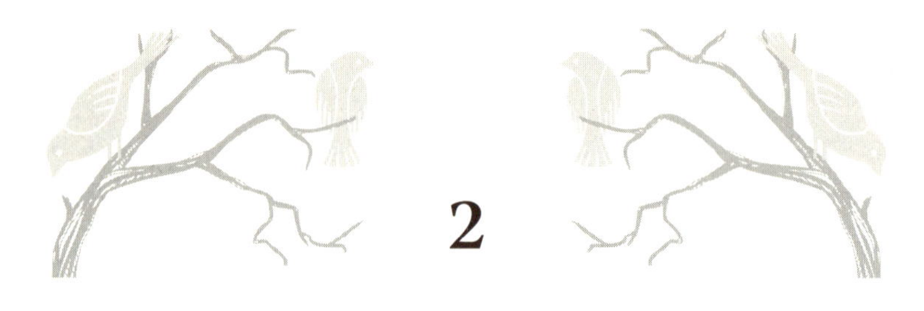

2

Ich bin elf, und du sitzt mir gegenüber am Tisch. Deine Stimme ist leiser als das Klappern der Teller in der Küche. Deine Kleider schlackern immer mehr um deinen Körper – Hemden, Hosen, sogar dein Ring. Ich habe Mom und Dad darüber reden hören, dass du bald sterben wirst – nicht auf die schnelle Umkippart, von jetzt auf nachher weg, aber trotzdem. Mit halb zusammengekniffenen Augen versuche ich, die Krankheit zu sehen, die an dir nagt, dich mir klaut, Bissen für Bissen.

Du erzählst mir wieder vom Archiv, etwas über die Art und Weise, wie es sich verändert und wächst, aber ich höre nicht richtig zu. Ich drehe den Silberring an meinem Finger. Inzwischen brauche ich ihn: Erinnerungs- und Gefühlsfetzen dringen zu mir durch, wenn jemand mich berührt. Noch sind sie nicht schrill oder brutal, sondern nur irgendwie unangenehm. Als ich dir davon erzählt habe, hast du gesagt, es würde schlimmer werden, und dabei recht bekümmert dreingesehen. Du meintest, es wäre genetisch bedingt, dieses Potenzial, aber es zeigt sich erst, wenn der Vorgänger seine Wahl trifft. Und du hast mich gewählt. Ich hoffe, du bereust es nicht. Mir tut es nicht leid. Mir tut nur leid, dass du immer schwächer zu werden scheinst, während ich stärker werde.

»Hörst du mir überhaupt zu?«, fragst du, obwohl meine Unaufmerksamkeit offensichtlich ist.

»Ich will nicht, dass du stirbst.« Meine Aussage überrascht uns beide, und einen Moment lang scheint die Zeit still zu stehen, während deine Augen in meine blicken. Dann fängst du an, auf deinem Stuhl hin und her zu rutschen, und ich glaube zu hören, wie deine Knochen knacken.

»Wovor hast du denn Angst, Kenzie?«, willst du wissen.

Du hast gesagt, du würdest mir deine Aufgabe übertragen, und nun frage ich mich, ob es dir deshalb immer schlechter geht. Ob du deshalb verblasst. »Davor, dich zu verlieren.«

»Nichts geht je verloren. Niemals.«

Ich bin mir ziemlich sicher, dass du mich nur trösten willst, und rechne fast schon damit, dass du als Nächstes irgendwas sagst wie: Ich werde in deinem Herzen weiterleben. *Aber so etwas würde dir nie über die Lippen kommen.*

»Glaubst du, ich erzähle dir diese Geschichten, weil ich so gern dem Klang meiner eigenen Stimme lausche? Ich meine das ernst, was ich sage. Nichts geht verloren. Dafür sorgt das Archiv.«

Holz und Stein und buntes Glas, und über allem ein Gefühl des Friedens …

»Gehen wir dorthin, wenn wir sterben? Ins Archiv?«

»Du nicht, also nicht wirklich, aber deine Chronik.« Dann benutzt du deine »Pass Gut Auf«-Stimme, die dafür sorgt, dass die Wörter an mir kleben bleiben und mich nie mehr loslassen. »Du weißt, was eine Chronik ist?«

»Die Geschichte der Vergangenheit.«

»Ja, aber das ist noch nicht alles, Kenzie. Die Art von Chronik, von der ich hier spreche, ist …« Du ziehst eine Zigarette heraus, rollst sie zwischen den Fingern hin und her. »Die kannst du dir etwa so vorstellen wie einen Geist, auch wenn sie das nicht wirklich ist. Chroniken sind Aufzeichnungen.«

»Von was?«

»Von uns. Von jedem Menschen. Stell dir eine Akte über dein gesamtes Leben vor, über jeden Moment, jedes Erlebnis. Alles. Und jetzt stell dir vor, dass diese Daten statt in einer Mappe oder einem Buch in einem Körper aufbewahrt werden.«

»Wie sehen die Menschen dann aus?«

»So wie sie aussahen, als sie gestorben sind. Also, bevor *sie gestorben sind. Keine tödlichen Wunden oder aufgeblähten Leichen. Das fände das Archiv nicht sehr geschmackvoll. Außerdem ist der Körper bloß eine Hülle für das Leben im Innern.«*

»Wie ein Buchumschlag?«

»Genau.« Du klemmst dir die Zigarette zwischen die Lippen, obwohl du weißt, dass du sie hier im Haus besser nicht anzünden solltest. »Der Umschlag erzählt dir etwas über ein Buch. Ein Körper erzählt dir etwas über eine Chronik.«

Ich beiße mir auf die Lippe. »Also … wenn du stirbst, dann wird eine Kopie deines Lebens im Archiv abgelegt?«

»Genau.«

Ich runzele die Stirn.

»Was ist denn?«

»Wenn wir in der Außenwelt leben und das Archiv der Ort ist, an den unsere Chroniken gehen, wozu sind dann die Narrows nötig?«

Du lächelst grimmig. »Die Narrows sind ein Puffer zwischen beiden. Manchmal wacht eine Chronik auf. Manchmal entkommen Chroniken, schlüpfen durch die Risse im Archiv und landen in den Narrows. Wenn das passiert, dann ist es die Aufgabe des Wächters, sie zurückzuschicken.«

»Was ist ein Wächter?«

»Das, was ich bin.« Du zeigst auf den Ring an deiner Hand. »Was du sein wirst«, fügst du hinzu und zeigst auf meinen eigenen Ring.

Ich muss vor Freude lächeln. Du hast mich ausgewählt. »Ich bin froh, dass ich bin wie du.«

Du drückst meine Hand und machst ein Geräusch irgendwo zwischen einem Husten und einem Lachen. Dann sagst du: »Das ist gut, denn du hast nicht wirklich eine Wahl.«

Türen zu den Narrows gibt es überall.

Die meisten waren früher mal richtige Türen, aber das Problem ist, dass sich Gebäude verändern – Wände werden herausgeschlagen, neue Wände eingezogen –, aber diese Türen verändern sich nicht mehr, sobald sie einmal eingerichtet wurden. Was von ihnen übrig bleibt, sind Risse, wie sie den meisten Menschen gar nicht auffallen würden: minimale Störfelder, wo die zwei Welten, die Narrows und die Außenwelt, aufeinanderprallen. Wenn man weiß, wonach man Ausschau halten muss, ist es relativ leicht.

Aber selbst mit geschultem Blick kann es eine Weile dauern, bis man eine Narrows-Tür findet. In meiner alten Wohngegend musste ich zwei Tage lang suchen, bis ich die nächste entdeckt hatte. Wie sich herausstellte, befand sie sich in der Gasse hinterm Metzgerladen.

Jetzt fällt mir wieder das Kräuseln in der Fleur-de-Lis-Tapete unten in der Eingangshalle ein, und ich lächele.

Auf dem Weg zur Treppe – es gibt zwei, eine auf der Südseite an meinem Ende des Flures, und hinten, an den Metallkäfigen vorbei, die Nordtreppe – lässt mich plötzlich etwas innehalten.

Ein winziger Riss, ein senkrechter Schatten auf der verstaubten gelben Tapete. Ich gehe auf die Stelle zu, bis ich direkt vor der Wand stehe, und warte, bis meine Augen sich an den Spalt gewöhnt haben. Zuerst bin ich mir ganz sicher, dass er existiert, doch dann lässt das siegessichere Gefühl ein wenig nach: zwei Türen so dicht beieinander? Vielleicht war der Riss im Foyer ja wirklich bloß ein Riss.

Dieser hier ist auf jeden Fall mehr als das. Er verläuft zwischen den Apartments 2D und 2C, und zwar an einer Stelle, wo es keine überklebten Türen gibt, sondern nur ein schmuddeliges Stück Wand mit einem Meer-Gemälde in einem alten weißen Rahmen. Sobald ich meinen Ring vom Finger ziehe, ist es, als würde jemand einen Vorhang beiseiteziehen: Jetzt sehe ich es genau in der Mitte der Nahtstelle: ein Schlüsselloch.

Der Ring funktioniert wie eine Art Filter. Er schützt mich – so gut er es vermag – vor den Lebenden, und unterdrückt meine Fähigkeit, die Eindrücke zu lesen, die sie auf den Dingen hinterlassen. Er macht mich aber auch blind für die Narrows. Ich kann die Türen nicht richtig erkennen, ganz zu schweigen davon, hindurchzugehen.

Ich ziehe das Band mit Granpas Schlüssel über den Kopf und streiche mit dem Daumen über die Zacken, so wie er es immer getan hat. Als Glücksritual. Granpa hat immer den Schlüssel gerieben, sich bekreuzigt, seine Fingerspitzen geküsst und damit die Wand berührt – lauter solche Dinge. Er sagte, er könnte ein bisschen extra Glück brauchen.

Ich stecke den Schlüssel ins Schlüsselloch und sehe zu, wie er in der Wand verschwindet. Zuerst ist das leise Geräusch von Metall an Metall zu hören, dann taucht die Narrows-Tür auf wie eine Leiche im Wasser, bis sie sich von hinten an die gelbe Tapete drückt. Zuletzt erscheint ein schmaler Lichtschein um den Rahmen herum, der signalisiert, dass der Durchgang bereit ist.

In den Narrows gibt es keinen Himmel, aber es fühlt sich trotzdem immer so an, als wäre es Nacht, riecht, als wäre es Nacht. Nacht in einer Stadt nach dem Regen. Außerdem weht ein Windhauch durch die Gänge, nicht stark, aber unablässig, der die stickige Luft durch die Flure trägt, als würde man sich in einem Belüftungsschacht befinden.

Ich wusste, wie die Narrows aussehen, lange bevor ich sie zu Gesicht bekam. Ich hatte dieses Bild in meinem Kopf, das Granpa Jahr um Jahr gemalt hatte: Schließ die Augen, und stell dir eine dunkle Gasse vor, gerade breit genug, dass man die Arme ausstrecken und mit den Fingerspitzen auf beiden Seiten die rauen Wände berühren kann. Du blickst auf und siehst … nichts, nur die Wände, die sich endlos in die Höhe ziehen und in Schwärze verschwinden. Das einzige Licht stammt von den Türen, die in die Wände eingelassen sind und deren Umrisse sanft aufleuchten. Auch durch die Schlüssellöcher fallen Lichtstrahlen ins Dunkel, die wie Fäden in der staubigen Luft gespannt sind. Genug Licht, um etwas zu erkennen, aber nicht genug Licht, um gut zu sehen.

Es schnürt mir den Hals zu, eine Ur-Angst, ein Stechen, als ich über die Schwelle trete, die Tür hinter mir schließe und die Stimmen höre. Keine echten, richtigen Stimmen, sondern ein Gemurmel aus Flüstern und Worten, die durch die Distanz in die Länge gezogen werden. Sie könnten mehrere Gänge oder ganze Reviere entfernt sein. Geräusche hallen hier in den Narrows weit, schlängeln sich durch die Korridore, prallen von den Wänden ab und finden einen aus meilenweiter Entfernung, geistergleich und diffus. Sie können einen in die Irre führen.

Die Flure bilden ein Geflecht wie Spinnweben oder ein U-Bahn-Netz mit immer neuen Verzweigungen und Kreuzungen, wobei die Wände von nichts als den Türen unterbrochen werden. Genug Türen für einen ganzen Wohnblock, nur wenige Meter voneinander entfernt, auf engem Raum zusammengepfercht. Die meisten von ihnen sind abgeschlossen. Alle sind markiert.

Kodiert. Jeder Wächter hat sein eigenes System, um eine gute Tür von einer schlechten zu unterscheiden. Ich kann die Anzahl an Kreuzen und Strichen und Kreisen und Punkten nicht zählen, die an jede Tür gekritzelt und wieder weggerieben wurden. Jetzt ziehe ich selbst ein dünnes Stück Kreide aus der Tasche – es ist schon komisch, welche Dinge man lernt, immer bei sich zu haben – und schreibe damit schnell eine römische I auf die Tür, durch die ich eben gekommen bin, direkt übers Schlüsselloch (die Türen hier haben keine Klinken, deshalb kann man sie ohne Schlüssel nicht mal ausprobieren). Die Zahl strahlt hell und weiß über mehreren Dutzend anderen, halb verschmierten Zeichen.

Dann drehe ich mich um und betrachte den Gang mit seinen vielen Türen. Die meisten von ihnen sind verschlossen – nicht aktiv, nannte Granpa das. Das sind Türen, die zurück in die Außenwelt führen, zu verschiedenen Zimmern in verschiedenen Häusern, deaktiviert, weil sie zu Orten gehören, wo momentan kein Wächter stationiert ist. Aber die Narrows sind eine Pufferzone, ein Zwischenbereich, der mit Ausgängen nur so gespickt ist. Manche Türen führen ins Archiv und aus ihm heraus. Andere zur Retoure, was keine eigene Welt ist, obwohl sie es genauso gut sein könnte. Ein Ort, den Wächter nicht betreten dürfen. Und jetzt gerade, mit einer Chronik auf meiner Liste, ist es der Zugang zur Retoure, den ich finden muss.

Ich teste die Tür rechts neben Tür I und stelle überrascht fest, dass sie unverschlossen ist und ins Foyer des Coronados führt. Also war es doch nicht nur eine Falte in der Tapete! Gut zu wissen. Eine alte Dame schlendert vorbei, die mich aber gar nicht beachtet. Rasch ziehe ich die Tür wieder zu und male eine II über das Schlüsselloch.

Dann trete ich einen Schritt zurück und betrachte die beiden nummerierten Türen nebeneinander – meine Ausgänge –, ehe ich weiter den Gang entlanggehe und jedes einzelne Schloss überprüfe. Keine der anderen Türen bewegt sich, deshalb markiere ich sie alle mit einem X. Auf einmal ertönt dieses Geräusch, einen Hauch lauter als die anderen, ein dumpfes *Tapp, tapp, tapp* wie gedämpfte Schritte, aber nur ein Idiot jagt einer Chronik hinterher, bevor er einen Ort gefunden hat, an dem er sie abliefern kann, also beschleunige ich meine Schritte und probiere zwei weitere Türen aus, bevor eine endlich nachgibt.

Sie führt in einen Raum aus Licht, blendend weiß und ohne sichtbare Begrenzungen. Rasch schließe ich die Tür wieder und blinzele die kleinen weißen Punkte weg, bevor ich einen Kreis übers Schloss zeichne und ihn weiß ausmale. *Retoure.* Die Tür daneben probiere ich gar nicht erst aus, sondern markiere sie gleich mit einem Kreis, diesmal leer. *Das Archiv.* Das Schöne an den Archivtüren ist, dass sie sich immer rechts neben der Retoure befinden, deshalb hat man auf einen Schlag immer gleich beide gefunden.

Jetzt ist es an der Zeit, Emma aufzuspüren.

Ich schüttele zur Lockerung kurz die Hände aus und lege dann die Finger an die Wand. Der Silberring steckt sicher verstaut in meiner Tasche. Chroniken müssen genau wie Menschen eine Oberfläche berühren, um dort einen Eindruck zu hinterlassen. Deshalb besteht der Fußboden in den Narrows aus demselben Beton wie die Wände. Auf diese Weise kann ich den gesamten Flurabschnitt mit einer einzigen Berührung lesen. Falls Emma hier durchgegangen ist, werde ich es erkennen.

Die Oberfläche der Wand summt unter meinen Händen. Ich schließe die Augen und drücke fester. Granpa sagte immer, im Innern der Wand würde ein Faden verlaufen, und man müsse durch sie hindurchgreifen, bis man diesen Faden ertastet, und ihn dann nicht mehr loslassen. Das Summen wandert durch meine Finger hinauf und macht sie taub, während ich mich konzentriere. Ich kneife die Augen noch fester zusammen und taste so lange, bis ich den Faden an meiner Handfläche kitzeln spüre. Rasch greife ich zu, und meine Hände werden vollends taub. Auf der Innenseite meiner Augenlider bewegt sich die Dunkelheit, flackert, dann nehmen die Narrows wieder Gestalt an, auch wenn es sich um eine unscharfe Version der Gegenwart handelt, eine verzerrte. Ich sehe mich selbst dort stehen, wie ich die Wand berühre, und dirigiere die Erinnerung rückwärts.

Sie läuft wie eine ruckelnde Filmrolle, spult von der Gegenwart zurück in die Vergangenheit und flackert dabei vor meinen geschlossenen Augen. Emma Clarings Name tauchte vor etwa einer Stunde auf der Liste auf, als ihre Flucht bemerkt wurde, also sollte ich nicht allzu weit zurückgehen müssen. Nachdem ich die Erinnerungen der letzten zwei Stunden zurückgespult und immer noch keine Spur von ihr gefunden habe, löse ich mich von der Wand und öffne die Augen. Die Vergangenheit der Narrows verschwindet und wird durch die nur wenig hellere, aber deutlich klarere Gegenwart ersetzt. Nun mache ich mich auf den Weg zur nächsten Korridorabzweigung und versuche es dort erneut: Augen schließen, greifen, festhalten, Zeit vor- und zurückspulen, die letzten Stunden nach Anzeichen von …

Eine Chronik huscht durchs Bild. Ihre kleine Gestalt bewegt sich den Gang hinunter bis zu einer Ecke gleich vorne, wo sie nach links abbiegt. Ich blinzele und lasse die Wand los, woraufhin die Narrows sich wieder scharfstellen, während ich Emmas Chronik folgend um die Ecke biege und … vor einer Sackgasse stehe. Oder, um genau zu sein, vor einer Reviergrenze: einer glatten Wand, die mit einem leuchtenden Schlüsselloch markiert ist. Wächter haben nur Zutritt zu ihrem eigenen Revier, deshalb bedeutet der Lichtfleck nicht viel mehr als ein Stoppschild. Aber die Barriere hält Chroniken davon ab, allzu weit wegzulaufen. Und direkt vor der Grenzmauer befindet sich ein Mädchen.

Emma Claring kauert auf dem Boden, die Arme um die Knie geschlungen. Sie hat keine Schuhe an, nur Shorts mit Grasflecken und ein T-Shirt, und sie ist so klein, dass der Korridor um sie herum fast wie eine riesige Höhle wirkt.

»Wach auf, wach auf, wach auf.«

Zu diesen Worten schaukelt sie vor und zurück, und das *tapp-tapp-tapp*-Geräusch, das ich zuvor gehört habe, stammt von ihrem Körper, der dabei an die Wand stößt. Sie hat die Augen fest zugekniffen. Dann reißt sie sie weit auf, und Panik schleicht sich in ihre Stimme, weil die Narrows einfach nicht verschwinden wollen.

Offensichtlich ist sie dabei zu entgleiten.

»Wach auf«, fleht das Mädchen wieder.

»Emma.« Beim Klang meiner Stimme erschrickt sie.

Ein verängstigtes Augenpaar richtet sich in der Dunkelheit auf mich. Die Pupillen sind geweitet, das Schwarz hat die Farbe rings herum schon fast aufgefressen. Sie wimmert, erkennt mich aber noch nicht. Das ist gut. Wenn Chroniken schon weit entglitten sind, dann fangen sie an, in den Wächtern andere Menschen zu erkennen. Sie sehen dann, wen auch immer sie sehen wollen, oder wen sie brauchen, hassen, lieben, oder an wen sie sich erinnern, was sie nur noch mehr verwirrt. Es bringt sie dazu, noch schneller dem Wahnsinn zu verfallen.

Ich mache einen vorsichtigen Schritt auf Emma zu. Sie vergräbt das Gesicht in den Armen und flüstert weiter vor sich hin.

Also knie ich mich vor sie auf den Boden. »Ich bin hier, um dir zu helfen.«

Emma Claring blickt nicht auf. »Warum kann ich nicht aufwachen?«, wispert sie. Ihre Stimme kippt.

»Manche Träume«, sage ich, »sind schwieriger abzuschütteln.«

Sie hält mit dem Schaukeln inne, und ihr Kopf rollt zur Seite auf die Schulter.

»Aber weißt du, was das Tolle an Träumen ist?« Ich ahme den Tonfall meiner Mutter von früher nach. Besänftigend, geduldig. »Sobald du weißt, dass du in einem Traum bist, kannst du ihn beeinflussen. Du kannst ihn verändern. Du kannst einen Ausweg finden.«

Emma blickt über ihre verschränkten Arme hinweg mit glänzenden, großen Augen zu mir auf.

»Soll ich dir zeigen, wie?«, frage ich.

Sie nickt.

»Dann musst du jetzt die Augen schließen ...« – das tut sie brav – »... und dir eine Tür vorstellen.« Ich sehe mich in diesem Stück Korridor um, in dem noch alle Türen unmarkiert sind, und wünsche mir, ich hätte mir vorher die Zeit genommen, einen weiteren Retoure-Zugang in der Nähe zu suchen. »Und jetzt möchte ich, dass du dir auf dieser Tür einen weißen Kreis vorstellst. Hinter dieser Tür liegt ein Raum voller Licht. Nichts als Licht. Kannst du es sehen?«

Das Mädchen nickt.

»Prima. Dann öffne jetzt deine Augen wieder.« Ich stehe auf. »Komm, wir finden deine Tür.«

»Aber es sind so viele«, flüstert sie.

Ich lächele. »Dann ist es ein Abenteuer.«

Sie greift nach meiner Hand. Instinktiv verkrampfe ich mich, obwohl ich weiß, dass ihre Berührung nichts weiter ist als das, eine Berührung, so ganz anders als die Woge aus Gedanken und Gefühlen, die mich überrollt, wenn ich die Haut eines lebenden Menschen streife. Sie mag voller Erinnerungen sein, aber ich kann sie nicht sehen. Nur die Bibliothekare im Archiv wissen, wie man die Toten liest.

Als Emma zu mir aufblickt, drücke ich kurz ihre Hand, ehe ich sie um die Ecke herum den Flur hinunterführe, wobei ich versuche, denselben Weg zurückzugehen, den ich gekommen bin. Wie wir so durch die Narrows spazieren, frage ich mich, was Emma wohl aufgeweckt hat. Die meisten der Namen auf meiner Liste sind Kinder und Teenager, ruhelos, aber nicht zwangsläufig böse – nur eben jene, die gestorben sind, bevor sie richtig gelebt haben. Was für ein Kind sie wohl war? Woran ist sie gestorben? Und dann höre ich in Gedanken Granpas Stimme, die mich vor der Neugier warnt. Ich weiß, es hat seine Gründe, weshalb die Wächter nicht lernen, wie man Chroniken liest. Für uns ist ihre Vergangenheit irrelevant.

Ich spüre, wie Emmas Hand nervös in meiner zuckt.

»Keine Sorge«, sage ich leise, als wir einen weiteren Gang mit unmarkierten Türen erreichen. »Wir werden sie schon finden.« Das hoffe ich zumindest. Ich hatte nicht gerade viel Zeit, mir den Grundriss dieses Reviers einzuprägen, aber als ich gerade beginne, ebenfalls unruhig zu werden, biegen wir um eine weitere Ecke, und da ist sie.

Emma reißt sich los und rennt auf die Tür zu. Sie streicht mit ihren kleinen Fingern über den Kreidekreis, sodass diese ganz weiß sind, als ich den Schlüssel ins Schloss stecke und drehe. Die Retoure-Tür schwingt auf und überschüttet uns beide mit gleißendem Licht. Emma schnappt nach Luft.

Einen Augenblick existiert nichts außer Licht. Genau wie ich es versprochen habe.

»Siehst du?« Ich lege ihr die Hand auf den Rücken und schiebe sie sanft vorwärts über die Schwelle.

Gerade als Emma sich umdreht, um nachzusehen, weshalb ich ihr nicht gefolgt bin, mache ich die Augen zu und schließe die Tür zwischen uns. Es folgt kein Weinen, kein Gegen-die-Tür-Hämmern, nur Totenstille auf der anderen Seite. Eine Weile stehe ich so da, den Schlüssel immer noch im Schloss, während so etwas wie ein Schuldgefühl in mir aufsteigt. Doch es vergeht auch rasch wieder. Ich rufe mir in Erinnerung, dass die Rückkehr ins Archiv ein Segen ist. In der Retoure werden die Chroniken wieder in Schlaf versetzt, und der Albtraum ihres gespenstischen Aufwachens findet ein Ende. Trotzdem hasse ich die Angst in den Augen der kleinen Kinder, wenn ich sie einschließe.

Manchmal frage ich mich, was genau in der Retoure passiert, wie die Chroniken als leblose Körper in die Archivregale zurückkehren. Einmal, bei einem Jungen, bin ich in der Tür stehen geblieben, um es zu sehen, habe vor der Schwelle zum unendlichen Weiß gewartet, sorgfältig darauf bedacht, es nicht zu betreten. Doch nichts passierte, nicht solange ich noch da war. Als ich schließlich die Tür schloss – nur eine Sekunde, einen Herzschlag lang, oder wie lange es eben dauert, den Schlüssel im Schloss zu drehen und dann wieder aufzuschließen – und sie wieder öffnete, war der Junge verschwunden.

Ich habe einmal die Bibliothekare gefragt, wie die Chroniken eigentlich entkommen. Patrick erzählte etwas von Türen, die sich öffnen und schließen. Lisa erklärte, das Archiv wäre eine riesige Maschine, und alle Maschinen hätten kleine Störungen, Aussetzer. Roland sagte, er hätte keine Ahnung.

Vermutlich ist es auch völlig egal, *wie* sie entkommen. Alles, was zählt, ist, dass sie es tun. Und wenn das passiert, muss man sie finden. Sie müssen zurückgebracht werden, damit die Akte wieder geschlossen werden kann.

Ich löse mich von der Tür und krame das Stück Archivpapier aus der Tasche, um zu kontrollieren, ob Emmas Name auch wirklich verschwunden ist. Alles, was von ihr geblieben ist, ist ein verschmierter Händeabdruck in der weißen Kreide.

Ich zeichne den Kreis nach und mache mich auf den Heimweg.

3

»Hast du das gefunden, was du aus dem Auto holen wolltest?«, erkundigt sich Dad, als ich hereinkomme.

Er erspart mir das Lügenmüssen, indem er mit den Autoschlüsseln klimpert, die ich dummerweise vergessen habe mitzunehmen. Was aber auch keinen Unterschied macht, denn am Dämmerlicht draußen vor dem Fenster und der Tatsache, dass das gesamte Zimmer hinter ihm mit Umzugskisten vollgestellt ist, erkenne ich, dass ich viel zu lange weg war. Im Stillen verfluche ich die Narrows und das Archiv. Ich habe schon versucht, eine Uhr zu tragen, aber es ist sinnlos. Egal ob mechanisch oder digital – sobald ich die Außenwelt verlasse, bleibt sie stehen.

Also muss ich mich jetzt entscheiden: Wahrheit oder Lüge.

Der wichtigste Trick beim Lügen ist, so oft wie möglich die Wahrheit zu sagen. Wenn man anfängt, bei allem zu lügen, bei kleinen und großen Dingen, wird es irgendwann unmöglich, sie noch auseinanderzuhalten, und man wird erwischt. Ist das Misstrauen einmal da, wird es zunehmend schwieriger, die nächste Lüge glaubhaft zu verkaufen.

In Sachen Lügen habe ich bei meinen Eltern nicht gerade eine weiße Weste: angefangen beim heimlichen Aus-dem-

Haus-Schleichen, bis hin zu einigen unerklärlichen blauen Flecken – manche Chroniken wollen nicht zurückgebracht werden. Also muss ich vorsichtig vorgehen. Und da mein Vater mir den Weg für die Wahrheit geebnet hat, lasse ich mich darauf ein. Außerdem wissen Elternteile etwas Ehrlichkeit und Vertrauen immer zu schätzen, denn sie fühlen sich dann bevorzugt.

»Das alles hier«, sage ich und lehne mich an den Türrahmen, »ist schon ziemlich viel Veränderung auf einmal. Ich habe einfach ein bisschen Ruhe zum Denken gebraucht.«

»Davon hat es hier ja reichlich.«

»Ich weiß«, antworte ich. »Ganz schön großes Gebäude.«

»Hast du alle sechs Stockwerke erkundet?«

»Ich hab's nur bis zum vierten geschafft.« Die Lüge kommt mir mühelos über die Lippen, mit einer Leichtigkeit, auf die Granpa stolz gewesen wäre.

Ich kann Mom im Nebenzimmer hören, wo sie auspackt und dabei laute Radiomusik laufen lässt. Mom hasst die Stille und füllt jeden Winkel mit so viel Lärm und Aktionismus wie nur möglich.

»Irgendwas Interessantes entdeckt?«, erkundigt sich Dad.

»Staub.« Ich zucke mit den Schultern. »Vielleicht ein oder zwei Geister.«

Er schenkt mir ein verschwörerisches Lächeln und tritt zur Seite, damit ich vorbeigehen kann.

Beim Anblick der Kartons, die jeden freien Zentimeter des Raumes einnehmen, legt sich mir ein schmerzhafter Druck auf die Brust. Ungefähr die Hälfte von ihnen ist mit dem Wort ZEUG beschriftet. Wenn Mom besonders ehrgeizig war, hatte sie darunter eine kurze Liste von Dingen gekritzelt, aber da ihre Handschrift so gut wie unleserlich ist, werden wir erst beim Öffnen wirklich wissen, was in den Kisten steckt. Wie Weihnachten. Nur, dass uns die Sachen bereits gehören.

Dad will mir gerade eine Schere reichen, da klingelt das Telefon. Ich wusste gar nicht, dass wir bereits einen Telefonanschluss haben. Während Dad und ich noch zwischen dem ganzen Verpackungsmaterial danach suchen, ruft Mom: »Auf dem Küchentresen neben dem Kühlschrank.« Und dort ist es dann auch.

»Hallo?«, melde ich mich atemlos.

»Du enttäuschst mich«, sagt eine Mädchenstimme.

»Hä?« Alles ist so seltsam, geht mir irgendwie zu schnell, und ich kann die Stimme nicht einordnen.

»Jetzt bist du gerade mal ein paar Stunden in deinem neuen Zuhause und hast mich schon vergessen!«

Lyndsey. Ich entspanne mich ein wenig.

»Woher hast du überhaupt unsere Nummer?«, will ich wissen. »Nicht mal *ich* kenne unsere neue Nummer.«

»Ich bin Hellseherin«, antwortet sie. »Und wenn du dir endlich ein Handy zulegen würdest …«

»Ich habe ein Handy.«

»Und wann hast du es das letzte Mal aufgeladen?«

Mühsam versuche ich, mich zu erinnern.

»Mackenzie Bishop, wenn du darüber erst nachdenken musst, ist es zu lange her.«

Ich würde gerne etwas Flapsiges erwidern, aber mir fällt nichts ein. Ich musste mein Handy noch nie laden. Lyndsey wohnt seit zehn Jahren – hat die letzten zehn Jahre direkt neben mir gewohnt und war – ist – meine beste Freundin.

»Ja, ja.« Ich stakse zwischen den Kisten hindurch einen kurzen Flur hinunter. Lyndsey sagt, ich soll kurz dranbleiben, und redet mit jemand anderem, wobei sie den Hörer mit der Hand zuhält, sodass ich nur Vokale höre.

Am Ende des Flures befindet sich eine Tür mit einem Post-it. Der Buchstabe darauf ähnelt in etwa einem M, daher nehme ich an, dass es sich um mein Zimmer handelt. Ich stoße die Tür mit dem Fuß auf. Dahinter erwarten mich noch mehr Umzugskartons, ein nicht zusammengebautes Bett und eine Matratze.

Lyndsey lacht über irgendetwas, und selbst über die sechzig Meilen hinweg, durchs Telefon hindurch, ist das Geräusch voller Licht. Lyndsey Newman besteht aus Licht. Man sieht es in ihren blonden Locken, ihrer sonnengebräunten Haut und den Sommersprossen über ihren Wangen. Man spürt es, wenn man in ihrer Nähe ist. Sie besitzt diese bedingungslose Loyalität und die Art von Fröhlichkeit, von der man annehmen könnte, es würde sie auf der Welt nicht mehr geben, bis man mit Lyndsey spricht. Außerdem stellt sie nie die falschen Fragen, nämlich die, die ich nicht beantworten kann. Sie zwingt mich nie dazu, zu lügen.

»Bist du noch da?«, will sie wissen.

»Ja, ich bin da.« Mit der Fußspitze schiebe ich eine Kiste aus dem Weg, damit ich ans Bett komme. Das Gestell lehnt an der Wand, die Matratze und der Lattenrost liegen aufeinandergestapelt auf dem Boden.

»Ist deiner Mutter schon langweilig geworden?«, will Lyndsey wissen.

»Leider noch nicht.« Ich lasse mich auf die Matratze fallen.

Ben war total in Lyndsey verliebt, oder zumindest so verliebt, wie es ein kleiner Junge eben sein kann. Und sie hat ihn vergöttert. Sie gehört zu den Einzelkindern, die von Geschwistern träumen, deshalb einigten wir uns darauf, zu teilen. Als Ben starb, leuchtete Lyndsey nur noch heller, glühender. Eine fast trotzige Form von Optimismus. Aber als meine Eltern mir eröffneten, dass wir umziehen würden, konnte ich an nichts anderes denken als: *Was ist mit Lyndsey? Wie wird sie damit klarkommen, uns beide zu verlieren?* Am Tag, an dem ich ihr vom Umzug erzählt habe, sah ich, wie ihre Stärke schließlich Risse bekam und sie ins Wanken geriet. Wenige Augenblicke später hatte sie sich jedoch wieder gefasst. Mit einem Neun-von-zehn-Punkten-Lächeln – aber immerhin strahlender, als alle in meiner Familie es je zustande gebracht hatten.

»Du solltest sie überreden, lieber eine Eisdiele in einem netten Ort irgendwo am Meer aufzumachen …« Ich lasse meinen Ring bis zur Fingerspitze vorrutschen und streife ihn dann wieder über die Knöchel, als Lyndsey hinzufügt: »Oh, oder in, was weiß ich, in Russland. Dann kommst du wenigstens mal raus und siehst die Welt.«

Da hat sie nicht unrecht. Meine Eltern rennen zwar davon, aber ich glaube, sie fürchten sich davor, so weit weg zu laufen, dass sie nicht mehr über die Schulter blicken und sehen können, was sie zurückgelassen haben. Wir sind nur eine Stunde von unserem alten Zuhause entfernt. Nur eine Stunde von unserem alten Leben.

»Stimmt«, sage ich. »Und, wann kommst du uns in diesem Prachtbau namens Coronado besuchen?«

»Ist es cool? Sag mir, dass es total cool ist.«

»Es ist … alt.«

»Spukt es?«

Das kommt nun auf die Definition von Spuken an. *Geist* ist bloß ein Begriff, den Menschen verwenden, die nichts von Chroniken wissen.

»Du lässt dir mit deiner Antwort ganz schön lange Zeit, Mac.«

»Bisher kann ich die Anwesenheit von Geistern noch nicht bestätigen«, erwidere ich, »aber gib mir noch ein bisschen Zeit.«

Ich höre ihre Mutter im Hintergrund sagen: »Komm schon, Lyndsey. Mackenzie kann sich den Luxus des Herumtrödelns vielleicht leisten, aber du nicht.«

Aua. *Herumtrödeln.* Wie sich das wohl anfühlen würde? Nicht, dass ich etwas zu meiner Verteidigung vorbringen könnte. Das Archiv hätte möglicherweise etwas dagegen einzuwenden, dass ich seine Existenz preisgebe, nur um zu beweisen, dass ich nicht die ganze Zeit auf der faulen Haut liege.

»Mist, tut mir leid«, entschuldigt sich Lyndsey. »Ich muss ins Training.«

»Welches denn?«, ziehe ich sie auf.

»Fußball.«

»Natürlich.«

»Bis bald, ja?«, sagt sie.

»Klar.«

Dann ist die Leitung tot.

Ich richte mich auf und lasse den Blick über die Kisten rings ums Bett schweifen. Auf allen steht ein *M* irgendwo auf der Seite. Im Wohnzimmer habe ich *M*'s, *A*'s (meine

Mutter heißt Allison) und *P*'s (mein Vater Peter) gesehen, aber keine *B*'s. Vor Übelkeit habe ich einen richtigen Knoten im Magen.

»Mom!« Ich springe vom Bett auf und gehe in den Flur hinaus.

Dad versteckt sich in einer Ecke des Wohnzimmers, ein Teppichmesser in der einen Hand und ein Buch in der anderen. Er scheint sich mehr für das Buch zu interessieren.

»Was ist denn los, Mac?«, fragt er, ohne aufzublicken. Aber Dad steckt da nicht dahinter. Da bin ich mir ganz sicher. Er mag auch am Weglaufen sein, aber er ist in unserem Familienrudel nicht der Leitwolf.

»Mom!«, rufe ich wieder. Ich finde sie im Schlafzimmer, wo irgendeine Talkshow im Radio in voller Lautstärke läuft, während sie auspackt.

»Was ist denn, mein Schatz?« Sie wirft einige Kleiderbügel aufs Bett.

Als ich die Worte schließlich herausbringe, ist meine Stimme dabei so leise, als würde ich nicht wirklich fragen wollen. Als würde ich es nicht wirklich wissen wollen.

»Wo sind Bens Kisten?«

Es folgt eine sehr, sehr lange Pause. »Mackenzie.« Sie zieht das Wort in die Länge. »Hier geht es um einen Neuanfang …«

»Wo sind sie?«

»Ein paar sind eingelagert. Der Rest …«

»Sag, dass das nicht wahr ist.«

»Colleen meint, dass zu einer Veränderung manchmal drastische …«

»Du willst deine Therapeutin dafür verantwortlich machen, dass du Bens Sachen weggeworfen hast? Ist das dein

Ernst?« Offensichtlich bin ich inzwischen lauter geworden, denn Dad taucht hinter mir im Türrahmen auf. Moms aufgesetzt fröhliche Miene bröckelt, und er geht zu ihr. Plötzlich bin ich die Böse, weil ich an etwas festhalten wollte. Etwas, das ich lesen kann.

»Sag, dass du einen Teil davon aufgehoben hast«, stoße ich zwischen zusammengebissenen Zähnen hervor.

Mom nickt. Sie hat ihr Gesicht immer noch an Dads Hals vergraben. »Eine kleine Schachtel voll. Nur ein paar Sachen. Sie sind in deinem Zimmer.«

Ich renne in mein Zimmer, wo ich die Tür hinter mir zuknalle und Kisten aus dem Weg räume, bis ich sie endlich finde. In eine Ecke geschoben. Ein kleines *B* auf einer Seite. Die Schachtel ist kaum größer als ein Schuhkarton.

Ich durchtrenne das durchsichtige Klebeband mit Granpas Schlüssel und kippe den Inhalt aufs Bett, sodass alles, was von Ben übrig ist, auf die Matratze kullert. Meine Augen brennen. Es ist nicht so, dass Mom gar nichts aufgehoben hätte, aber sie hat die falschen Sachen aufgehoben. Wir hinterlassen Erinnerungen vor allem auf Objekten, die wir besonders gern haben und schätzen, auf Dingen, die wir viel benutzen.

Wenn Mom sein Lieblingsshirt behalten hätte – das blaue mit dem X auf der Brust – oder einen seiner blauen Buntstifte – wenigstens einen Stummel – oder den Aufnäher, den er im Leichtathletikwettkampf gewonnen hat und auf den er so stolz war, dass er ihn immer in der Hosentasche bei sich trug, aber nicht stolz genug, um ihn hinten am Rucksack zu befestigen ... doch die Dinge auf dem Bett sind nicht wirklich Bens. Fotos, die sie für ihn gerahmt hat, korrigierte Klassenarbeiten, ein Hut, den er einmal getragen hat, eine kleine Trophäe für gute Rechtschreibung, ein Teddybär, den er gehasst hat, und eine Tasse, die er mal im Kunstunterricht gemacht hat, als er fünf oder sechs war.

Ich ziehe meinen Ring ab und greife nach dem ersten Gegenstand.

Vielleicht gibt es ja doch etwas.

Es muss doch etwas geben.

Irgendwas.

»Das ist kein Party-Kunststückchen, Kenzie!«, fährst du mich an.

Ich lasse die Glaskugel fallen, und sie rollt über den Tisch. Du bringst mir das Lesen bei – von Dingen, nicht von Büchern –, und ich habe wohl einen Scherz gemacht, das Ganze mit ein bisschen Hokuspokus versehen.

»Es gibt nur einen einzigen Grund, weshalb Wächter die Fähigkeit besitzen, Dinge zu lesen«, erklärst du mir streng. »Wir werden dadurch zu besseren Jägern. Es hilft uns dabei, Chroniken aufzustöbern.«

»Da ist sowieso nichts drin gespeichert«, murmele ich.

»Natürlich nicht.« Du nimmst die Kugel und drehst sie zwischen Fingern hin und her. »Es ist ein Briefbeschwerer. Und das hättest du sofort wissen müssen, als du ihn in die Hand genommen hast.«

Hatte ich auch. Er besaß diese typische leere Stille. Er summte nicht an meinen Fingern. Du reichst mir meinen Ring zurück, und ich stecke ihn mir an.

»Nicht alles enthält Erinnerungen«, sagst du. »Nicht jede Erinnerung ist es wert, festgehalten zu werden. Glatte Oberflächen – Wände, Böden, Tische, solche Sachen – sind wie Leinwände gut dazu

geeignet, Bilder aufzunehmen. Je kleiner das Objekt, umso schwerer fällt es ihm, einen Eindruck zu bewahren. Aber«, fügst du hinzu und hältst den Briefbeschwerer so, dass ich die verzerrte Welt im Glas erkenne, »wenn es eine Erinnerung gibt, dann solltest du sie schon bei der leisesten Berührung erkennen. Mehr Zeit bleibt dir nicht. Wenn eine Chronik in die Außenwelt gelangen würde ...«

»Wie sollte sie das anstellen?«

»Indem sie einen Wächter tötet? Einen Schlüssel stiehlt? Beides.« Dein Husten ist ein quälendes, rasselndes Geräusch. »Es ist nicht leicht.« Du hustest wieder. Wie gerne würde ich etwas tun, um dir zu helfen, aber das eine Mal, als ich dir Wasser angeboten habe, hast du mich bloß angeknurrt, dass Wasser überhaupt nichts nützen würde, außer ich hätte vor, dich darin zu ersäufen. Also tun wir jetzt so, als gäbe es den Husten nicht, der dich immer wieder beim Reden unterbricht.

»Aber«, sagst du, als du dich langsam wieder erholst, »wenn eine Chronik entkommt, dann musst du sie aufspüren, und zwar schnell. Oberflächen zu lesen muss dir in Fleisch und Blut übergehen. Diese Gabe ist kein Spiel, Kenzie. Sie ist kein Zaubertrick. Wir lesen nur aus einem einzigen Grund in der Vergangenheit: um zu jagen.«

Ich weiß, wofür meine Gabe eigentlich vorgesehen ist, aber das hält mich nicht davon ab, jedes gerahmte Foto, jeden Papierfetzen, jedes Stück sentimentalen Müll, den Mom ausgesucht hat, zu berühren, in der Hoffnung auf ein Flüstern, auf die leiseste Spur einer Erinnerung an Ben. Dabei ist es sowieso egal, weil alles davon leer ist. Als ich schließlich bei der bescheuerten Sommerbastelkurstasse ankomme, bin ich schon ganz verzweifelt. Mein Herz fängt an zu flattern, als ich beim Berühren das leise Summen an meinen Fingerspitzen verspüre, wie ein Versprechen. Doch als ich die Augen schließe – selbst als ich am Summen vorbeigreife –, finde ich dort nichts als Muster und Licht, bis zur Unkenntlichkeit verschwommen.

Am liebsten würde ich die Tasse mit voller Kraft an die Wand werfen, um eine neue Delle zu machen. Als ich tatsächlich gerade zum Wurf aushole, fällt mein Blick auf ein Stück schwarzes Plastik, das ich offensichtlich übersehen habe. Ich lasse die Tasse aufs Bett fallen und ziehe zwischen dem Pokal und dem Bär eine ziemlich ramponierte Brille heraus.

Mein Herz macht einen Satz. Die Brille besteht nur aus einem schwarzen dicken Gestell, ohne Gläser, und ist in diesem Sammelsurium das Einzige, was *wirklich* Ben gehört hat. Er setzte sie immer dann auf, wenn er ernst genommen werden wollte. Er verlangte dann von uns, ihn Professor Bishop zu nennen, obwohl das Dads Name war und Dad nie eine Brille trug. Ich versuche, mir Ben mit der Brille auf der Nase vorzustellen. Versuche, mich an die genaue Farbe seiner Augen hinter dem Rand zu erinnern, an die Art, wie er lächelte, bevor er sie aufgesetzt hat.

Ich kann es nicht.

Mein Brustkorb schmerzt, während ich das alberne schwarze Gestell in den Fingern halte. Und dann, als ich es gerade beiseitelegen will, spüre ich es, schwach und weit entfernt, aber gleichzeitig hier in meiner Handfläche. Ein leises Summen, wie eine Glocke, die vibrierend verklingt. Der Ton ist federleicht, aber er ist da. Ich schließe die Augen, hole tief Luft und greife nach dem Faden der Erinnerung. Er ist zu dünn und rutscht mir immer wieder zwischen den Fingern weg, aber schließlich bekomme ich ihn zu fassen. Die Dunkelheit hinter meinen Augen bewegt sich und erhellt sich zu Grau, die grauen Flächen verwandeln sich zuckend zu Formen, und aus den Formen wird ein Bild.

Es ist nicht einmal genug Erinnerung, um eine ganze Szene zu bilden, nur eine Art ausgefranste Skizze, deren Details alle verwischt wurden. Aber das macht nichts, denn Ben ist da – nun ja, zumindest eine Ben-ähnliche Gestalt – und steht vor einer Dad-ähnlichen Gestalt, die Brille auf der Nase, und blickt mit vorgerecktem Kinn nach oben und versucht, nicht zu lächeln, weil er glaubt, nur finstere Mienen werden ernst genommen. Die Zeit reicht gerade noch, damit die verwischte Linie seines Mundes zucken und sich zu einem Grinsen verziehen kann, bevor die Erinnerung verblasst, sich wieder im Grau auflöst und das Grau in Schwarz übergeht.

Mein Puls hämmert in meinen Ohren, während ich immer noch die Brille umklammert halte. Ich muss nicht zurückspulen, die Erinnerung an den Anfang zurückführen, weil es nur eine einzige traurige Sequenz von Bildern gibt, die sich in diesem Plastikgestell immer wiederholen. Prompt fängt einen Augenblick später die Dunkelheit an zu wabern, wird grau, und es fängt von vorne an. Ich lasse die unnatürliche Erinnerung an Ben fünfmal ablaufen – und hoffe dabei jedes Mal, dass sie schärfer wird, hoffe, dass sie sich in eine Szene verwandelt, statt nur ein paar verwischte Momente zu zeigen –, bevor ich mich schließlich dazu zwinge, loszulassen und zu blinzeln. Dann ist sie verschwunden, und ich sitze wieder in einem Zimmer voller Kisten, im Schoß die Brille meines toten Bruders.

Meine Hände zittern, aber ich kann nicht sagen, ob vor Wut oder Traurigkeit oder Angst. Angst, dass ich ihn verliere, Stück für Stück. Nicht nur sein Gesicht – das fing sofort an zu verblassen –, sondern die Spuren, die er auf der Welt hinterlassen hat.

Ich lege die Brille neben das Bett und räume Bens restliche Sachen wieder in die Schachtel. Als ich gerade meinen Ring wieder anziehen will, lässt mich ein Gedanke innehalten. *Spuren.* Unser letztes Haus war ganz neu, als wir eingezogen sind. Jede abgenutzte Stelle stammte von uns, jede Macke war unsere, und alle hatten ihre eigene Geschichte.

Das Zimmer, in dem ich sitze, ist nicht nur voll mit Umzugskisten, sondern auch mit jeder Menge alter Spuren, und auf einmal möchte ich die Geschichten dazu wissen. Oder besser gesagt, ein Teil von mir will sie wissen. Der andere Teil hält es für eine ausgesprochen schlechte Idee, aber auf diesen Teil höre ich nicht. Nichtwissen mag ein Segen sein, aber nur, wenn es die Neugier aufwiegt. *Neugier ist eine Einstiegsdroge auf dem Weg zu Mitleid,* erklingt Granpas warnende Stimme in meinem Kopf. Das weiß ich doch, aber hier gibt es schließlich keine Chroniken, mit denen ich Mitleid bekommen könnte. Was genau der Grund ist, weshalb das Archiv Lesen aus reiner Neugier niemals gutheißen würde.

Aber ich besitze nun mal diese Fähigkeit, und es ist ja auch nicht so, als würde jedes Mal, wenn ich sie benutze, irgendwo ein kleines Lichtlein aufleuchten. Außerdem habe ich die Regel heute Abend schon einmal gebrochen, indem ich in Bens Sachen gelesen habe, also kann ich genauso gut noch eins draufsetzen. Ich schaffe mir etwas Platz auf dem

Fußboden, der sofort ein leises Surren von sich gibt, als ich meine Handflächen auf die Dielenbretter drücke. Hier in der Außenwelt halten die Böden die besten Eindrücke.

Ich greife hinein, und meine Finger fangen an zu kribbeln. Die Taubheit wandert meine Handgelenke hinauf, während sich die Grenze zwischen dem Untergrund und meiner Haut aufzulösen scheint. Hinter geschlossenen Augen nimmt das Zimmer wieder Gestalt an, dasselbe und doch anders. Zuerst sehe ich mich selbst dort stehen und auf Bens Schachtel hinunterblicken, wie ich es vor wenigen Augenblicken getan habe. Die Farbe ist etwas ausgebleicht, sodass eine verblasste Erinnerungslandschaft bleibt, und das Bild insgesamt ist undeutlich, als wäre es in Sand gedruckt, frisch, aber bereits am Verschwinden.

Ich halte mich kurz an diesem Moment fest, bevor ich den Erinnerungsfaden zurückspule.

Er wickelt sich wie ein rückwärts laufender Film ab.

Die Zeit wirbelt davon, und das Zimmer füllt sich mit Schatten, da und wieder weg und da und wieder weg, so schnell, dass sie sich überlagern. Leute von der Umzugsfirma. Kisten verschwinden, bis die Räume leer sind. Nach wenigen Momenten wird die Szene dunkel. Leer. Aber nicht vorbei. Ich kann die älteren Erinnerungen hinter der Dunkelheit fühlen. Also spule ich schneller zurück, suche nach weiteren Menschen, weiteren Geschichten. Es kommt nichts, nichts, bis schließlich die Bilder wieder aufflackern.

Ausgedehnte Flächen halten alle Eindrücke fest, aber es gibt dabei zwei verschiedene Arten: solche, die durch Gefühle eingebrannt wurden, und solche, die sich durch Wiederholung einschleifen. Beide werden unterschiedlich aufgezeichnet. Die erste Sorte ist klar, hell und begrenzt. Dieses Zimmer ist voll von der zweiten Sorte: lange, öde Phasen der Gewohnheit, die in die Oberflächen eingegraben sind, Jahre, die in einen einzigen Augenblick gepresst werden, eher wie ein Foto als ein Film. Das meiste von dem, was ich sehe, sind verblasste Momentaufnahmen: ein dunkler Holztisch und eine Wand mit Büchern, ein Mann, der wie ein Pendel zwischen beiden hin und her läuft; eine Frau, ausgestreckt auf einer Couch; ein älteres Ehepaar. Das Zimmer flackert während eines Streits kurz klar und deutlich auf, aber sobald die Frau die Tür hinter sich zugeknallt hat, versinkt die Szenerie wieder in den Schatten und dann in der Dunkelheit.

Eine schwere, anhaltende Dunkelheit.

Und doch kann ich dahinter immer noch etwas spüren.

Etwas Helles, Lebendiges, Vielversprechendes.

Die Taubheit breitet sich über meine Arme in meinem Brustkorb aus, während ich die Handflächen fest auf den Boden drücke und durch die schwarze Phase hindurchgreife, bis sich ein dumpfer Schmerz hinter meinen Augen einstellt und die Dunkelheit endlich Licht und Gestalt und Erinnerung weicht. Doch ich war zu ungeduldig, habe zu weit zurückgespult. Die Szenen rauschen viel zu schnell vorbei, werden zu einem undeutlichen Schleier und entziehen sich meiner Kontrolle, sodass ich die Zeit erst wieder in die Länge ziehen muss, bis sie schließlich langsamer wird. Ich muss mich dagegenstemmen, bis sie um mich herum zum Stillstand kommt.

Als sie es tut, befinde ich mich in einem Raum, der mein Zimmer ist, aber gleichzeitig auch nicht. Ich will gerade weiter zurückspulen, als mich etwas davon abhält. Auf dem Fußboden vor mir, etwa einen Meter von meinen Händen entfernt, glänzt ein schwärzlicher Fleck neben zersplittertem Glas. Ich blicke mich um.

Zuerst sieht es nach einem hübschen Zimmer aus, altmodisch, grazile weiße Möbel mit aufgemaltem Blumendekor … Aber die Decke auf dem Bett ist verrutscht, die Sachen auf der Kommode – Bücher und Krimskrams – fast alle umgefallen.

Ich suche nach einem Datum, so wie Granpa es mir beigebracht hat – als Brotkrumen-Spur oder Lesezeichen, falls ich irgendwann mal zu diesem Moment zurückkehren muss –, und entdecke auf dem Tisch einen kleinen Kalender, auf dem ich das Wort MÄRZ entziffern kann, wenn auch keine Jahreszahl. Ich suche nach anderen markanten Zeichen: ein blaues Kleid, ziemlich leuchtend für eine verblasste Erinnerung, das über einem niedrigen Stuhl liegt. Auf dem Tischchen daneben ein schwarzes Buch.

Ein ungutes Gefühl breitet sich in mir aus, als ich die Zeit weiterspule und ein junger Mann hereingestolpert kommt. Dasselbe klebrige, schwärzliche Zeug ist auf sein Hemd gespritzt und überzieht seine Arme bis zu den Ellenbogen hinauf. Es tropft ihm von den Fingern, und selbst in der ausgebleichten Welt der Erinnerung weiß ich, dass es sich um Blut handelt.

Ich erkenne es an der Art, wie er an sich hinabblickt, als würde er seine Haut am liebsten abstreifen.

Er schwankt und fällt direkt neben mir auf die Knie. Obwohl er mich nicht berühren kann, obwohl ich gar nicht hier bin, rutsche ich automatisch ein Stück zurück, wobei ich sorgfältig darauf achte, den Bodenkontakt nicht zu verlieren, während er seine beschmierten Arme um sich schlingt. Er kann nicht viel älter sein als ich, vielleicht achtzehn oder neunzehn. Sein dunkles Haar ist zurückgekämmt, wobei ihm trotzdem einige Strähnen in die Augen hängen, während er sich vor und zurück wiegt. Seine Lippen bewegen sich, aber Stimmen bleiben selten an Erinnerungen hängen, sodass ich nichts anderes höre als ein *Haschaschasch*-Rauschen.

»Mackenzie«, ruft meine Mutter. Der Klang ihrer Stimme wird durch den Schleier der Erinnerung verzerrt und undeutlich.

Der Mann hört auf, sich hin- und herzuwiegen, und steht auf. Er lässt die Arme sinken, und mein Magen krampft sich zusammen. Er ist blutüberströmt, aber es ist nicht sein eigenes. Er hat keine Schnitte an den Armen oder der Brust. Eine Hand wirkt zerschnitten, aber nicht genug, um so heftig zu bluten.

Wessen Blut ist es dann? Und wessen *Zimmer* ist das? Da liegt dieses Kleid, und ich bezweifele, dass die Möbel, von winzigen Blümchen überzogen, ihm gehören, aber …

»Mackenzie«, ruft meine Mutter wieder, diesmal näher, gefolgt vom Geräusch der Türklinke. Ich fluche, öffne die Augen und reiße meine Hände vom Boden weg, woraufhin die Erinnerungsbilder abbrechen und ich mich mit einem dumpfen Kopfschmerz in einem Zimmer voller Kisten wiederfinde. Mom kommt hereingestürmt, und noch bevor es mir gelingt, den Ring aus meiner Tasche zu holen und überzustreifen, umarmt sie mich fest. Ich schnappe nach Luft, denn ohne Ring ist es nicht nur der Lärm, sondern *gähnende*

Kälte ausgehöhlt zu hell sei fröhlich in Kissen schreien bis ich nicht mehr atmen kann sei fröhlich kleinstes Zimmer Kisten packen auf denen B durchgestrichen ist man sieht es immer noch konnte ihn nicht retten hätte da sein sollen hätte, ehe es mir gelingt ihren verworrenen Bewusstseinsstrom aus meinem Kopf zu drängen. Ich versuche, eine Mauer zwischen uns zu errichten, eine wackelige mentale Version der Ringbarriere. Sie ist so zerbrechlich wie Glas. Die Anstrengung verschlimmert zwar den Kopfschmerz, aber zumindest versperrt sie den wirren Gedanken meiner Mutter den Weg.

Mir ist ziemlich übel, als ich mich schließlich aus ihrer Umarmung lösen kann und heimlich den Ring anstecke, wodurch der letzte Rest des Lärms verstummt.

»Mackenzie. Es tut mir so leid.« Ich brauche einen Moment, um mich in der Gegenwart wieder zurechtzufinden, um zu begreifen, dass Mom sich nicht für die Umarmung entschuldigt – denn sie weiß natürlich nicht, weshalb ich Berührungen hasse –, und um mir bewusst zu machen, dass dieser blutüberströmte Junge, den ich eben gesehen habe, sich nicht mehr hier im Zimmer befindet, weil das viele Jahre her ist. Ich bin immer noch wütend auf Mom, weil sie Bens Sachen weggeworfen hat. Ich will wütend bleiben, doch der Ärger lässt nach.

»Ist schon in Ordnung«, sage ich. »Ich kann's ja verstehen.« Obwohl es nicht wirklich in Ordnung ist, und ich es auch nicht verstehe. Das sollte Mom eigentlich erkennen. Kann sie aber nicht. Leise seufzend streckt sie die Hand aus, um mir eine Haarsträhne hinters Ohr zu streichen. Ich lasse es zu und versuche, mich bei ihrer Berührung nicht zu sehr zu verkrampfen.

»Das Abendessen ist fertig«, sagt sie. Als wäre alles ganz normal. Als wären wir zu Hause statt in einer Pappkartonfestung in einem alten Hotelzimmer in einer Stadt, in der wir versuchen, uns vor den Erinnerungen an meinen Bruder zu verstecken. »Kommst du den Tisch decken?«

Bevor ich sie fragen kann, ob sie überhaupt weiß, wo der Tisch ist, führt sie mich ins Wohnzimmer, wo sie und Dad zusammen inzwischen irgendwie einen Platz zwischen den Kisten freigeräumt haben. Dort haben sie unseren Esstisch aufgebaut und fünf Boxen mit chinesischem Take-away-Essen wie zu einem Strauß in der Mitte angeordnet.

Der Tisch ist das einzige montierte Möbelstück im Raum, sodass es wirkt, als würden wir auf einer Insel aus Packmaterial essen. Wir benutzen Teller, die aus einer Kiste mit überraschend aussagekräftiger Beschriftung stammen: KÜCHE – ZERBRECHLICH. Mom schwärmt mit Säuselstimme vom Coronado, während Dad nickend einsilbige Zustimmung signalisiert und ich in meinem Essen verschwommene Ben-Umrisse sehe, wann immer ich kurz die Augen schließe. Also starre ich ohne zu blinzeln auf mein Gemüse.

Nach dem Abendessen schiebe ich Bens Schachtel ganz hinten in meinen Schrank, zusammen mit zwei weiteren, auf denen GRANPA steht. Die habe ich selbst gepackt, nachdem ich angeboten hatte, seine Sachen an mich zu nehmen, vor allem weil ich Angst hatte, Mom würde sie letztlich weggeben, wenn ich sie nicht bei mir unterbrachte. Nie hätte ich damit gerechnet, dass sie die von Ben wegwerfen würde. Den albernen blauen Bären setze ich neben mein Bett und drücke ihm Bens schwarze Brille auf die Knopfnase.

Dann versuche ich auszupacken, aber mein Blick wandert immer wieder zu der Stelle in der Mitte des Raumes, wo der blutbefleckte junge Mann gekauert hatte. Als ich die Kisten beiseiteschiebe, kann ich auf dem Holz beinahe einige dunkle Flecken ausmachen, und jetzt sehe ich, jedes Mal wenn ich auf den Boden schaue, nichts anderes mehr. Aber wer weiß, ob die Flecken wirklich von seinem Blut stammten. Nicht von *seinem* Blut, korrigiere ich mich. Das Blut von *jemandem*. Einerseits will ich unbedingt diese Erinnerung weiterlesen – andererseits bin dann doch nicht so wild darauf, zumindest nicht an meinem ersten Abend in diesem Zimmer. Außerdem findet Mom immer wieder einen Grund hereinzukommen, und klopft dabei oft nicht einmal an. Falls ich die Erinnerung noch mal lese, dann doch vorzugsweise ohne weitere Unterbrechungen. Also muss ich bis zum Morgen warten.

Ich krame Bettzeug heraus und überziehe mein Bett. Der Gedanke, hier zu schlafen, wo offensichtlich irgendetwas Komisches passiert ist, bereitet mir ziemliches Unbehagen, obwohl ich weiß, dass es Jahre her sein muss. Auch wenn es albern ist, Angst zu haben, kann ich trotzdem nicht schlafen.

Meine Gedanken driften zwischen Bens verschwommener Gestalt und dem blutbefleckten Fußboden hin und her, wobei sich die beiden Erinnerungen vermischen, bis Ben derjenige ist, der zwischen den Glasscherben hockt und seine roten Hände ansieht. Ich setze mich im Bett auf. Mein Blick wandert zum Fenster, wo ich erwarte, unseren Hof zu sehen und dahinter die Backsteinwand von Lyndseys Elternhaus, aber dort draußen ist eine andere Stadt, und in diesem Moment wünschte ich, ich wäre zu Hause. Ich wünschte, ich könnte mich aus dem Fenster beugen und Lyndsey auf ihrem Dach liegen und die Sterne beobachten sehen. Spät am Abend war die einzige Zeit, in der sie sich erlaubte, faul zu sein, und ich spürte, dass sie sich wie eine Rebellin vorkam, diese paar Minuten zu stehlen. Ich schlich um diese Zeit immer von den Narrows nach Hause – durch die Tür fünf Straßen weiter hinterm Metzger – und stieg zu ihr hinauf. Nie fragte sie mich, wo ich gewesen war. Sie blickte hinauf in die Sterne und fing an zu reden, mitten im Satz, als wäre ich die ganze Zeit bei ihr gewesen. Als ob alles völlig normal wäre.

Normal.

Ich gebe es zu, manchmal träume ich davon, normal zu sein. Ich träume von diesem Mädchen, das aussieht wie ich und spricht wie ich, aber anders ist als ich. Weil es dieses offene Lächeln hat und gerne lacht, genau wie Lyndsey. Dieses Mädchen muss keinen Silberring oder rostigen Schlüssel tragen. Es liest nicht in der Vergangenheit und jagt auch keine ruhelosen Toten. Ich träume davon, wie diese Andere ganz alltägliche Dinge tut. Sie kramt in ihrem Schulspind herum. Sie liegt am Pool, umgeben von Mädchen, die schwimmen oder sich mit ihr unterhalten, während sie in irgendwelchen Magazinen blättert. Sie sieht sich, zwischen lauter Kissen, einen Film an, während eine Freundin ihr Popcorn zuwirft, das sie mit dem Mund auffangen soll. Sie schnappt fast immer daneben.

Sie schmeißt eine Party.

Sie geht tanzen.

Sie küsst einen Jungen.

Und sie ist so … glücklich.

M. So nenne ich sie, dieses normale Ich, das es nicht gibt.

Es ist nicht so, dass ich diese Dinge noch nie getan hätte, geküsst oder getanzt und einfach nur gechillt. Habe ich schon. Aber es war aufgesetzt, eine Rolle, eine Lüge. Ich bin so gut darin – im Lügen –, aber mich selbst kann ich nicht belügen. Ich kann so tun, als wäre ich M. Ich kann sie wie eine Maske tragen. Aber ich kann sie nicht *sein*. Ich werde nie sie sein.

M würde keine blutüberströmten jungen Männer in ihrem Schlafzimmer sehen.

M würde ihre Zeit nicht damit verbringen, die Spielsachen ihres toten Bruders nach einem kurzen Blick auf sein Leben abzutasten.

Die Wahrheit ist, ich weiß, weshalb Bens Lieblingsshirt nicht in der Schachtel war, oder sein Aufnäher, oder die meisten seiner Stifte. Er hatte diese Dinge an jenem Tag, als er starb, bei sich. Hatte das T-Shirt an, den Aufnäher in seiner Tasche und die Stifte auch, wie an jedem normalen Tag. Weil es ein normaler Tag war, genau bis zu dem Moment, als ein Auto zwei Blocks von Bens Schule entfernt genau in dem Moment eine rote Ampel überfuhr, als Ben vom Gehweg auf die Straße trat.

Und danach weitergefahren ist.

Was tut man, wenn es jemanden gibt, dem man die Schuld geben kann, man diesen Jemand aber nie finden wird? Wie schließt man den Fall ab, so wie die Polizei das tut? Wie kann man nach so was weitermachen?

Anscheinend gar nicht – stattdessen zieht man weg.

Ich möchte ihn einfach nur sehen. Nicht einen Ben-ähnlichen Umriss, sondern den echten Ben. Nur für einen

Augenblick. Einen kurzen Blick. Je mehr ich ihn vermisse, umso mehr scheint er zu verblassen. Es fühlt sich an, als wäre er so unendlich weit weg, und es wird mich ihm nicht näher bringen, mich an leere Andenken zu klammern. Etwas anderes jedoch schon.

Sofort springe ich aus dem Bett, ziehe statt des Schlafanzugs eine schwarze Hose und ein langärmeliges T-Shirt an: meine übliche Uniform. Mein Archivpapier liegt auf dem kleinen Tisch, zusammengefaltet und leer. Ich stecke es in die Tasche. Es ist mir egal, ob ein Name drauf steht. Ich gehe nicht in die Narrows. Ich gehe durch sie hindurch.

Ins Archiv.

4

In der Wohnung ist alles still, aber als ich aus meinem Zimmer in den Flur hinausschlüpfe, sehe ich einen schwachen Lichtschein unter der Tür meiner Eltern. Ich halte die Luft an. Hoffentlich ist Dad einfach nur beim Lesen eingeschlafen und hat vergessen, die Nachttischlampe auszuschalten. Der Hausschlüssel hängt wie eine Trophäe an einem Haken neben der Wohnungstür. Die Dielen hier sind so viel älter als der Fußboden in unserem letzten Haus, sodass ich bei jedem Schritt damit rechne, ertappt zu werden, aber irgendwie schaffe ich es ohne Knarzen bis zum Schlüssel. Jetzt bleibt noch die Tür. Der Trick ist, die Klinke langsam Stück für Stück loszulassen. Dann schließe ich 2F und drehe mich um.

Erstarre.

Ich bin nicht allein.

Auf halber Strecke zu den Aufzügen steht ein Typ in meinem Alter an die verblichene Tapete gelehnt, direkt neben dem Meer-Gemälde. Er starrt zur Decke hinauf, oder durch sie hindurch, wobei das dünne schwarze Kabel seiner Kopfhörer eine Linie von den Ohren über den Hals bildet. Ich kann die Musik bis hierher hören. Ich mache einen geräuschlosen Schritt, aber er dreht trotzdem ganz gemächlich den Kopf, um mich anzusehen. Dann lächelt er. Lächelt, als hätte er mich beim Schummeln ertappt, dabei, wie ich mich davonschleiche.

Was ja im Grunde auch stimmt.

Sein Lächeln erinnert mich an die Bilder hier im Gebäude, von denen kein einziges gerade zu hängen scheint. Auf dieselbe Art ist sein Mundwinkel schief gezogen. Seine schwarzen, ziemlich langen Haare hat er stachelig nach oben gestylt, und ich bin mir ziemlich sicher, dass er Eyeliner trägt.

Er schließt die Augen und lehnt den Kopf an die Wand, als wollte er sagen: *Ich hab dich nicht gesehen.* Aber dieses Lächeln bleibt, und sein verschwörerisches Schweigen ändert nichts an der Tatsache, dass er zwischen mir und meinem Bruder steht, denn sein Rücken befindet sich genau da, wo die Narrows-Tür sein sollte, das Schlüsselloch ungefähr in dem Dreieck zwischen seinem angewinkelten Arm und seinem Hemd.

Zum ersten Mal bin ich froh, dass das Coronado so alt ist, denn jetzt brauche ich die zweite Tür. Also gebe ich mir größte Mühe, die Rolle des normalen Mädchens zu spielen, das nachts heimlich die Wohnung verlässt. Die lange Hose und das langärmelige Shirt mitten im Sommer passen zwar nicht ganz ins Bild, aber daran kann ich jetzt nichts ändern. Mit hoch erhobenem Haupt spaziere ich den Flur entlang zur Nordtreppe (es wäre zu auffällig, jetzt noch die andere Richtung einzuschlagen).

Die Augen des Jungen bleiben geschlossen, aber sein Mundwinkel zuckt, als ich an ihm vorbeigehe und im Treppenhaus verschwinde. Schon irgendwie komisch, denke ich bei mir. Diese Treppe führt von ganz oben bis in den ersten Stock, wo sie mich auf dem Absatz der breiten Aufgangstreppe ausspuckt, die einen Bogen ins Foyer hinunter beschreibt. Ein burgunderroter Stoffstreifen erstreckt sich wie eine Zunge über die Marmorstufen, und bei jedem meiner Schritte steigen kleine Staubwolken auf.

Die meisten Lichter wurden inzwischen ausgeschaltet, sodass die weitläufige Empfangshalle unten im Halbdunkel liegt. Auf der gegenüberliegenden Wand ist in verblassten Kursivbuchstaben das Wort *Café* zu erkennen, aber ich steuere auf die Seite des Treppenaufgangs zu, wo ich den Spalt gesehen hatte. Die tapezierte Wand liegt nun im Schatten zwischen zwei Lampen. Ich trete in das Dunkel hinein, fahre mit den Fingern über das Lilienmuster, bis ich die Stelle gefunden habe. Dann stecke ich meinen Ring ein, ziehe Granpas Schlüssel vom Hals und taste mit der anderen Hand den Spalt entlang bis zur Vertiefung des Schlüssellochs. Einen Augenblick nach dem metallischen Klicken zeichnet sich ein schimmernder Türrahmenumriss ab.

Bei meinem Eintreten seufzen die Narrows um mich herum: feuchter Atem und Worte, von so weit weg, dass sie nicht mehr als ein leises Murmeln sind. Mit dem Schlüssel in der Hand gehe ich den Gang entlang, bis ich die Türen finde, die ich zuvor markiert hatte: die eine mit dem weiß ausgemalten Kreis für Retoure, und rechts daneben die mit dem leeren Kreis, die zum Archiv führt.

Ich halte kurz inne, straffe die Schultern und trete hindurch.

An dem Tag, an dem ich Wächterin werde, hältst du meine Hand.

Du hältst sonst nie *meine Hand. Du vermeidest Berührungen auf dieselbe Weise, wie ich es nach und nach lerne zu tun, aber am Tag, an dem du mich zum ersten Mal mit ins Archiv nimmst, greifen deine wettergegerbten Finger beim Eintreten nach meiner Hand. Da wir unsere Ringe nicht tragen, erwarte ich, durch deine Haut hindurch das übliche Chaos an Erinnerungen und Gedanken und Gefühlen zu spüren, aber da ist nichts als der Druck deiner Hand. Ich frage mich, ob es daran liegt, dass du stirbst, oder weil du die Welt so gut ausblenden kannst – etwas, das ich nach wie vor immer noch nicht richtig kann. Was auch immer der Grund dafür ist, ich spüre nichts als deinen Griff und bin dankbar dafür.*

Wir treten in einen Vorraum, ein großes, rundes Zimmer aus dunklem Holz und hellem Stein. Ein Vestibül, nennst du es. Es gibt keine sichtbare Lichtquelle, und doch ist der Raum hell erleuchtet. Die Tür, durch die wir hereingekommen sind, wirkt von dieser Seite aus größer als in den Narrows, außerdem älter, abgenutzter.

Darüber befindet sich ein steinerner Türsturz, auf dem steht: SERVAMUS MEMORIAM. Eine Formulierung, die ich noch nicht kenne. Drei senkrechte Striche, das Symbol des Archivs, trennen die Wörter, und darunter stehen einige römische Ziffern. Auf der gegenüberliegenden Seite sitzt eine Frau hinter einem großen Schreibtisch und trägt energisch etwas in ein großes Buch ein. Ein RUHE BITTE-Schild steht an der Kante des Tisches. Als sie uns sieht, legt sie den Stift sofort weg. Offensichtlich werden wir erwartet.

Meine Hände zittern, aber du hältst mich weiter fest.

»Kenzie, du machst das schon«, flüsterst du, während die Frau auf eine riesige Doppeltür schräg hinter sich deutet, die wie ein Paar Flügel offen steht. Dahinter kann ich das Herz des Archivs sehen, das Atrium – ein riesiger Raum, der von unzähligen Regalreihen durchzogen wird. Die Frau steht weder auf, noch begleitet sie uns, sondern nickt uns nur zu und flüstert ein freundliches »Antony« als Begrüßung.

Du führst mich hinein.

Auch hier gibt es keine Fenster, weil es kein Draußen gibt, und doch wölbt sich über den Regalen eine Decke aus Glas und Licht. Der Ort ist gewaltig groß und besteht aus ganz viel Holz und Marmor. In der Mitte verlaufen lange Tische wie eine doppelte Wirbelsäule, von der die Regale wie Rippen zu beiden Seiten abzweigen. Die Unterteilungen lassen den gewaltigen Raum kleiner, gemütlicher erscheinen. Oder zumindest überschaubarer.

Das Archiv ist genauso, wie du es mir beschrieben hast: ein Flickwerk ... Holz und Stein und farbiges Glas und über allem ein Gefühl des Friedens.

Aber etwas hast du ausgelassen.

Es ist wunderschön.

So schön, dass ich einen Moment lang vergesse, dass die Regalwände mit Körpern gefüllt sind. Dass die Stapel und Schränke, aus denen die Wände bestehen, zwar hübsch anzusehen sind, aber dass sie Chroniken enthalten. An jeder Schublade prangt ein verschnörkelter Messinghalter mit einer Karte, auf die fein säuberlich ein Name und ein Datensatz gedruckt wurden. Es ist so leicht, das zu vergessen.

»Unglaublich«, staune ich. Das Wort hallt wider, und ich zucke zusammen, weil mir das Schild auf dem Tisch der Bibliothekarin wieder einfällt.

»Stimmt«, antwortet eine neue Stimme, und als ich mich umdrehe, sehe ich einen Mann an der Kante eines Tisches lehnen, die Hände in den Taschen vergraben. Er sieht merkwürdig aus: wie ein dünnes Strichmännchen mit einem jungen Gesicht, aber alten grauen Augen und dunklen Haaren, die ihm in die Stirn hängen. Seine Kleidung ist relativ normal – Pulli und Stoffhose –, aber an den Füßen trägt er knallrote Chucks, was mir ein Lächeln entlockt. Sein

Blick ist wach und seine Haltung irgendwie krumm. Ich glaube, selbst wenn ich ihm auf der Straße begegnen würde statt hier im Archiv, wüsste ich sofort, dass er Bibliothekar ist.

»Roland«, begrüßt du ihn mit einem Nicken.

»Antony.« Er rutscht vom Tisch. »Das ist also deine Wahl?«

Der Bibliothekar spricht von mir. *Du lässt meine Hand los und trittst einen Schritt zurück, um mich ihm zu präsentieren. »Das ist sie.«*

Roland zieht eine Augenbraue hoch. Aber dann lächelt er. Es ist ein vergnügtes Lächeln, ein warmes.

»Das wird bestimmt lustig.« Er zeigt auf den ersten der vielen Seitenflügel, die vom Atrium abzweigen. »Wenn ihr mir bitte folgen wollt …« Du folgst ihm, während ich noch zögere. Ich möchte gerne eine Weile hierbleiben. Dieses seltsame Gefühl der Stille in mir aufnehmen. Aber ich darf nicht.

Ich bin noch keine Wächterin.

Als ich jetzt den kreisförmigen Vorraum des Archivs betrete und einen Bibliothekar hinterm Tisch sitzen sehe, den ich nicht kenne, fühle ich mich einen Augenblick lang verloren. Eine merkwürdige große Angst macht sich in mir breit, dass wir zu weit weggezogen sind und ich damit irgendeine unsichtbare Grenze überschritten habe und in einer anderen Zweigstelle des Archivs gelandet bin. Roland hat mir zwar versichert, das würde nicht passieren, weil jede Zweigstelle für Hunderte von Meilen an Stadt, Randgebieten und Umland zuständig ist, aber die Panik überfällt mich trotzdem.

Ich blicke über die Schulter zum Türsturz hinauf, in den das vertraute SERVAMUS MEMORIAM eingemeißelt ist.

Laut meinem Lateinkurs (natürlich eine Idee meines Vaters) bedeutet das »Wir bewahren die Vergangenheit«. Die römischen Ziffern unter der Inschrift sind so klein und zahlreich, dass sie eher wie ein Muster als eine Nummer wirken. Angeblich handelt es sich dabei um die Nummer dieser Zweigstelle. Ich kann sie immer noch nicht lesen, aber ich habe mir das Muster eingeprägt, und es hat sich nicht verändert. Das beruhigt mich.

»Miss Bishop.«

Die Stimme ist ruhig, leise und vertraut. Als ich mich wieder zum Schreibtisch umdrehe, sehe ich Roland durch die Türen kommen, groß und dünn wie immer – er ist nicht einen Tag gealtert –, mit seinen grauen Augen, seinem entspannten Grinsen und den roten Chucks. Erleichtert atme ich auf.

»Ich übernehme hier«, sagt er zu dem Mann, der sich daraufhin mit einem Nicken erhebt und durch die Türen im Atrium verschwindet.

Roland setzt sich auf seinen Platz, legt die Füße auf die Tischplatte, wühlt in den Schubladen herum und fischt eine Zeitschrift heraus. Die letzte Ausgabe irgendeines Lifestyle-Magazins, das ich ihm mitgebracht habe. Mom hatte die Zeitschrift eine Weile abonniert, und Roland will unbedingt auf dem Laufenden bleiben, was die Außenwelt angeht. Ich weiß, dass er den Großteil seiner Zeit damit verbringt, die Erinnerungen neuer Chroniken zu lesen und die Welt somit durch ihre Augen zu betrachten. Ich frage mich, ob ihn wohl die Langeweile dazu treibt oder ob mehr dahintersteckt. In Rolands Blick liegt eine Art Mischung aus Schmerz und Sehnsucht.

Ich glaube, er vermisst sie, die Außenwelt, obwohl er das eigentlich nicht sollte. Bibliothekare verpflichten sich nämlich voll und ganz dem Archiv und lassen die Außenwelt für die Dauer ihres Dienstes hinter sich, egal, wie lange sie zu bleiben beschließen. Er hat mir selbst gesagt, dass die Beförderung zum Bibliothekar eine Ehre ist, weil man dann all die Zeit und das Wissen zur Verfügung hat, die Vergangenheit zu bewahren – SERVAMUS MEMORIAM und so –, aber wer könnte ihm verübeln, wenn er die Sonnenaufgänge oder das Meer oder die frische Luft vermisst? Es ist ein ziemlich großes Opfer für einen schicken Titel, ein verlängertes Leben und die ständige Versorgung mit neuem Lesestoff.

Er hält mir die Zeitschrift hin. »Du siehst blass aus.«

»Behalte sie.« Ich bin immer noch ein bisschen zittrig. »Es geht mir gut …« Roland weiß, wie sehr ich mich davor fürchte, diese Zweigstelle zu verlieren – manchmal glaube ich fast, meine regelmäßigen Besuche hier sind das Einzige, was mich vor dem Verrücktwerden bewahrt –, aber es ist eine Schwäche, und das weiß ich. »Ich dachte nur einen Moment lang, ich wäre doch woanders gelandet.«

»Ach, du meinst wegen Elliot? Er ist neu hier.« Roland holt ein kleines Radio aus einer Schublade und stellt es neben dem RUHE BITTE-Schild auf. Klassische Musik erklingt ganz leise. Manchmal frage ich mich, ob er es nur laufen lässt, um Lisa zu ärgern, die die Schilder sehr ernst nimmt. »Eine Versetzung. Wollte mal einen Tapetenwechsel. Also, was bringt dich heute Abend ins Archiv?«

Ich will Ben sehen. Ich will mit ihm reden. Ich muss in seiner Nähe sein. Ich verliere den Verstand.

»Konnte nicht schlafen«, sage ich schulterzuckend.

»Du hast den Weg hierher ja schnell wiedergefunden.«

»In meinem neuen Zuhause gibt es gleich *zwei* Türen. Direkt im Gebäude.«

»Nur zwei?«, neckt er. »Und, hast du dich schon eingelebt?«

Ich fahre mit dem Finger über die Kladde auf dem Tisch. »Der Kasten hat … Charakter.«

»Na, komm, so schlimm ist das Coronado auch wieder nicht.«

Ich finde es unheimlich. In meinem Zimmer ist etwas Schreckliches passiert. Aber das sind Gedanken, die ich lieber für mich behalte.

»Miss Bishop?«, hakt er nach.

Ich hasse es, dass die Bibliothekare mich alle siezen, mit Ausnahme von Roland, der mich nur aus Spaß manchmal »Miss Bishop« nennt.

»Nein, so schlimm ist es nicht«, sage ich schließlich lächelnd. »Bloß alt.«

»Alt ist nicht verkehrt.«

»Du musst es ja wissen.« Das ist ein ständiger Scherz zwischen uns, denn Roland weigert sich, mir zu sagen, wie lange er schon hier ist. So wahnsinnig alt kann er nicht sein, oder zumindest sieht er nicht so aus – einer der Vorzüge des Jobs ist, dass die Bibliothekare während ihres Dienstes im Archiv nicht altern –, aber wann immer ich etwas über sein Leben *vor* dem Archiv wissen will, aus der Zeit, als er noch Chroniken gejagt hat, wechselt er das Thema oder übergeht die Frage einfach. Was seine Jahre als Bibliothekar betrifft, antwortet er ähnlich ausweichend. Ich habe gehört, dass

Bibliothekare zehn oder fünfzehn Jahre arbeiten, bevor sie in den Ruhestand gehen – nur weil man das Alter nicht sieht, bedeutet das wohl nicht automatisch, dass sie sich nicht zunehmend älter fühlen –, aber bei Roland kann ich es wirklich nicht sagen. Irgendwann hat er mal eine Zweigstelle in Moskau erwähnt und ein anderes Mal gedankenverloren von Schottland gesprochen.

Die Musik hüllt uns ein.

Er nimmt die Füße wieder vom Tisch und fängt an, die Sachen darauf gerade zu rücken. »Was kann ich sonst noch für dich tun?«

Ben. Ich kann nicht drum herumreden, aber schwindeln kann ich auch nicht. Ich brauche Rolands Hilfe. Nur Bibliothekare kennen sich im System aus. »Um ehrlich zu sein ... Ich hatte gehofft ...«

»Sag es nicht.«

»Du weißt doch überhaupt nicht, was ich ...«

»Das Zögern und deine schuldbewusste Miene verraten dich.«

»Aber ich ...«

»Mackenzie.«

Dass er meinen Vornamen verwendet, lässt mich zusammenzucken.

»Roland. Bitte.«

Er sieht mich lange an, ohne etwas zu sagen.

»Ich finde doch alleine nicht hin«, dränge ich und bemühe mich dabei um einen möglichst normalen Tonfall.

»Du sollst auch gar nicht hinfinden.«

»Ich habe dich seit Wochen nicht mehr darum gebeten«, sage ich. *Weil ich stattdessen immer Lisa gefragt habe.*

Roland verharrt einen Moment, schließt dann die Augen und seufzt. Er greift nach einem Notizblock, der dieselbe Größe und Form hat wie mein Archivpapier, und kritzelt etwas darauf. Eine halbe Minute später taucht Elliot wieder auf, mit seinem eigenen Notizblock in der Hand. Er sieht Roland fragend an.

»Tut mir leid, dass ich dich noch mal zurückrufen musste«, meint Roland zu ihm. »Aber ich bin gleich wieder da.«

Elliot nickt und nimmt schweigend Platz. Der Empfangstisch ist nie unbesetzt. Ich folge Roland durch die Doppeltür ins Atrium. Hier und da sind Bibliothekare bei der Arbeit, und ich entdecke Lisa mit ihrem schwarzen Pagenkopf, die gerade in einem Seitengang in Richtung der älteren Bestände verschwindet. Aber heute blicke ich nicht zur gewölbten Decke mit dem bunten Glas hinauf, staune nicht über die stille Schönheit des Raumes, verweile nicht, aus Angst, dass ein Zögern in meinen Schritten Roland umstimmen könnte. Stattdessen richte ich meine ganze Konzentration auf die hohen Regale, während er mich zu Ben führt.

Ich habe mehrfach versucht, mir den Weg einzuprägen – mir zu merken, welchen der zehn Seitenflügel wir durchqueren, welche Treppe wir nehmen, die Abbiegungen nach links und rechts –, aber ich kann das Muster nie in meinem Kopf abspeichern, und selbst wenn ich glaube, dass es mir gelungen ist, funktioniert es beim nächsten Mal nicht. Ich weiß nicht, ob es an mir liegt oder ob sich die Route ändert. Vielleicht ordnen sie die Regale neu. Ich muss daran denken, wie ich früher meine Filme sortiert habe: an einem Tag vom Besten zum Schlechtesten, am nächsten Tag nach Farben, am nächsten nach Titel und so weiter.

Alle, die in diesen Regalen liegen, sind im Einzugsgebiet dieser Zweigstelle gestorben, aber abgesehen davon scheint es kein einheitliches Katalogisierungsprinzip zu geben. Letzten Endes kennen sich nur die Bibliothekare in diesem System aus.

Heute führt Roland mich durchs Atrium, dann den sechsten Flügel hinunter, durch mehrere schmale Korridore, über einen Hof eine kurze Holztreppe hinauf, bis wir einen geräumigen Lesesaal erreichen. Ein roter Teppich bedeckt den Großteil des Fußbodens, und in den Ecken stehen Stühle, aber abgesehen davon wird der Raum von einem Gitternetz aus Schubladen dominiert. Die Stirnseite jeder Schublade ist in etwa so groß wie die eines Sargs.

Roland legt sanft die Hand auf eine der Schubladenfronten. Über seinen Fingern kann ich die weiße Karte in ihrem Messinghalter sehen. Direkt darunter befindet sich ein Schlüsselloch.

Dann wendet er sich ab.

»Danke«, flüstere ich, doch er zögert noch kurz.

»Dein Schlüssel wird nicht funktionieren«, sagt er.

»Ich weiß.«

»Das da drin ist nicht er«, fügt er leise hinzu. »Nicht wirklich.«

»Ich weiß.« Ich trete einen Schritt auf die Schublade zu, und meine Finger schweben über dem Namen.

BISHOP, BENJAMIN GEORGE
2003–2013

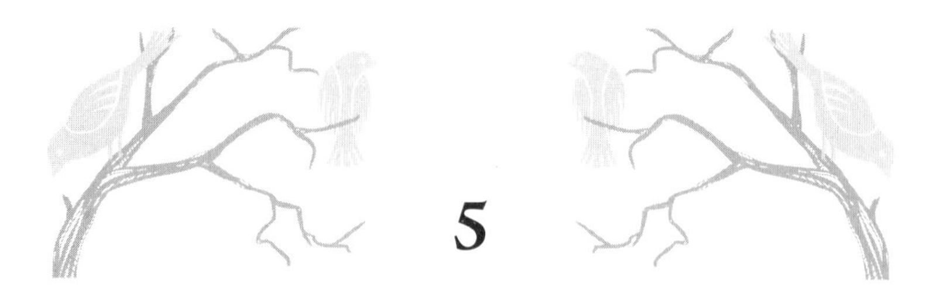

5

Ich fahre mit dem Finger das Datum nach, und auf einmal ist wieder letztes Jahr, und ich sitze auf einem dieser Krankenhausstühle, die zwar bequem aussehen, es aber nicht sind, denn nichts an Krankenhäusern ist bequem. Granpa lebt seit drei Jahren nicht mehr. Ich bin jetzt fünfzehn, Ben ist zehn, und er ist tot.

Die Polizisten sprechen mit Dad, während der Arzt Mom erklärt, dass Ben bei dem Aufprall ums Leben kam – das Wort *Aufprall* reicht aus, dass ich mich in einen der grauen Krankenhausmülleimer übergeben muss.

Der Doktor versucht, uns zu versichern, dass Ben nichts mehr gespürt hat, aber das stimmt nicht. Mom fühlt es. Dad fühlt es. Ich fühle es. Als würde sich mein Skelett durch die Haut bohren, sodass ich die Arme um den Brustkorb schlinge, um es festzuhalten. Ich habe ihn begleitet, die ganze Strecke bis zur Ecke Lincoln und Smith Street wie immer. Er hat mir ein Ben-Strichmännchen auf die Hand gemalt, wie immer, und ich ihm ein Mac-Strichmännchen, wie immer, und er sagte zu mir, das sähe ja nicht mal aus wie ein Mensch, woraufhin ich sagte, das sei es ja auch nicht. Er meinte, ich sei komisch, und ich erwiderte, er wäre spät dran.

Im Krankenhaus kann ich das Gekritzel auf seinem Handrücken durch das weiße Laken hindurch sehen. Das Laken hebt und senkt sich nicht, kein bisschen. Ich kann den Blick einfach nicht abwenden, während Mom und Dad mit den Ärzten sprechen. Sie weinen und reden, aber ich kann keines von beidem, weil ich dauernd daran denken muss, dass ich ihn nie mehr wiedersehen werde. Ich drehe meinen Ring hin und her, den ich über schwarzen, fingerlosen Wollhandschuhen trage, die mir bis zu den Ellbogen reichen, denn ich ertrage es einfach nicht, das Ben-Strichmännchen auf meinem Handrücken anzusehen. Ich drehe den Ring, fahre mit dem Daumen über die Gravur und rede mir ein, dass alles in Ordnung ist. Aber das ist es natürlich nicht.

Ben ist zehn, und er ist tot. Weg ist er nicht. Nicht für mich.

Stunden später, nachdem wir aus dem Krankenhaus zurückgekommen sind – drei schwache Menschen statt vier starke –, klettere ich aus meinem Fenster und renne dunkle Straßen entlang zur Narrows-Tür in der Gasse hinterm Metzger.

Lisa hat Dienst am Empfangstisch, und ich bitte sie, mich zu Ben zu führen. Als sie versucht, mir klarzumachen, dass das nicht geht, befehle ich ihr, mir den Weg zu zeigen. Und als sie sich dann immer noch weigert, renne ich einfach los. Ich laufe stundenlang durch die Flure und Säle und Innenhöfe des Archivs, obwohl ich keine Ahnung habe, wo ich bin. Ich laufe, als wüsste ich genau, wo Ben ist, so wie die Bibliothekare es wissen. Ich laufe an Regalen und Säulen und Schubladen und Wänden voller Namen und Daten in kleinen schwarzen Tintenbuchstaben vorbei.

Ich laufe immer weiter.

Ich laufe, bis Roland mich am Arm packt und mich in einen Nebenraum schubst, wo ich an der gegenüberliegenden Wand auf halber Höhe den Namen meines Bruders sehe. Roland lässt mich lange genug los, um sich umzudrehen und die Tür zu schließen. Da habe ich das Schlüsselloch unter Bens Daten schon entdeckt. Es hat noch nicht einmal dieselbe Größe oder Form wie mein Schlüssel, aber ich reiße mir trotzdem die Schnur vom Hals und stoße den Schlüssel hinein. Er lässt sich nicht drehen. Natürlich nicht. Ich versuche es immer wieder.

Ich schlage mit den Fäusten gegen den Kasten, um meinen Bruder aufzuwecken. Der metallische Klang durchbricht die kostbare Stille, und dann ist Roland da, zieht mich weg, drückt mir mit einer Hand die Arme an den Körper und erstickt mit der anderen meine Schreie.

Ich habe überhaupt nicht geweint, kein einziges Mal.

Doch in diesem Moment lasse ich mich vor Bens Schrank auf den Boden sinken – immer noch von Rolands Armen umfangen – und schluchze.

Jetzt sitze ich auf dem roten Teppich mit dem Rücken an Bens Regal gelehnt, die Ärmel über die Hände gezogen, und erzähle meinem Bruder von der neuen Wohnung, von Moms jüngstem Projekt und Dads aktuellem Job an der Uni. Irgendwann, wenn mir nichts mehr einfällt, was ich Ben berichten könnte, wiederhole ich die Geschichten, die Granpa mir erzählt hat. So verbringe ich die Nacht, während die Zeit verschwimmt.

Irgendwann später spüre ich das vertraute Kratzen an meinem Oberschenkel und ziehe die Liste aus der Tasche. Die ordentliche Kursivschrift verkündet:

Thomas Rowell, 12

Ich stecke die Liste wieder ein und lasse mich zurück an die Regalwand sinken. Einige Minuten später höre ich leise Schritte. Ich blicke auf.

»Solltest du nicht vorne am Empfang sein?«, frage ich.

»Patrick hat jetzt Dienst.« Roland stupst mich mit einem roten Turnschuh an. »Du kannst nicht ewig hierbleiben.« Er rutscht neben mir auf den Boden. »Geh, mach deine Arbeit. Fang diese Chronik ein.«

»Das ist heute schon meine zweite.«

»Das Coronado ist ein altes Gebäude. Du weißt, was das heißt.«

»Ja, ja, ich weiß. Mehr Chroniken. Ich Glückliche.«

»Indem du dich mit einem Regal unterhältst, wirst du nie Teil der Crew.«

Die Crew. Die nächste Stufe über den Wächtern. Crew-Mitglieder jagen zu zweit im Team. Sie spüren die Wächter-Killer auf – jene Chroniken, denen es gelingt, durch die Narrows in die Außenwelt zu entkommen – und bringen sie zurück. Manche Menschen bleiben ihr Leben lang Wächter, aber die meisten wollen es in die Crew schaffen. Über der Crew gibt es nur noch das Archiv selbst – den Job der Bibliothekare –, wobei ich mir nur schwer vorstellen kann, weshalb jemand freiwillig das Jagdfieber, das Spiel, den Kampf aufgeben sollte, um stattdessen die Toten zu katalogisieren und das Leben durch die Augen anderer zu betrachten. Noch schwieriger vorstellbar ist für mich, dass alle Bibliothekare früher einmal Kämpfer waren, aber irgendwo unter Rolands Ärmeln verborgen ist das Zeichen der Crew, genau wie bei Granpa. Auch Wächter tragen das Symbol der drei Linien, aber sie sind in unsere Ringe eingraviert. Crew-Zeichen werden in die Haut geritzt.

»Wer sagt, dass ich zur Crew will?« Mein Ton ist herausfordernd, aber nicht allzu überzeugend.

Granpa war Teil der Crew, bis Ben geboren wurde. Dann wurde er wieder Wächter. Ich habe seine Crew-Partnerin nie getroffen, und er sprach auch nie über sie, aber nach seinem Tod habe ich ein Foto von den beiden gefunden. Schulter an Schulter, ganz dicht nebeneinander, beide mit einem Lächeln im Gesicht, das ihre Augen nicht ganz erreichte. Man sagt, Crew-Partner sind durch Blut und Leben und Tod verbunden. Ich frage mich, ob sie ihm wohl verziehen hat, dass er damals gegangen ist.

»Granpa hat damit aufgehört«, sage ich, obwohl das für Roland sicher nichts Neues ist.

»Weißt du auch warum?«

»Er hat gesagt, dass er noch was vom Leben haben …« Die Jobs von Wächtern, die nicht zur Crew gehen, lassen sich in zwei Arten unterteilen: Die einen suchen sich eine Branche, bei der ihre Erfahrung mit der Vergangenheit von Objekten von Vorteil ist, und die anderen wollen von der Vergangenheit so wenig wie nur möglich mitbekommen. Es muss Granpa schwergefallen sein loszulassen, denn er wurde Privatdetektiv. Die Kollegen bei ihm im Büro machten angeblich gerne Scherze darüber, dass er wohl seine Hände an den Teufel verkauft habe, weil er ein Verbrechen allein dadurch lösen konnte, dass er Dinge berührte. »Aber was er damit gemeint hat, war, dass er am Leben bleiben wollte. Zumindest lange genug, um mich heranzuziehen.«

»Das hat er dir gesagt?«, fragt Roland.

»Ist es nicht meine Aufgabe, so etwas zu wissen, ohne es gesagt zu bekommen?«

Roland antwortet nicht. Stattdessen wirft er einen Blick auf Bens Namen und seine Daten und fährt mit dem Finger über die Karte mit dem sauberen schwarzen Aufdruck – Buchstaben und Nummern, die inzwischen eigentlich völlig verschmiert sein müssten, so oft wie ich sie berühre.

»Es ist seltsam«, meint Roland, »dass du immer herkommst, um Ben zu besuchen, aber nie Antony.«

Beim Klang von Granpas richtigem Namen runzele ich die Stirn. »Könnte ich ihn denn sehen, wenn ich wollte?«

»Natürlich nicht«, erwidert Roland in seinem offiziellen Bibliothekarstonfall, ehe seine Stimme wieder so warmherzig wie sonst klingt. »Aber Ben kannst du auch nicht sehen, und es hält dich trotzdem nicht davon ab, es zu versuchen.«

Ich schließe die Augen und suche nach den richtigen Worten. »Granpa ist so klar und deutlich in meine Erinnerung eingraviert. Ich glaube nicht, dass ich irgendetwas von ihm vergessen könnte, selbst wenn ich es wollte. Aber das mit Ben ist gerade mal ein Jahr her, und schon jetzt vergesse ich Dinge. Ich vergesse immer mehr, und das macht mir eine Heidenangst.«

Roland nickt mitfühlend, aber er antwortet nicht. Er kann mir nicht helfen. Er *wird* mir nicht helfen. Ich bin im Lauf des letzten Jahres, seit mein Bruder gestorben ist, bestimmt zwei Dutzend Mal an sein Regal gekommen, aber Roland hat nie nachgegeben und die Schublade geöffnet. Hat mich Ben nie sehen lassen.

»Wo ist Granpas Platz überhaupt?«, wechsele ich das Thema, bevor die Enge in meiner Brust noch schlimmer wird.

»Alle Mitglieder des Archivs befinden sich in der Sondersammlung.«

»Und wo ist die?«

Roland zieht eine Augenbraue hoch, mehr nicht.

»Warum bewahrt man sie separat auf?«

Er zuckt mit den Schultern. »Ich mache die Regeln nicht, Miss Bishop.«

Dann steht er auf und will mir ebenfalls hochhelfen. Ich zögere.

»Keine Sorge, Mackenzie«, meint er und ergreift meine Hand. Tatsächlich fühle ich nichts. Bibliothekare sind ja auch Experten, wenn es darum geht, Gedanken abzublocken, Berührungen auszublenden. Wenn Mom mich anfasst, kann ich mich nicht schützen, aber bei Roland fühle ich mich blind, taub und normal.

Wir gehen los.

»Warte«, sage ich und kehre noch mal zu Bens Regal zurück. Roland harrt geduldig aus, während ich meinen Schlüssel vom Hals ziehe und ihn in das Loch unter der Karteikarte meines Bruders stecke. Er lässt sich nicht umdrehen. Wie immer.

Aber ich höre nicht auf, es zu versuchen.

Ich sollte nicht hier sein. Ich kann es in ihren Augen sehen.

Und doch stehe ich vor einem Tisch in einem großen Zimmer, das vom zweiten Flügel des Atriums abzweigt. Der Raum mit seinem Marmorboden ist kalt, und die Wände beherbergen statt Chroniken nur dicke Bücher. Was man auch daran merkt, dass die beiden Leute auf der anderen Seite des Tisches ein wenig lauter sprechen, so als hätten sie keine Angst, die Toten aufzuwecken. Roland nimmt neben ihnen Platz.

»Antony Bishop«, sagt der Mann am einen Ende. Er hat einen Bart und kleine, stechende Augen, mit denen er ein Blatt Papier vor sich studiert. »Sie sind also hier, um Ihre …« Er blickt auf und verstummt. »Mr. Bishop, Sie wissen doch, dass es eine Altersbeschränkung gibt. Ihre Enkelin ist erst in …« – er wirft einen Blick in seine Akte, hustet – »… vier Jahren zugelassen.«

»Sie ist bereit für die Prüfung«, verkündest du.

»Sie wird sie niemals bestehen«, sagt die Frau.

»Ich bin stärker, als ich aussehe«, sage ich.

Der erste Mann seufzt, streicht sich über den Bart. »Was soll denn das, Antony?«

»Sie ist meine einzige Wahl«, erwidert Granpa.

»Unsinn. Sie können doch Peter bestimmen, Ihren Sohn. Und wenn Mackenzie zu einem späteren Zeitpunkt immer noch Interesse hat und die nötigen Fähigkeiten mitbringt, dann wird sie in Betracht gezogen …«

»Mein Sohn ist nicht geeignet.«

»Vielleicht tun Sie ihm da unrecht …«

»Er ist intelligent, aber er hat nicht den nötigen Mumm, und er kann nicht lügen. Er ist ungeeignet.«

»Meredith, Allen«, schaltet sich nun Roland ein, die Fingerspitzen zu einem Dreieck aneinandergelegt. »Geben wir ihr doch eine Chance.«

Der bärtige Mann namens Allen richtet sich auf. »Auf keinen Fall.«

Ich sehe zu Granpa hinüber, in der Hoffnung auf ein Zeichen, ein ermunterndes Nicken, aber er starrt nur geradeaus.

»Ich schaffe das«, behaupte ich. »Ich bin nicht nur die einzige Kandidatin, sondern auch die beste.«

Allens Stirnrunzeln wird stärker. »Wie bitte?«

»Geh nach Hause, kleines Mädchen«, meint Meredith mit einer herablassenden Handbewegung.

Du hast mich vorgewarnt, dass sie Widerstand leisten würden. Wochenlang hast du mit mir trainiert, wie ich mich behaupten soll.

Ich mache mich noch ein Stückchen größer. »Nicht, bevor ich nicht meine Prüfung abgelegt habe.«

Meredith gibt einen erstickten Laut von sich, aber Allen fällt ihr ins Wort: »Du. Bist. Zu. Jung.«

»Dann machen Sie eben eine Ausnahme«, fordere ich. Rolands Mundwinkel zucken.

Das macht mir Mut: »Geben Sie mir eine Chance.«

»Du glaubst, das hier wäre ein Spiel? Wie bei einem Sportverein?«, fährt Meredith mich an, ehe sie wieder dich anfunkelt. »Was hast du dir nur dabei gedacht, ein Kind hierherzubringen …«

»Ich denke, es geht um einen Job«, unterbreche ich sie, wobei ich mich um einen ruhigen Tonfall bemühe. »Und ich bin bereit dafür. Sie glauben vielleicht, Sie müssten mich schützen, oder vielleicht denken Sie auch, dass ich nicht stark genug bin – aber da täuschen Sie sich.«

»Du bist eine untaugliche Kandidatin. Und damit ist die Sache erledigt.«

»Das wäre sie vielleicht, Meredith«, meldet sich Roland gelassen zu Wort, »wenn du die einzige Stimmberechtigte in diesem Komitee wärst.«

»Ich kann das wirklich nicht dulden …«, mischt sich Allen ein.

Es sieht schlecht aus, und das kann ich nicht zulassen. Wenn ich diese Chance vermassele, verliere ich dich. »Ich glaube, ich bin bereit dafür, und Sie glauben das Gegenteil. Warum finden wir nicht heraus, wer recht hat?«

»Deine Gelassenheit ist beeindruckend.« Roland steht auf. »Du weißt aber schon, dass sich nicht alle Chroniken mit Worten überzeugen lassen?«

Er geht um den Tisch herum. »Manche machen Schwierigkeiten.« Er krempelt sich die Ärmel hoch. »Manche sind gewalttätig.«

Die anderen beiden Bibliothekare versuchen immer noch, sich Gehör zu verschaffen, aber ich nehme sie gar nicht wahr. Meine ganze Aufmerksamkeit gilt Roland. Granpa hat mich gewarnt, auf alles vorbereitet zu sein, und das war auch gut so, denn von einem Augenblick zum nächsten verändert sich Rolands Haltung. Es geschieht fast unmerklich – seine Schultern lockern sich, er geht leicht in die Knie, ballt die Hände zu Fäusten –, aber ich bemerke es im Bruchteil einer Sekunde, bevor er angreift. Dem ersten Fausthieb weiche ich aus, aber Roland ist schnell, schneller noch als Granpa, und bevor ich zurückschlagen kann, trifft mich ein roter Turnschuh an der Brust und wirft mich zu Boden. Ich mache eine Rolle rückwärts und lande in der Hocke, aber bis ich mich umschaue, ist er verschwunden.

Ich höre ihn gerade noch, bevor sich seine Arme um meinen Hals schließen, sodass es mir gelingt, eine Hand dazwischenzuschieben, um nicht zu ersticken. Er zieht mich hoch, bis ich den Boden unter den Füßen verliere, doch da ist der Tisch, an dem ich mich abstützen und wegdrücken kann. Mit meinem Rückwärtssalto über seine Schulter kann ich mich aus seinem Griff lösen. Roland dreht sich um, und ich will ihm einen Tritt gegen die Brust verpassen, aber er ist zu groß, und mein Fuß trifft ihn auf die Bauchhöhe, wo er ihn festhält. Ich wappne mich, doch er schlägt nicht zurück.

Stattdessen lacht er, lässt meinen Schuh los und lehnt sich an den Tisch. Die anderen beiden Bibliothekare hinter ihm wirken schockiert, wobei ich nicht erkennen kann, ob sie der Kampf oder Rolands gute Laune überrascht.

»Mackenzie«, sagt er und streift seine Ärmel hinunter. »Willst du diesen Job?«

»Sie weiß doch gar nicht wirklich, was dieser Job ist«, wirft Meredith ein. »Na gut, sie hat ein loses Mundwerk und kann einem Schlag ausweichen. Sie ist ein Kind. Und das hier ist ein Witz …«

Roland hebt die Hand, woraufhin Meredith verstummt. Sein Blick ist immer noch auf mich gerichtet. Er ist warm. Ermutigend. »Willst du das?«, fragt er wieder.

Ich will. Ich will, dass du bleibst. Zeit und Krankheit nehmen dich mir weg. Du hast mir unmissverständlich klargemacht: Das hier ist die einzige Möglichkeit, dich in meiner Nähe zu behalten. Die will ich nicht verlieren.

»Ja«, antworte ich ernst.

Roland richtet sich auf. »Dann erkenne ich hiermit die Ernennung an.«

Meredith schnaubt missbilligend.

»Sie hat sich immerhin gegen dich *behauptet, Meredith, und das will was heißen«, meint Roland jetzt mit einem richtigen Lächeln. »Und was das Kämpfen angeht, das kann ich wohl am besten beurteilen, und ich würde sagen, sie hat Talent.« Er sieht an mir vorbei zu dir. »Da hast du ja ein beeindruckendes Mädchen herangezogen, Antony.« Dann fragt er Allen: »Und was meinst du dazu?«*

Der bärtige Bibliothekar trommelt mit den Fingern auf den Tisch und blickt ins Leere.

»Du kannst doch nicht ernsthaft in Erwägung ziehen ...«, murmelt Meredith.

»Wenn wir das jetzt genehmigen und sich herausstellen sollte, dass sie auf irgendeine Art und Weise untauglich ist«, sagt Allen, »wird sie den Job verlieren.«

»Und sollte das der Fall sein«, fügt Meredith hinzu, »dann wirst du, Roland, sie höchstpersönlich entfernen.«

Ihr herausfordernder Ton ringt Roland lediglich ein müdes Lächeln ab.

Ich trete einen Schritt vor. »Das akzeptiere ich«, sage ich so laut, wie ich mich traue.

Allen erhebt sich langsam. »Dann erkenne ich die Ernennung an.«

Erst in diesem Moment spüre ich deine Hand auf meiner Schulter, und in deinen Fingerspitzen kann ich den Stolz fühlen. Ich lächele.

Ich werde es ihnen allen zeigen.

Für dich.

6

Ich gähne pausenlos, während Roland mich durchs Archiv zurückführt. Ich bin seit Stunden hier und spüre, dass mir die Nacht davonläuft. Nachdem ich so lange auf dem harten Boden saß, tun mir jetzt die Knochen weh, aber das war es wert für die Zeit mit Ben.

Nicht Ben, ich weiß. Bens *Regal*.

Ich lockere meine Schultern, die vom langen Anlehnen steif geworden sind, während wir durch die Flure zurück ins Atrium wandern. Vereinzelt begegnen wir Bibliothekaren, die mit Büchern und Notizblöcken und ab und an sogar an offenen Schubladen beschäftigt sind. Ich frage mich, ob sie je schlafen. Das bunte Glasgewölbe über uns ist jetzt dunkler, als wäre draußen Nacht. Ich atme tief durch und fühle mich zunehmend besser, ruhiger, als wir den Empfangstisch erreichen.

Ein Mann mit grauem Haar, schwarzer Brille, Kinnbart und einem strengen Zug um den Mund wartet schon auf uns. Rolands Musik wurde ausgeschaltet.

»Patrick«, begrüße ich ihn. Nicht gerade mein Lieblingsbibliothekar. Er ist schon fast so lange hier wie ich, und wir sind selten einer Meinung.

Sobald er mich erblickt, ziehen sich seine Mundwinkel nach unten.

»Miss Bishop«, schimpft er. Er kommt aus den Südstaaten, versucht aber, seinen breiten Dialekt hinter einem barschen Tonfall zu verstecken, indem er die Konsonanten besonders hart ausspricht. »Wir versuchen, solch wiederholten Ungehorsam zu unterbinden.«

Roland verdreht die Augen und klopft Patrick auf die Schulter.

»Sie schadet ja niemandem.«

Patrick funkelt Roland an. »Sie nützt aber auch nicht. Ich sollte sie Agatha melden.« Sein Blick richtet sich wieder auf mich. »Haben Sie das gehört? Ich sollte Sie melden.«

Ich weiß nicht, wer diese Agatha ist, aber ich bin mir ziemlich sicher, dass ich es nicht wirklich wissen will.

»Die Vorschriften existieren nicht ohne Grund, Miss Bishop. Es gibt hier keine Besuchszeiten. Wächter hüten hier keine Chroniken. Sie haben den Bestandsbereich nicht ohne *triftigen* Grund zu betreten. Haben wir uns verstanden?«

»Natürlich.«

»Heißt das, Sie werden dieses sinnlose und noch dazu ermüdende Unterfangen zukünftig sein lassen?«

»Natürlich nicht.«

Roland entschlüpft ein hustendes Lachen, er zwinkert kurz. Patrick seufzt und reibt sich die Augen, und ich kann das Gefühl nicht unterdrücken, einen kleinen Sieg errungen zu haben. Doch als er nach seinem Block greift, sinkt mein Mut. Das Letzte, was ich brauche, ist eine negative Notiz in meiner Akte. Roland bemerkt die Geste ebenfalls und legt Patrick sanft die Hand auf den Arm.

»Wo wir gerade von Chroniken sprechen«, sagt er, »haben Sie nicht eine einzufangen, Miss Bishop?«

Ich bin clever genug, mir diese Chance nicht entgehen zu lassen.

»So ist es.« Rasch mache ich mich auf den Weg zur Tür. Hinter mir höre ich, wie sich die beiden Männer leise und angestrengt unterhalten, aber ich drehe mich lieber nicht um.

Es gelingt mir, den zwölfjährigen Thomas Rowell zügig zu finden und zurückzubringen. Er ist erst so kurz draußen, dass er nicht allzu viele Fragen stellt und erst recht keinen Widerstand leistet. Ich glaube, in Wahrheit ist er einfach nur froh, in den dunklen Gängen auf eine Person zu treffen und nicht auf irgendein Ungetüm. Den Rest der Nacht verbringe ich damit, alle Türen in meinem Revier auszuprobieren. Als ich schließlich fertig bin, sind sämtliche Flure – und auch einige Stellen am Fußboden – mit Kreide gekennzeichnet. Hauptsächlich handelt es sich um X, aber da und dort gibt es auch einen Kreis. Dann arbeite ich mich zurück zu meinen zwei nummerierten Türen und entdecke gegenüber noch eine dritte, die sich mit meinem Schlüssel öffnen lässt.

Tür I führt zum zweiten Stock und dem Meerbild. Tür II befindet sich seitlich an der Treppe im Foyer des Coronados.

Aber Tür III? Hinter ihr liegt nur Dunkelheit. Schwarzes Nichts. Warum ist sie dann überhaupt unverschlossen? Neugier lockt mich über die Schwelle. Ich trete hinein ins Dunkel und schließe die Tür hinter mir. Der Raum ist still und irgendwie eng und riecht so staubig, dass ich es beim Atmen förmlich schmecken kann. Mit ausgestreckten Armen taste ich links und rechts an den Wänden entlang: ein ganzer Wald aus Stangen, die dort lehnen. Ein Schrank?

Als ich gerade meinen Ring wieder anstecke und weiter etwas unbeholfen in der Dunkelheit herumtapse, spüre ich das Kratzen eines neuen Namens auf der Liste in meiner Tasche. Schon wieder? Müdigkeit lähmt zunehmend meine Muskeln, beschwert meine Gedanken. Die Chronik wird warten müssen. Als ich einen Schritt nach vorn mache, stößt mein Schienbein an etwas Hartes. Ich schließe die Augen, um das Gefühl bedrohlicher Enge zu unterdrücken, das in mir aufsteigt. Schließlich finden meine Hände die Tür einige Meter vor mir. Mit einem Seufzer der Erleichterung drücke ich kräftig die Klinke hinunter.

Verschlossen.

Ich könnte durch die Tür hinter mir zurück in die Narrows gehen und einen anderen Weg wählen, aber die Frage bleibt: Wo *bin* ich? Ich lausche angestrengt, aber kein Geräusch dringt zu mir hindurch. In Anbetracht des Staubes in dieser Kammer und der vollkommenen Stille auf der anderen Seite, nehme ich an, dass es sich um irgendeinen verlassenen Ort handelt.

Granpa sagte immer, es gibt zwei Möglichkeiten durch eine verschlossene Tür zu gelangen: mit einem Schlüssel oder mit Gewalt. Und da ich keinen Schlüssel habe … Ich lehne mich zurück und schiebe den Fuß übers Holz der Tür, bis er an die Metallbefestigung der Klinke stößt. Dann ziehe ich das Bein ein paarmal an, um sicherzugehen, dass ich freie Bahn habe, bevor ich tief Luft hole und mit voller Kraft zutrete.

Holz splittert geräuschvoll und die Tür wölbt sich, aber es dauert eine Sekunde, bis das Schloss nachgibt, wobei mehrere Besen und ein Eimer klappernd auf den Steinboden fallen. Ich mache einen großen Schritt darüber hinweg und sehe mich um. Ich stehe mitten in einem Meer aus weißen Leintüchern. Leintücher, die Tresen und Fenster und Teile des Fußbodens bedecken. Unter dem Stoff schauen schmutzige Steinfliesen hervor. Ein Stück entfernt kann ich einen Schalter an der Wand erahnen, und ich wate durch die Laken, bis ich ihn erreiche.

Ein tiefes Brummen erfüllt den Raum. Das Licht ist schwach und grell zugleich, sodass ich es erschrocken wieder ausschalte. Gedämpftes Tageslicht fällt durch die Tücher am Fenster – es ist wohl schon später, als ich dachte –, also durchquere ich den Raum und ziehe einen dieser provisorischen Vorhänge herunter, wodurch Staub aufgewirbelt wird und das Morgenlicht hereinfällt. Draußen vor dem Fenster liegt eine Terrasse mit einer verdächtig vertrauten Markise darüber …

»Du hast es ja schon gefunden!«

Hastig drehe ich mich um und sehe meine Eltern hereinkommen, indem sie sich unter einem Leintuch hindurchducken.

»Was gefunden?«

Mum zeigt auf den Raum, den Staub, die Laken, den Tresen und den kaputten Besenschrank, als würde sie mir ein Schloss präsentieren, ein Königreich.

»Bishop's Café.«

Einen Augenblick lang bin ich wirklich sprachlos.

»Hat das Café-Schild im Foyer es nicht schon verraten?«, will Dad wissen.

Hätte es vielleicht, wenn ich durchs Foyer gekommen wäre. Ich bin immer noch ganz verwirrt von der Tatsache, dass ich aus den Narrows direkt ins aktuelle Projekt meiner Mutter gestolpert bin, aber durch jahrelanges Training habe ich gelernt, mir solche Gefühle nie anmerken zu lassen, also lächele ich und gehe direkt darauf ein.

»Na ja, ich hatte schon so einen Verdacht«, sage ich und falte das Leintuch zusammen. »Ich bin früh aufgewacht, deshalb dachte ich, ich schau mich schon mal ein bisschen um.«

Es ist eine schwache Lüge, aber Mom hört mir nicht mal zu. Sie flitzt hin und her und hält dabei die Luft an wie ein Geburtstagskind, das gleich die Kerzen ausblasen darf, während sie weitere Laken runterzieht. Dad sieht mich immer noch ziemlich prüfend an, wobei sein Blick über meine dunkle Kleidung und die langen Ärmel wandert, alles Dinge, die nicht ins Bild passen.

»So, so«, sage ich betont fröhlich, denn ich habe gelernt, dass er den Faden verliert, wenn ich lauter rede, als er denken kann, »ihr glaubt also, dass sich irgendwo hier drunter eine Kaffeemaschine versteckt?«

Mein Vater wird sichtlich munterer. Er braucht Kaffee so wie andere Menschen Essen, Wasser und ein Dach über dem Kopf. Abgesehen von den drei Seminaren, die er an der geschichtlichen Fakultät unterrichten soll, und der fortlaufenden Essay-Serie, die er schreibt, steht Koffein auf seiner Prioritätenliste ziemlich weit oben. Ich glaube, mehr musste Mom nicht bieten, um sich seine Unterstützung für ihren Traum eines eigenen Cafés zu sichern: eine Einladung der örtlichen Universität und die Garantie für konstanten Kaffeenachschub. Frisch aufgebrüht, und sie werden schon kommen.

Ich versuche, ein Gähnen zu unterdrücken.

»Du siehst müde aus«, meint er.

»Du auch«, gebe ich zurück, während ich die Abdeckung von einem Gerät ziehe, das in seinem früheren Leben vielleicht eine Kaffeemühle war. »He, schau mal.«

»Mackenzie …« Er lässt nicht locker, aber ich drücke auf den Knopf und die Maschine erwacht tatsächlich knirschend zum Leben, übertönt seinen Satz mit ihrem Lärm. Es klingt, als würde sie ihre eigenen Innereien auffressen, Metallmuttern und Bolzen zerbeißen und dabei glucksend nach Luft schlucken. Da Dad schmerzhaft das Gesicht verzieht, schalte ich sie schnell wieder aus. Das Geräusch mechanischer Qualen hallt noch als Echo durch den Raum, zusammen mit einem Geruch wie verbrannter Toast.

Gegen meinen Willen wandert mein Blick zur Abstellkammer mit den Putzsachen, was Mom wohl bemerkt, denn sie geht direkt darauf zu.

»Was ist wohl passiert?« Sie schwenkt die Tür an ihren kaputten Scharnieren hin und her.

Ich zucke mit den Schultern und gehe stattdessen zu einem Backofen hinüber – zumindest erinnert das Teil daran – und ziehe mühsam die Klappe auf. Das Innere riecht muffig und verkohlt.

»Ich finde, wir sollten Muffins backen«, verkündet Mom. »WILLKOMMENS-Muffins!« Sie betont das Wort *Willkommen* als hätte es drei Ausrufezeichen. »Ihr wisst schon, um allen zu zeigen, dass wir jetzt hier sind. Was meinst du, Mac?«

Als Antwort gebe ich der Ofentür einen leichten Schubs, woraufhin sie mit einem Knall zuschlägt. Irgendetwas löst sich dabei, hüpft mit einem *Plingplingplingpling* über den Steinboden und rollt bis vor ihre Schuhspitze.

Sie strahlt uns einfach weiter mit ihrem breiten Lächeln an. Diese Klebrig-süße-alles-ist-so-wunderbar-Show dreht mir den Magen herum. Ich habe gesehen, wie es in ihr wirklich aussieht, und das hier ist nichts als blödes Getue. Ich habe Ben verloren. Jetzt will ich nicht auch noch meine Mutter verlieren. Am liebsten würde ich sie packen und schütteln. Ich möchte ihr sagen ... Aber ich weiß gar nicht, was ich sagen soll. Ich weiß nicht, wie ich zu ihr durchdringen kann, wie ich ihr vor Augen führen kann, dass sie es nur noch schlimmer macht.

Also sage ich die Wahrheit. »Ich glaube, alles geht kaputt.«

Sie versteht nicht, wie ich es meine, oder weicht zumindest geschickt aus. »Na dann«, meint sie fröhlich, während sie sich nach dem Metallbolzen bückt, »müssen wir eben den Ofen bei uns in der Wohnung benutzen, bis wir diesen wieder zum Laufen kriegen.«

Mit diesen Worten macht sie auf dem Absatz kehrt und geht mit wippenden Schritten davon. Ich drehe mich nach Dad um, von dem ich mir etwas Mitgefühl oder zumindest Anteilnahme erhoffe, aber er ist hinaus auf die Terrasse gegangen und starrt zur Markise hinauf.

»Auf, auf, Mackenzie!«, ruft Mom durch die Tür. »Du weißt doch, wie es so schön heißt ...«

»Ich bin mir ziemlich sicher, das sagt niemand außer dir ...«

»Morgenstund hat Gold im Mund und ein Lächeln auf den Lippen.«

Ich sehe aus dem Fenster blinzelnd hinaus in die Sonne, dann folge ich ihr.

Den restlichen Vormittag verbringen wir oben in der Wohnung mit dem Backen von Muffins. Das heißt, Dad verdrückt sich, um einige Besorgungen zu machen, Mom kümmert sich um die Muffins, während ich geschäftig tue. Ich könnte wirklich ein paar Stunden Schlaf und eine heiße Dusche brauchen, aber jedes Mal, wenn ich mich davonschleichen will, denkt Mom sich irgendeine neue Aufgabe für mich aus. Als sie gerade dabei ist, eine frische Ladung aus dem Ofen zu holen, ziehe ich heimlich das Archivpapier aus der Tasche, aber es ist leer.

Erleichterung macht sich breit, bis mir plötzlich einfällt, dass eigentlich ein Name auf der Liste stehen sollte. Ich könnte schwören, ich hätte das Kratzen beim Notieren einer neuen Chronik gehört, als ich in der Kaffeekammer festsaß. Offensichtlich habe ich es mir eingebildet. Mom stellt das Blech mit den Muffins auf die Arbeitsplatte, woraufhin ich schnell das Papier zusammenfalte und wieder wegstecke. Sie breitet ein Geschirrhandtuch darüber aus, und von irgendwoher taucht in meinem Kopf plötzlich die Erinnerung an Ben auf, der sich auf die Zehenspitzen stellt, um unter das Tuch schauen und ein paar Krümel stibitzen zu können, obwohl es immer zu heiß war und er sich die Finger verbrannt hat. Es fühlt sich an wie ein Faustschlag in den Magen, und ich kneife fest die Augen zu, bis der Schmerz vorbei ist.

Dann erbitte ich mir fünf Minuten Pause vom Backdienst, um mich umzuziehen und frisch zu machen – meine Kleider riechen nach Narrows-Luft und Archivregalen und Caféstaub. Ich ziehe mir Jeans und ein sauberes T-Shirt an, aber meine Haare sind so störrisch, dass ich schließlich ein gelbes Halstuch aus einem Koffer ziehe und es zum Stirnband umfunktioniere, um wenigstens einen Teil davon zu verstecken. Als ich gerade Granpas Schlüssel im Halsausschnitt versenke, fällt mein Blick auf die dunklen Flecken auf dem Fußboden meines Zimmers, und ich muss wieder an den blutüberströmten Jungen denken.

Ich knie mich hin, streife meinen Ring ab, lege die Hände auf den Boden und versuche, das Klappern der Backbleche draußen auszublenden. Das Holz summt unter meinen Fingerspitzen, als ich die Augen schließe und mich ...

»Mackenzie!«

Ich blinzele seufzend und stehe wieder auf. Da klopft auch schon Mom energisch an die Tür. »Wo bleibst du denn?«

»Ich komme ja schon.« Ihre Schritte verklingen, während ich den Ring wieder anstecke. Nach einem letzten Blick auf den Fußboden mache ich mich auf den Weg in die Küche. Die Muffins sind bereits wie Blütenknospen in Cellophantütchen verpackt. Mom packt sie in einen Korb und quasselt dabei irgendetwas über die anderen Hausbewohner. Da habe ich plötzlich eine Idee.

Mein Großvater war wie bereits erwähnt nicht nur Wächter, sondern auch Privatdetektiv, und er pflegte zu sagen, man könne durch das Befragen von Menschen ebenso viel erfahren wie durch das Lesen von Wänden. Man bekommt unterschiedliche Antworten. Mein Zimmer hat eine Geschichte zu erzählen, und sobald ich mal einen Hauch Privatsphäre habe, werde ich sie nachlesen. Aber was gäbe es in der Zwischenzeit für eine bessere Möglichkeit, etwas über das Coronado zu erfahren, als mit den Leuten hier zu reden?

»Du, Mom«, sage ich, »du hast doch sicher jede Menge zu tun. Lass doch einfach mich die hier verteilen.«

Sie hält inne und schaut mich an. »Wirklich? Würdest du das machen?« Als wäre sie überrascht, dass ich in der Lage bin, nett zu sein. Zugegeben, zwischen uns war es in letzter Zeit nicht immer einfach, und ich biete ihr meine Hilfe auch nur an, weil es mir etwas bringt – aber trotzdem.

Nachdem sie den letzten Muffin in den Korb gelegt hat, schiebt sie ihn zu mir rüber.

»Na klar«, sage ich. Ihr Lächeln ist so echt, dass ich mir fast schon schäbig vorkomme. Bis zu dem Moment, als sie die Arme um mich schlingt und das schrille Kreischen, die schlagenden Türen und das statische Papierknistern ihres Lebens an meinen Knochen kratzen. Mir wird elend.

»Herzlichen Dank.« Sie drückt mich noch ein bisschen fester. »Das ist so lieb von dir.« Durch den knirschenden Lärm in meinem Kopf kann ich ihre Worte kaum verstehen.

»Das ist doch ... keine ... große Sache.« Vergeblich versuche ich, mir eine Mauer zwischen uns vorzustellen. »Mom«, keuche ich schließlich. »Ich kriege keine Luft mehr.« Da lässt sie mich lachend los. Mir ist schwindelig, aber zumindest bin ich frei.

»Na, dann ab mit dir.« Sie wendet sich wieder ihrer Arbeit zu. Noch nie bin ich ihrem Wunsch so gerne nachgekommen.

Auf dem Weg den Flur hinunter wickele ich mir einen Muffin zum Frühstück aus, in der Hoffnung, dass Mom sie nicht abgezählt hat. Der Korb mit den einzeln verpackten und beschrifteten Minikuchen schaukelt in meiner Ellenbeuge hin und her. *BISHOP'S* steht in geschwungenen Buchstaben auf jedem Schildchen. Ein Korb voller Gesprächsaufhänger.

Ich bereite mich mental auf die bevorstehende Aufgabe vor. Das Coronado hat sieben Stockwerke – das Erdgeschoss mit dem Eingangsbereich und sechs Wohnetagen mit jeweils sechs Apartments, A bis F. Bei so vielen Parteien stehen die Chancen nicht schlecht, dass irgendjemand irgendwas weiß.

Das mag zwar der Fall sein, aber wie es aussieht, ist niemand zu Hause. An dieser Stelle hat der Plan meiner Mutter, und damit auch meiner, einen Haken: Später Vormittag an einem Wochentag bedeutet was? Eine Menge verschlossener Türen. Von 2F aus arbeite ich mich den Gang entlang hinunter. Bei 2E und 2D keine Reaktion. 2C steht leer (laut einem Zettel an der Tür), und obwohl ich in 2B Geräusche höre, die auf Leben schließen lassen, macht niemand auf. Nach lautem Klopfen an 2A werde ich langsam frustriert. Ich lege einen Muffin vor jede Tür und ziehe weiter.

Ein Stockwerk höher ist es so ziemlich dasselbe. Bei 3A, B und C hinterlasse ich meine Backwaren. Als ich bei 3D gerade wieder weggehen will, öffnet sich plötzlich die Tür.

»Junges Fräulein«, ertönt eine Stimme.

Ich drehe mich um und sehe eine riesige Frau, die den Türrahmen ausfüllt wie Brot eine Kastenform und in der Hand den winzigen, in Folie gewickelten Muffin hält.

»Wer bist denn du? Und was hat es mit dieser kleinen Köstlichkeit hier auf sich?«, will sie wissen. In ihrer Handfläche wirkt der Muffin wie ein Ei.

»Mackenzie«, sage ich und trete einen Schritt vor. »Mackenzie Bishop. Ich bin mit meiner Familie gerade in 2F eingezogen, und wir renovieren den alten Café im Erdgeschoss.«

»Freut mich, dich kennenzulernen, Mackenzie«, sagt sie und umschließt meine Hand mit ihrer. Sie besteht aus tiefen Tönen und Glocken und dem Geräusch von reißendem Stoff. »Ich bin Miss Angelli.«

»Sehr erfreut.« So höflich wie möglich entziehe ich ihr meine Hand.

Und dann höre ich ein Geräusch, das mir einen Schauer über den Rücken jagt: ein leises Miauen hinter Miss Angellis gewaltiger Gestalt, kurz bevor sich eine ziemlich verzweifelte Katze durch einen Spalt neben den Füßen der Frau hindurchquetscht und in den Flur herausspringt. Ich mache einen erschrockenen Satz zurück.

»Jezzie«, schimpft Miss Angelli. »Jezzie, komm sofort zurück!« Die Katze ist klein und schwarz und setzt sich gerade außer Reichweite hin. Sie betrachtet ihre Besitzerin, bevor sie ihren Blick auf mich richtet.

Ich hasse Katzen.

Beziehungsweise hasse ich es, sie zu berühren. Im Grunde fasse ich Tiere generell nicht gerne an. Tiere sind wie Menschen, nur fünfzigmal schlimmer – sie bestehen nur aus Instinkt, aus Gefühl, ohne einen einzigen rationalen Gedanken –, was sie zu einer mit Fell überzogenen Bombe aus Sinneseindrücken macht.

Miss Angelli befreit sich aus dem Türrahmen und stolpert auf Jezzie zu, die prompt in meine Richtung flieht. Als Abwehr halte ich den Korb mit Muffins zwischen uns.

»Böse Katze«, knurre ich.

»Oh, meine Jezzie ist ein richtiges Schmusekätzchen.« Miss Angelli bückt sich nach der Katze, die sich tot stellt, oder vielleicht auch bloß vor Angst völlig gelähmt ist. In diesem Moment kann ich einen Blick durch die offene Wohnungstür werfen.

Jeder freie Zentimeter ist mit Antiquitäten gefüllt. Mein erster Gedanke ist: *Warum besitzt jemand so viel Zeug?*

»Sie mögen alte Dinge«, sage ich.

»O ja«, erwidert Miss Angelli, während sie sich wieder aufrichtet. »Ich bin eine Sammlerin.« Jezzie hat sie inzwischen unter den Arm geklemmt wie eine Handtasche. »Eine Art Gegenstandshistorikerin«, fügt sie hinzu. »Und was ist mit dir, Mackenzie – magst du alte Dinge?«

Mögen ist das falsche Wort. Sie sind *nützlich*, weil die Wahrscheinlichkeit, dass sie Erinnerungen haben, größer ist als bei neuen Sachen.

»Ich mag das Coronado«, antworte ich. »Das gilt doch als historisch, oder?«

»Auf jeden Fall. Ein wunderbares Gebäude. Steht schon seit über einem Jahrhundert, ist das zu fassen. Voller Geschichte, das Coronado.«

»Dann wissen Sie sicher alles darüber.«

Miss Angelli windet sich ein bisschen. »Ach, bei einem solchen Ort, da kann niemand alles wissen. Dies und das, Gerüchte und Geschichten …« Sie verstummt.

»Wirklich?« Ich bin ganz Ohr. »Irgendetwas Ungewöhnliches?« Und aus Sorge, mein Interesse könnte ein wenig zu offensichtlich sein, füge ich schnell noch hinzu: »Meine Freundin ist nämlich überzeugt davon, dass es an einem solchen Ort von Geistern, Gespenstern und Geheimnissen nur so wimmelt.«

Miss Angelli runzelt die Stirn und setzt Jezzie wortlos zurück in die Wohnung, ehe sie hinter sich die Tür abschließt.

»Tut mir leid.« Auf einmal ist sie ganz kurz angebunden. »Ich war eigentlich gerade am Gehen. Ich habe einen Termin in der Stadt.«

»Oh.« Ich weiß nicht so recht, was ich sagen soll. »Na ja, vielleicht könnten wir uns ein andermal weiter unterhalten.«

»Ein andermal«, wiederholt sie und marschiert überraschend zügig den Flur hinunter davon.

Ich blicke ihr nach. Zweifellos weiß sie irgendwas. Auf den Gedanken, dass jemand zwar etwas wissen könnte, es aber nicht weitererzählen will, war ich noch gar nicht gekommen. Vielleicht sollte ich doch beim Wändelesen bleiben. Die können einem wenigstens die Antwort nicht verweigern.

Meine Schritte hallen auf den Betonstufen, als ich in den nächsten Stock hinaufsteige, wo überhaupt niemand zu Hause zu sein scheint. Ich ziehe eine Spur aus Muffins hinter mir her. Ist dieser alte Kasten denn völlig ausgestorben? Oder sind seine Bewohner einfach nur abweisend? Als ich am anderen Ende des Korridors gerade die Tür zum Treppenhaus öffnen will, wird sie auf einmal aufgerissen, sodass ich nach hinten stolpere und mich gerade noch an der Wand abfangen kann. Aber ich bin nicht schnell genug, um auch die Muffins zu retten.

Mit zusammengekniffenen Augen warte ich auf das Geräusch des aufschlagenden Korbes, doch es bleibt aus. Als ich blinzelnd aufblicke, steht ein Kerl vor mir, den Korb sicher im Arm. Stachelig hochgegelte Haare und ein schiefes Lächeln. Mein Herz setzt einen kurzen Schlag aus.

Der Typ vom Flur letzte Nacht.

»Sorry«, meint er und reicht mir den Korb zurück. »Nichts für ungut, okay?«

»Ja.« Ich richte mich auf. »Klar.«

Er streckt mir die Hand hin. »Wesley Ayers«, stellt er sich vor und wartet darauf, dass ich einschlage.

Obwohl ich es lieber vermeiden würde, will ich nicht unhöflich sein. Da ich den Korb in der rechten Hand habe, halte ich ihm etwas unbeholfen die linke hin. Als er sie ergreift, rasselt ohrenbetäubendes Getöse durch meinen Kopf. Es ist, als bestünde Wesley aus einer Rockband, mit Schlagzeug und Bass und dazwischen zerberstendes Glas. Ich versuche, das Dröhnen auszublenden, zurückzudrängen, aber das macht es nur noch schlimmer. Und dann, statt meine Hand zu schütteln, vollführt er eine theatralische Verbeugung, streift mit den Lippen über meine Fingerknöchel, was mir den Atem verschlägt. Nicht auf so eine angenehme Schmetterlinge-im-Bauch-Art. Ich bekomme buchstäblich keine Luft mehr zwischen all dem Lärm und dem harten Beat. Meine Wangen glühen, und mein Unbehagen drückt sich offensichtlich in meiner Miene aus, denn er lässt lachend los, wodurch all der Krach und Druck verschwindet.

»Was denn?«, will er wissen. »Ich dachte, das macht man so: rechts zu rechts, Händeschütteln. Links zu rechts, Kuss. Wolltest du das nicht?«

»Nein«, erwidere ich knapp. »Nicht wirklich.« Die Welt ist wieder still, aber ich bin immer noch ziemlich neben der

Spur und habe Schwierigkeiten, das zu verbergen. Daher schiebe ich mich an ihm vorbei in Richtung Treppe, doch so schnell lässt er sich nicht abwimmeln.

»Miss Angelli, in 3D«, fährt er fort, »erwartet immer einen Kuss. Gar nicht so einfach bei den vielen Ringen, die sie trägt.« Er hebt die linke Hand in die Höhe und wackelt mit den Fingern. Er hat selbst ziemlich viele an.

»Wes!«, ruft eine junge Stimme ein Stück den Gang hinunter. In der Tür von 4C erscheint ein kleiner, rotblonder Kopf. Wenn ich nicht so sehr damit beschäftigt wäre, das Bedürfnis zu unterdrücken, mich auf den karierten Teppich sinken zu lassen, würde ich mich jetzt darüber ärgern, dass sie auf mein Klopfen hin nicht aufgemacht hat. Wesley ignoriert das Mädchen demonstrativ und richtet seine Aufmerksamkeit weiterhin auf mich. Aus der Nähe kann ich erkennen, dass seine hellbraunen Augen tatsächlich von Eyeliner eingerahmt sind.

»Was hast du gestern Abend im Flur gemacht?«, frage ich und versuche, das ungute Gefühl abzuschütteln. Da er mich verständnislos ansieht, füge ich hinzu: »Unten im zweiten Stock. Es war ziemlich spät.«

»Na, *so* spät war es nun auch wieder nicht«, meint er schulterzuckend. »Die Hälfte der Cafés in der Stadt hatte noch offen.«

»Warum warst du dann nicht in einem von ihnen?«

Er grinst. »Ich mag den zweiten Stock. Er ist so … gelb.«

»Wie bitte?«

»Er ist gelb.« Er tippt mit einem schwarz lackierten Fingernagel an die Tapete. »Der sechste ist lila. Der fünfte blau.

Der vierte …« – er deutet auf unsere Umgebung – »… eindeutig rot.«

Ich würde nicht so weit gehen, zu behaupten, dass die Wand eindeutig eine Farbe hätte.

»Der dritte ist grün«, fährt er fort. »der zweite ist gelb. Wie dein Haarband. Retro. Hübsch.«

Ich fasse mir ans Haar. »Und was ist der erste?«, frage ich.

»Irgendwas zwischen braun und orange. Scheußlich.«

Beinahe hätte ich gelacht. »Auf mich wirken sie alle ein bisschen grau.«

»Gib ihnen noch ein bisschen Zeit«, meint er. »Du bist also gerade erst eingezogen? Oder streifst du gerne durch die Flure großer Wohnhäuser und verkaufst …« – er späht in den Korb – »… Gebäck?«

»Wes«, ruft das Mädchen wieder und stampft mit dem Fuß auf, aber er ignoriert die Kleine ganz bewusst. Stattdessen zwinkert er mir zu. Das Gesicht des Mädchens wird rot, dann verschwindet sie in der Wohnung. Einen Augenblick später kommt sie zurück, eine Waffe in der Hand.

Sie schleudert das Buch mit bewundernswerter Zielsicherheit durch die Luft, und ich muss kurz geblinzelt haben, denn im nächsten Augenblick ist Wesleys Hand bereits in die Höhe geschossen und hält das Buch fest. Er lächelt mich immer noch an.

»Bin gleich da, Jill.«

Er wischt das Buch ab und lässt den Arm sinken, während er in den Muffin-Korb späht. »Dieser Korb hätte mich fast umgebracht. Ich finde, da habe ich eine kleine Entschädigung verdient.« Seine Hand kramt schon zwischen der Folie, den Bändern und Anhängern herum.

»Bedien dich«, sage ich. »Wohnst du hier?«

»So kann man das nicht unbedingt sagen – ooohhh, Blaubeer.« Er betrachtet den Anhänger. »Dann bist du also eine Bishop, nehme ich mal an.«

»Mackenzie Bishop«, erwidere ich. »Aus zwei F.«

»Nett, dich kennenzulernen, Mackenzie.« Er wirft den Muffin ein paarmal in die Höhe. »Was führt dich in dieses baufällige Schloss?«

»Meine Mutter. Ihre Mission ist, das Café unten zu renovieren.«

»Du klingst ja total begeistert«, meint er.

»Es ist einfach so alt ...« *Genug der Vertraulichkeiten,* warnt eine Stimme in meinem Kopf.

Er zieht eine dunkle Augenbraue hoch. »Angst vor Spinnen? Staub? Geistern?«

»Nein. Diese Dinge machen mir nichts aus.« *Hier ist alles laut, genau wie du.*

Sein Lächeln ist spöttisch, aber seine Augen blicken ernst. »Was dann?«

Ich werde durch Jill erlöst, die mit einem weiteren Buch auftaucht. Einerseits würde ich gerne sehen, wie dieser Wesley versucht, einen weiteren Treffer abzufangen, während er ein Buch und einen Blaubeermuffin in der Hand hält, aber er dreht sich brav um.

»Schon gut, schon gut, ich komm ja, du kleine Mistplage.« Er wirft Jill das erste Buch zu, die es verfehlt. Dann schenkt er mir mit seinem schiefen Lächeln einen letzten Blick. »Danke für den Muffin, Mac.«

Er hat mich gerade erst kennengelernt und benutzt schon meinen Spitznamen! Ich würde ihn gerne treten, aber in der

Art, wie er es sagt, liegt eine gewisse Zuneigung, und aus irgendeinem Grund macht es mir nichts aus.

»Wir sehen uns.«

Kurz darauf hat sich die Tür von 4C geschlossen, und ich stehe immer noch da, bis das Kratzen von Buchstaben in meiner Tasche mich wieder zur Besinnung bringt. Ich mache mich auf den Weg ins Treppenhaus und ziehe dabei das Papier aus der Tasche.

Jackson Lerner, 16.

Diese Chronik ist so alt, dass ich es nicht aufschieben darf. Je älter sie werden, umso schneller entgleiten sie – innerhalb weniger Stunden, ja, mitunter auch Minuten, verwandelt sich Verzweiflung in Zerstörungswut. Ich gehe hinunter in den zweiten Stock, stelle den Korb im Treppenhaus ab und stecke meinen Ring ein, als ich das Meerbild erreiche. Dann ziehe ich den Schlüssel über den Kopf, wickele mir die Schnur ein paarmal ums Handgelenk, während meine Augen nach dem Schlüsselloch neben dem schmalen Wandspalt suchen. Ich stecke den Schlüssel hinein und drehe ihn um. Ein hohles Klicken ertönt, ehe die erleuchteten Umrisse der Tür an die Oberfläche treten und ich wieder in die ewige Nacht der Narrows eintauche.

Ich schließe die Augen und drücke die Fingerspitzen an die nächstbeste Wand, bis ich die Erinnerungen zu fassen bekomme und das Bild der Narrows auftaucht, düster, öde und grauer, aber ansonsten gleich. Die Zeit spult unter meiner Berührung zurück, doch die Szene bleibt unverändert, bis schließlich die Chronik ins Bild flackert, so kurz wie ein

Wimpernschlag. Beim ersten Mal verpasse ich sie tatsächlich, sodass ich die Erinnerung anhalten und wieder abspielen muss, langsam, ganz langsam, Bild für Bild, bis ich ihn sehe. Das ist wie: *nichts nichts nichts nichts nichts Gestalt nichts nichts* – hab dich! Indem ich sozusagen das Band lange genug stoppe, kann ich die Person als männlichen Teenager in einem grünen Kapuzenpulli identifizieren – es muss sich um Jackson handeln –, bevor ich es weiterlaufen lasse und zusehe, wie er von rechts nach links geht und um die nächste Ecke biegt. Okay.

Ich blinzele, wodurch die Narrows um mich herum wieder schärfer werden, löse mich von der Wand und folge Jacksons Spur um die Ecke herum. Dort fange ich wieder von vorne an und wiederhole den Ablauf bei jeder Abzweigung, bis ich den Abstand zwischen uns so verringert habe, dass ich fast direkt hinter ihm bin. Als ich gerade die vierte oder fünfte Wand lese, höre ich ihn. Nicht die gedämpften Geräusche der Vergangenheit, sondern die schlurfenden Schritte eines Körpers im Jetzt. Ich lasse den Erinnerungsfaden los, folge dem Geräusch den Gang entlang um die Ecke und stehe Auge in Auge mit …

Mir selbst.

Zwei verzerrte Reflexionen meines eckigen Kinns und des gelben Stirnbandes spiegeln sich in den Augen der Chronik, wo sich das Schwarz ausbreitet und die Farbe verschlingt, während Jackson Lerner langsam entgleitet.

Er starrt mich mit schief gelegtem Kopf an. Einige Strähnen des verstrubbelten rotbraunen Haarschopfs fallen ihm ins Gesicht, und unter seinem leuchtend grünen Kapuzenpulli verbirgt sich einer dieser ausgemergelten Körper, wie sie

Jungs in dem Alter manchmal haben. Als hätte man sie zu sehr in die Länge gezogen. Ich trete einen kleinen Schritt zurück.

»Was soll das hier verdammt noch mal?«, fährt er mich an, die Hände in den Taschen seiner Jeans vergraben. »Ist das so 'ne Art Gruselkabinett, oder was?«

Ich bemühe mich um einen neutralen Tonfall. »Nicht wirklich, nein.«

»Es ist jedenfalls total beschissen.« Eine dünne Schicht aufgesetzte Coolness überdeckt die Angst in seiner Stimme. Angst ist gefährlich. »Ich will hier raus.«

Er verlagert das Gewicht, als besäße er einen Körper aus Fleisch und Blut. Fleisch vielleicht schon, aber Chroniken bluten nicht. Ruhelos wandert der Blick seiner schwärzer werdenden Augen zu meiner Hand hinunter, wo mein Schlüssel an der Schnur von meinem Handgelenk baumelt und glitzert.

»Du hast 'nen Schlüssel.« Jacksons Blick folgt den kleinen Pendelbewegungen. »Warum lässt du mich dann nicht einfach raus? Hm?«

Ich höre die Veränderung in seinem Tonfall. Angst wird zu Wut.

»Okay.« Granpa würde mir raten, ruhig zu bleiben. *Die Chroniken verlieren die Kontrolle, wenn sie entgleiten; du kannst dir das nicht leisten.* Ich sehe mich unauffällig nach den Türen in der Nähe um.

Aber sie sind alle mit Kreide-X markiert.

»Okay«, sage ich wieder und weiche noch ein Stück zurück. »Ich bring dich zur richtigen Tür.«

Ein weiterer vorsichtiger Schritt. Er bewegt sich nicht.

»Mach einfach die da auf.« Er zeigt auf eine mit einem X.

»Kann ich nicht. Wir müssen eine mit einem weißen Kreis drauf finden und dann …«

»Mach die verdammte Tür auf!«, brüllt er und schnappt nach dem Schlüssel an meinem Handgelenk. Ich weiche ihm aus.

»Jackson!«, schimpfe ich, und die Tatsache, dass ich seinen Namen weiß, lässt ihn kurz innehalten. Ich versuche eine andere Taktik: »Du musst mir zuerst sagen, wo du hin willst. Diese Türen führen alle zu unterschiedlichen Orten. Manche von ihnen gehen nicht einmal auf. Andere schon, aber sie führen zu üblen Orten.«

Die Wut in seinem Gesicht verwandelt sich in Frustration, mit einer Falte zwischen seinen glänzenden Augen und einem traurigen Zug um den Mund. »Ich will einfach nur nach Hause.«

»In Ordnung.« Ich stoße einen leisen Seufzer der Erleichterung aus. »Dann lass uns nach Hause gehen.«

Er zögert.

»Komm mit«, dränge ich. Der Gedanke, ihm den Rücken zuzuwenden, lässt eine ganze Batterie von Warnlämpchen in meinem Kopf aufleuchten, aber in den Narrows ist es einfach zu eng, um nebeneinander hergehen zu können. Also drehe ich mich um und gehe los, auf der Suche nach einem weißen Kreis. Ich entdecke einen am Ende des Flures, beschleunige meine Schritte und werfe einen Blick über die Schulter, ob Jackson mir folgt.

Tut er nicht.

Er ist in einigen Metern Entfernung stehen geblieben und starrt das Schlüsselloch einer Tür im Boden an. Ein Stück vom X schaut unter seinem Schuh hervor.

»Komm schon, Jackson«, sage ich. »Willst du denn nicht nach Hause?«

Trotzig fährt er mit der Schuhspitze über das Schlüsselloch. »Du bringst mich nicht nach Hause.«

»Tu ich doch.«

Er blickt zu mir auf, und in seinen Augen spiegelt sich der Lichtstrahl aus dem Loch zu seinen Füßen. »Du weißt doch gar nicht, wo mein Zuhause ist.«

Das ist natürlich ein durchaus berechtigter Einwand. »Nein, weiß ich nicht.« Er verzieht zornig das Gesicht, bevor ich hinzufüge: »Aber die Türen wissen es.«

Ich zeige auf die zu seinen Füßen. »Es ist ganz einfach. Das X bedeutet, es ist nicht deine Tür.« Ich zeige auf die vor mir, mit dem ausgemalten Kreis. »Diese da, mit dem weißen Kreidekreis, das ist deine Tür. Da gehen wir hinein.«

Hoffnung blitzt in ihm auf, und fast habe ich ein schlechtes Gewissen, dass ich ihn anlüge, aber mir bleibt keine andere Wahl. Jackson holt mich ein, schiebt sich an mir vorbei.

»Beeil dich«, fährt er mich an, während er vor der Tür wartet und mit dem Finger über die Kreide fährt, den Blick immer noch auf den Flur gerichtet. Ich will gerade den Schlüssel ins Schloss stecken.

»Warte!«, sagt er. »Was ist das da?«

Er zeigt auf eine andere Tür, ganz am Ende des Korridors. Auch sie hat einen weißen Kreis überm Schlüsselloch, groß genug, um ihn von hier zu erkennen. Verdammt.

»Jackson …«

Er fährt zu mir herum. »Du hast gelogen. Du bringst mich nicht nach Hause.« Er macht einen Schritt auf mich zu, und ich einen zurück, weg von der Tür.

»Ich habe nicht …«

Doch er gibt mir gar keine Gelegenheit zu einer weiteren Lüge, sondern schnappt nach dem Schlüssel. Ich weiche ihm aus, schnappe mir sein Handgelenk und drehe ihm den Arm nach hinten auf den Rücken. Er jault auf, aber mit einer fetten Portion Glück und Willenskraft gelingt es ihm, sich aus meinem Griff zu befreien. Als er wegrennen will, packe ich ihn an der Schulter und drücke ihn mit dem Gesicht gegen die Wand.

Indem ich meinen Arm um seinem Hals mit genügend Kraft nach hinten hochziehe, will ich ihn vergessen lassen, dass er fünfzehn Zentimeter größer ist als ich und ihm immer noch zwei Arme und zwei Beine zum Kämpfen bleiben.

»Jackson«, sage ich in möglichst vernünftigem Tonfall. »Das ist doch albern, was du da abziehst. Alle Türen mit weißem Kreis können dich …«

Dann sehe ich plötzlich Metall aufblitzen und springe gerade noch rechtzeitig zurück, als das Messer in seiner Hand durch die Luft saust. Da stimmt was nicht. Chroniken haben keine Waffen. Sie werden durchsucht, bevor ihre Körper eingelagert werden. Wo also hat er das Messer her?

Durch einen hohen Tritt von mir stolpert er nach hinten. Ich gewinne dadurch nur einen Moment Zeit, aber es reicht aus, um mir die Klinge anzusehen. Sie glänzt im Dunkeln, polierter Stahl, so lang wie meine Hand mit einem Loch im Griff, damit man es herumwirbeln kann. Es ist eine *hübsche* Waffe. Wie sie ein aufmuckender Teenie mit ausgeleiertem Kapuzenpulli garantiert nie besitzen würde.

Aber ob sie nun ihm gehört, ob er sie gestohlen oder von jemandem geschenkt bekommen hat – eine Möglichkeit, die ich lieber nicht in Erwägung ziehen will –, ändert nichts an der Tatsache, dass er derjenige mit dem Messer ist.

Und ich habe nichts.

7

Ich bin elf, und du bist stärker, als du aussiehst.

Du nimmst mich mit raus in die Sommersonne, um mir das Kämpfen beizubringen. Deine Gliedmaßen sind Waffen, brutal schnell. Es kostet mich Stunden herauszufinden, wie ich ihnen ausweiche, wie ich mich ducke, wegrolle, erahne, reagiere. Wenn ich nicht aus dem Weg gehe, werde ich getroffen.

Ich sitze erschöpft am Boden und reibe mir die Stelle an den Rippen, wo du mich erwischt hast, obwohl ich gesehen habe, wie du versucht hast, noch zurückzuzucken.

»Du hast versprochen, mir zu zeigen, wie man kämpft«, beschwere ich mich.

»Das tue ich doch.«

»Du zeigst mir nur, wie man sich verteidigt.«

»Vertrau mir. Es ist wichtiger, das zu können.«

»Ich will aber lernen, wie man angreift!«, trotzig verschränke ich die Arme vor der Brust. »Ich bin stark genug.«

»Beim Kämpfen geht es nicht wirklich um den Einsatz von Kraft, Kenzie. Sondern darum, die deines Gegners zu nutzen. Die Chroniken werden immer stärker sein als du. Sie fühlen keinen richtigen Schmerz, also kannst du ihnen auch nicht wehtun, nicht wirklich. Sie bluten nicht, und wenn du sie tötest, wachen sie nach kurzer Zeit wieder auf. Sie sterben, sie kommen wieder. Wenn du stirbst, war's das.«

»Kann ich eine Waffe benutzen?«

»Nein, Kenzie«, fährst du mich an. »Trage niemals Waffen. Verlass dich nie auf etwas, das nicht ein Teil von dir ist. Alles andere kann man dir wegnehmen. Und jetzt, steh wieder auf.«

Manchmal wünsche ich mir, ich hätte mich nicht immer an die Regeln meines Großvaters gehalten. So wie jetzt gerade, wo ich auf die scharfe Schneide eines Messers in der Hand einer Chronik blicke, die am Durchdrehen ist. Aber ich breche Granpas Regeln nicht, niemals. Manchmal missachte ich die Regeln des Archivs, oder ich lege sie etwas großzügiger aus, aber seine nicht. Offensichtlich funktionieren sie, denn ich bin immer noch am Leben.

Bis jetzt zumindest.

Jackson fuchtelt mit dem Messer herum, und an der Art, wie er es hält, kann ich erkennen, dass er mit der Waffe nicht vertraut ist. Gut. Dann habe ich zumindest eine Chance, sie ihm zu entwenden. Ich ziehe das Tuch aus den Haaren und spanne es zwischen den Händen. Dann zwinge ich mich zu einem Lächeln, denn auch wenn Jackson im Vorteil ist, was den Besitz scharfer Gegenstände betrifft, und bei diesem Spiel hier Körpereinsatz gefragt ist, bleibt es doch auch immer eine mentale Sache.

»Jackson«, sage ich und ziehe den Stoffstreifen straff. »Du brauchst doch nicht …«

Im Flur hinter ihm bewegt sich etwas. Ein Schatten, der auftaucht und gleich wieder verschwunden ist, eine dunkle Gestalt mit silberner Krone. Überraschend genug, um meine Aufmerksamkeit eine Sekunde lang von Jackson abzulenken.

Genau diese Sekunde nutzt er natürlich aus, um sich auf mich zu stürzen.

Seine Gliedmaßen sind länger als meine, sodass mir nichts anderes übrig bleibt als auszuweichen. Er kämpft wie wahnsinnig. Ohne Rücksicht auf Verluste. Aber er hält das Messer falsch, zu weit hinten am Griff, sodass Platz zwischen Schneide und Hand bleibt. Der nächste Stich kommt rasend schnell. Ich lehne mich zurück, weiche aber nicht von der Stelle. Ich habe eine Idee, aber dafür müsste ich näher ran, was immer riskant ist, wenn der Gegner ein Messer hat. Er stößt wieder zu, und ich versuche, mich zur Seite wegzudrehen, aber ich bin nicht flink genug, und die Klinge gleitet über meinen Unterarm. Schmerz brennt auf meiner Haut, aber ich habe es fast geschafft – bei seinem nächsten Stoß verschätzt Jackson sich, ich weiche nach rechts aus, hebe einen Arm hoch und ziehe den anderen runter, sodass das Messer in die Lücke zwischen Armen und Tuch fährt. Er sieht die Falle zu spät, reißt die Hand zurück, aber ich bin schneller, wodurch der Stoff an der freien Stelle am Messergriff hängen bleibt. Blitzschnell ziehe ich die Schlinge zu und verpasse Jackson gleichzeitig mit aller Kraft einen Tritt in den Bauch. Beim Zurückstolpern entgleitet ihm das Messer.

Sobald ich die Schlinge lockere, fällt es in meine Hand. Genau im selben Moment wirft sich Jackson nach vorn, packt mich um die Taille, und wir landen beide auf dem Boden. Sein Gewicht presst mir die Luft aus den Lungen, und die Klinge rutscht irgendwo in die Dunkelheit davon.

Wenigstens ist es jetzt ein fairer Kampf. Obwohl Jackson stark ist und das zunehmende Entgleiten ihn noch stärker macht, hat sein Großvater ganz offensichtlich in seiner Freizeit kein Kampftraining mit ihm absolviert. Ich befreie mein Bein, und es gelingt mir, mich mit dem Fuß an der Wand abzustützen. Ausnahmsweise bin ich mal dankbar dafür, dass es in den Narrows so eng ist. Mit Schwung drücke ich mich ab und rolle auf Jackson drauf – gerade rechtzeitig, um einem ungeschickten Faustschlag auszuweichen.

Und dann entdecke ich es auf dem Boden direkt über seiner Schulter:

Ein Schlüsselloch.

Ich habe es noch nicht markiert, also weiß ich nicht, wohin es führt, oder ob mein Schlüssel überhaupt funktioniert, aber ich muss irgendetwas tun. Nachdem ich mein Handgelenk mit dem Schlüssel Jacksons Griff entwunden habe, stoße ich das Metall in das Loch und drehe mit angehaltenem Atem um. Dann höre ich, wie es klickt. Ich blicke in Jacksons wilde Augen, bevor sich die Tür öffnet und wir beide in die Tiefe fallen.

Auf einmal dreht sich der Raum, und statt nach unten fallen wir nach vorne, wo wir auf dem kalten Marmorboden des Archiv-Empfangsraumes landen.

Aus dem Augenwinkel sehe ich den Tisch, das BITTE RUHE-Schild, einen Stapel Papiere, dahinter eine junge Frau mit grünen Augen.

»Das ist hier aber nicht das Retoure-Zimmer.« Sie klingt leicht belustigt. Ihre Haare haben die Farbe von Sonne und Sand.

»Schon klar«, knurre ich, während ich versuche, Jackson, der zischt, flucht und mich zu kratzen versucht, in Schach zu halten. »Könnte ich etwas Unterstützung bekommen?«

Nach gerade mal zwei Sekunden gelingt es ihm irgendwie, zuerst sein Knie und dann seinen Fuß zwischen uns zu zwängen.

Die junge Bibliothekarin steht auf, während Jackson mich mit einem Stiefeltritt nach hinten auf den harten Fußboden befördert. Bevor ich aufstehen kann, hat Jackson sich schon halb aufgerappelt, aber in diesem Moment tritt sie hinter dem Tisch hervor und stößt ihm lächelnd etwas Dünnes, Scharfes, Glänzendes in den Rücken. Seine Augen werden zuerst ganz groß, und als sie das Ding herumdreht, ertönt ein Geräusch wie bei einem einrastenden Schloss oder brechenden Knochen, und alles Leben weicht aus Jackson Lerners Blick. Sie zieht die Hand zurück, woraufhin er mit dem scheußlichen dumpfen Geräusch eines toten Körpers in sich zusammensackt. Jetzt kann ich erkennen, dass es sich nicht wirklich um eine Waffe handelt, sondern um eine Art Schlüssel. Er glänzt golden und hat einen Griff, aber am Ende des Stiels keine Bartzacken.

»Das war lustig«, sagt sie.

Es klingt fast so, als würde sie dabei kichern. Ich habe sie schon ein paarmal zwischen den Regalen gesehen. Sie fällt mir immer auf, weil sie so jung wirkt. Mädchenhaft. Bibliothekare haben den ranghöchsten Job, deshalb sind die meisten von ihnen älter, erfahren. Aber sie wirkt, als wäre sie gerade mal zwanzig.

Ich rappele mich auf. »So einen Schlüssel brauche ich auch.«

Sie lacht. »Du könntest ihn sowieso nicht benutzen.« Sie hält ihn mir hin, aber sobald meine Finger das Metall berühren, kribbeln sie und werden ganz taub. Rasch ziehe ich die Hand zurück. Ihr Lachen verstummt, und sie lässt den Schlüssel in der Manteltasche verschwinden.

»Hast du aus Versehen die falsche Tür erwischt?«, fragt sie, kurz bevor die große Tür hinter ihr aufgestoßen wird.

»Was ist hier los?« Patrick kommt hereingestürmt, und sein Blick hinter der schwarzen Brille flackert zwischen der Bibliothekarin, Jacksons Körper auf dem Boden und mir hin und her.

»Carmen«, sagt er, wobei seine Aufmerksamkeit auf mich gerichtet ist. »Bring ihn bitte weg.«

Die Frau lächelt gehorsam, und trotz ihrer geringen Größe packt sie die Chronik und zieht sie durch eine Doppeltür, die direkt in die gebogene Wand des Vestibüls eingelassen ist. Ich blinzele. Dieser Durchgang ist mir bisher noch nie aufgefallen. Und sobald sich die Flügel hinter ihr geschlossen haben, kann ich die Stelle auch nicht mehr richtig sehen. Mein Blick rutscht irgendwie daran ab.

»Miss Bishop«, sagt Patrick. Es ist still im Raum, abgesehen von meinem angestrengten Schnaufen. »Sie bluten mir hier den Boden voll.«

Ich schaue an mir herunter und sehe, dass er recht hat. Mein Arm schmerzt heftig, wo Jacksons Messer den Stoff durchschnitten und meine Haut verletzt hat. Der Ärmel hat einen roten Fleck, und ein dünnes Rinnsal läuft von meiner Hand über meinen Schlüssel und tropft von dort aus zu Boden. Patrick sieht angewidert zu, wie sich auf dem Granit eine kleine Lache bildet.

»Hatten Sie Schwierigkeiten mit den Türen?«, will er wissen.

»Nein.« Ich versuche es mit einem Scherz: »Mit den Türen war alles in Ordnung. Ich hatte Schwierigkeiten mit der *Chronik*.«

Nicht mal ein Lächeln.

»Brauchen Sie medizinische Versorgung?«

Mir ist ein bisschen schwindelig, aber das lasse ich mir besser nicht anmerken. Auf jeden Fall nicht in seiner Gegenwart.

Jede Zweigstelle beschäftigt einen Bibliothekar mit medizinischer Ausbildung, um keinen Wirbel um Arbeitsverletzungen zu machen, und bei uns ist Patrick dieser Mann. Wenn ich Ja sage, wird er mich behandeln, aber damit hat er auch einen Grund, den Vorfall zu melden. Dann wird Roland nichts gegen einen Aktenvermerk tun können. Ich habe keine reine Weste, deshalb schüttele ich den Kopf.

»Ich werd's schon überleben.« Mein Blick fällt auf einen gelben Stoffstreifen. Ich hebe mein Tuch auf und wickele es um die Schnittwunde. »Schade, das war eine meiner Lieblingsblusen«, füge ich so unbeschwert wie nur möglich hinzu.

Er runzelt die Stirn, aber statt mir eine Standpauke zu halten oder mich zu melden, meint er nur: »Gehen Sie, und versorgen Sie das.«

Ich nicke und trete hinaus in die Narrows, wobei ich eine rote Blutspur hinter mir herziehe.

8

Ich bin völlig am Ende.

Ich habe die ganzen Narrows abgesucht, aber Jacksons Messer war nirgends zu finden. Und was den seltsamen Schatten betraf, den ich während des Kampfes gesehen habe, den mit der silbernen Krone … Vielleicht haben mir meine Augen da einen Streich gespielt. Das kommt ab und zu vor, wenn ich den Ring nicht trage. Ich muss nur aus Versehen eine Oberfläche falsch berühren, und schon sehe ich Gegenwart und Vergangenheit gleichzeitig. Da kann sich schon mal was vermischen.

Ich zucke vor Schmerz zusammen und konzentriere mich wieder auf meine aktuelle Aufgabe.

Der Schnitt an meinem Arm ist tiefer, als ich dachte, und er blutet den Verbandsmull durch, noch bevor ich die Bandage herumwickeln kann. Gezwungenermaßen werfe ich eine weitere blutgetränkte Kompresse in die Plastiktüte, die uns momentan als Badezimmermülleimer dient. Dann spüle ich die Wunde unter fließend kaltem Wasser ab, während ich nebenher die umfangreiche Erste-Hilfe-Sammlung durchwühle, die ich mir im Laufe der Jahre zugelegt habe. Meine Bluse liegt zerknüllt am Boden. Ich betrachte mich im Spiegel, mit dem feinen Netz aus Narben auf meinem Bauch und den Armen, einer frischen Prellung an der Schulter. Ich bin immer von den Spuren meines Jobs gezeichnet.

Schließlich drehe ich den Wasserhahn zu, tupfe die Wunde ab und kann sie endlich verbinden. Rote Tropfen ziehen sich über den Waschtisch ins Becken.

»Hiermit taufe ich dich«, murmele ich dem Waschbecken zu, während ich den Verband befestige. Anschließend stopfe ich die Mülltüte in die größere in der Küche und überprüfe, dass alle Beweise meiner Erste-Hilfe-Aktion tief darin vergraben sind. In diesem Moment taucht Mom auf, einen etwas zerdrückten, aber immer noch in Folie gewickelten Muffin in der einen und den Korb in der anderen Hand. Die Muffins sind inzwischen abgekühlt, sodass sich in der Verpackung innen Kondensationströpfchen gebildet haben. Verflixt. Ich wusste, ich habe was vergessen.

»Mackenzie Bishop.« Sie lässt ihre Tasche auf den Esszimmertisch fallen, der immer noch das einzige fertig zusammengebaute Möbelstück ist. »Was ist das hier?«

»Ein Muffin?«

Der Korb plumpst auf den Boden.

»Du hast gesagt, du würdest sie *verteilen*. Nicht den Leuten auf den Fußabtreter werfen und den Korb im Treppenhaus stehen lassen. Wo warst du überhaupt die ganze Zeit?«, fährt sie mich an. »Das kann ja wohl kaum den ganzen Vormittag gedauert haben. Du kannst doch nicht einfach verschwinden …« Ihre Gefühle sind wie ein offenes Buch: Sie kann den Ärger und die Sorge nicht mit ihrem schmallippigen Lächeln überspielen. »Ich habe dich doch um deine Hilfe gebeten.«

»Ich habe ja überall geklopft, aber niemand war zu Hause«, gebe ich zurück. Vor Schmerzen und Müdigkeit kann ich kaum noch atmen. »Die meisten Leute arbeiten. In normalen Jobs. Solche, wo sie morgens aufstehen, ins Büro gehen und abends heimkommen.«

Sie reibt sich die Augen, was bedeutet, dass sie vorher einstudiert hat, was sie sagen will. »Mackenzie. Hör zu. Ich habe mit Colleen gesprochen, und sie meinte, dass du auf deine eigene Art und Weise trauern musst …«

»Willst du mich verarschen?«

»… und wenn man dann noch dein Alter in Betracht zieht, den natürlichen Drang zu rebellieren …«

»Hör auf damit!« Jetzt fängt auch noch mein Kopf an wehzutun.

»… ich weiß, dass du Freiraum für dich brauchst. Aber du musst auch Disziplin lernen. Das Bishop's ist ein Familienbetrieb.«

»Aber es war kein Familien*traum*.«

Sie zuckt zusammen.

Am liebsten würde ich so tun, als würde ich nicht sehen, wie sehr sie meine Bemerkung verletzt hat. Ich will egoistisch und jung und normal sein. M wäre so. Sie würde Freiraum zum Trauern brauchen. Sie würde rebellieren, weil ihre Eltern einfach uncool sind, nicht weil die eine Hälfte eine so abartig fröhliche Miene aufsetzt und die andere einem lebenden Gespenst gleicht. Sie wäre distanziert, weil sie mit Jungs oder Schule beschäftigt ist, nicht weil die Jagd nach den Chroniken der Toten sie völlig erledigt, oder weil ihr neues Zuhause mit seiner Hotel-Vorgeschichte sie beschäftigt, wo die Wände von Verbrechen erzählen.

»Tut mir leid«, füge ich hinzu. »Vermutlich hat Colleen recht.« Am liebsten würde ich die Worte in dem Moment zurücknehmen, als ich sie ausspreche. »Vielleicht brauche ich nur ein bisschen Zeit, um mich einzugewöhnen. Das ist eine ziemlich große Veränderung. Aber ich wollte dich nicht im Stich lassen.«

»Wo warst du denn?«

»Ich habe mich mit einer Nachbarin unterhalten«, antworte ich. »Miss Angelli. Sie hat mich eingeladen, und ich wollte nicht unhöflich sein. Sie wirkte irgendwie einsam, und ihre Wohnung ist vollgestopft mit Antiquitäten, deshalb bin ich eine Weile bei ihr geblieben. Wir haben Tee getrunken, und sie hat mir ihre Sammlungen gezeigt.«

Granpa würde das als Extrapolation bezeichnen. Einfacher als eine glatte Lüge, weil es einen Wahrheitskern enthält. Nicht dass Mom merken würde, wenn ich ihr eine unverfrorene Lüge auftischte, aber wenigstens fühle ich mich auf diese Weise etwas weniger schuldig.

»Oh. Das war aber … lieb von dir.« Sie wirkt verletzt, weil ich lieber mit einer Fremden Tee trinke als mich mit ihr zu unterhalten.

»Ich hätte besser auf die Zeit achten sollen.« Dann füge ich aus schlechtem Gewissen noch hinzu: »Es tut mir leid.« Ich reibe mir die Augen und mache einen Schritt in Richtung meines Zimmers. »Ich geh ein bisschen auspacken.«

»Der Neuanfang hier wird uns guttun«, verspricht sie. »Wie ein Abenteuer.« Aber während dieser Satz aus Dads Mund noch halbwegs fröhlich klang, kommt er ihr so schwach über die Lippen wie ein letzter Atemhauch. Verzweifelt. »Ich verspreche es, Mac. Ein Abenteuer.«

»Ja.« Und weil ich sehe, dass ihr das noch nicht reicht, ringe ich mir ein Lächeln ab. »Ich hab dich lieb.«

Die Worte schmecken seltsam auf der Zunge, und auf dem Weg in mein Zimmer, wo ich mich aufs Bett fallen lasse, frage ich mich vergeblich, weshalb. Erst als ich mir die Decke über den Kopf ziehe, fällt es mir plötzlich ein.

Es war als Einziges nicht gelogen.

Ich bin zwölf, noch sechs Monate davon entfernt, Wächterin zu werden, und Mom ist sauer, weil du wieder mal blutest. Sie wirft dir vor, du würdest dich prügeln, würdest trinken, würdest dich weigern, würdevoll zu altern. Du zündest dir eine Zigarette an, fährst dir mit den Fingern durchs grau melierte Haar und lässt sie in dem Glauben, dass es eine Kneipenprügelei war.

»Ist es schwer?«, frage ich, nachdem sie aus dem Zimmer gestürmt ist. »So viel zu lügen?«

Du nimmst einen langen Zug und schnipst die Asche dann ins Waschbecken, wo Mom sie bestimmt entdecken wird. Eigentlich solltest du nicht mehr rauchen.

»Nicht schwer, nein. Lügen ist leicht. Aber es macht einsam.«

»Wie meinst du das?«

»Wenn du alle über alles belügst, was bleibt dann noch? Was ist wahr?«

»Nichts«, antworte ich.

»Genau.«

Ich werde vom Klingeln des Telefons neben meinem Bett geweckt.

»Hi, hi«, sagt Lyndsey. »Täglicher Kontrollanruf.«

»Hi, Lynds.« Ich gähne.

»Hast du geschlafen?«

»Ich versuche, der Vorstellung gerecht zu werden, die deine Mutter von mir hat.«

»Ach, vergiss meine Mutter. Und, Hotel-Update? Hast du schon Gespenster für mich gefunden?«

Ich setze mich auf und schwinge die Beine aus dem Bett. Von dem blutbefleckten Jungen in meinem Zimmer kann ich ihr wohl schlecht erzählen. »Bisher keine Geister, aber ich werde weiter Ausschau halten.«

»Du musst gründlicher suchen! An einem Ort wie diesem muss es doch von unheimlichen Wesen nur so wimmeln. Schließlich steht dieses Gebäude schon seit hundert Jahren oder so.«

»Woher weißt du das?«

»Ich habe nachgeschaut! Du glaubst doch nicht, ich lass dich in irgend so ein Spukschloss ziehen, ohne seine Geschichte zu recherchieren?«

»Und, was hast du gefunden?«

»Seltsamerweise so gut wie gar nichts. Ich meine, *verdächtig* wenig. Es war mal ein Hotel, das dann während der Wirtschaftswunderzeit nach dem Zweiten Weltkrieg in Wohnungen umgewandelt wurde. Ein Haufen Zeitungen haben damals über die Umbaumaßnahmen berichtet, aber ein paar Jahre später ist das Ding irgendwie plötzlich weg vom Fenster ... Keine Artikel mehr, nichts.«

Ich runzle die Stirn und stehe auf. Miss Angelli hat zugegeben, dass dieser Ort eine interessante Vergangenheit hat. Woher weiß sie das dann? Mal angenommen, dass *sie* keine Wände lesen kann, wie hat sie dann von den Geheimnissen des Coronados erfahren? Und warum will sie nicht darüber reden?

»Ich wette, das ist so eine Regierungsverschwörung«, sagt Lyndsey. »Oder ein Zeugenschutzprogramm. Oder einer dieser Horror-Reality-Filme. Hast du mal nach Kameras geschaut?«

Ich lache, aber im Stillen frage ich mich – mit einem Blick auf die blutbefleckten Dielenbretter –, ob die Wahrheit nicht noch schlimmer sein könnte.

»Gibt es wenigstens Bewohner, die aussehen, als kämen sie aus einem Hitchcock-Film?«

»Also, bisher habe ich eine krankhaft übergewichtige Antiquitäten-Sammlerin getroffen und einen jungen Typen, der Eyeliner benutzt.«

»Bei Typen nennt man das Guyliner.«

»Aha.« Ich strecke mich und mache mich auf den Weg zur Zimmertür. »Ich würde es eher bescheuert nennen, aber er schaut eigentlich ganz nett aus. Allerdings kann ich dir nicht sagen, ob der Eyeliner ihn attraktiv macht, oder ob er trotz der Schminke gut aussieht.«

»Na, wenigstens hast du was Hübsches zum Anschauen.«

Ich mache einen Bogen um die geisterhaften Flecken auf dem Boden und wage mich hinaus in den Wohnungsflur. Es dämmert inzwischen, und keine der Lampen ist an.

»Wie geht's denn bei *dir* so?«, erkundige ich mich. Lyndsey besitzt die Gabe der Normalität. »Sommerkurse? Univorbereitung? Lernst du neue Sprachen? Neue Instrumente? Rettest im Alleingang ganze Staaten?«

Lyndsey lacht. Für sie ist alles so leicht. »Aus deinem Mund klingt das, als wäre ich eine Streberin.«

Ich fühle das Kratzen von Buchstaben und ziehe die Liste aus meiner Jeanstasche.

Alex King, 13.

»Das liegt daran, dass du eine Streberin *bist*«, erwidere ich.

»Ich beschäftige mich eben gerne.«

Dann komm mal hierher, denke ich und stecke die Liste wieder ein. *Dieser Ort würde dich ordentlich auf Trab halten.*

Im Hintergrund höre ich den Klang von Saiten. »Was ist das für ein Geräusch?«

»Ich stimme meine Gitarre, das ist alles.«

»Lyndsey Newman, hast du mich womöglich auf Lautsprecher gestellt, damit du gleichzeitig reden und Gitarre spielen kannst? Ich dachte, unsere Gespräche sind dir heilig.«

»Entspann dich. Meine Eltern sind abgezogen. Irgendeine Gala. Sie haben vor einer Stunde kostümiert das Haus verlassen. Was ist mit deinen?«

Auf dem Küchentisch liegen zwei Nachrichten für mich.

Die meiner Mutter lautet: *Supermarkt! Alles Liebe, Mom.*

Die meines Vaters: *Bin kurz bei der Arbeit. – D.*

»Auch unterwegs«, antworte ich, »Aber ohne Kostüme und nicht gemeinsam.«

Ich ziehe mich wieder in mein Zimmer zurück.

»Dann hast du also die Wohnung für dich?«, meint sie. »Ich hoffe, du machst Party.«

»Ich kann dich vor lauter Musik und Trinkspielen kaum verstehen. Wahrscheinlich sollte ich den Leuten hier lieber sagen, dass sie leiser sein sollen, bevor noch jemand die Polizei ruft.«

»Lass uns bald wieder telefonieren, okay?«, sagt sie. »Du fehlst mir.« Sie meint das wirklich so.

»Du mir auch, Lynds.« Auch ich meine es ernst.

Ich werfe das Telefon aufs Bett und starre auf die verblassten Flecken auf meinem Fußboden.

Die Fragen lassen mich nicht los. Was ist in diesem Zimmer passiert? Wer war dieser Junge? Und wessen Blut war das? Ja, vielleicht ist es nicht meine Aufgabe, das herauszufinden, sondern ein Regelverstoß, ein Machtmissbrauch, aber alle Mitarbeiter des Archivs leisten denselben Schwur.

Wir schützen die Vergangenheit. Und meiner Meinung nach müssen wir sie dazu verstehen.

Wenn weder Lyndseys Suchmaschinen noch Miss Angelli mir etwas verraten wollen, muss ich eben selbst nachsehen. Ich ziehe den Ring vom Finger, und bevor ich den Mut verliere, knie ich mich hin, drücke die Handflächen auf den Boden und greife nach der Erinnerung.

9

Da sitzt ein Mädchen auf einem Bett, die Knie bis unters Kinn gezogen.

Ich spule die Erinnerungen zurück, bis ich den kleinen Kalender mit MÄRZ auf dem Nachttisch stehen sehe, das blaue Kleid auf dem Stuhl in der Ecke, das schwarze Buch auf dem Tisch am Bett. Granpa hatte recht. *Brotkrumen und Lesezeichen.* Meine Finger haben den Weg gefunden.

Das Mädchen auf dem Bett ist zierlich und hat hellblonde Haaren, die in Wellen ihr schmales Gesicht umrahmen. Sie ist jünger als ich und redet mit dem Jungen mit den blutbefleckten Händen, die aber jetzt noch sauber sind. Seine Worte sind Gemurmel, nichts weiter als statisches Rauschen, und er kann nicht stillhalten. Am Blick des Mädchens kann ich erkennen, dass sie langsam spricht, eindringlich, aber seine Antworten sind heftig, von ausladenden Gesten unterstrichen. Er kann nicht sehr viel älter sein als sie, aber seinem fiebrigen Gesicht nach zu urteilen und der Art, wie er schwankt, hat er getrunken. Er sieht aus, als würde er sich gleich übergeben. Oder losschreien.

Auch das Mädchen bemerkt es, denn sie rutscht vom Bett und bietet ihm ein Glas Wasser von der Kommode an. Grob stößt er das Glas weg, das auf dem Boden zerbricht. Das

Geräusch ist nicht viel mehr als ein Knistern. Seine Finger graben sich in ihren Arm. Sie schiebt ihn von sich weg, bis er den Halt verliert und nach hinten gegen das Bettgestell stolpert. Sie dreht sich um und rennt weg. Er rappelt sich auf, schnappt sich eine große Glasscherbe vom Boden. Dabei schneidet er sich in die Hand. Das Mädchen ist bereits an der Tür, als er sie einholt, und die beiden stolpern hinaus in den Flur.

Ich schiebe meine Hand über den Boden, bis ich sie wieder sehen kann, und dann wünschte ich mir, ich könnte es nicht. Er kniet auf ihr drauf, in einem Knäuel aus Glas und Blut und zuckenden Gliedmaßen. Ihre schlanken nackten Füße strampeln, während er sie festhält.

Und dann lässt das Zucken nach. Hört schließlich ganz auf.

Er lässt die Scherbe neben ihrem Körper fallen und erhebt sich mühsam, sodass ich sie sehen kann, die Schnitte an ihren Armen und den viel tieferen quer über ihren Hals. Die Scherbe in ihrer Handfläche. Er steht einen Moment lang über sie gebeugt, bevor er sich wieder in Richtung Zimmer dreht. In meine Richtung. Er ist voller Blut. Voll von *ihrem* Blut. Mir dreht sich der Magen um, und ich muss den Impuls unterdrücken, schnell von ihm wegzukrabbeln. Er ist nicht hier. Ich bin nicht dort.

Du hast sie umgebracht, flüstere ich. Wer bist du? Wer ist sie?

Er taumelt ins Zimmer, und für einen Augenblick fällt er in sich zusammen, sinkt in die Hocke hinunter, wiegt sich hin und her. Doch dann steht er wieder auf. Blickt an sich herab, auf die glitzernden Glassplitter zu seinen Füßen und hinüber zur Leiche. Er fängt an, seine blutigen Hände am blutigen Hemd abzuwischen, zuerst langsam, dann immer hektischer, stolpert zum Schrank hinüber und zerrt einen schwarzen Mantel vom Bügel, den er überzieht und vorne schließt. Dann rennt er weg. Ich sitze da und starre die Leiche des Mädchens im Flur an.

Das Blut sickert in ihre hellblonden Haare. Ihre Augen sind offen. In diesem Moment würde ich nichts lieber tun, als zu ihr zu gehen und sie ihr zu schließen.

Stattdessen nehme ich die Hände vom Boden und öffne selbst die Augen, wodurch sich die Erinnerung im Jetzt auflöst und die Leiche verschwindet. Das Zimmer ist wieder mein Zimmer, doch ich sehe das Bild immer noch vor mir, als wäre es auf meine Netzhaut eingebrannt. Hastig streife ich meinen Ring über und bahne mir, über zig Kisten stolpernd, einen Weg aus der Wohnung. Ich muss jetzt einfach hier raus.

Nachdem ich die Tür zu 2F hinter mir zugeschlagen habe, lasse ich mich dagegensinken, rutsche auf den Boden, drücke meine Handballen gegen die Augen und versuche, tief durchzuatmen.

Ein Gefühl von Abscheu kriecht meine Kehle hinauf, sodass ich schwer schlucken muss und mir vorstelle, wie Granpa mich anschaut, durch den Zigarettenrauch hindurch lacht und mir sagt, wie albern ich aussehe. Ich stelle mir vor, wie das Gremium, das mich in mein Amt eingeführt hat, direkt durch die Welten blicken kann und mich für ungeeignet erklärt. Ich bin nicht M, denke ich. Ich bin kein albernes, zart besaitetes Mädchen. Ich bin viel mehr. Ich bin eine Wächterin. Ich bin Granpas Nachfolgerin.

Es ist nicht das Blut, und noch nicht mal der Mord, was mich so schockt, obwohl mir beides den Magen herumdreht. Es ist vielmehr die Tatsache, dass er *weggelaufen* ist. Ich muss dauernd daran denken, ob er wohl entkommen ist. Ist er damit durchgekommen?

Auf einmal muss ich mich dringend bewegen, jagen, irgendetwas tun, also stehe ich auf, lehne mich an die Tür und ziehe die Liste aus der Tasche, dankbar, dass ich einen Namen habe.

Aber der Name ist weg. Das Papier ist leer.

»Du siehst aus, als könntest du einen Muffin brauchen.«

Ich schiebe den Zettel zurück in meine Jeans und blicke auf. Am anderen Ende des Flures wirft Wesley Ayers einen immer noch verpackten Willkommensmuffin durch die Luft wie einen Baseball. Mir ist jetzt nicht danach, gute Miene zu machen und so zu tun, als wäre ich normal.

»Ach, den hast du immer noch?«, frage ich müde.

»Nee, meinen habe ich gegessen.« Er kommt auf mich zu. »Den hier hab ich bei fünf B geklaut. Die sind diese Woche verreist.«

Ich nicke.

Als er mich erreicht, sieht er plötzlich besorgt aus. »Alles klar bei dir?«

»Mir geht's prima«, lüge ich.

Er legt den Muffin auf den Teppich. »Du siehst aus, als könntest du etwas frische Luft gebrauchen.«

Was ich brauche, sind Antworten. »Gibt es hier einen Ort mit Aufzeichnungen über das Gebäude? Protokolle, irgend so was?«

Wesley legt nachdenklich den Kopf schief. »Die Bibliothek. Vollgestopft mit alten Büchern, Klassikern, und allem, was so aussieht, als würde es, nun ja, in eine Bibliothek gehören. Vielleicht gibt's da ja was. Aber das ist so ziemlich das Gegenteil von frischer Luft, dabei wollte ich dir doch diesen Garten zeigen …«

»Weißt du was? Führ mich zu dieser Bibliothek, und danach kannst du mir zeigen, was immer du willst.«

Wesleys Lächeln bringt sein ganzes Gesicht zum Leuchten, vom dreieckigen Kinn bis hinauf in die Spitzen seiner hochgegelten Haare. »Abgemacht.«

Er geht am Aufzug vorbei durchs Treppenhaus hinunter zur großen Aufgangstreppe und von dort aus in die Lobby. Ich halte vorsorglich ein bisschen Abstand, denn mir ist unsere letzte Berührung noch lebhaft in Erinnerung. Von meinem Standort einige Stufen über ihm kann ich in den Kragen seines schwarzen Hemdes hineinsehen. Dort glitzert etwas, ein Amulett an einem Lederband. Ich beuge mich vor, um einen besseren Blick zu erhaschen …

»Wo wollt ihr hin?«, ertönt plötzlich ein leises Stimmchen. Wesley zuckt zusammen und fasst sich an die Brust.

»Jill, verflixt«, stöhnt er. »Du kannst einen doch nicht so erschrecken, noch dazu vor einem Mädchen!«

Ich brauche einige Sekunden, bis ich Jill ausfindig gemacht habe, aber schließlich entdecke ich sie in einem der ledernen Ohrensessel vorne in der Ecke mit einem Buch, hinter dem ihr Gesicht fast verschwindet. Ihre scharfen blauen Augen überfliegen die Seiten, aber ab und zu blickt sie aufmerksam auf, als ob sie auf etwas warten würde.

»Er ist total schreckhaft«, ruft sie hinter ihrem Buch hervor.

Wesley fährt sich mit den Fingern durch die Haare und ringt sich ein gequältes Lachen ab. »Nicht gerade etwas, auf das ich stolz bin.«

»Du solltest mal sehen, was passiert, wenn man ihn wirklich überrascht«, meint Jill an mich gewandt.

»Das reicht jetzt, du kleine Nervensäge.«

Jill blättert schwungvoll eine Seite um.

Wesley wirft mir über die Schulter hinweg einen Blick zu und streckt mir seinen Arm hin. »Wollen wir?«

Ich lächele dünn, lehne aber das Angebot ab. »Nach dir.«

Er führt mich durch den Eingangsbereich hindurch. »Wonach suchst du überhaupt?«

»Ich möchte einfach nur ein bisschen was über dieses Gebäude erfahren. Weißt du viel darüber?«

»Nicht wirklich.« Er biegt in einen Korridor auf der anderen Seite der großen Treppe ab.

»Da wären wir«, verkündet er und öffnet die Tür zur Bibliothek. Der Raum ist wirklich total mit Büchern vollgestopft. Ein Tisch und einige Ledersessel bilden die Möblierung. Meine Augen wandern über die Buchrücken auf der Suche nach irgendetwas Nützlichem: Enzyklopädien, einige Lyrikbände, eine Komplettausgabe Dickens, ...

»Komm schon, komm schon«, drängt er mich. »Nicht stehen bleiben.«

»Zuerst die Bibliothek«, beharre ich. »Schon vergessen?«

»Die hab ich dir jetzt gezeigt.« Er macht eine ausladende Handbewegung, während er auf eine Doppeltür auf der anderen Seite zusteuert. »Du kannst ja später wiederkommen. Die Bücher laufen nicht weg.«

»Gib mir einen Moment ...«

Er reißt die Türen auf. Der Garten dahinter ist erfüllt von Dämmerlicht, frischer Luft und wild wuchernden Pflanzen.

Als Wesley über bemooste Steine hinaustritt, reiße ich meine Aufmerksamkeit von den Büchern los und folge ihm.

Das verglühende Tageslicht bringt den Garten zum Leuchten, während bereits Schatten durch die Kletterpflanzen fallen und die Farben dunkler, tiefer werden. Dieser Ort ist alt und neu zugleich, und mir wird klar, wie sehr ich das Gefühl von Grün vermisst habe. Unser altes Haus hatte zwar einen kleinen Hinterhof, aber der war nichts im Vergleich zu Granpas Zuhause. Vor seiner Tür lag die Stadt, aber hinten raus erstreckte sich die Natur, wildes Land. Die Natur wächst ständig weiter, verändert sich und gehört damit zu den wenigen Dingen, die keine Erinnerungen speichern können. Man vergisst oft, wie viel Chaos es in der Welt gibt, in den Menschen und Gegenständen, bis man von Grün umgeben ist. Und auch wenn sie die Vergangenheit nicht auf dieselbe Weise hören, sehen und fühlen können wie ich, frage ich mich, ob normale Menschen das wohl auch spüren – diese Stille.

»Ja, die Abendsonne«, sagt Wes leise, und fügt dann andächtig hinzu: »›Sie rückt und weicht, der Tag ist überlebt. Dort eilt sie hin und fördert neues Leben.‹«

Offensichtlich ist mir das Staunen ins Gesicht geschrieben, denn er wirft mir wieder sein schiefes Lächeln zu.

»Was denn? Jetzt schau doch nicht so überrascht. Unter dieser unglaublich coolen Frisur verbirgt sich so was wie ein Gehirn.« Er durchquert den Garten bis zu einer steinernen Bank, die halb mit Efeu bewachsen ist. Als er einige Ranken davon beiseiteschiebt, werden die Worte sichtbar, die in den Stein gemeißelt sind.

»Das ist aus *Faust*«, erklärt er. »Kann sein, dass ich ziemlich viel Zeit hier verbringe.«

»Ich kann verstehen, warum.« Dieser Ort ist Glück pur. Wenn man das Glück fünfzig Jahre lang sich selbst gelassen hätte. Der Garten ist völlig zugewuchert, verwildert. Perfekt. Eine Insel des Friedens mitten in der Stadt.

Wesley lässt sich auf der Bank nieder, krempelt die Ärmel hoch und lehnt sich zurück, um die Wolkenstreifen am Himmel zu beobachten, wobei er sich eine blauschwarze Haarsträhne aus der Stirn pustet.

»Die Bibliothek verändert sich nie, aber dieser Garten ist jeden Augenblick anders, und bei Sonnenuntergang wirklich am schönsten. Außerdem …« – er macht eine Handbewegung in Richtung Coronado – »… kann ich dich ein andermal richtig rumführen.«

»Ich dachte, du wohnst nicht hier.« Ich blicke hinauf in den dämmrigen Abendhimmel.

»Stimmt. Aber meine Cousine Jill mit ihrer Mutter. Jill ist wie ich ein Einzelkind, also versuche ich, sie ein bisschen im Auge zu behalten. Hast du Geschwister?«

Mir wird eng in der Brust, und einen Moment lang weiß ich nicht, was ich antworten soll. Das hat mich noch niemand gefragt, nicht seit Ben gestorben ist. In unserer alten Stadt wussten ja alle Bescheid und gingen direkt zu Mitleid und Beileidsbekundungen über. Da ich von Wesley keines von beidem will, schüttele ich den Kopf und hasse mich dabei, weil es sich so anfühlt, als würde ich Ben verraten, die Erinnerung an ihn.

»Na, dann weißt du ja, wie es ist. Bisschen einsam mitunter. Und in diesem alten Kasten hier abzuhängen ist besser als die andere Alternative.«

»Die da wäre?«

»Mein Dad. Und seine neue Freundin. Ein richtiges Biest, sag ich dir. Darum bin ich öfter mal hier.« Er streckt sich nach hinten über die Bank.

Ich schließe die Augen, genieße das Gefühl des Gartens, die kühle Luft und den Geruch nach Blumen und Efeu. Der Horror, der sich in meinem Zimmer verbirgt, rückt ein Stück von mir weg, fühlt sich beherrschbarer an, obwohl mir die Frage immer noch im Kopf herumspukt: *Ist er womöglich ungestraft davongekommen?* Ich atme tief durch und versuche, diese Frage aus meinen Gedanken zu verbannen, wenigstens für einen Moment.

Dann spüre ich, wie Wesley aufsteht und zu mir herüberkommt. Er schiebt seine Finger zwischen meinen hindurch. Der Krach trifft mich kurz bevor seine Ringe an meinen stoßen, die Bässe und der Rhythmus pulsieren meinen Arm hinauf und durch meinen Brustkorb. Ich versuche, ihn zurückzudrängen, ihn auszusperren, aber dadurch wird es nur noch schlimmer. Das Geräusch seiner Berührung erschlägt mich fast, obwohl seine Finger meine federleicht umschließen. Er hebt meine Hand und dreht sie sanft um.

»Sieht aus, als hättest du einen Kampf gegen einen Umzugskarton verloren.« Er zeigt auf den Verband an meinem Unterarm.

Ich versuche zu lachen. »Sieht so aus.«

Dann lässt er meine Hand los. Der Krach verstummt, und der Druck auf meiner Brust wird besser, bis ich schließlich wieder Luft bekomme, als wäre ich unter Wasser gewesen. Wieder wird mein Blick von dem Lederband um seinen Hals angezogen, doch der Anhänger ist unter dem schwarzen Stoff seines Hemdes verborgen. Mein Blick wandert seine

Arme hinunter, an den aufgerollten Ärmeln vorbei zur Hand, die gerade noch meine gehalten hat. Selbst im Dämmerlicht kann ich eine dünne Narbe erkennen.

»Sieht aus, als hättest du selber ein paar Kämpfe verloren«, sage ich und fahre mit dem Finger knapp über seiner Hand durch die Luft, da ich es nicht wage, ihn zu anzufassen. »Wo hast du die her?«

»Ein Ferienjob als Spion. Ich war nicht sonderlich gut.«

Über seinen Handrücken verläuft eine gezackte Linie. »Und die da?«

»Kleine Auseinandersetzung mit einem Löwen.«

Wesley beim Lügen zuzusehen ist faszinierend.

»Und die da?«

»Da hab ich mit bloßen Händen einen Piranha gefangen.«

Egal, wie absurd die Erklärungen auch sind, er präsentiert sie ganz sachlich und schlicht, so locker wie die Wahrheit. Ein Kratzer zieht sich seinen Unterarm entlang. »Und das da?«

»Messerstecherei in einer Pariser Gasse.«

Während ich seine Haut nach Spuren absuche, bewegen sich unsere Körper aufeinander zu, ohne sich zu berühren.

»Bin durch ein Fenster gesprungen.«

»Eiszapfen.«

»Wolf.«

Meine Finger schweben über einer Narbe an seinem Haaransatz.

»Und die da?«

»Eine Chronik.«

Die Zeit scheint stehen zu bleiben.

Sein Gesicht verändert sich, nachdem er das gesagt hat. Als hätte ihn jemand in den Magen geboxt. Das Schweigen hängt zwischen uns.

Und dann tut er etwas völlig Unbegreifliches. Er lächelt.

»Wärst du clever gewesen«, sagt er langsam, »dann hättest du mich gefragt, was eine Chronik ist.«

Ich bin immer noch wie erstarrt, als er die Hand ausstreckt und mit dem Finger über die drei Linien in der Oberfläche meines Rings streicht und dann einen seiner eigenen so dreht, dass das gleiche Zeichen, wenn auch noch etwas sauberer als bei mir, zum Vorschein kommt. Das Symbol des Archivs. Als ich nicht reagiere – weil mir keine Lüge flüssig über die Lippen kam und es jetzt ohnehin zu spät ist –, macht er einen Schritt auf mich zu, so nah, dass ich beinahe die Bässe hören kann, die von seiner Haut ausstrahlen. Er hakt den Daumen unter die Kordel an meinem Hals, um meinen Schlüssel unterm T-Shirt hervorzuziehen. Das Metall glitzert in der Dämmerung. Dann holt er seinen eigenen Schlüssel heraus.

»So«, meint er fröhlich. »Dann hätten wir das ja jetzt geklärt.«

»Du hast es gewusst«, bringe ich schließlich heraus.

Er runzelt die Stirn. »Seit dem Moment, als du gestern Abend im Flur aufgetaucht bist.«

»Woher?«

»Dein Blick ist sofort zum Schlüsselloch gewandert. Du hast zwar ganz passabel versucht, es zu verbergen, aber ich habe extra aufgepasst. Patrick hat mir gesagt, es gäbe hier jetzt einen neuen Wächter. Den wollte ich mir mal ansehen.«

»Lustig, denn *mir* hat Patrick nicht gesagt, dass es einen alten gibt.«

»Das Coronado ist nicht wirklich mein Revier. Hat schon lange niemandem mehr gehört. Ich schaue ab und zu bei Jill vorbei, und dann seh ich in dem alten Kasten nach dem Rechten, wenn ich schon dabei bin. Du weißt ja, wie das bei so alten Gemäuern ist.« Er klopft mit dem Fingernagel gegen seinen Schlüssel. »Ich habe sogar Sonderzugang. Deine Türen sind meine Türen.«

»Dann hast du also meine Liste abgearbeitet.« Jetzt passt auf einmal alles zusammen. »Es standen Namen auf meiner Liste, die dann einfach verschwunden sind.«

»O Mist.« Er reibt sich den Hals. »Darüber hab ich gar nicht nachgedacht. Dieser Ort hier wird schon so lange mehrfach genutzt. Sie halten die Türen vom Coronado immer für mich offen. Sorry, war keine Absicht.«

Wieder herrscht Schweigen zwischen uns.

»Also«, sagt er.

»Also«, sage ich.

Wesley grinst schief.

»Was denn?«

»Ach, komm schon, Mac …« Er bläst sich wieder die Haare aus der Stirn.

»Komm schon, was?« Ich bin immer noch damit beschäftigt, ihn zu mustern.

»Findest du das nicht cool?« Er gibt auf und streicht die Haare mit den Fingern zurück. »Einen anderen Wächter zu treffen?«

»Außer meinem Großvater ist mir noch nie einer begegnet.« Es klingt naiv, aber es kam mir nie in den Sinn, mich gedanklich mit den anderen zu beschäftigen. Ich meine, ich wusste natürlich, dass es sie gibt, aber was man nicht sieht, über das denkt man auch nicht nach. Die Reviere, die Zweigstellen des Archivs – Ich glaube, sie sind extra so angelegt, dass man sich wie ein Einzelkämpfer fühlt. Einzigartig. Oder allein.

»Mir auch nicht«, meint Wes. »Was für eine horizonterweiternde Erfahrung.« Er steht vor mir stramm. »Ich heiße Wesley Ayers, und ich bin ein Wächter.« Dann grinst er breit. »Fühlt sich gut an, das laut auszusprechen. Versuch's mal.«

Ich blicke zu ihm auf, aber die Wörter bleiben mir im Hals stecken. Die letzten vier Jahre habe ich dieses Geheimnis mit mir herumgetragen. Vier Jahre der Lügen, des Versteckspiels und des Verheimlichens von Verletzungen, um vor allen, denen ich begegne, zu verbergen, was ich bin.

»Ich heiße Mackenzie Bishop«, krächze ich schließlich. Vier Jahre, seit Granpa gestorben ist, und nicht ein einziges Mal verplappert. Nicht Mom oder Dad gegenüber, auch nicht gegenüber Ben, nicht einmal bei Lyndsey. »Und ich bin eine Wächterin.«

Die Welt geht nicht unter. Niemand stirbt. Es tun sich keine Türen auf. Die Crew stürmt nicht herbei und nimmt mich fest. Wesley Ayers strahlt genug für uns beide.

»Ich patrouilliere in den Narrows«, sagt er.

»Ich jage Chroniken«, sage ich.

»Ich bringe sie ins Archiv zurück.«

Es wird zu einem Spiel, geflüstert und atemlos.

»Ich verberge, wer ich bin.«

»Ich kämpfe mit den Toten.«

»Ich belüge die Lebenden.«

»Ich bin allein.«

Da verstehe ich auf einmal, weshalb Wes nicht aufhören kann zu lächeln, obwohl er albern aussieht, mit seinem Eyeliner, den pechschwarzen Haaren, dem kantigen Kiefer und den Narben. Ich bin nicht allein. Die Worte tanzen durch meinen Kopf und in seinen Augen, um unsere Ringe und unsere Schlüssel herum. Jetzt lächele auch ich.

»Danke«, sage ich.

»War mir ein Vergnügen«, erwidert er mit einem Blick in den Himmel hinauf. »Es ist schon spät. Ich sollte los.«

Einen bescheuerten, unsinnigen Moment lang habe ich Angst davor, dass er geht, Angst, er könnte nie wieder zurückkommen und mich mit dieser, dieser … Einsamkeit alleine lassen. Ich schlucke die seltsame Panik hinunter und zwinge mich, ihm nicht zur Tür der Bibliothek zu folgen.

Stattdessen bleibe ich still stehen und sehe zu, wie er seinen Schlüssel wieder in den Hemdkragen steckt und die drei Striche seines Ringes nach unten zur Handfläche hin dreht. Er sieht aus wie immer, und ich frage mich, ob das bei mir auch so ist, und wie das möglich sein kann, in Anbetracht dessen, wie ich mich fühle – als hätte man in mir irgendeine Tür geöffnet.

»Wesley«, rufe ich ihm hinterher, ärgere mich dann aber sofort über mich selbst, als er stehen bleibt und sich zu mir umdreht.

»Gute Nacht«, sage ich lahm.

Er lächelt. Kommt zurück. Seine Finger streichen über meinen Schlüssel, bevor er ihn in meinen Kragen schiebt, wo sich das Metall kalt an meine Haut schmiegt.

»Gute Nacht, Wächterin«, sagt er.

Dann ist er verschwunden.

10

Nachdem Wes gegangen ist, bleibe ich noch kurz draußen und genieße den Geschmack unserer Geständnisse auf der Zunge, den kleinen Ungehorsam, ein Geheimnis zu teilen. Ich richte meine Aufmerksamkeit auf die Kühle, die sich in die Luft schleicht, und die Stille des Abends.

Granpa hat mich mal mit ins Grüne bei ihm hinterm Haus genommen und mir erklärt, dass es sich so anfühlen sollte, wenn man Mauern errichtet, um Menschen und ihren Lärm von sich fernzuhalten. Ein Schutzpanzer aus Stille. Er sagte, Mauern funktionieren wie ein Ring, nur besser, weil sie in meinem Kopf sind, und weil sie stark genug sein können, um alles zum Schweigen zu bringen. Wenn ich nur lernen könnte, wie man das macht!

Aber ich kann es bis heute nicht. Manchmal denke ich, wenn ich mich daran erinnern könnte, wie es war, Menschen zu berühren und nichts als Haut zu spüren … Aber es gelingt mir nicht, und wenn ich versuche, ihren Lärm von mir abzuhalten, wird es dadurch nur noch schlimmer. Dann habe ich das Gefühl, als säße ich in einem Glaskasten tief unten im Ozean, den die Geräusche und der Druck fast zerquetschen. Granpa hatte nicht mehr genug Zeit, es mir beizubringen, sodass mir nur die frustrierende Erinnerung daran bleibt, wie er Menschen umarmte, ohne mit der Wimper zu zucken. Bei ihm sah es so einfach aus, so normal.

Ich würde alles dafür geben, normal zu sein.

Sobald der Gedanke auftaucht, schiebe ich ihn weg. Nein, das würde ich nicht. Ich würde nicht alles dafür geben. Nicht die enge Beziehung, die ich zu Granpa hatte. Und auch nicht die Zeit an Bens Schublade. Ich würde Roland nicht aufgeben wollen, und auch nicht das Archiv mit seinem besonderen Licht und dem, was für mich einem Gefühl des inneren Friedens am nächsten kommt. Das ist alles, was ich habe. Das ist alles, was ich bin.

Ich mache mich auf den Weg zurück zur Bibliothek und muss wieder an das ermordete Mädchen und den blutbefleckten Jungen denken. Ich habe eine Aufgabe. SERVAMUS MEMORIAM. Als ich die Türen aufdrücke, erschrecke ich, denn am Tisch in der Ecke sitzt die dicke Frau.

»Miss Angelli.«

Ihre Augenbrauen verschwinden beinahe unter einem Nest aus Haaren, das für mich schwer nach Perücke aussieht. Nach einem kurzen Moment der Überraschung spiegelt sich Wiedererkennen auf ihrem breiten Gesicht wider. Falls sie nicht gerade erfreut sein sollte, mich nach unserer Begegnung heute Morgen nun hier zu sehen, zeigt sie es zumindest nicht, und ich frage mich, ob ich in ihren eiligen Abgang zu viel hineininterpretiert habe. Vielleicht musste sie tatsächlich zu einem dringenden Termin.

»Mackenzie Bishop, die mit den Backwaren.« Hier in der Bibliothek ist ihre Stimme leiser, fast schon ehrfürchtig. Mehrere große Bücher liegen aufgeschlagen vor ihr, deren Ecken schon ganz abgegriffen sind. Dazwischen steht eine Teetasse.

»Was lesen Sie denn?«, frage ich.

»Historisches, Chroniken vor allem.« Ich weiß, sie meint in Büchern aufgeschriebene Geschichte, aber ich zucke trotzdem zusammen.

»Wo kommen die denn alle her?«, erkundige ich mich und zeige auf die vielen Bücher auf dem Tisch und in den Regalen.

»Die Bücher? Ach, die sind im Lauf der Zeit aufgetaucht. Bewohner nehmen eines mit und lassen dafür zwei da. So ist die Sammlung einfach gewachsen. Ich bin sicher, den Grundstock haben sie gelegt, als das Coronado damals in Wohnungen umgewandelt wurde: in Leder gebundene Klassiker, Atlanten und Enzyklopädien. Aber inzwischen ist es eine herrliche Mischung aus Alt und Neu und Seltsam. Neulich abends habe ich zwischen den Namensverzeichnissen einen Liebesroman gefunden! Stell dir das vor.«

Mein Herz macht einen kleinen Satz. »Namensverzeichnisse?«

Ein nervöses Flackern huscht über ihr Gesicht, aber sie zeigt mit einem beringten Finger auf eine Wand hinter sich. Mein Blick wandert über die vielen Bücherrücken, bis er bei etwa einem Dutzend landet, die etwas größer sind als der Rest, einheitlicher. Statt eines Titels sind auf den Rücken Daten vermerkt.

»Da drin sind alle Bewohner chronologisch erfasst?«, erkundige ich mich beiläufig und betrachte die Jahreszahlen. Sie reichen zurück bis zum Anfang des letzten Jahrhunderts. Die erste Hälfte der Bücher ist rot, die zweite blau.

»Man hat sie eingeführt, als das Coronado noch ein Hotel war«, erklärt Miss Angelli. »Als eine Art Gästebuch, wenn man so will. Die roten dort sind aus den Hotelzeiten. Die blauen dann nach dem Umbau.«

Ich gehe um den Tisch herum zu dem Regal, das sich unter dem Gewicht der Bücher durchbiegt. Als ich das jüngste Verzeichnis herausziehe und durchblättere, sehe ich, dass jedes davon fünf Jahre umspannt, wobei eine verzierte Seite die einzelnen Jahre trennt. Ich blättere zum letzten Teiler vor und dann weiter, bis ich zur Seite für den zweiten Stock gelange. In der Spalte für 2F hat jemand das Wort *Leerstehend* durchgestrichen und mit Bleistift *Mr. und Mrs. Bishop* eingetragen. Beim Zurückblättern stelle ich fest, dass 2F zwei Jahre lang unbewohnt war, und davor an einen Mr. Bill Lighton vermietet gewesen war. Ich klappe das Buch zu, stelle es zurück aufs Regal und nehme mir sofort das nächste vor.

»Suchst du was Bestimmtes?«, will Miss Angelli wissen. Eine leichte Anspannung liegt in ihrem Tonfall.

»Bin nur neugierig«, antworte ich. Wieder suche ich nach 2F. Immer noch Mr. Lighton. Dann Miss Jane Olinger. Ich halte inne, aber vom Wändelesen weiß ich, dass es mehr als zehn Jahre zurückliegen muss, und außerdem war das Mädchen zu jung, um alleine zu wohnen. Ich greife nach dem nächsten.

Wieder *Miss Olinger*.

Und davor *Mr. und Mrs. Albert Locke*. Immer noch nicht weit genug zurück.

Davor *leer*.

Finden normale Leute auf diese Weise etwas über die Vergangenheit heraus?

Als Nächstes ein *Mr. Kenneth Shaw*.

Schließlich finde ich, wonach ich gesucht habe. Die schwarze Wand, den toten Zeitraum zwischen dem Großteil der Erinnerungen und dem Mord. Ich wandere mit dem Finger die Spalte hinunter.

Leerstehend.

Leerstehend.

Leerstehend.

Und zwar nicht nur eine Reihe. Nein, mehrere Bücher lang stand die Wohnung leer. Miss Angelli beobachtet mich aufmerksam, aber ich ziehe weiterhin ein Buch nach dem anderen heraus, bis ich den letzten blauen Band erreicht habe, der nach dem Umbau beginnt: 1950–54.

Im Jahr 1954 ist *leerstehend* vermerkt, aber als ich die Unterteilung für 1953 erreiche, halte ich inne.

2F fehlt.

Das gesamte Stockwerk fehlt.

Das gesamte *Jahr* fehlt.

An seiner Statt befindet sich ein Stapel leerer Seiten. Ich blättere zurück durch 1952 und 1951. Beide sind ebenfalls leer. Es gibt keine Aufzeichnungen über das ermordete Mädchen. Keine Aufzeichnungen über *irgendjemanden*. Drei ganze Jahre … fehlen einfach. Das Einweihungsjahr ist da, aber unter 2F steht kein Name. Was hat Lyndsey noch mal gesagt? Sie hätte so gut wie nichts gefunden. *Verdächtig* wenig. Ich lasse das blaue Buch offen auf den Tisch fallen, wobei ich aus Versehen beinahe Miss Angellis Teetasse umstoße.

»Du wirkst irgendwie etwas blass um die Nase, Mackenzie. Ist was passiert?«

»Da fehlen Seiten.«

Sie runzelt die Stirn. »Die Bücher sind alt. Vielleicht ist etwas herausgefallen …«

»Nein«, schimpfe ich. »Die Jahre sind absichtlich nicht ausgefüllt.«

Im Anschluss an diese auf mysteriöse Art verschwundenen Jahre stand die Wohnung fast zwei Jahrzehnte lang leer. Der Mord. Er muss in diesem Zeitraum passiert sein.

»Aber davon gibt es doch sicher«, sagt sie mehr zu sich selbst als zu mir, »irgendwo Archivkopien.«

»Ja, ich ...« Und dann geht mir plötzlich ein Licht auf. »Sie haben recht. Sie haben ja so recht.« Wer auch immer das hier getan hatte, hatte zwar die Beweise in der Außenwelt vernichtet, aber im Archiv war das nicht möglich. Hektisch springe ich auf. »Vielen Dank für Ihre Hilfe!« Mit diesen Worten stelle ich das Verzeichnis zurück ins Regal.

Miss Angellis Augenbrauen schießen wieder in die Höhe. »Na, ich habe ja nicht wirklich ...«

»Doch, haben Sie. Sie sind spitze. Vielen Dank. Gute Nacht!« In null Komma nichts habe ich die Bibliothek verlassen, das Foyer durchquert, den Schlüssel vom Hals und den Ring vom Finger gezogen und stehe auch schon vor der Tür unter der großen Treppe.

»Was verschafft uns die Ehre, Miss Bishop?«

Lisa sitzt am Empfangstisch. Ihr Füller schwebt über einer Reihe von Registern, die nebeneinander hinter dem RUHE BITTE-Schild liegen, das bestimmt sie dort aufgestellt hat. Ihre schwarzen, kinnlangen Haare umrahmen ihr Gesicht, und ihre Augen, die eine unterschiedliche Farbe haben, blicken scharf aber freundlich hinter einer grünen Hornbrille hervor. Lisa ist natürlich Bibliothekarin, aber im Gegensatz zu Roland oder Patrick und, ehrlich gesagt, den meisten anderen, sieht sie auch wirklich so aus (abgesehen von der Tatsache, dass ihr eines Auge aus Glas ist, ein Andenken an ihre Zeit in der Crew).

Ich spiele mit dem Schlüssel, dessen Schnur ich ums Handgelenk gewickelt habe.

»Konnte nicht schlafen«, schwindele ich, obwohl es noch gar nicht so spät ist. Das ist hier meine Standardantwort, so wie andere Leute auf *Wie geht's?* mit *Gut* oder *Prima* oder *Bestens* antworten, selbst wenn es nicht stimmt. »Sieht toll aus.« Ich zeige auf ihre Fingernägel, die golden funkeln.

»Finden Sie?«, meint sie und betrachtet sie erfreut. »Hab den Nagellack in den Schränken gefunden. War Rolands Idee. Er behauptet, das wäre jetzt total in.«

Ich bin kein bisschen überrascht. Abgesehen von seiner hochoffiziellen Vorliebe für Schundzeitschriften, wirft Roland gerne mal einen heimlichen Blick auf neu eingegangene Chroniken. »Wenn er das sagt.«

Ihr Lächeln wird dünner. »Was kann ich heute Abend für Sie tun, Miss Bishop?«, erkundigt sie sich, den zweifarbigen Blick auf mich gerichtet.

Ich zögere. Ich könnte Lisa natürlich ganz offen erzählen, wonach ich suche, aber ich habe durch meine Besuche bei Ben diesen Monat Lisas Großzügigkeit, was die Auslegung der Vorschriften angeht, bereits genug strapaziert. Außerdem habe ich keine Tauschobjekte aus der Außenwelt als Währung, die ihr gefallen könnten. Eigentlich komme ich mit Lisa gut aus, aber wenn ich sie frage, und sie Nein sagt, dann werde ich nie an diesem Tisch vorbeikommen.

»Ist Roland da?«, erkundige ich mich ganz beiläufig. Lisa sieht mich weiter an, aber dann wendet sie sich wieder ihren Registern zu.

»Neunter Flügel, dritter Saal, fünfter Raum. Zumindest war er da vorhin noch.«

Ich lächele und gehe auf die Türen zu.

»Wiederholen Sie's«, weist sie mich an.

Ich verdrehe die Augen, bete es aber brav herunter: »Neun, drei, fünf.«

»Verlaufen Sie sich nicht!«, warnt sie mich.

Meine Schritte werden langsamer, sobald ich das Atrium betrete. Das bunte Glas ist dunkel, als befände sich draußen – wenn es denn ein Draußen gäbe – der Nachthimmel. Trotzdem ist es hell im Archiv, obwohl es auch keine Lampen gibt. Es ist, als würde man durch ein Wasserbecken waten. Kühles, frisches, wunderbares Wasser. Es bremst dich ab, hält dich fest und umspült dich. Ein berauschendes Gefühl. Holz und Stein und farbiges Glas und Stille. Ich zwinge mich, den Blick auf den dunklen Holzboden zu richten und das Atrium zu durchqueren, wobei ich die Zahlen *neun drei fünf, neun drei fünf, neun drei fünf* vor mich hin murmele. Man verläuft sich hier zu leicht.

Das Archiv ist ein Flickwerk, denn im Lauf der Jahre wurden neue Teile hinzugefügt, andere verändert, und der Saal, in dem ich mich gerade befinde, besteht aus hellerem Holz. Der Raum ist zwar immer noch hoch, aber die Karten an den Regalen abgegriffen. Im fünften Zimmer ändert sich der Stil wieder zu Marmorboden und einer niedrigeren Decke. Jeder Bereich hier ist anders, und gleichzeitig herrscht in allen diese gleichförmige Ruhe.

Roland steht vor einer offenen Schublade, mir den Rücken zugewandt, und hat die Fingerspitzen sanft auf die Schulter eines Mannes gelegt.

Als ich den Raum betrete, rutscht seine Hand von der Chronik zur Schublade und schiebt diese mit einer gleichmäßigen, geräuschlosen Bewegung zu. Er dreht sich zu mir um, und einen Augenblick lang sind seine Augen so … traurig. Dann blinzelt er und hat sich wieder im Griff.

»Miss Bishop.«

»Guten Abend, Roland.«

In der Mitte des Zimmers steht ein Tisch mit zwei Stühlen, aber er bietet mir keinen Platz an. Irgendwie wirkt er abwesend.

»Geht's dir gut?«, erkundige ich mich.

»Natürlich.« Eine automatische Antwort. »Was führt dich hierher?«

»Ich möchte dich gerne um einen Gefallen bitten.« Er runzelt die Stirn. »Nicht Ben. Versprochen.«

Nachdem er sich kurz umgeschaut hat, führt er mich nach nebenan, wo keine Regale die Wände ausfüllen.

»Dann schieß mal los …«, meint er langsam.

»In meinem Zimmer ist etwas Schreckliches passiert. Ein Mord.«

Roland sieht mich mit hochgezogener Augenbraue an. »Woher weißt du das?«

»Weil ich es gelesen habe.«

»Du sollst doch Dinge nicht ohne Grund lesen! Der Sinn dieser Gabe ist nicht, sie zum Vergnügen …«

»Ich weiß, ich weiß. Die Gefahr der Neugier. Aber tu doch nicht so, als wärst du dagegen immun.«

Seine Mundwinkel zucken.

»Hör zu, gibt es irgendeine Möglichkeit, wie du …« Meine Geste umfasst das Zimmer, die Wände voller Körper, voller Leben.

»Irgendeine Möglichkeit, *was* zu tun?«

»Etwas zu suchen? Nach Bewohnern des Coronados zu suchen. Ihr Tod war im März. Irgendwann zwischen 1951 und 1953. Wenn ich das Mädchen hier im Archiv finde, dann können wir sie lesen und herausbekommen, wer *er* war …«

»Wozu? Nur um deinen Wissensdurst zu stillen? Das ist wohl kaum der Sinn dieser Kartei …«

»Was ist er denn dann?«, fahre ich ihn an. »Wir sollen doch die Vergangenheit bewahren. Und jemand versucht, sie auszuradieren. In den Aufzeichnungen des Coronados fehlen ganze Jahre. Jahre, in denen ein Mädchen *ermordet* wurde. Der Typ, der sie umgebracht hat, ist weggelaufen. Er ist geflohen. Ich muss herausfinden, was passiert ist. Ich muss wissen, ob er seiner Strafe entgangen ist, und ich kann nicht …«

»Ach, das ist es«, murmelt er vor sich hin.

»Wie meinst du das?«

»Hier geht es nicht bloß darum, einen Mord zu verstehen. Es geht dir um Ben.«

Es fühlt sich an wie eine Ohrfeige. »Tut es nicht. Ich …«

»Mach mir doch nichts vor. Du bist eine bemerkenswerte Wächterin, aber ich weiß, weshalb du es nicht aushältst, einen Namen auf deiner Liste stehen zu lassen. Hier geht es nicht nur um Neugier, sondern darum, einen Schlusspunkt unter etwas zu setzen …«

»Von mir aus. Aber das ändert nichts an der Tatsache, dass in meinem Zimmer etwas Furchtbares passiert ist und dass jemand versucht hat, es zu vertuschen.«

»Die Menschen tun nun mal schlimme Dinge«, sagt Roland leise.

»Bitte.« Meine ganze Verzweiflung liegt in diesem Wort. Ich schlucke. »Granpa hat immer gesagt, dass Wächter drei Dinge brauchen: Talent, Glück und Intuition. Ich besitze alle drei. Und mein Bauch sagt mir, dass da etwas nicht stimmt!«

Er legt den Kopf ein wenig schief. Das ist ein gutes Zeichen.

»Tu mir den Gefallen«, bettele ich. »Du musst mir nur dabei helfen herauszufinden, wer *sie* war, dann kann ich in Erfahrung bringen, wer *er* war.«

Er seufzt, zieht aber einen kleinen Block aus der Tasche und fängt an, sich Notizen zu machen.

»Mal sehen, was sich machen lässt.«

Ich erlaube mir nur ein ganz kleines Lächeln – schließlich will ich nicht, dass er denkt, ich hätte ihn irgendwie überredet –, nur so, dass meine Dankbarkeit darin zum Ausdruck kommt. »Vielen Dank, Roland.«

Er grunzt. Ich spüre das verräterische Kratzen von Buchstaben in meiner Tasche. Als ich die Liste herausziehe, steht dort ein neuer Name.

Melanie Allen, 10.

Ich streiche mit dem Daumen über die Zahl. So alt wie Ben.

»Alles klar?«, erkundigt er sich beiläufig.

»Nur ein Kind.« Ich stecke die Liste wieder ein.

Dann wende ich mich zum Gehen, zögere aber noch kurz. »Ich werde dich auf dem Laufenden halten«, beantwortet Roland meine stumme Frage.

»Du hast was gut bei mir.«

»Hab ich immer«, sagt er.

Ich folge dem Weg zurück durch die Säle bis ins Atrium und von dort aus ins Vestibül, wo Lisa mit konzentriertem Gesichtsausdruck in den Seiten ihres Registers blättert.

»Sie gehen schon?«, erkundigt sie sich.

»Ein neuer Name.« Das sollte sie eigentlich am besten wissen, schließlich hat sie ihn mir aufgeschrieben. »Das Coronado hält mich jedenfalls ordentlich auf Trab.«

»Alte Gebäude ...«

»Ich weiß, ich weiß.«

»Wir haben den Verkehr etwas umgeleitet, sozusagen, so gut wir eben konnten, aber jetzt wird es besser, da Sie vor Ort sind.«

»Na, super.«

»Sie können wohl mit ziemlicher Sicherheit davon ausgehen, dass Sie es mit einer größeren Anzahl von Chroniken zu tun haben werden als in Ihrem vorherigen Revier. Vielleicht doppelt oder dreimal so viele. Mehr nicht ...«

»Doppelt oder *dreimal* so viele?«

Lisa faltet die Hände. »Die Welt hat ihre Gründe, uns auf die Probe zu stellen, Miss Bishop«, säuselt sie. »Wollen Sie nicht in die Crew aufsteigen?«

Wie ich diesen Satz hasse. Ich hasse ihn, weil die Bibliothekare damit nichts anderes sagen als: *Mach gefälligst deinen Job.*

Sie fixiert mich herausfordernd über den Rand ihrer Hornbrille hinweg. »Ist sonst noch was, Miss Bishop?«

»Nein«, grummele ich. Es ist ungewöhnlich, Lisa so streng zu erleben. »Ich glaube, das war's.«

»Schönen Abend noch«, ruft sie mir mit einem kleinen goldenen Winken hinterher, bevor sie wieder nach ihrem Stift greift. Ich gehe hinaus in die Narrows, um Melanie zu finden.

Als ich die Narrows betrete, nachdem sich die Archivtür hinter mir geschlossen hat und bevor ich mit der Jagd beginne, gibt es wie immer diesen kurzen Moment: ein kleiner Splitter Zeit, in dem ich das Gefühl habe, die Welt würde den Atem anhalten, nicht geräuschlos, aber so ruhig werden. Dann vernehme ich in der Ferne ein Rufen oder das Schlurfen von Schritten oder ein Dutzend anderer Geräusche, die mir alle bewusst machen, dass es nicht die Stille ist, die mich innehalten lässt, sondern Angst. Granpa pflegte zu sagen, dass sich nur Narren und Feiglinge über Angst lustig machen. Die Angst hält einen am Leben.

Als ich meine Hände an die fleckige Wand lege, baumelt der Schlüssel an meinem Handgelenk klirrend dagegen. Ich schließe die Augen und greife hinein, bis ich die Vergangenheit festhalten kann. Zuerst werden meine Finger taub, dann meine Handflächen, dann die Handgelenke. Ich will gerade die Erinnerungen auf der Suche nach Melanie Allen abspulen, als ich von einem Geräusch unterbrochen werde, scharf wie Metall gegen Stein.

Ich blinzele und löse mich von der Wand.

Das Geräusch ist zu nahe.

Ich folge ihm den Gang hinunter bis um die Ecke.

Der nächste Flur ist leer.

Verwundert ziehe ich meine Archivliste aus der Tasche, um noch mal nachzusehen, aber die zehnjährige Melanie ist der einzige Name darauf.

Da ertönt das Geräusch ein zweites Mal, knirschend wie Nägel, am Ende des Korridors. Ich laufe los, biege nach links ab und ...

Das Messer kommt wie aus dem Nichts.

Es saust durch die Luft, ich lasse das Papier fallen und zucke zurück, wodurch die Klinge nur knapp meinen Bauch verpasst. Ich erhole mich schnell von meinem Schreck und weiche zur Seite aus, als das Messer bereits wieder die Luft durchschneidet, etwas unbeholfen, aber mit hoher Geschwindigkeit. Die Hand, die es hält, ist riesig, die Knöchel vernarbt, und die Chronik dahinter wirkt genauso grobschlächtig. Der Typ ist so groß und muskulös, dass er beinahe den Flur ausfüllt. Seine Augen sind fast vollständig unter dichten, buschigen Augenbrauen verborgen, doch ich kann trotzdem die vollkommen schwarze Iris erkennen. Er ist also schon lange genug draußen, um abgeglitten zu sein. Warum stand er nicht auf der Liste? Mir wird ein wenig übel, als ich sehe, dass es sich bei dem Messer in seiner Hand um das von Jackson handelt. Ein Klappmesser, dessen Klinge so lang ist wie meine Hand, mit einem dunklen Griff und – in seiner Faust verborgen – einem hineingefrästen Loch.

Als er wieder ausholt, lasse ich mich rasch in die Hocke fallen und versuche scharf nachzudenken, aber er ist schnell, sodass ich meine ganze Konzentration brauche, um nicht verletzt zu werden und auf den Beinen zu bleiben. Der Korridor ist zu schmal, um ihm die Beine wegzuziehen, also springe ich hoch und drücke mich mit einem Fuß an der Wand ab, damit ich sein Gesicht mit einem Tritt gegen die Wand schmettern kann. Der Aufschlag seines Kopfes klingt dumpf wie Stein, doch er verzieht kaum eine Miene. Gerade noch rechtzeitig rolle ich mich weg, um einem weiteren Messerstich auszuweichen.

Obwohl es mir bisher gelungen ist, mich wegzuducken, verliere ich an Boden und werde langsam zurückgedrängt.

»Woher hast du diesen Schlüssel, Abbie?«

Er ist wirklich schon komplett abgeglitten. Wenn er mich anschaut, sieht er jemand anderes, und wer auch immer diese Abbie ist, er scheint nicht sonderlich gut auf sie zu sprechen zu sein.

Verzweifelt versuche ich, irgendwelche Hinweise zu sammeln. Ein verblichenes Jackett mit einem kleinen aufgenähten Namensschild auf der Brust, auf dem *Hooper* steht.

Er schwingt das Messer wie eine Axt, zerhackt die Luft. »Wo hast du den Schlüssel her?«

Wieso steht er nicht auf meiner Liste?

»Gib ihn mir«, knurrt er. »Sonst schneide ich ihn dir von deinem hübschen Handgelenk.«

Er fuchtelt so wild herum, dass das Messer eine Tür trifft und darin stecken bleibt. Schnell nutze ich die Gelegenheit und trete ihn so fest ich kann in die Brust, in der Hoffnung, dass ihn das dazu zwingt, das Messer loszulassen. Tut es nicht. Der Aufprall lässt Schmerz mein Bein hinaufschießen, während er Hooper den nötigen Schwung gibt, seine Waffe aus dem Holz zu ziehen. Er umklammert den Griff fester.

Ich weiß, dass es eng für mich wird.

»Ich muss ihn haben«, stöhnt er. »Du weißt, dass ich ihn haben muss.«

Ich wiederum muss dringend die Zeit anhalten, bis ich herausgefunden habe, was eine ausgewachsene Chronik in meinem Revier macht und wie ich sie ohne allzu großen Blutverlust hier wieder rausbekomme.

Noch ein Schritt zurück, und ich stoße mit dem Rücken an eine Wand.

Mein Magen krampft sich zusammen.

Sofort ist Hooper da und drückt mir die kalte Spitze des Messers direkt unters Kinn, so dicht, dass ich Angst habe zu schlucken.

»Den Schlüssel. Sofort.«

11

Du zeigst mir den Zettel, den du immer aufgerollt hinterm Ohr stecken hast.

Ich tippe auf die kleine Sieben neben dem Namen des Jungen. »Sind die immer so jung?«

»Nicht alle«, antwortest du und streichst dabei das Papier glatt, eine unangezündete Zigarette zwischen den Zähnen. »Aber die meisten.«

»Warum?«

Du nimmst die Zigarette aus dem Mund und fuchtelst damit verärgert in der Luft herum. »›Warum‹ ist die dümmste Frage überhaupt! Benutz deinen Wortschatz. Sei konkret.«

»Warum sind die meisten, die aufwachen, so jung?«

»Manche haben irgendwie in Schwierigkeiten gesteckt. Aber die meisten finden einfach nur keine Ruhe. Haben nicht genug gelebt, vielleicht.« Dein Ton verändert sich. »Aber alle haben eine Chronik, Kenzie. Junge und alte.« Ich merke, dass du deine Worte sorgfältig wählst. »Je älter die Chronik, desto tiefer schläft sie. Die älteren, die aufwachen, haben jedoch etwas an sich, etwas Anderes, etwas Finsteres. Probleme. Unruhe. Sie sind schlechte Menschen. Gefährliche. Das sind diejenigen, denen es eher gelingt, in die Außenwelt zu gelangen. Diejenigen, die in die Hände der Crew fallen.«

»Wächter-Mörder«, flüstere ich.

Du nickst.

Ich richte mich auf. »Und wie kann ich sie besiegen?«

»Durch Stärke. Durch Können.« Du streichst mir mit der Hand übers Haar. »Und Glück. Viel Glück.«

Ich stehe mit dem Rücken zur Wand, während die Messerspitze die Haut an meinem Hals ritzt. Auf diese Weise möchte ich wirklich nicht sterben.

»Schlüssel«, knurrt Hooper wieder. Seine schwarzen Augen flackern. »Mein Gott, Abbie, ich will doch nur raus. Ich will raus, und er hat gesagt, du hast ihn, hat gesagt, ich müsste ihn mir holen – also gib ihn mir jetzt.«

Er?

Das Messer sticht tiefer.

Auf einmal herrscht in meinem Kopf eine schreckliche Leere. Mühsam ringe ich nach Luft.

»Na gut«, sage ich und fasse nach dem Schlüssel. Die Schnur ist dreifach um mein Handgelenk geschlungen, und ich hoffe einfach, dass es mir irgendwie gelingt, das Messer loszuwerden, bevor ich sie abgewickelt habe.

Ich löse die erste Schlinge.

Da erregt etwas meine Aufmerksamkeit: Am Ende des Ganges, hinter Hoopers massigem Körper, huscht ein Schatten. Eine Gestalt im Dunkeln. Sie bewegt sich geräuschlos auf uns zu. Das Gesicht kann ich nicht erkennen, nur die Umrisse und eine silberblonde Haarsträhne. Die Person hat die Chronik erreicht, als ich eine weitere Schnurschlaufe abwickle.

In dem Moment, als ich das Band schließlich abstreife, Hooper nach dem Schlüssel schnappt und das Messer ein paar Millimeter von meinem Hals abrückt, schlingt der Fremde von hinten seinen Arm um den Hals der Chronik.

Im nächsten Moment schlägt Hooper hart auf dem Rücken auf, wobei ihm das Messer aus der Hand fällt. Es war ein sauberer, effizienter Angriff. Der Fremde schnappt sich das Messer und will es der Chronik gerade in die breite Brust rammen, aber er ist einen Bruchteil zu langsam, sodass es Hooper gelingt, ihn zu packen und mit einem hörbaren Krachen gegen die nächste Wand zu schleudern.

Da sehe ich auf dem Boden zwischen uns etwas glitzern.

Mein Schlüssel!

Im selben Augenblick entdeckt ihn auch Hooper. Er erreicht ihn zuerst, aber der blonde Mann packt blitzschnell von hinten Hoopers Kiefer und bricht ihm mit einer präzisen Drehbewegung das Genick.

Bevor Hooper in sich zusammensacken kann, fängt der Fremde seinen Körper auf, schleudert ihn gegen die nächste Tür und rammt das Messer so tief in seine Brust, dass er förmlich festgenagelt ist. Ich starre auf die schlaffe Chronik mit dem Kinn auf der Brust und frage mich, wie lange es wohl dauern wird, bis sie sich davon erholt.

Auch der Fremde starrt auf die Stelle, wo seine Hand immer noch das Messer hält, das in Hoopers Körper steckt. Kein Tropfen Blut tritt aus der Wunde. Immer wieder löst er die Finger fast vom Griff, schließt sie dann aber wieder darum.

»Lange wird er nicht so bleiben.« Ich gebe mir größte Mühe, nicht allzu zittrig zu klingen, während ich mir die Schlüsselschnur wieder um die Hand wickele.

Seine Stimme ist leise, tief. »Das glaube ich kaum.«

Als er schließlich das Messer loslässt, hängt Hoopers Körper schlaff an der Tür. Ich spüre, wie ein Blutstropfen meinen Hals hinunterrinnt. Rasch wische ich ihn weg. Ich wünschte, meine Hände würden aufhören zu zittern. Auf dem dunklen Boden vor mir liegt weiß leuchtend meine Liste. Leise fluchend hebe ich sie auf.

Direkt unter Melanie Allens Name steht jetzt fein säuberlich ein zweiter:

Albert Hooper, 45.

Ein bisschen spät. Als ich aufblicke, betastet der Fremde gerade mit gerunzelter Miene seinen Hals.

»Bist du verletzt?«, erkundige ich mich, weil mir wieder einfällt, wie hart er gegen die Wand geprallt ist.

Vorsichtig rollt er die Schultern erst in die eine, dann in die andere Richtung. »Ich glaube nicht.«

Er ist jung, vielleicht achtzehn oder neunzehn, mit weißblonden Haaren, die ihm in die Augen hängen und seine Wangenknochen streifen. Seine Kleidung ist komplett schwarz, aber nicht punkig oder im Gothic-Style, sondern puristisch, gut geschnitten. Er verschmilzt dadurch mit der Dunkelheit um ihn herum.

Der Moment ist irgendwie surreal. Ich kann das Gefühl nicht abschütteln, dass ich ihn schon mal gesehen habe, aber wenn es so wäre, würde ich mich an ihn erinnern. Und jetzt stehen wir hier in den Narrows, zwischen uns hängt der Körper einer Chronik wie ein Mantel an der Tür. Das scheint ihn allerdings nicht zu stören. Würden nicht schon seine Kampfkünste klar darauf hindeuten, dass er Wächter ist, dann definitiv seine Gelassenheit.

»Wer bist du?« Ich versuche, so abgeklärt wie möglich zu klingen.

»Ich heiße Owen«, antwortet er. »Owen Chris Clarke.«

Dabei sieht er mich an, und ich habe auf einmal so einen komischen Druck auf der Brust. Alles an ihm ist ruhig, gefasst. Seine Bewegungen im Kampf waren flüssig, effizient, fast schon elegant. Aber seine Augen sind stechend. Wölfisch. Augen wie eine von Bens leuchtend blauen Zeichnungen.

Ich fühle mich ein bisschen benommen, sowohl von Hoopers plötzlichem Angriff als auch von Owens ebenso plötzlichem Auftauchen, aber ich habe keine Zeit, mich zu sammeln, weil Hoopers Körper bereits zu zucken beginnt.

»Und wie heißt du?«, fragt Owen. Aus irgendeinem Grund antworte ich ehrlich.

»Mackenzie.«

Er lächelt. Es ist die Art von Lächeln, die kaum den Mund berührt.

»Wo bist du auf einmal hergekommen?«, will ich wissen, woraufhin Owen nach hinten über die Schulter blickt und Hoopers Augenlider flattern.

Die Tür, an die er genagelt ist, ist mit einem weißen Kreis markiert, der halb hinter seinem Rücken hervorschaut. Mehr nehme ich nicht mehr wahr, bevor Hooper die Augen aufschlägt.

Blitzschnell reagiere ich, indem ich den Schlüssel ins Schlüsselloch ramme und beim Drehen fest das Messer packe und ziehe. Die Tür schwingt auf, das Messer löst sich, und ich verpasse Hooper einen Tritt, der ihn einige Schritte zurückstolpern lässt, aber das reicht schon. Sobald seine Schuhe das Weiß der Retoure berühren, knalle ich die Tür zu.

Ich höre, wie Hooper einmal von innen dagegenschlägt, bevor es totenstill wird. Als ich mich umdrehe, sind nur Sekunden vergangen, aber Owen Chris Clarke ist verschwunden.

Ich lasse mich auf den abgewetzten Treppenläufer im Coronado sinken und stecke meinen Ring wieder an. Das Messer und die Liste habe ich einfach neben mir fallen lassen. Hoopers Name ist verschwunden. Hat mir ja auch nicht wirklich viel genützt, nachdem er dort erst aufgetaucht war, als ich schon mitten im Kampf steckte. Ich sollte das melden, aber wem? Die Bibliothekare würden es vermutlich bloß in einen Vortrag über den Aufstieg in die Crew verwandeln, darüber, dass man immer auf alles vorbereitet sein musste. Aber wie hätte ich vorbereitet sein können?

Meine Augen brennen, als ich den Kampf in Gedanken noch einmal durchgehe. Ungeschickt. Schwach. Überrumpelt. Ich sollte niemals unaufmerksam sein. Obwohl ich weiß, dass er mir eine Standpauke halten, mit mir schimpfen würde, reichen mir zum ersten Mal seit Jahren die Erinnerungen nicht mehr aus. Ich wünschte, ich könnte jetzt mit Granpa reden.

»Beinahe hätte ich verloren.«

Ein geflüstertes Geständnis in einem leeren Foyer. Meine Stimme hat kaum noch Kraft. Ich sehe immer noch Owen Chris Clarke vor mir, wie er Hooper das Genick bricht. »Ich hatte keine Ahnung, wie ich ihn besiegen sollte, Granpa. Ich kam mir so hilflos vor.«

Das Wort kratzt in meinem Hals. »Ich mache das jetzt seit Jahren, aber so habe ich mich nie gefühlt.« Meine Hände zittern immer noch leicht.

Von Hooper wandern meine Gedanken zu Owen, während meine Finger nach dem Messer tasten. Seine geschmeidigen Bewegungen, seine Leichtigkeit im Umgang mit der Waffe und der Chronik. Wesley hatte erwähnt, dass mehrere Wächter sich das Revier geteilt hätten. Vielleicht war Hooper zuerst auf Owens Liste aufgetaucht. Oder vielleicht hatte Owen, genau wie Wesley, gerade nichts Besseres zu tun und war bloß zufällig zur richtigen Zeit am richtigen Ort gewesen.

Gedankenverloren drehe ich das Messer hin und her, doch plötzlich halte ich inne. Direkt über dem Griff ist etwas ins Metall eingraviert. Drei kurze Striche. Das Archiv-Symbol. Mein Magen krampft sich zusammen. Die Waffe muss einem Mitglied des Archivs gehören – Wächter, Crew oder Bibliothekar –, wie konnte sie da in die Hände einer Chronik fallen? Hat Jackson sie auf seiner Flucht geklaut?

Ich reibe mir die Augen. Inzwischen ist es spät geworden. Ich umklammere fest das Messer – wer weiß, ob ich es noch brauche. Dann rappele ich mich mühsam auf und will gerade nach oben gehen, als ich auf einmal Musik höre.

Wahrscheinlich lief sie schon die ganze Zeit, und ich habe sie nur nicht wahrgenommen. Ich drehe meinen Kopf und versuche zu lokalisieren, aus welcher Richtung sie kommt. Dabei entdecke ich, dass unter dem Café-Schild nun ein Blatt Papier klebt, auf dem in der ordentlichsten Handschrift meiner Mutter steht: *Bald Eröffnung!* Ich steuere bereits auf das Schild zu, als mir plötzlich bewusst wird, dass ich ja ein großes, blankes, ziemlich auffälliges Messer in der Hand halte. In der Ecke neben der großen Treppe steht eine große Pflanze, in deren Übertopf ich die Waffe verstecke, bevor ich das Foyer durchquere. Die Musik wird lauter. Im nächsten Raum ist sie noch lauter, dann durch die Tür hinten rechts, eine Stufe hinunter und durch eine weitere Tür – die Töne weisen mir den Weg wie Brotkrumen.

Meine Mutter kniet in einem hellen Lichtkreis.

Nein, nicht Licht, wie mir beim Näherkommen klar wird, sondern sauberer, heller Stein. Sie hält den Kopf gesenkt, während sie den Boden schrubbt, dessen Fliesen offenbar nicht grau sind, sondern aus fantastisch perlmuttweißem Marmor bestehen. Auch ein Teil der Theke, wo Mom bereits ihre Reinigungskraft unter Beweis gestellt hat, besteht aus glänzendem weißen Granit. Schwarze und goldene Adern durchziehen ihn und funkeln wie Edelsteine. Aus dem Radio dröhnt ein Popsong, der dann in Werbegedudel übergeht, aber Mom scheint ohnehin nichts wahrzunehmen außer dem Scheuergeräusch ihres Schwamms und dem wachsenden weißen Kreis. Die Mitte des Fußbodens, zur Hälfte freigelegt, ziert ein rostfarbenes Muster. Eine Rose, Blütenblatt um Blütenblatt aus Mosaiksteinen in einem gleichmäßigen, erdigen Rot.

»Wow«, staune ich.

Mom hebt abrupt den Kopf. »Mackenzie, ich hab dich gar nicht kommen hören.«

Dann steht sie auf. Sie sieht aus wie ein menschlicher Putzlappen, als hätte sie einfach den ganzen Schmutz des Cafés auf sich übertragen. Auf einem der Tische liegt achtlos eine

Tüte mit Lebensmitteln. Durch das Kondenswasser klebt die Plastiktüte an dem vormals kalten Inhalt.

»Das ist ja unglaublich«, staune ich. »Unter all dem Staub befindet sich tatsächlich was.«

Sie strahlt, die Hände in die Hüften gestützt. »Ich weiß. Das wird perfekt.«

Im Radio beginnt ein neuer Song, aber ich schalte es aus.

»Mom, wie lange bist du denn schon hier unten?«

Sie blinzelt ein paarmal, wirkt etwas überrascht. Als hätte sie gar nicht an die Zeit gedacht. Auf einmal scheint sie die Dunkelheit draußen vor dem Fenster zu bemerken, dann wandert ihr Blick zu den liegen gebliebenen Einkäufen. Etwas in ihr fällt in sich zusammen. In diesem Augenblick sehe ich ihr echtes Ich. Nicht die aufgedrehte Lächeln-bis-es-wehtut-Version, sondern die Mutter, die ihren kleinen Jungen verloren hat.

»Oh, es tut mir leid, Mac«, sagt sie und reibt sich mit dem Handrücken über die Stirn. »Ich habe völlig die Zeit vergessen.« Ihre Hände sind rot und wund, weil sie noch nicht einmal Gummihandschuhe trägt. Sie versucht, wieder zu lächeln, aber es missglückt ihr.

»Hey, ist doch nicht schlimm.« Ich hieve den Eimer mit Seifenwasser auf die Theke, dessen Gewicht Schmerzpfeile durch meinen bandagierten Unterarm jagt, und kippe den Inhalt ins Waschbecken. Das sieht aus, als könnte es eine Portion Seife vertragen. Dann hänge ich mir den leeren Eimer über den Arm. »Lass uns nach oben gehen.«

Auf einmal wirkt Mom total erschöpft. Als sie nach der Lebensmitteltüte greift, nehme ich ihr auch diese ab.

»Ich mach das schon.« Mein Arm pocht. »Hast du Hunger? Ich könnte uns ein bisschen was zum Abendessen warm machen.«

Mom nickt müde. »Das wäre toll.«

»Na dann«, sage ich. »Lass uns heimgehen.«

Heim. Das Wort fühlt sich in meinem Mund immer noch an wie Sandpapier. Aber es bringt Mom zum Lächeln – ein müdes, echtes Lächeln –, und dafür lohnt es sich.

Mir tun die Knochen weh, so müde bin ich, aber ich kann nicht schlafen.

Ich drücke die Handballen gegen die Augen, während ich den Kampf mit Hooper immer und immer wieder durchgehe, den Vorfall nach irgendetwas durchkämme, was ich hätte anders machen können – sollen. Ich denke an Owen, seine eleganten, präzisen Bewegungen, wie er der Chronik das Genick gebrochen, ihr das Messer in die Brust gerammt hat. Automatisch fasse ich mir ans Brustbein und taste langsam nach unten zu der Stelle, wo es endet.

Schließlich setze ich mich auf und greife unters Bett zu dem Spalt im Gestell, wo ich das Messer versteckt habe. Sobald Mom versorgt war, bin ich zurück in die Eingangshalle gegangen, um es aus dem Blumentrog zu holen. Nun funkelt es tückisch im dunklen Zimmer, das Archiv-Symbol wie Tinte auf dem glänzenden Metall. Wem gehört es?

Ich ziehe meinen Ring ab, lasse ihn auf die Bettdecke fallen und schließe die Finger um den Messergriff. Das Summen der Erinnerungen brummt an meiner Handfläche. Waffen, selbst kleinere, sind leicht zu lesen, weil sie oft eine so wilde, gewaltsame Vergangenheit haben. Ich schließe die Augen und greife nach dem Faden. Zwei Erinnerungen spulen zurück, die neuere mit Hooper – ich sehe mich selbst mit weit aufgerissen Augen an die Wand gedrückt – und die mit Jackson. Aber bevor Jackson das Messer mit in die Narrows gebracht hat, gibt es ... *nichts*. Nur dumpfes Schwarz. Diese Klinge sollte voller Geschichten sein, aber stattdessen wirkt es so, als hätte sie gar keine Vergangenheit. Die drei Striche im Metall sagen jedoch etwas anderes. Was, wenn Jackson es nicht geklaut hat? Was, wenn ihn jemand bewaffnet in die Narrows geschickt hat?

Ich blinzele und versuche mein wachsendes Unbehagen zusammen mit dem matten Schwarz der fehlenden Erinnerungen abzuschütteln.

Das einzig Positive an der Sache ist: Wo auch immer dieses Messer herkam, jetzt gehört es mir. Ich hake meinen Finger durch das Loch und schwinge es langsam im Kreis herum. Dann packe ich zu, wobei der Griff mit einem guten, satten Gefühl in meiner Handfläche landet. Ich lächele. Was für eine erstaunliche Waffe. Ich bin mir sogar ziemlich sicher, dass ich mich aus Versehen damit umbringen könnte. Aber sie bei mir zu haben, sie festzuhalten, beruhigt mich irgendwie. Ich werde eine Möglichkeit finden müssen, sie mir an den Unterschenkel zu binden, damit niemand sie sieht und auch niemand drankommt. Granpas Warnungen hallen durch meinen Kopf, aber ich schiebe sie beiseite.

Schließlich stecke ich den Ring wieder an und lege das Messer in sein Versteck unterm Bett zurück, wobei ich mir das Versprechen gebe, es nicht zu *benutzen*. Ich rede mir ein, dass ich es nicht brauchen werde. Jetzt bin ich zwar nicht mehr ganz so zittrig, aber schlafen kann ich trotzdem noch nicht. Mein Blick fällt auf den blauen Bär auf meinem Nachttisch mit der schwarzen Brille auf der Nase. In Nächten wie heute wünschte ich, ich könnte bei Ben sitzen und mit ihm reden, mir alles vom Herzen reden, aber so bald kann ich nicht wieder im Archiv auftauchen. Kurz überlege ich, Lyndsey anzurufen, aber erstens ist es spät und zweitens, was würde ich überhaupt sagen?

Wie war dein Tag? ... Echt?

Meiner? Ich wurde von einem Wächter-Mörder angegriffen.

Ich weiß! Und dann von einem Fremden gerettet, der anschließend einfach verschwunden ist ...

Und, stell dir vor, dieser Typ mit dem Eyeliner, der ist auch Wächter!

... Nein, nicht so, wie du denkst.

Und dann ist da noch der Mord in meinem Zimmer. Jemand hat versucht, ihn zu vertuschen, hat einfach die Seiten aus den Registern gerissen.

Ach so, was ich beinahe vergessen hätte: Es sieht fast so aus, als würde jemand aus dem Archiv versuchen, mich umbringen zu lassen.

Ich lache. Ein etwas gequältes Geräusch, aber es hilft.

Dann gähne ich, und bald darauf gelingt es mir irgendwie einzuschlafen.

12

Am nächsten Morgen ist zu *Melanie Allen, 10* noch *Jena Freeth, 14* hinzugekommen, aber als ich gerade aus meinem Zimmer komme, um mich auf die Jagd zu machen, taucht Mom mit einer Schürze und einem neu belebten 1000-Watt-Lächeln auf, drückt mir einen Karton mit Putzutensilien in die Hand und legt dann noch ein Buch oben drauf.

»Café-Dienst!«

Sie sagt es, als hätte ich eine Auszeichnung erhalten, eine Belohnung. In meinem Unterarm pocht immer noch ein dumpfer Schmerz, und der Karton ist so voll, dass er zu reißen droht.

»Ich habe ja eine ungefähre Vorstellung davon, was man mit Putzmitteln macht, aber was soll das mit dem Buch?«

»Dein Vater hat an deiner neuen Schule die Leseliste abgeholt.«

Ich schaue meine Mutter an, dann den Kalender an der Küchenwand, dann das Sonnenlicht, das durchs Fenster hereinscheint. »Es ist Sommer.«

»Ja, es ist eine *Sommer*-Leseliste«, erklärt sie fröhlich. »Und jetzt ab mit dir. Du kannst putzen, oder du kannst lesen, oder zuerst putzen und dann lesen, oder zuerst lesen und dann putzen, oder …«

»Hab schon verstanden.« Ich könnte mir eine Ausrede einfallen lassen, lügen, aber nach der letzten Nacht fühle ich mich irgendwie immer noch etwas mitgenommen, und ich hätte gar nichts gegen ein paar Stunden als M einzuwenden, ein bisschen Normalität. Außerdem gibt es ja direkt *im* Café eine Tür zu den Narrows.

Die Deckenbeleuchtung unten erwacht blinkend zum Leben. Nachdem ich den Karton auf dem Tresen abgestellt habe, greife ich als Erstes nach dem Buch. Band eins von Dantes *Göttlicher Komödie*. Das soll wohl ein Scherz sein. Ich betrachte das Cover, auf dem ein ganz schönes Höllenfeuer prangt, zusammen mit dem Hinweis, dass es sich hierbei um die Prüfungsvorbereitungsausgabe handelt, mit Vokabelerklärungen. Ich schlage die erste Seite auf und beginne zu lesen.

Als ich die Bahn des Lebens halb vollendet,
Fand ich in einem dunkeln Walde mich,
Weil ich vom graden Weg mich abgewendet …

Ich werfe Dante auf einen Stapel gefalteter Leintücher drüben an der Wand, wo das Buch in einer Staubwolke landet. Dann also putzen. Der ganze Raum riecht leicht nach Seife und abgestandener Luft, und durch die Steintheken und -böden fühlt er sich kalt an, obwohl draußen Sommer herrscht. Ich reiße also die Fenster weit auf, schalte das Radio ein, drehe die Lautstärke hoch und dann lege ich los.

Die seifige Mixtur, die ich zusammenbraue, riecht so intensiv, als wäre sie in der Lage, sich durch meine Gummihandschuhe zu fressen, Haut abzuziehen und Knochen zu polieren. Es handelt sich um wunderschöne blaue Brühe, und als ich sie auf den Marmor schmiere, schimmert sie sogar. Ich habe fast das Gefühl, als könnte ich hören, wie sie den Schmutz vom Boden nagt. Ein paar kräftige Scheuerbewegungen, und meine Ecke des Fußbodens sieht fast schon so aus wie Moms.

»Ich fass es nicht.«

Als ich aufblicke, entdecke ich Wesley Ayers, der rittlings auf einem Metallstuhl sitzt – ein Relikt, das unter einem der gefalteten Leintücher aufgetaucht war. Den Großteil der Möbel hatte man auf die Terrasse hinausgeschafft, aber ein paar Stühle stehen noch hier herum, einschließlich dieses Exemplars. »Unter all dem Staub verbirgt sich ja tatsächlich ein Café!« Er lässt die Arme vorne herunterhängen und legt das Kinn auf die gebogene Lehne. Ich habe ihn gar nicht hereinkommen gehört.

»Guten Morgen«, fügt er hinzu. »Ich schätze mal, Kaffee gibt es hier trotzdem nicht?«

»Leider noch nicht.«

»Und das, obwohl ihr euch so nennt.«

»Auf dem Schild steht aber auch ›Bald Eröffnung‹. Also«, sage ich und stehe auf, »was bringt dich in den zukünftigen Bishop's Café?«

»Ich habe nachgedacht.«

»Ein gefährliches Unterfangen.«

»In der Tat.« Er zieht spielerisch eine Augenbraue hoch. »Ich habe mir in den Kopf gesetzt, dich aus langweiligen, öden Regentagen und einsamem Putzdienst zu retten.«

»Ach ja?«

»Großmütig von mir, ich weiß.« Sein Blick fällt auf das weggeworfene Buch. Er streckt die Hand danach aus.

»Was haben wir denn hier?«, erkundigt er sich.

»Pflichtlektüre.« Ich fange an, den Tresen zu schrubben,

»Es ist eine Schande, dass sie das machen«, meint er, während er die *Komödie* durchblättert. »Lesezwang ruiniert selbst die besten Bücher.«

»Hast du's etwa gelesen?«

»Ein paarmal.« Er lacht über meine erstaunte Miene. »Und wieder diese Skepsis. Die äußere Hülle kann täuschen, Mac. Ich bin nicht *nur* schön und charmant.« Er blättert weiter. »Wie weit bist du schon?«

Ich stöhne und fahre mit kreisenden Bewegungen über den Granit. »Ungefähr zwei Zeilen, vielleicht auch drei.«

Nun ist er derjenige, der staunt. »Weißt du, die Sache mit Büchern wie diesem hier ist, dass sie eigentlich dazu gedacht sind, gehört zu werden, nicht gelesen.«

»Ach, wirklich.«

»Ehrlich. Ich werde es dir beweisen. Du putzt, ich lese vor.«

»Einverstanden.«

Ich schrubbe weiter, während er das Buch auf der Stuhllehne abstützt. Er fängt nicht vorne an, sondern schlägt eine Seite irgendwo in der Mitte auf, räuspert sich und beginnt.

»›Ich bin der Weg zu den verstoß'nen Seelen.‹«

Sein Tonfall ist bedächtig, weich.

»›Ich bin der Weg zur Stadt der ew'gen Qual …‹«

Er steht auf und geht lesend um den Stuhl herum. Ich versuche zuzuhören, aber die Worte verschwimmen irgendwie, während ich beobachte, wie er auf mich zukommt, die Hälfte seines Gesichts im Schatten. Dann tritt er ins Licht, steht da, direkt gegenüber auf der anderen Seite des Tresens. Aus der Nähe kann ich die Narbe sehen, die sich an seinem Halsausschnitt entlangzieht, direkt unter dem Lederband. Seine breiten Schultern, die dunklen Wimpern, die helle Augen einrahmen. Seine Lippen bewegen sich, und ich blinzele, als seine Stimme noch tiefer wird, eindringlich, mich zwingt, genauer hinzuhören, sodass ich das Ende gerade noch mitbekomme.

»›Lasst, die ihr eingeht, alle Hoffnung fahren.‹«

Er blickt zu mir auf und verstummt. Lässt das Buch sinken.

»Mackenzie.« Er lächelt mich schief an.

»Ja, was?«

»Du tropfst alles mit Seifenschaum voll.«

Er hat recht: Die Seife tropft über die Tischplatte und bildet schaumblaue Pfützen auf dem Fußboden.

»Na, das kann nicht schaden«, sage ich lachend und versuche dabei, meine Verlegenheit zu verbergen. Wesley hingegen scheint sie in vollen Zügen zu genießen. Er beugt sich über die Theke und malt abstrakte Muster in die Seife.

»Bist völlig in meinen Augen versunken, was?«

Er beugt sich weiter vor, die Hände auf die trockenen Flecken zwischen den rutschigen Stellen abgestützt. Lächelnd hebe ich den Schwamm in die Höhe, um ihn über seinem Kopf auszuwringen, aber er zieht ihn gerade noch rechtzeitig zurück, sodass das Seifenwasser auf den ohnehin schon klatschnassen Tresen spritzt.

Mit einem schwarz lackierten Finger zeigt er auf seine Haare. »Feuchtigkeit macht die Frisur kaputt.« Dabei lacht er fröhlich, während ich bloß die Augen verdrehe. Und dann lache ich auch. Es fühlt sich gut an. Wie etwas, das M tun würde. So zu lachen.

Ich möchte Wes erzählen, dass ich von einem Leben träume, das voll von diesen Momenten ist.

»Also«, sage ich schließlich und versuche, das Seifenwasser aufzuwischen. »Ich habe keine Ahnung, was du da vorgelesen hast, aber es hat schön geklungen.«

»Das ist die Inschrift auf den Toren zur Hölle«, erwidert Wes. »Meine Lieblingsstelle.«

»Ganz schön morbide, was?«

Er zuckt mit den Schultern. »Wenn man so darüber nachdenkt, ist das Archiv auch eine Art Hölle.«

Der fröhliche Moment gerät ins Wanken, zerbricht. Ich stelle mir Bens Regal vor, die stillen, friedlichen Säle. »Wie kannst du so was sagen?«

»Na ja, vielleicht eher die Narrows als das Archiv. Schließlich ist das ein Ort, der erfüllt ist von ruhelosen Toten, oder etwa nicht?«

Ich nicke gedankenverloren, aber ich kann die Enge in meiner Brust nicht wegatmen. Nicht nur wegen des Gedankens an die Hölle, sondern wegen der Art, wie Wesley zuerst Hausaufgaben-Literatur vorgetragen hat und dann nahtlos zum Thema Archiv übergegangen ist. Als wäre das alles *ein* Leben, *eine* Welt – aber das ist es nicht, und ich stecke irgendwo zwischen meiner Wächter-Welt und meiner Außenwelt fest. Ich wüsste gerne, wie es Wesley gelingt, mit je einem Bein so bequem in beiden Welten zu stehen.

Mit dem Daumennagel kratzt du einen Holzsplitter aus dem Verandageländer. Es müsste neu gestrichen werden, aber das wird nie passieren, denn es ist unser letzter gemeinsamer Sommer. Ben ist dieses

Jahr nicht mitgekommen, sondern stattdessen in irgendeinem Feriencamp. Wenn das Haus im Winter zum Verkauf steht, wird das Geländer immer noch verwittert sein.

Du versuchst, mir beizubringen, wie man sich in zwei Teile spaltet. Nicht so unordentlich, wie man Papier in Konfetti reißt, sondern so sauber, glatt, wie man einen Kuchen halbiert. Du sagst, das wäre deine Strategie, um zu lügen und damit durchzukommen. Auf diese Art würdest du am Leben bleiben.

»Sei die, die du sein musst«, erklärst du. »Egal, ob du mit deinem Bruder zusammen bist, oder deinen Eltern, oder deinen Freunden, oder mit Roland oder einer Chronik. Weißt du noch, was ich dir übers Lügen beigebracht habe?«

»Man fängt mit einer kleinen Wahrheit an.«

»Genau. Das hier ist im Grunde dasselbe.« Du wirfst den Holzsplitter übers Geländer und machst dich an den nächsten. Deine Hände sind ständig in Bewegung. »Du fängst bei dir selbst an. Keine Version von dir ist ganz gelogen. Immer nur ein bisschen verändert.«

Es ist still und dunkel, ein zu heißer Sommer selbst nachts noch, und ich drehe mich um, um ins Haus zu gehen.

»Eines noch.« Du hältst mich zurück. »Ab und zu überschneiden sie sich, diese verschiedenen Leben. Sie überlagern sich. Dann musst du besonders aufpassen, Kenzie. Achte darauf, dass deine Lügen sauber sind und deine Welten so weit voneinander entfernt wie nur möglich.«

Alles an Wesley Ayers ist schwierig.

Meine beiden Welten werden durch Wände und Türen und Schlösser voneinander getrennt, und doch steht er hier und schleppt das Archiv in mein Außenweltleben wie Schlamm an den Schuhsohlen. Ich weiß, was Granpa sagen würde, ich weiß, ich weiß, ich weiß. Aber diese seltsame neue Überschneidung ist beängstigend und doch willkommen. Ich kann ja vorsichtig sein.

Wesley spielt immer noch mit dem Buch herum, liest aber nicht weiter. Vielleicht spürt er ihn auch, diesen Moment, wo die Grenzen verwischen. Stille senkt sich auf uns herab wie Staub. Gibt es eine Möglichkeit, das hinzubekommen? Gestern Abend in der Dunkelheit des Gartens war es aufregend und erschreckend und wunderbar zugleich, die Wahrheit zu sagen, aber hier bei Tageslicht fühlt es sich gefährlich an, ungeschützt.

Trotzdem möchte ich, dass er die Worte noch einmal sagt. *Ich bin ein Wächter. Ich jage Chroniken …* Ich will ihn gerade etwas fragen, um das Schweigen zu brechen, aber Wesley ist schneller.

»Lieblingsbibliothekar oder -bibliothekarin?« Er sagt das, als würde er sich nach meinem Lieblingsessen, -lied oder -film erkundigen.

»Roland«, antworte ich.

»Echt?« Erstaunt lässt er das Buch fallen.

»Du klingst überrascht.«

»Ich hätte erwartet, dass du ein Carmen-Fan bist. Aber ich schätze Rolands guten Schuhgeschmack.«

»Die roten Chucks? Er behauptet, die hätte er in den Schränken gefunden, aber ich bin mir ziemlich sicher, dass er sie einer Chronik geklaut hat.«

»Seltsamer Gedanke, die Schränke in den Archiven.«

»Seltsam, sich vorzustellen, dass Bibliothekare dort *wohnen*«, sage ich. »Es kommt mir einfach so unnatürlich vor.«

»Ich habe mal diese weiße Zuckermasse zwischen zwei Oreo-Keksen zu einer Kugel geformt und monatelang draußen herumliegen lassen«, meint Wesley. »Das Zeug ist nie hart geworden. Es gibt eine Menge unnatürlicher Dinge auf der Welt.«

Ein Lachen entschlüpft meinen Lippen und hallt zwischen dem Granit und dem Glas des leeren Cafés wider. Das Lachen ist leicht, und es fühlt sich so unendlich gut an. Dann greift Wesley wieder nach dem Buch und ich nach meinem Schwamm. Er verspricht, so lange vorzulesen, wie ich putze. Also wende ich mich wieder meiner Arbeit zu, während er sich räuspert und beginnt. Ich schrubbe die Theke viermal, nur damit er nicht aufhört.

Eine Stunde lang ist die Welt perfekt.

Dann blicke ich hinunter auf das Blau der Seife, und meine Gedanken schweifen ab, ausgerechnet zu Owen. Wer ist er? Und was macht er in meinem Revier? Ein kleiner Teil von mir glaubt, er war bloß ein Phantom. Weil ich mich vielleicht in zu viele Teile aufgespalten hatte. Aber er wirkte so echt, wie er Hooper das Messer in die Brust gestoßen hat.

»Eine Frage«, unterbreche ich, und Wes verstummt mitten im Satz. »Du hast doch gesagt, dass du die Türen des Coronados mit übernommen hast. Dass dieser Ort hier aufgeteilt war.« Wes nickt. »Waren da noch irgendwelche anderen Wächter zuständig?«

»Nicht, seit ich letztes Jahr meinen Schlüssel bekommen habe. Zuerst war da noch eine Frau, aber sie ist weggezogen. Warum?«

»Reine Neugier«, erwidere ich ganz automatisch.

Seine Mundwinkel zucken. »Wenn du mich anlügen willst, musst du dich schon ein bisschen mehr anstrengen.«

»Keine große Sache. Es gab da einen Vorfall in meinem Revier. Darüber habe ich gerade nachgedacht.« Meine Worte schlagen einen Bogen um Owen und landen bei Hooper. »Da war diese erwachsene …«

Seine Augen werden groß. »Eine erwachsene Chronik? Ein *Wächter-Mörder?*«

Ich nicke. »Ich habe mich darum gekümmert, aber …«

Er deutet meine Frage über die Wächter im Dienst falsch.

»Möchtest du, dass ich dich begleite?«

»Wohin?«

»In die Narrows. Wenn du Sorge hast …«

»Ich habe keine …«, knurre ich.

»Ich könnte mitgehen und dich beschü…«

Ich hebe den Schwamm. »Was wolltest du sagen?« Ich ziele auf seinen Kopf. Man muss Wes zugutehalten, dass er klein beigibt und der Rest des Satzes in einem schiefen Lächeln verschwindet. Genau in diesem Moment kratzt etwas an meinem Bein. Ich lasse den Schwamm auf den Tisch fallen, zerre die Gummihandschuhe von den Händen und krame die Liste heraus. Die beiden Namen *Melanie Allen, 10* und *Jena Freeth, 14* stehen ganz oben auf dem Zettel, aber statt eines dritten Namens befindet sich darunter eine Nachricht:

Miss Bishop,
bitte melden Sie sich im Archiv. – R

R für Roland. Wesley lungert inzwischen auf dem Stuhl herum. Ich drehe das Papier so, dass er es sehen kann.

»Eine Vorladung?«, erkundigt er sich. »Na, sieh mal einer an.«

Mir wird elend, und einen Augenblick lang habe ich das Gefühl, wieder hinten im Englischunterricht zu sitzen, als durch den Schullautsprecher die Durchsage ertönt, ich möge bitte aufs Rektorat kommen. Dann fällt mir jedoch wieder ein, dass ich Roland ja um einen Gefallen gebeten hatte, und mein Herz macht einen erleichterten Satz. Hat er das ermordete Mädchen gefunden?

»Geh schon«, meint Wesley. Er krempelt seine Ärmel hoch und greift nach meinen abgelegten Gummihandschuhen. »Ich übernehme hier für dich.«

»Aber was ist, wenn meine Mom vorbeikommt.«

»Früher oder später werde ich Mrs. Bishop sowieso kennenlernen. Das ist dir schon klar, oder?«

Man wird doch noch träumen dürfen.

»Jetzt geh schon!«, drängt er mich.

»Bist du sicher?«

Er hat bereits nach dem Schwamm gegriffen. Mit schief gelegtem Kopf schaut er mich an, wobei das Silber an seinen Ohren glitzert. Es sieht schon ziemlich lustig aus, wie er da steht, ganz in Schwarz mit seinem spöttischen Lächeln und zitronengelben Gummihandschuhen.

»Was ist denn noch?« Er wedelt mit dem Schwamm herum, als wäre er eine Waffe. »Glaubst du, ich wüsste nicht, wie das geht?«

Lachend stecke ich die Liste ein und mache mich auf den Weg zur Kammer hinten im Café. »Ich versuche, so schnell wie möglich wieder da zu sein.« Ich höre Wasser plätschern, einen unterdrückten Fluch und ein Geräusch, wie wenn jemand auf nassem Boden ausrutscht.

»Versuch, dir nicht wehzutun«, rufe ich noch, bevor ich zwischen den Besen verschwinde.

13

Klassische Musik klingt leise durch das Vestibül des Archivs.

Patrick am Tisch versucht, sich auf etwas zu konzentrieren, während Roland sich über ihn beugt und mit einem Stift herumfuchtelt. Eine Bibliothekarin, mit der ich noch nie gesprochen habe – ich habe aber gehört, dass sie Beth genannt wird –, steht am Eingang zum Atrium und macht sich Notizen. Ihre rötlichen Haare sind zu einem Zopf geflochten. Als ich näher komme, blickt Roland auf.

»Miss Bishop!«, begrüßt er mich fröhlich, lässt den Stift auf Rolands Unterlagen fallen und kommt zu mir herüber. Dann führt er mich durchs Atrium in Richtung der Regale, wobei er die ganze Zeit Small Talk macht, doch sobald wir in einen Seitenflügel abgebogen sind, wird seine Miene ernst.

»Hast du das Mädchen gefunden?«, frage ich.

»Nein.« Er führt mich durch einen schmalen Korridor und einige Stufen hinauf. Oben überqueren wir den Treppenabsatz und landen schließlich in einem Lesezimmer in Blau und Gold, in dem es nach altem Papier riecht, aber nicht unangenehm. »Es gibt in dieser Zweigstelle niemanden, der auf deine Beschreibung oder in die Zeitspanne passt.«

»Das ist unmöglich. Dann hast du nicht gründlich genug …«

»Mackenzie«, unterbricht er mich, »ich habe alles zusammengekratzt, was ich über sämtliche Bewohnerinnen finden konnte.«

»Vielleicht hat sie ja gar nicht hier gewohnt. Vielleicht war sie nur zu Besuch.«

»Wenn sie im Coronado gestorben ist, dann müsste sie in dieser Zweigstelle archiviert sein. Ist sie aber nicht.«

»Ich weiß doch, was ich gesehen habe.«

»Mackenzie ...«

Sie muss hier sein. Wenn ich sie nicht finde, finde ich auch ihren Mörder nicht. »Sie hat existiert. Ich habe sie gesehen.«

»Das will ich auch gar nicht in Abrede stellen.«

Panik erfasst mich. »Wie könnte sie jemand an *beiden* Orten ausgelöscht haben, Roland? Und warum hast du mich herbestellt? Wenn es über dieses Mädchen keine Aufzeichnung gibt ...«

»Das Mädchen habe ich nicht gefunden«, sagt Roland, »aber dafür jemand anderen.« Er durchquert das Zimmer, öffnet eine der Schubladen und zeigt auf die Chronik im Regal. Angefangen bei der beginnenden Glatze, über den leichten Bauchansatz bis zu den abgelaufenen Schuhen wirkt der Mann ... durchschnittlich. Seine Kleidung ist etwas altmodisch aber sauber, seine Züge im todesähnlichen Schlaf gelassen.

»Das ist Marcus Elling«, erklärt Roland leise.

»Und was hat er mit dem Mädchen zu tun, das ich gesehen habe?«

»Laut seinen Erinnerungen hat er ebenfalls im zweiten Stock des Coronados gewohnt, und zwar von 1950, nachdem das Hotel frisch umgebaut worden war, bis zu seinem Tod 1953.«

»Er hat auf demselben Stockwerk wie das Mädchen gewohnt und ist ungefähr zur selben Zeit gestorben?«

»Das ist noch nicht alles«, meint Roland. »Leg mal deine Hand auf seine Brust.«

Ich zögere. Ich habe noch nie eine Chronik gelesen. Nur die Bibliothekare dürfen die Toten lesen. Nur sie wissen, wie das geht, und für alle anderen gilt es schon als Verstoß, es auch nur zu versuchen. Aber Roland wirkt irgendwie aufgewühlt, also lege ich die Hand auf Ellings Pulli. Die Chronik fühlt sich an wie alle Chroniken. Ruhig.

»Schließ die Augen«, sagt er, und ich gehorche.

Dann legt Roland seine Hand auf meine und drückt sie herunter. Sofort werden meine Finger taub, und es fühlt sich an, als würde mein Geist in den Körper eines anderen geschoben werden, in eine Form gepresst, die nicht zu meiner eigenen passt. Ich warte darauf, dass die Erinnerungen anfangen, aber das tun sie nicht. Ich bin völlig im Dunkeln. Normalerweise beginnen Erinnerungen bei der Gegenwart und spulen dann zurück, und soweit ich weiß, ist das bei Chroniken nicht anders. Sie beginnen mit ihrem Ende, der allerletzten Erinnerung. Ihrem Tod.

Aber Marcus Elling hat keinen Tod. Ich spule etwa zehn ganze Sekunden lang Schwärze zurück, bevor sich die Dunkelheit in flackerndes Rauschen auflöst, aus dem irgendwann Licht und Bewegung und Erinnerung wird. Elling, wie er einen Sack voll Gemüse die Treppe hinaufträgt.

Der Druck durch Rolands Hand lässt nach, woraufhin Elling verschwindet. Ich blinzele.

»Sein Tod fehlt«, sage ich.

»So ist es.«

»Wie kann das sein? Er ist wie ein Buch, aus dem man die letzten Seiten herausgerissen hat.«

»Genau das ist er in der Tat«, erwidert Roland. »Er wurde manipuliert.«

»Was bedeutet das?«

Roland scharrt mit seinem Turnschuh über den Boden. »Es bedeutet das Entfernen einer oder mehrerer Erinnerungen. Das Herausschneiden von Momenten. Mitunter kommt diese Maßnahme in der Außenwelt zum Einsatz, um das Archiv zu schützen. Geheimhaltung ist der Schlüssel zu unserer Existenz, musst du wissen. Nur einige ausgewählte Mitglieder der Crew sind dazu ausgebildet, solche Manipulationen vorzunehmen, und auch nur, wenn es absolut notwendig ist. Es handelt sich weder um eine leichte noch um eine angenehme Aufgabe.«

»Also hatte Markus Elling irgendwie Kontakt zum Archiv? Gab es irgendetwas, das gerechtfertigt hat, das Ende seiner Erinnerungen zu löschen?«

Roland schüttelt den Kopf. »Nein, Manipulationen werden nur in der Außenwelt genehmigt, und nur, um das Archiv vor Entdeckung zu schützen. Wenn er schon tot war oder im Sterben lag, hätte es ein solches Risiko ja nicht gegeben. In diesem Fall wurde die Chronik manipuliert, *nachdem* er hier aufgenommen worden war. Die Veränderung ist alt – man erkennt das an der Art und Weise, wie die Ränder ausgefranst sind –, also wahrscheinlich direkt nach seiner Ankunft.«

»Aber das bedeutet, dass derjenige Ellings Tod vor Leuten hier *im Archiv* verbergen wollte.«

Roland nickt. »Und diese Schlussfolgerung ist so ernst … die Tatsache, dass es passiert ist, … das ist …«

Ich spreche aus, was ihm nicht über die Lippen kommen will. »Nur Bibliothekare besitzen die Fähigkeit, Chroniken zu lesen, also kann auch nur ein Bibliothekar sie manipulieren.«

Rolands Stimme ist fast nur noch ein Flüstern. »Und das zu tun ist gegen alle Prinzipien dieser Einrichtung. Diese Maßnahme wird eingesetzt, um die Erinnerungen der Lebenden zu verändern, nicht um das Leben der Toten auszulöschen.«

Ich blicke in Marcus Ellings Gesicht hinunter, als könnte sein Körper mir etwas erzählen, was seine Erinnerungen nicht konnten. Wir haben nun also ein Mädchen ohne Chronik und eine Chronik ohne Tod. Dabei dachte ich noch, vielleicht würde ich mir das alles nur einbilden, dass das mit Hooper ein Versehen war, dass vielleicht Jackson das Messer gestohlen hatte. Aber wenn ein Bibliothekar willens war, *so etwas* zu tun, den Grundsatzschwur des Archivs zu brechen, dann steckte vielleicht auch ein Bibliothekar hinter der fehlerhaft funktionierenden Liste und der Waffe. Aber wer auch immer Elling damals manipuliert hatte, wäre doch längst weg … oder?

Auch Roland betrachtet die Leiche, und eine tiefe Falte hat sich über seiner Nasenwurzel gebildet. Ich habe ihn noch nie so besorgt gesehen.

Am liebsten hätte ich ihm vom Wächter-Mörder und dem Archiv-Messer erzählt, aber der eine wurde wieder zurückgebracht und das andere trage ich unter meiner Jeans am Unterschenkel befestigt, deshalb frage ich stattdessen: »Wer würde so etwas tun?«

Er schüttelt den Kopf. »Ich habe wirklich keine Ahnung.«

»Habt ihr nicht irgendeine Akte über Elling? Vielleicht gibt es da irgendwelche Hinweise.«

»Er *ist* die Akte.«

Mit diesen Worten schließt Roland Ellings Schublade und führt mich aus dem Lesesaal hinaus.

»Ich werde das weiterverfolgen.« Oben an der Treppe bleibt er kurz stehen. »Aber, Mackenzie, falls ein Bibliotheksangestellter hierfür verantwortlich war, dann ist es gut möglich, dass derjenige allein gehandelt und sich über die Vorschriften des Archivs hinweggesetzt hat. Oder es wäre denkbar, dass er einen triftigen Grund hatte. Es wäre sogar möglich, dass derjenige einer Anweisung gefolgt ist. Indem wir diese Todesfälle untersuchen, untersuchen wir das Archiv selbst. Und das ist ein gefährliches Unterfangen. Bevor wir irgendetwas unternehmen, musst du dir über die Risiken im Klaren sein.«

Es folgt eine längere Pause, während der ich sehe, wie Roland nach Worten sucht. »Erinnerungsmanipulationen werden in der Außenwelt benutzt, um Zeugen auszuschalten. Aber auch bei Mitgliedern des Archivs, wenn sie beschließen, den Dienst zu quittieren … oder falls sie für ungeeignet befunden werden.«

Mein Herz macht einen Satz. Garantiert ist mir der Schreck deutlich anzusehen. »Willst du damit sagen, wenn ich meinen Job verliere, verliere ich mein *Leben?*«

Er weicht meinem Blick aus. »Alle Erinnerungen, die mit dem Archiv und der Arbeit, die dafür geleistet wurde, zu tun hab…«

»Roland, das *ist* mein Leben. Warum hat man mir das vorher nicht gesagt?« Meine Stimme wird lauter, hallt im Treppenhaus wider, und Roland sieht mich warnend an.

»Hätte es denn deine Meinung geändert?«, fragt er leise.

Ich zögere. »Nein.«

»Nun, bei manchen wäre das anders. Wir sind im Archiv ohnehin schon knapp an Personal und können es uns nicht leisten, noch mehr Leute zu verlieren.«

»Deshalb lügt ihr einfach?«

Mit einem traurigen Lächeln antwortet er: »Eine Auslassung ist nicht dasselbe wie ein Lüge, Miss Bishop. Du als Wächterin solltest die verschiedenen Grade der Unehrlichkeit doch kennen.«

Ich balle die Hände zu Fäusten. »Versuchst du, einen Scherz daraus zu machen? Ich finde nämlich die Aussicht, ausradiert oder manipuliert zu werden oder wie du es nennen willst, nicht gerade lustig.«

Mir fällt meine Aufnahmeprüfung wieder ein.

Falls sich herausstellen sollte, dass sie auf irgendeine Art und Weise untauglich ist, wird sie den Job verlieren.

Und sollte das der Fall sein, dann wirst du, Roland, sie höchstpersönlich entfernen.

Würde er mir das wirklich antun? Die Wächterin aus mir herausschneiden, mir alle meine Erinnerungen an diese Welt nehmen, an dieses Leben, an Granpa? Was bliebe dann noch übrig?

Als könnte er meine Gedanken lesen, sagt Roland: »Das würde ich nie zulassen. Du hast mein Wort.«

Ich würde ihm gerne glauben, aber er ist nicht der einzige Bibliothekar hier. »Was ist mit Patrick?«, frage ich. »Er droht dauernd damit, mich zu melden. Und er hat jemanden namens Agatha erwähnt. Wer ist das, Roland?«

»Sie ist eine … Gutachterin. Sie bestimmt, ob ein Mitglied des Archivs tauglich ist.« Bevor ich den Mund öffnen kann, fügt er hinzu. »Sie wird keine Probleme machen, das verspreche ich. Und um Patrick kann ich mich kümmern.«

Wie betäubt fahre ich mir durch die Haare. »Verletzt du nicht irgendeine Vorschrift allein damit, dass du mir das erzählst?«

Roland seufzt. »Wir brechen gerade einen ganzen Haufen Vorschriften. Das ist es ja. Und du musst das verstehen, bevor es irgendwie weitergeht. Jetzt kannst du noch aussteigen.«

Aber das werde ich nicht. Und das weiß er.

»Ich bin froh, dass du es mir gesagt hast.« Bin ich nicht wirklich, eigentlich überhaupt nicht. Innerlich bin ich immer noch total aufgewühlt, aber ich muss mich jetzt konzentrieren. Ich habe meinen Job, und ich habe meinen Verstand und ein Rätsel zu lösen.

»Aber was ist mit den Bibliothekaren?«, will ich wissen, als wir die Treppe hinuntergehen. »Du hast vom Ruhestand gesprochen. Darüber, was du tun wirst, wenn du deinen Dienst beendet hast. Aber dann wirst du dich doch nicht mal mehr erinnern. Du wirst einfach nur ein Mann voller Löcher sein.«

»Bibliothekare sind ausgenommen«, erwidert er, aber seine Stimme klingt hohl. »Wenn wir ausscheiden, dürfen wir unsere Erinnerungen behalten. Nenn es Belohnung.« Er versucht zu lächeln, aber es gelingt ihm nicht wirklich. »Noch ein Grund für dich, hart zu arbeiten, und im System aufzusteigen. Also, wenn du dir ganz sicher bist …«

»Bin ich.«

Wir gehen den Gang entlang zurück Richtung Atrium.

»Und was jetzt?«, erkundige ich mich leise, als wir an einem RUHE BITTE-Schild am Ende einer Regalreihe vorbeikommen.

»*Du* machst deinen Job. Und *ich* werde weitersuchen …«

»Dann suche ich auch. Du hier und ich in der Außen…«

»Mackenzie …«

»Zusammen werden wir schon herausfinden, wer …«

Das Geräusch von Schritten lässt mich mitten im Satz abbrechen, als wir um eine Ecke biegen und beinahe mit Lisa und Carmen zusammenstoßen. Eine dritte Bibliothekarin, die mit dem roten Zopf, geht einige Schritte hinter ihnen, aber als wir alle stehen bleiben, geht sie weiter.

»Schon wieder zu Besuch, Miss Bishop?«, fragt Lisa, aber in der Frage liegt nichts von Patricks Spott.

»Hallo, Roland«, grüßt Carmen, und als sie mich entdeckt, wird ihre Stimme noch eine Spur herzlicher. »Hallo, Mackenzie.« Sie hat ihre goldblonden Haare zurückgebunden, und ich staune wieder einmal darüber, wie jung sie aussieht. Ich weiß, dass Alter hier eine Illusion ist, und Carmen jetzt viel älter ist als bei ihrem Eintritt, selbst wenn man es ihr nicht ansieht, aber ich begreife es trotzdem nicht. Ich verstehe, weshalb einige der älteren Bibliothekare die Sicherheit dieser Welt den ständigen Gefahren als Wächter oder Crew vorgezogen haben. Aber warum sie?

»Hallo, Carmen.« Rolands Lächeln ist etwas steif. »Ich habe Miss Bishop gerade erklärt …« – er gibt sich betont förmlich –, »… wie die verschiedenen Bereiche funktionieren.« Er berührt die Karteikarte am Regal neben ihm. »Weiß, rot und schwarz. Solche Sachen.«

Die Karteikarten sind farbig gekennzeichnet: weiße Karten für normale Chroniken, rote für die, die aufgewacht sind, und schwarze für die, die es in die Außenwelt geschafft haben. Ich habe bisher aber immer nur weiße gesehen. Die roten und schwarzen werden gesondert aufbewahrt, irgendwo tief im Innern der Zweigstelle, wo die Stille am dichtesten ist. Das Farbensystem kenne ich seit zwei Jahren, aber ich nicke brav.

»Haltet euch von sieben, drei und fünf fern«, warnt Lisa. Wie aufs Stichwort ertönt ein Geräusch, das wie entferntes Donnergrollen klingt, und sie zuckt zusammen. »Wir haben gewisse technische Schwierigkeiten.«

Roland runzelt die Stirn, fragt aber nicht zurück. »Ich war sowieso gerade dabei, Miss Bishop zurück zum Ausgang zu bringen.«

Die beiden Frauen nicken und gehen weiter. Roland und ich erreichen schweigend den Empfangstisch. Als Patrick uns durch die Tür kommen sieht, sammelt er seine Sachen ein.

»Vielen Dank«, sagt Roland, »dass du mich vertreten hast.«

»Ich habe sogar deine Musik laufen lassen.«

»Wie nett von dir.« Es gelingt ihm, einen Hauch seines üblichen Charmes zu zeigen. Dann nimmt er hinterm Tisch Platz, während Patrick mit einem Ordner unterm Arm davonmarschiert. Ich mache mich auf den Weg zur Archivtür.

»Miss Bishop.«

Ich drehe mich noch einmal um. »Ja?«

»Erzähl niemandem davon«, warnt er.

Ich nicke.

»Und, bitte«, fügt er hinzu, »sei vorsichtig.«

Ich ringe mir ein Lächeln ab. »Immer.«

Als ich hinaus in die Narrows trete, fröstele ich trotz der warmen Luft. Seit dem Zwischenfall mit Hooper und Owen war ich nicht mehr jagen, und ich fühle mich steif, angespannter als sonst. Es ist nicht nur die Jagd, wegen der ich nervös bin, sondern auch diese neue Angst zu versagen, vom Archiv als untauglich abgestempelt zu werden. Und gleichzeitig die Angst, nicht in der Lage zu sein zu gehen. Ich wünschte, Roland hätte mir das nie erzählt.

Lasst, die ihr eingeht, alle Hoffnung fahren.

Es schnürt mir die Kehle zu, und ich zwinge mich, einmal tief durchzuatmen. Die Narrows sind schon an guten Tagen leicht klaustrophobisch, und ich kann mir jetzt nicht leisten, mich dadurch ablenken zu lassen, also beschließe ich, alle Gedanken zu dieser Angelegenheit beiseitezuschieben und mich ganz auf die Abarbeitung meiner Liste und den Erhalt meines Jobs zu konzentrieren. Als ich gerade die Hände an die Wand legen will, lässt mich etwas innehalten.

Laute – gedehnte und weit entfernt – driften durch die Halle. Ich schließe die Augen, um sie einordnen zu können. Zu abstrakt für Worte. Die Töne lösen sich in einen Windhauch auf, ein Klimpern, eine … Melodie?

Ich erstarre.

Irgendwo in den Narrows summt jemand vor sich hin.

Ich blinzele, stoße mich von der Wand ab und denke an die zwei Mädchen, die immer noch auf meiner Liste stehen. Aber die Stimme ist tief und männlich, und Chroniken singen nicht. Sie rufen und weinen und schreien und trommeln gegen Wände und betteln, aber sie singen nicht.

Das Geräusch wabert durch die Gänge, sodass ich einen Moment brauche, um herauszufinden, aus welcher Richtung es kommt. Ich biege um eine Ecke, dann um noch eine, während die Töne langsam Gestalt annehmen, bis ich eine dritte Abzweigung erreiche und ihn sehe. Ein blonder Haarschopf am Ende des Korridors. Er hat mir den Rücken zugedreht, die Hände in den Taschen vergraben und den Kopf in den Nacken gelegt, als würde er auf der Suche nach Sternen hinauf in den fehlenden Himmel der Narrows blicken.

»Owen?«

Die Melodie erstirbt, aber er dreht sich nicht um.

»Owen«, rufe ich wieder und mache einen Schritt auf ihn zu.

Er blickt über die Schulter, und seine unglaublich blauen Augen leuchten in der Dunkelheit. In diesem Moment knallt von hinten etwas mit Wucht auf mich drauf. Springerstiefel und ein pinkfarbenes Trägerkleid, kurze braune Haare und riesige, schwarz werdende Augen. Nachdem die Chronik mit mir zusammengestoßen ist, sucht sie sofort das Weite. Ich rappele mich auf und renne ihr hinterher, dankbar, dass die Farbe ihres Kleids und das Geräusch ihrer Stiefel so auffällig sind, aber sie ist ganz schön schnell. Schließlich wage ich es, eine Abkürzung zu nehmen, und schneide ihr den Weg ab, aber sie schlägt um sich und kämpft, denn offensichtlich ist sie davon überzeugt, dass ich irgendeine Art Monster bin, was – so wie ich sie zur nächsten Retoure-Tür schleife – vielleicht auch stimmt.

Dann ziehe ich die Liste aus der Tasche und sehe zu, wie *Jena Freeth, 14* verblasst.

Durch den Kampf ist immerhin eines passiert: Die Angst ist verschwunden, und wie ich schwer atmend an der Retoure-Tür lehne, fühle ich mich wieder wie ich selbst.

Ich gehe zu der Stelle zurück, wo ich Owen gesehen habe, aber er ist spurlos verschwunden.

Kopfschüttelnd mache ich mich stattdessen auf die Suche nach Melanie Allen. Indem ich die Wände lese, spüre ich sie auf und schicke sie ebenfalls zurück, während ich die ganze Zeit auf Owens Lied horche. Doch es ist nicht mehr zu hören.

14

Nachdem meine Liste abgearbeitet ist, mache ich mich auf den Weg zurück in den Café, um Wesley Ayers vor den Gefahren der Hausarbeit zu retten. Ich benutze dazu wieder die Narrows-Tür in der Besenkammer und erstarre.

Den Stimmen nach zu urteilen ist Wesley nicht allein.

Vorsichtig taste ich mich vor, um einen Blick hinauszuwagen. Er unterhält sich angeregt mit meinem Vater über die Vorzüge einer bestimmten kolumbianischen Kaffeebohne und wischt nebenher den Fußboden. Der ganze Raum ist blitzeblank. In der Mitte des Marmorbodens strahlt die rostrote Rose, die ungefähr den Durchmesser eines Kaffeetisches hat.

Dad fuchtelt mit der Tasse in der einen und einer Farbwalze in der anderen Hand herum, während er gleichzeitig Kaffee schlürft und eine Farbprobe – ein dunkles Gelb – auf die Wand aufträgt. Er hat mir beim Reden den Rücken zugedreht, aber Wesley entdeckt mich und beobachtet, wie ich mich aus dem Besenschrank die Wand entlangschiebe, bis ich fast die Café-Tür erreicht habe.

»Hallo, Mac«, ruft er. »Hab dich gar nicht reinkommen hören.«

»Da bist du ja.« Dad fuchtelt mit seinem Farbroller durch

die Luft. Er steht irgendwie aufrechter da und seine Augen leuchten fast.

»Ich habe Mr. Bishop schon erzählt, dass ich angeboten habe, dich zu vertreten, während du kurz nach oben läufst, um was zu essen zu holen.«

»Ich kann nicht glauben, dass du Wesley hier zur Arbeit verdonnerst hast«, meint Dad. Er nippt an seinem Kaffee und scheint überrascht zu sein, dass nur noch so wenig übrig ist. Dann stellt er den Becher weg. »Willst du ihn gleich abschrecken?«

»Na ja«, entgegne ich, »er erschrickt ziemlich leicht.«

Wesley verzieht gespielt beleidigt das Gesicht.

»Miss Bishop!«, schimpft er, und ich muss mir das Lächeln verkneifen. Er macht Patrick wirklich perfekt nach. »Um ehrlich zu sein«, gesteht er meinem Vater, »stimmt das tatsächlich. Aber keine Sorge, Mr. Bishop, Mac muss sich schon was Besseres einfallen lassen, wenn sie mich verscheuchen will, als mir Arbeit aufzuladen.«

Wesley zwinkert. Dad lächelt. Ich kann den Schriftzug in seinem Kopf sehen: *Potenzieller Freund!* Wesley hat es wohl auch bemerkt, denn er nutzt die Gelegenheit sofort aus, indem er seinen Mob beiseitestellt.

»Würde es Ihnen etwas ausmachen, wenn ich Mackenzie ein Weilchen entführe? Wir haben schon an ihrer Sommerlektüre gearbeitet.«

Dad *strahlt* förmlich. »Aber natürlich.« Er winkt mit seiner Farbwalze. »Ab mit euch.«

Fast hätte ich damit gerechnet, dass er noch *Kinder* oder *Ihr Turteltäubchen* hinzufügt, aber er kann sich zum Glück beherrschen.

In der Zwischenzeit versucht Wes, die Gummihandschuhe abzustreifen. Einer bleibt an seinem Archiv-Ring hängen, und als es ihm schließlich gelingt, seine Hand rauszuziehen, rutscht er mit ab, fliegt durch die Luft und rollt unter einen alten Ofen. Wes und ich beugen uns gleichzeitig vor, um ihn zu holen, aber Wes wird durch Dads Hand aufgehalten, die auf seiner Schulter landet.

Er erstarrt. Ein Schatten huscht über sein Gesicht.

Dad sagt irgendetwas zu Wes, aber ich höre nicht zu, weil ich vor dem Ofen auf dem Boden kauere. Das Metallgitter auf der Unterseite schneidet mir in den Arm, als ich mich so lange strecke, bis meine Finger schließlich den Ring ertasten. Als ich mich wieder aufgerappelt habe, steht Wes mit hängendem Kopf und zusammengebissenen Zähnen da.

»Alles in Ordnung, Wesley?«, erkundigt sich Dad und lässt ihn los. Wes nickt und schnappt nach Luft, als ich den Ring in seine Handfläche fallen lasse. Er steckt ihn rasch an.

»Ja, doch«, meint er, nun schon wieder ruhiger. »Alles bestens. Mir war nur plötzlich ein bisschen schwindelig.« Er lacht gequält. »Müssen die Dämpfe von Macs blauer Seife sein.«

»Na, siehste!«, erwidere ich. »Ich hab dir doch gesagt, dass Putzen schlecht für die Gesundheit ist.«

»Ich hätte dir wohl besser zuhören sollen.«

»Komm, lass uns ein bisschen an die frische Luft gehen.«

»Gute Idee.«

»Bis später, Dad.«

Nachdem die Café-Tür hinter uns zugefallen ist, lässt sich Wesley draußen an die Wand sinken. Er ist ein bisschen blass um die Nase. Ich kenne das Gefühl nur zu gut.

»Wir haben Aspirin oben«, biete ich ihm an. Doch er lacht und sieht mich an.

»Mir geht's gut. Trotzdem, danke.« Sein veränderter Tonfall überrascht mich. Keine Scherze, keine spielerische Arroganz. Einfach nur Erleichterung. »Aber vielleicht tatsächlich ein bisschen frische Luft.«

Er richtet sich auf und durchquert die Lobby, während ich ihm folge. Sobald wir den Garten erreichen, lässt er sich auf seine Bank fallen und reibt sich die Augen. Die Sonne scheint hell. Er hatte recht, bei Tag ist das hier ein ganz anderer Ort. Nicht weniger schön, aber offener, ungeschützter. In der Dämmerung schien es so viele Stellen zu geben, wo man sich verstecken konnte. Im Mittagslicht gibt es keine einzige.

Langsam kehrt die Farbe in Wesleys Gesicht zurück, aber als er schließlich aufhört, sich die Augen zu reiben, wirkt sein Blick fern und traurig. Ich frage mich, was er gesehen hat, was er gefühlt hat, aber er sagt nichts.

Also lasse ich mich auf das andere Ende der Bank sinken. »Bist du sicher, dass alles okay ist?«

Er blinzelt und streckt sich ausgiebig, und als er damit fertig ist, ist die Anspannung verschwunden. Er ist wieder ganz der alte Wes: das schiefe Lächeln und der lockere Charme.

»Alles bestens. Bin nur ein bisschen aus der Übung, was das Lesen von Menschen angeht.«

Entsetzen packt mich. »Du *liest* die Lebenden? Aber wie?«

Wesley zuckt mit den Schultern. »Genauso, wie du alles andere liest.«

»Aber sie sind nicht geordnet. Sie sind laut und chaotisch und ...«

Er zuckt bloß wieder mit den Schultern. »Sie sind *lebendig*. Und auch wenn sie nicht geordnet sind, die wichtigen Dinge sind trotzdem da, auf der Oberfläche. Man kann eine Menge erfahren, bei einer einzigen Berührung.«

Mir wird elend. »Hast du *mich* schon mal gelesen?«

Er wirkt, als hätte ich ihn beleidigt, schüttelt aber trotzdem den Kopf. »Nur weil ich weiß, wie, mache ich noch lange keinen Sport daraus, Mac. Außerdem verstößt es gegen die Archiv-Vorschriften, und ob du's glaubst oder nicht, *ich* möchte es mir mit denen nicht gerne verderben.«

Da sind wir schon zwei, denke ich.

»Wie hältst du es aus, sie zu lesen?«, will ich wissen und unterdrücke dabei einen Schauder. »Selbst wenn ich meinen Ring anhabe, ist es schrecklich.«

»Na ja, man kann ja schlecht durchs Leben gehen, ohne jemanden zu berühren.«

»Ich schon«, sage ich.

Wesley hebt langsam die Hand und bewegt seinen ausgestreckten Zeigefinger auf mich zu.

»Nicht witzig.«

Aber er hält nicht inne.

»Ich. Schneide. Dir. Den. Finger. Ab.«

Er seufzt und lässt die Hand fallen. Dann zeigt er mit dem Kinn in Richtung meines Armes. An der Stelle, wo sich das Ofengitter eingekerbt hat, ist Rot durch den Verband und meinen Ärmel gesickert.

Ich betrachte meinen Arm. »Messerwunde.«

»So so.«

»Nein, wirklich. Das war ein Teenager mit einem wirklich großen Messer.«

Er schmollt. »Wächter-Mörder. Kinder mit Messern. Als ich noch dort gearbeitet habe, gab es in deinem Revier nicht so viel Spaßiges.«

»Da habe ich wohl einfach Glück.«

»Bist du sicher, dass ich dich nicht unterstützen kann?«

Ich lächele, mehr über die Art, wie er es mir dieses Mal anbietet – als würde er auf Zehenspitzen um die Frage herumschleichen –, als über die Aussicht. Doch das Letzte, was ich jetzt brauchen kann, ist eine weitere Komplikation in meinem Revier.

»Sei mir nicht böse, aber ich mache das schon eine ganze Weile.«

»Wie kommt's?«

Ich sollte mich irgendwie rausreden, aber es ist zu spät, um zu lügen, wenn mir die Wahrheit schon fast auf der Zunge liegt. »Ich bin mit zwölf Wächterin geworden.«

Er runzelt die Stirn. »Aber das vorgeschriebene Einstiegsalter ist sechzehn.«

Ich zucke mit den Schultern. »Mein Großvater hat einen Antrag gestellt.«

Wesleys Miene wird hart, als er begreift, was das bedeutet. »Er hat den Job an ein Kind abgegeben?«

»So war es nicht«, warne ich ihn.

»Was für ein kranker Scheißkerl würde so was …« Die Worte ersterben auf seinen Lippen, weil ich ihn am Kragen packe und rückwärts auf die Steinbank stoße. Einen Moment lang ist er nichts als ein Körper, und ich bin Wächterin, und mir ist sogar der ohrenbetäubende Lärm egal, der durch mich durchbraust, weil ich ihn berühre.

»Wage es ja nicht«, sage ich.

Wesleys Miene ist völlig undurchdringlich, als ich schließlich meinen Griff lockere und ihn loslasse. Er fasst sich an den Hals, aber sein Blick lässt mich keine Sekunde lang los. Wir sind beide enorm angespannt.

Und dann lächelt er.

»Ich dachte, du hasst Anfassen.«

Ich seufze und gebe ihm einen Schubs, bevor ich mich an meinem Bankende zusammenkauere.

»Tut mir leid«, sage ich. Die Worte scheinen durch den Garten zu hallen.

»Eines ist auf jeden Fall sicher«, meint er. »Mit dir wird es nicht langweilig.«

»Ich hätte das nicht ...«

»Ich hätte mir kein Urteil erlauben dürfen«, unterbricht er mich. »Dein Großvater hat offensichtlich gewusst, was er tut.«

Ich versuche, mir ein Lachen abzuringen, aber es bleibt mir im Hals stecken. »Das ist neu für mich, Wes. Dieses Teilen. Jemanden zu haben, mit dem ich teilen kann. Und ich weiß deine Hilfe wirklich zu schätzen – das klingt jetzt echt lahm. Ich hatte nie jemanden wie ... Was für ein Schlamassel. Endlich gibt es etwas Gutes in meinem Leben, und schon versaue ich es.« Meine Wangen glühen, und ich muss die Zähne zusammenbeißen, um nicht weiter herumzufaseln.

»He«, sagt er und stößt mich spielerisch mit dem Fuß an. »Mir geht's doch ganz genauso. Das ist auch für mich alles neu. Und ich habe nicht vor wegzugehen. Es braucht mindestens drei Attentatsversuche, um mich zu verscheuchen. Und selbst dann komme ich vielleicht zurück, wenn Gebäck im Spiel ist.« Er erhebt sich von der Bank. »In diesem Sinne werde ich mich jetzt zurückziehen, um meinen verletzten Stolz zu pflegen.« Er sagt es mit einem Lächeln, und irgendwie lächele auch ich.

Wie gelingt ihm das nur, die Dinge so leicht zu entwirren? Ich begleite ihn durch die Bibliothek bis ins Foyer. Nachdem die Drehtür hinter ihm ächzend wieder zum Stehen gekommen ist, schließe ich die Augen und lasse mich auf die Treppe sinken. Als ich etwa zehn Sekunden lang mit mir geschimpft habe, fühle ich das Kratzen der Buchstaben und ziehe meine Liste aus der Hosentasche, auf der gerade ein neuer Name auftaucht.

Angela Price, 13.

Es wird immer schwieriger, die Liste freizuhalten. Als ich schon auf dem Weg zur Treppentür in die Narrows bin, höre ich hinter mir ein Quietschen und sehe Miss Angelli hereinkommen, schwer beladen mit mehreren Einkaufstaschen. Für den Bruchteil einer Sekunde befinde ich mich wieder im Archiv, wo ich den letzten Moment aus Marcus Ellings aufgezeichnetem Leben betrachte, in dem er genau dasselbe tat. Dann blinzele ich und habe wieder die dicke Frau aus dem dritten Stock vor Augen, die gerade die Treppe erreicht.

»Hallo, Miss Angelli«, grüße ich sie. »Kann ich Ihnen helfen?« Ich strecke ihr die Hände hin, und sie reicht mir dankbar zwei der vier Taschen.

»Sehr verbunden, mein Kind«, schnauft sie.

Auf dem Weg nach oben wähle ich meine Worte sorgfältig. Sie kennt die Vergangenheit des Coronados, seine Geheimnisse. Ich muss nur herausfinden, wie ich sie dazu bringen kann, sie mit mir zu teilen. Ein direkter Vorstoß hat nicht funktioniert, aber vielleicht klappt es ja über einen Umweg. Ich muss an ihr Wohnzimmer denken, das überquillt vor Antiquitäten.

»Darf ich Sie etwas fragen?«, erkundige ich mich. »Zu Ihrem Beruf?«

»Aber natürlich.«

»Wie sind Sie Sammlerin geworden?« Ich kann verstehen, dass man sich an seine eigene Vergangenheit klammert, aber wenn es um die Vergangenheit anderer Menschen geht, begreife ich es nicht.

Sie stößt ein atemloses Lachen aus, als sie den Treppenabsatz erreicht. »Alles ist wertvoll, auf seine eigene Weise. Alles steckt voller Geschichte.« *Wenn sie wüsste!* »Manchmal kann man es in einem Gegenstand spüren, dieses ganze Leben. Ich erkenne eine Fälschung immer sofort.« Sie lächelt, dann werden ihre Züge weicher. »Und … ich vermute mal … es gibt mir eine Aufgabe. Eine Verbindung zu anderen Menschen aus früheren Zeiten. Solange ich das habe, bin ich nicht allein. Und sie sind nicht wirklich weg.«

Ich muss an Bens Schachtel mit den leeren Dingen in meinem Schrank denken, an den Bär und die schwarze Plastikbrille, eine Verbindung zu meiner Vergangenheit, und verspüre ein schmerzhaftes Ziehen in der Brust. Miss Angelli fasst ihre Lebensmitteltüten fester.

»Sonst habe ich ja nicht viel«, fügt sie leise hinzu. Und dann ist ihr Lächeln wieder da, so strahlend wie ihre Ringe, die winzige Löcher in die Plastiktüten gerissen haben. »Das klingt jetzt vermutlich traurig.«

»Nein«, schwindele ich. »Es klingt hoffnungsvoll.«

Sie geht an den Aufzügen vorbei in Richtung Treppenhaus. Unsere Schritte hallen zwischen den Stufen wider.

»Und«, ruft sie mir über die Schulter hinweg zu, »hast du gefunden, wonach du gesucht hast?«

»Nein, noch nicht. Ich weiß nicht, ob es noch irgendwelche anderen Aufzeichnungen über diesen Ort gibt, oder ob alles zerstört wurde. Irgendwie ist es traurig, finden Sie nicht, dass die Geschichte des Coronados in Vergessenheit gerät? Einfach verblasst?«

Sie steigt weiter die Treppe hinauf, und obwohl ich ihr Gesicht nicht sehen kann, beobachte ich, wie sich ihre Schultern verkrampfen. »Manche Dinge sollten verblassen dürfen.«

»Das finde ich nicht, Miss Angelli«, widerspreche ich. »Alles hat es verdient, dass man sich daran erinnert. Das denken Sie doch auch, sonst würden Sie keine Antiquitäten sammeln. Ich glaube, Sie wissen wahrscheinlich viel mehr als irgendjemand sonst hier über die Vergangenheit dieses Gebäudes.«

Sie wirft mir einen nervösen Blick zu.

»Erzählen Sie mir, was hier passiert ist«, bettele ich. Wir erreichen den dritten Stock und treten hinaus in den Flur. »Bitte. Ich weiß, dass Sie es wissen.«

Sie lässt ihre Einkäufe auf einen Tisch im Gang fallen und sucht nach ihrem Schlüssel. Ich stelle meine Taschen neben ihren ab.

»Kinder sind wie besessen heutzutage«, murmelt sie. »Es tut mir leid«, fügt sie hinzu, während sie ihre Tür aufschließt. »Ich rede einfach nicht gerne darüber. Die Vergangenheit ist vorbei, Mackenzie. Lass es dabei bewenden.«

Mit diesen Worten schnappt sie sich ihre Tüten, geht in die Wohnung hinein und schlägt mir die Tür vor der Nase zu.

Statt weiter darüber nachzudenken, wie albern es doch ist, dass Miss Angelli ausgerechnet von mir verlangt, die Vergangenheit ruhen zu lassen, mache ich mich auf den Heimweg.

Als ich die Wohnung betrete, klingelt das Telefon. Obwohl ich mir ziemlich sicher bin, dass es Lyndsey ist, gehe ich nicht ran. Ich gestehe, ich bin keine gute Freundin. Lyndsey schreibt Briefe, Lyndsey ruft an. Lyndsey schmiedet Pläne. Alles, was ich tue, geschieht als Reaktion auf ihr Handeln, und ich habe schreckliche Angst vor dem Tag, an dem sie beschließt, nicht mehr zum Hörer zu greifen, nicht den ersten Schritt zu machen. Ich habe Angst vor dem Tag, an dem Lyndsey von meinen Geheimnissen und meiner Art die Nase voll hat. Von mir genug hat.

Und trotzdem. Ein Teil von mir – ich wünschte, er wäre kleiner – fragt sich, ob es nicht besser wäre, loszulassen. Sie loszulassen. Eine Sache weniger, mit der ich jonglieren muss. Weniger Lügen, oder zumindest weniger Auslassungen. Ich hasse mich selbst, sobald der Gedanke in meinem Kopf auftaucht. Sofort greife ich nach dem Hörer.

»Hallo!« Ich versuche, atemlos zu klingen. »Sorry! Bin grade erst zur Tür reingekommen.«

»Warst du unterwegs, um ein paar Geister für mich zu finden, oder verbotene Winkel und zugemauerte Zimmer zu erforschen?«

»Bin noch am Suchen.«

»Ich wette, du bist viel zu sehr damit beschäftigt, den Eyeliner-Typen zu umgarnen.«

»O ja. Wenn ich doch nur lange genug die Finger von ihm lassen könnte, um mich mal richtig umzusehen …« Trotz des Scherzes muss ich lächeln – ein kleines, echtes Lächeln, das sie natürlich nicht sehen kann.

»Na, dann komm ihm aber nicht *zu* nahe, bevor ich ihn nicht unter die Lupe genommen habe. Also, wie läuft's im Spukschloss?«

Ich lache, obwohl sich gerade ein *dritter* Name auf die Liste in meiner Tasche kratzt. »Alles wie immer.« Ich ziehe den Zettel heraus und streiche ihn auf dem Küchentisch glatt. Meine Laune sinkt.

Angela Price, 13.
Eric Hall, 15.
Penny Walker, 14.

»Ziemlich langweilig, um genau zu sein«, füge ich hinzu, während ich mit den Fingerspitzen über die Buchstaben fahre. »Wie sieht's bei dir aus, Lynds?« Ich zerknülle die Liste, schiebe sie zurück in die Hosentasche und mache mich auf den Weg in mein Zimmer.

»Schlechten Tag gehabt?«, erkundigt sie sich.

»Ach, nicht wirklich.« Ich lasse mich auf mein Bett fallen. »Ich lebe für deine Abenteuergeschichten. Erzähl mir was.«

Und das tut sie. Während sie redet, tue ich so, als säßen wir bei ihr zu Hause auf dem Dach oder nebeneinander auf meinem Sofa. Denn solange sie spricht, muss ich nicht an Ben denken, oder an das tote Mädchen in meinem Zimmer, oder die verschwundenen Seiten in der Bibliothek, oder den Bibliothekar, der Chroniken auslöscht. Ich muss mich nicht fragen, ob ich langsam den Verstand verliere, mir Wächter einbilde oder paranoid werde, weil ich unglückliche Zufälle und Pech als gefährliche Intrigen auslege. Denn solange sie spricht, kann ich woanders sein, *jemand* anders sein.

Bald muss sie jedoch Schluss machen, und das Auflegen fühlt sich an wie Loslassen. Die Welt um mich herum wird plötzlich wieder scharf, wie wenn ich aus einer Erinnerung wieder in die Gegenwart auftauche. Ich werfe einen weiteren Blick auf die Liste.

Die Chroniken werden immer älter.

Es ist mir zuvor bereits aufgefallen, und ich dachte, es würde sich um ein vorübergehendes Phänomen handeln, um eine zufällige Anhäufung zweistelliger Zahlen, aber auf einmal stehen nur noch Teenager auf meiner Liste. Ich kann es mir nicht leisten zu warten. Also ziehe ich mir eine Sporthose und ein frisches schwarzes Shirt an, während das Messer immer noch sicher an meinem Bein klemmt. Ich werde es nicht benutzen, aber ich kann mich auch nicht überwinden, es zurückzulassen. Das Metall fühlt sich gut an auf der Haut. Wie ein Panzer.

Gerade als ich das Wohnzimmer durchquere, kommt Mom mit einem Arm voller Einkaufstüten durch die Wohnungstür.

»Wo willst du denn hin?«, erkundigt sie sich und lässt alles auf den Tisch fallen, während ich weiter Richtung Tür gehe.

»Joggen«, erkläre ich und füge dann noch hinzu: »Vielleicht wähle ich dieses Jahr Leichtathletik.« Falls sich meine Liste nicht beruhigt, werde ich sowieso eine gute Ausrede brauchen, weshalb ich so viel unterwegs bin, und vor ein paar Jahren, als ich noch mehr Zeit hatte, war ich tatsächlich viel laufen. Ich mag Joggen. Auch wenn ich es heute Abend nicht wirklich vorhabe.

»Es wird schon dunkel.« Da ich sehe, wie sie die Vor- und Nachteile abwägt, komme ich ihr zuvor.

»Ein bisschen Zeit bleibt mir noch, und ich bin ziemlich unfit inzwischen. Ich drehe nur eine kleine Runde.« Um meine Worte zu bekräftigen, mache ich eine Dehnübung und ziehe das Knie an die Brust.

»Was ist mit Abendessen?«

»Ich esse was, wenn ich zurückkomme.«

Mom betrachtet mich einen Moment lang aus zusammengekniffenen Augen, und irgendwie wünschte ich, sie würde mich durchschauen, diese fadenscheinige, halb ausgegorene Lüge. Doch dann wendet sie ihre Aufmerksamkeit wieder den Tüten zu. »Ich glaube, das ist eine gute Idee mit der Leichtathletik.«

Sie sagt ja immer, dass ich doch einem Verein beitreten soll, irgendeinen Sport machen oder so was. Aber ich habe ja schon eine Beschäftigung.

»Vielleicht würde dir ein bisschen mehr Struktur guttun«, fügt sie hinzu. »Etwas, das dich auslastet.«

Beinahe hätte ich gelacht.

Das Lachen kriecht meine Kehle hinauf, fast schon hysterisch, und ich muss schließlich husten, um es zu unterdrücken. Mom bringt mir kopfschüttelnd ein Glas Wasser. Auslastung ist momentan wirklich nicht mein Problem. Aber soweit ich weiß, bietet das Archiv fürs Chronikeneinfangen keine schulischen Extrapunkte an.

»Ja«, erwidere ich mit ein bisschen zu viel Nachdruck. »Wahrscheinlich hast du recht.«

In diesem Augenblick würde ich sie am liebsten anbrüllen.

Ich will sie anschreien, dass ich gerade so viel durchmache.

Ich will es ihr ins Gesicht schleudern.

Ich will ihr die *Wahrheit* sagen.

Aber das kann ich nicht.

Das würde ich niemals tun.

Denn ich weiß es besser.

Und so tue ich das einzig Mögliche.

Ich verlasse den Raum.

15

Angela Price ist nicht allzu schwer zu finden, und obwohl sie sehr aufgeregt ist und mich mit ihrer toten besten Freundin verwechselt, was natürlich noch zu ihrer Verzweiflung beiträgt, geleite ich sie mit kaum mehr als einigen geschickten Lügen und ein paar Umarmungen zurück zur Retoure.

Eric Hall ist mager, wenn auch ein bisschen … hormongesteuert, und es gelingt mir, ihn mit einem Kichern, einem mädchenhaften Blick und Versprechen, die ich nie werde halten müssen, ebenfalls zur nächsten Retoure-Tür zu locken.

Als ich schließlich auch Penny Walker aufgespürt und zurückgebracht habe, komme ich mir vor, als wäre ich wirklich joggen gewesen. Ich habe Kopfschmerzen vom Wändelesen, meine Muskeln brennen, weil ich ständig auf der Hut bin, und ich bin mir ziemlich sicher, dass ich heute Nacht zur Abwechslung vielleicht wirklich mal schlafen kann. Auf dem Weg zurück zu den nummerierten Türen fällt mir plötzlich etwas auf.

Der weiße Kreidekreis auf einer der Retoure-Türen wurde verändert. Zwei senkrechte Striche und ein waagrechter Bogen wurden in den Kreis gemalt, wodurch meine Markierung zu einer Art … lächelndem Gesicht geworden ist. Ein

Smiley? Ich lege die Hand an die Tür und schließe die Augen, woraufhin direkt an der Oberfläche der Erinnerungen eine Gestalt vor mir auftaucht, schlank und schwarz gekleidet, die blonden Haare in der Dunkelheit auffallend hell.

Owen.

Ich lasse die Erinnerung weiterlaufen: Seine Hand tanzt lässig über die Kreide, malt das Gesicht. Dann putzt er sich den weißen Staub von den Fingern, schiebt die Hände wieder in die Taschen und spaziert den Gang hinunter. Als er am Ende ankommt, biegt er jedoch nicht um die Ecke, sondern macht auf dem Absatz kehrt und kommt zurück.

Was tut er denn da? Er ist nicht auf der Suche nach jemandem, nicht auf der Jagd. Er … geht nur auf und ab.

Ich beobachte, wie er mit gesenktem Kopf die Länge des Flurs abschreitet, bis er nur noch wenige Zentimeter von meinem Gesicht entfernt ist. Dann bleibt er stehen, blickt auf, mir direkt in die Augen, und ich kann das Gefühl nicht abschütteln, dass er mich *sieht*, obwohl er allein in der Vergangenheit ist und ich allein hier im Jetzt.

Wer bist du?, frage ich seine schwankende Gestalt.

Sie antwortet mir nicht, sondern starrt nur reglos in die Dunkelheit hinter mir.

Da höre ich es auf einmal.

Summen. Nicht das Summen der Wände unter meinen Händen oder das Geräusch der Erinnerungen, sondern eine echte menschliche Stimme, irgendwo in der Nähe.

Ich lasse die Tür los und blinzele, bis sich die Narrows um mich herum wieder scharf gestellt haben. Die Melodie wabert durch die Flure, ganz nah. Sie kommt aus der Richtung, wo sich auch meine nummerierten Türen befinden, und als ich um die Ecke biege, sehe ich Owen an der Tür mit der I über der Klinke lehnen.

Er hat die Augen geschlossen, aber als ich näher komme, öffnet er sie langsam und betrachtet mich. Blau und strahlend.

»Mackenzie.«

Ich verschränke die Arme. »Hab mich schon gefragt, ob du wirklich echt bist.«

Eine hochgezogene Augenbraue. »Was sollte ich denn sonst sein?«

»Ein Phantom?«, entgegne ich. »Ein Fantasiegespinst?«

»Und, bin ich so, wie du dir vorgestellt hast?« Nur die Spitze seines Mundwinkels kräuselt sich, als er sich von der Tür abstößt. »Hast du wirklich an meiner Existenz gezweifelt?«

Ich lasse ihn nicht aus den Augen, blinzele nicht einmal. »Du hast so eine Angewohnheit zu verschwinden.«

Er breitet die Arme aus. »Nun, hier bin ich. Immer noch nicht überzeugt?«

Mein Blick wandert von seinen weißblonden Haarspitzen über sein markantes Kinn den schwarz gekleideten Körper hinunter. Irgendetwas stimmt nicht.

»Wo ist dein Schlüssel?«, will ich wissen.

Owen klopft seine Taschen ab. »Hab keinen.«

Das kann nicht sein.

Offensichtlich habe ich es laut ausgesprochen, denn seine Augen werden schmal. »Was meinst du damit?«

»Ein Wächter kann ohne Schlüssel nicht in die Narrows gelangen …«

Außer er ist gar kein Wächter. Ich gehe auf ihn zu, und er weicht mir nicht aus, selbst dann nicht, als ich meine Handfläche auf seine Brust lege und …

Nichts. Ich spüre nichts. Höre nichts.

Nur Stille. Totenstille. Ich lasse die Hand sinken, und die Stille verschwindet, abgelöst vom leisen Summen des Flures.

Owen Chris Clarke ist kein Wächter. Er ist noch nicht einmal lebendig.

Er ist eine *Chronik*.

Aber das kann nicht sein. Er ist seit Tagen hier und zeigt nicht die leisesten Anzeichen des Entgleitens. Das Blau seiner Augen ist so hell, dass ich selbst die kleinste Veränderung bemerken würde, und seine Pupillen sind klar und schwarz. Alles an ihm ist entspannt, normal, menschlich. Nur er ist es nicht.

Vor meinem inneren Auge sehe ich, wie er Hooper das Genick bricht, und trete automatisch einen Schritt zurück.

»Stimmt was nicht?«, will er wissen.

Nichts stimmt, würde ich am liebsten antworten. Chroniken folgen einem bestimmten Muster. Von dem Moment an, wo sie aufwachen, drehen sie immer mehr durch. Sie werden zunehmend aufgeregter, verängstigter, gewalttätiger. Was auch immer sie beim Erwachen spüren, wird schlimmer und immer schlimmer. Niemals werden sie rational oder beherrscht oder ruhig. Aber wie kann es dann sein, dass Owen sich wie eine Person in einem gewöhnlichen Hausflur verhält, statt wie eine Chronik in den Narrows? Und weshalb steht er nicht auf meiner Liste?

»Du musst mit mir mitkommen«, sage ich und versuche, mich zu erinnern, wo die nächste Retouren-Tür war. Owen tritt einen kleinen Schritt zurück.

»Mackenzie?«

»Du bist tot.«

Er runzelt die Stirn. »Du machst Witze.«

»Ich kann es dir beweisen.« Uns beiden beweisen. Es juckt mich in den Fingern, das Messer zu zücken, das an meinem Bein versteckt ist, aber ich überlege es mir anders. Schließlich habe ich selbst gesehen, wie Owen damit umgehen kann. Stattdessen fasse ich nach Granpas Schlüssel. Die Zacken sind rostig, aber immer noch scharf genug, um mit ein bisschen Druck Haut aufzuritzen.

»Streck deine Hand aus.«

Er wirkt nicht gerade glücklich, hält mir aber ohne zu zögern seine rechte Hand hin. Ich drücke den Schlüssel in seine Handfläche – einer Chronik seinen Schlüssel in die Hand zu legen, Granpa würde mich umbringen – und ziehe ihn dann mit einer schnellen Bewegung weg. Owen zischt, zuckt zurück und hält die Hand an die Brust gedrückt.

»Lebendig genug, um das zu spüren«, grummelt er, und ich habe schon Angst, einen Fehler gemacht zu haben, bis er die Wunde betrachtet und sich sein schmerzvoller Gesichtsausdruck in Erstaunen verwandelt.

»Zeig her«, fordere ich.

Owen hält mir die Handfläche hin. Der Schnitt ist eine schmale dunkle Linie, die Haut deutlich aufgeschlitzt, aber es blutet nicht. Er sieht mich mit großen Augen fragend an.

»Ich habe nicht …«, beginnt er, doch dann wandert sein Blick wieder zu seiner Handfläche. »Ich verstehe das nicht … Ich habe das doch gespürt.«

»Tut es immer noch weh?«

Er reibt über die Stelle. »Nein.« Dann: »Was bin ich?«

»Du bist eine Chronik«, antworte ich. »Weißt du, was das bedeutet?«

Er betrachtet seine Arme, seine Handgelenke und Hände, seine Kleider. Ein Schatten huscht über sein Gesicht, aber er sagt mit verkrampfter Stimme »Nein«.

»Du bist so etwas wie die Aufzeichnung der Person, die du warst, als du noch gelebt hast.«

»Ein Geist?«

»Nein, nicht so richtig. Du …«

»Aber ich *bin* ein Geist«, unterbricht er mich. Seine Stimme wird zunehmend lauter, und ich bereite mich auf sein Entgleiten vor. »Ich bin nicht aus Fleisch und Blut, ich bin kein Mensch, in bin nicht lebendig, ich bin nicht *echt* …« Dann hält er inne, schluckt schwer und wendet den Blick ab. Als er mich wieder ansieht, ist er ruhig. Unmöglich.

»Du musst zurück«, wiederhole ich.

»Zurück wohin?«

»Ins Archiv. Du gehörst hier nicht hierher.«

»Mackenzie«, sagt er. »Dort gehöre ich auch nicht hin.«

Und ich glaube ihm. Er steht nicht auf meiner Liste, und wenn dieser unumstößliche Beweis nicht wäre, würde ich niemals glauben, dass er eine Chronik ist. Ich zwinge mich dazu, scharf nachzudenken. Er *wird* entgleiten; er muss einfach – und dann muss ich mit ihm fertigwerden. Ich sollte mich jetzt um ihn kümmern.

»Wie bist du hierhergekommen?«, will ich wissen.

Er schüttelt den Kopf. »Ich weiß es nicht. Ich habe geschlafen und dann war ich wach und dann bin ich gelaufen.« Er scheint sich erst jetzt daran zu erinnern, als er es ausspricht. »Dann habe ich dich gesehen und gewusst, dass du Hilfe brauchst …«

»Ich habe keine Hilfe gebraucht!«, fauche ich, und er tut etwas, das ich bei einer Chronik noch nie erlebt habe.

Er *lacht*. Es ist ein leises, ersticktes Geräusch – aber trotzdem.

»Tja, also«, meint er, »es hat zumindest so *ausgesehen*, als hättest du nichts gegen ein bisschen Unterstützung einzuwenden, in diesem Moment. Wie bist *du* denn hierhergekommen?«

»Durch eine Tür.«

Sein Blick wandert zu den nummerierten. »Eine von denen?«

»Ja.«

»Wo führen die hin?«

»Raus.«

»Kann *ich* rausgehen?«, will er wissen. In seinem Tonfall liegt keine hörbare Anspannung, nur Neugier.

»Nicht durch diese Türen«, erwidere ich. »Aber ich kann dich durch eine mit einem weißen Kreis bringen …«

»Die führen nicht raus«, antwortet er knapp. »Sondern zurück. Lieber bleibe ich hier als zurückzugehen.« Erneut ein kurzes Aufflackern von Wut, aber er hat sich schnell wieder im Griff, obwohl Chroniken so etwas wie Selbstbeherrschung eigentlich nicht besitzen.

»Du musst aber zurück«, beharre ich.

Seine Augen werden ein bisschen schmaler.

»Ich verwirre dich«, sagt er. »Wieso?«

Versucht er tatsächlich, mich zu *lesen?*

»Weil du …«

Das Geräusch von Schritten erklingt im Flur.

Ich ziehe die Liste aus der Tasche, aber sie ist immer noch leer. Andererseits stehe ich direkt neben einer Chronik, die laut dieses Zettels gar nicht existiert, also bin ich mir nicht sicher, wie sehr ich dem System in diesem Moment noch traue.

»Versteck dich«, flüstere ich.

Owen weicht nicht von der Stelle, sondern starrt an mir vorbei den Korridor hinunter. »Zwing mich nicht dazu, zurückzugehen.«

Die Schritte kommen näher, sind nur noch ein paar Flure entfernt. »Owen, jetzt versteck dich!«

Er sieht mich wieder an. »Versprich mir, dass du nicht …«

»Das kann ich nicht«, erwidere ich. »Meine Aufgabe …«

»Mackenzie, bitte. Gib mir einen Tag.«

»Owen …«

»Das schuldest du mir.« Sein Ton ist nicht fordernd, sondern im Gegenteil ganz ohne Vorwurf, ohne Anspruch. Nur eine einfache, schlichte Feststellung. »Wirklich.«

»Wie bitte?«

»Ich habe dir mit diesem Mann geholfen, diesem Hooper.« Ich kann nicht glauben, dass eine Chronik versucht, mit mir zu verhandeln. »Nur einen einzigen Tag.«

Die Schritte sind zu nah.

»Na gut«, zische ich und zeige auf eine Flurbiegung. »Und jetzt versteck dich.«

Owen geht einige lautlose Schritte zurück und verschwindet in der Dunkelheit, während ich kehrtmache und entschlossen auf die nächste Ecke zusteuere, hinter der die Schritte lauter werden und näher kommen.

Dann halten sie plötzlich inne.

Ich drücke mich an die Wand und warte ab, aber da die Schritte verstummt sind, tut die andere Person das vermutlich ebenfalls.

Einer von uns muss sich bewegen, also wage ich einen Schritt nach vorn.

Die Faust kommt wie aus dem Nichts und verpasst nur knapp meinen Kiefer. Ich ducke mich und springe hinter meinen Angreifer. Ein Stock schwingt auf meinen Bauch zu, aber gleichzeitig reiße ich den Fuß in die Höhe, sodass Stiefel und Stock aufeinanderprallen. Die Stange fällt hinunter, aber es gelingt mir, sie aufzufangen, und meinen Angreifer sozusagen an die Wand zu nageln, indem ich sie ihm gegen den Hals drücke. Erst dann sehe ich ihm ins Gesicht, wo mich ein schiefes Lächeln erwartet. Mein Griff lockert sich.

»Jetzt hast du mich schon zweimal an einem Tag tätlich angegriffen.«

Ich lasse die Stange fallen, und Wesley richtet sich auf.

»Was zum Teufel soll das, Wes?«, knurre ich. »Ich hätte dir wehtun können.«

»Ähm«, meint er und reibt sich den Hals, »das hast du durchaus.«

Ich gebe ihm einen Schubs, aber sobald meine Hände seinen Körper berühren, wird sein ohrenbetäubender Rockband-Lärm zu *musste dort weg von ihr von ihnen riesiges Haus gewaltige Treppe lautes Lachen und Glas Flucht*, bevor der Druck mich atemlos zurückweichen lässt. Mir ist elend. Durch Owen habe ich die unlösbare Verbindung von Berührung und Anblick vergessen – obwohl er sich wie ein Mensch verhielt, sagte mir seine Stille, dass er es nicht war. Wes hingegen ist alles andere als still. Hat *er* bei unserer Berührung irgendwas gesehen? Falls ja, lässt er sich zumindest nichts anmerken.

»Weißt du«, meint er, »für jemanden, der Körperkontakt nicht mag, fallen dir ganz schön viele Gründe ein, mich anzufassen.«

»Was machst du überhaupt hier?«, will ich wissen.

Er zeigt auf die nummerierten Türen. »Hab meine Tasche im Café vergessen. Dachte, ich lauf schnell zurück und hole sie.«

»Über die Narrows.«

»Was hast du denn gedacht, wie ich hin- und hergehe? Ich wohne am anderen Ende der Stadt.«

»Keine Ahnung, Wes! Mit dem Taxi? Dem Bus? Zu Fuß?«

Er klopft mit dem Fingerknöchel an die Wand. »Verdichteter Raum, schon vergessen? Die Narrows, das schnellste Transportmittel weit und breit.«

Ich reiche ihm den Stab. »Hier ist dein Stöckchen.«

»Das ist ein *Bō*. Ein japanischer Langstock.« Er nimmt das Teil und wirbelt es ein paarmal herum. Es liegt etwas in seinen Augen, eine Art Glück, Begeisterung. Jungs! Mit einer schnellen Bewegung aus dem Handgelenk lässt er den Stock zu einem kurzen Zylinder zusammenrutschen, wie so ein Holz beim Staffellauf.

Offenbar rechnet er damit, dass ich beeindruckt bin.

»Ohhhhhh«, mache ich halbherzig, woraufhin er den Stock wegpackt. Ich drehe mich nach meinen nummerierten Türen um und suche die Dunkelheit nach Owen ab, aber er ist verschwunden.

»Wie läuft die Jagd?«, erkundigt sich Wes.

»Wird immer schlimmer.« Ich spüre bereits, wie sich ein neuer Name auf das Papier in meiner Tasche schreibt. Trotzdem ziehe ich die Liste nicht heraus. »War es auch schon so schlimm, als du dich noch um das Revier gekümmert hast?«

»Nein, ich glaube nicht. Ein bisschen unregelmäßig, aber immer machbar. Ich weiß nicht, ob ich das volle Programm mitbekommen habe, oder ob man mir nur ab und zu Namen zugeteilt hat.«

»Jetzt ist es jedenfalls echt schlimm. Kaum habe ich eine Chronik abgehakt, tauchen schon drei neue auf. Wie bei dieser griechischen Bestie …«

»Hydra«, sagt er. Dann, da er meine Überraschung bemerkt: »Und schon wieder diese Skepsis. Ich hab mal einen Ausflug in die Smithsonian Museen gemacht. Solltest du bei Gelegenheit auch ausprobieren. Ein paar echte alte Artefakte in die Finger kriegen. Geht um Welten schneller als Bücherlesen.«

»Sind die Sachen nicht alle hinter Glas?«

»Nun ja …« Er zuckt mit den Schultern, als wir die Tür erreichen. »Bist du für heute Abend fertig?«

Ich muss an Owen irgendwo dort in der Dunkelheit denken. Aber ich habe ihm bereits einen Tag Zeit versprochen. Außerdem will ich wirklich unbedingt duschen.

»Mhm«, sage ich schließlich. »Lass uns gehen.«

Wes und ich trennen uns im Foyer, und ich bin eigentlich schon auf dem Weg zur Treppe, als ich plötzlich so eine komische Eingebung habe und noch einen Abstecher in die Bibliothek einlege.

Angelli war überhaupt keine Hilfe mit ihrem *»Lass die Vergangenheit ruhen«*-Gerede – das kann ich nicht, nicht bevor ich nicht weiß, was passiert ist –, und es muss hier doch irgendwas geben. Ich weiß zwar nicht, wo ich es finden soll, aber zumindest habe ich eine Idee, wo ich anfangen könnte.

Die Register füllen ein ganzes Regal, ein roter Block neben einem blauen Block. Ich ziehe den ältesten blauen Band heraus, aus den ersten Jahren nach dem Umbau, und schiebe die anderen ein bisschen hin und her, damit die Lücke nicht mehr so auffällt. Als ich mit dem Buch unterm Arm oben in die Wohnung komme, experimentiert Mom gerade in der Küche herum, während Dad sich mit einem Buch in einer Ecke des Wohnzimmers versteckt, vor sich eine offene Pizzaschachtel. Ich beantworte brav einige Fragen zu meiner Joggingrunde, genieße eine herrliche Dusche und lasse mich schließlich mit einem Stück kalter Pizza auf mein Bett sinken. Während ich esse, blättere ich durch die Seiten des Coronado-Registers. Es muss doch *irgendetwas* geben. Im Eröffnungsjahr füllen viele Namen die Listen, aber die drei fehlenden Jahre sind wie eine weiße Wand in der Mitte des Buches. In der Hoffnung, dass mir irgendein Hinweis ins Auge sticht – einer der Namen vielleicht –, überfliege ich 1954.

Letzten Endes sind es nicht die Namen, die mir seltsam vorkommen, sondern deren Fehlen. Im Eröffnungsjahr sind alle Wohnungen vermietet, und am Ende dieses Abschnittes folgt sogar eine Warteliste. In dem Jahr, als die Aufzeichnungen wieder beginnen, steht in mehr als einem Dutzend Spalten das Wort *leer*. Hat ein Mord gereicht, dass alle das Coronado verlassen haben? Was ist mit *zwei* Morden? Ich muss an Marcus Elling in seinem Regalfach denken, an die schwarze Phase, in der sein Tod hätte sein sollen. Sein Name steht bei denen der ersten Bewohner. Drei Jahre später ist sein Zimmer eines der leer stehenden. Sind die Leute als Reaktion auf die Todesfälle ausgezogen? Oder waren sie alle Opfer? Ich hole mir einen Stift und ziehe die Archivliste aus der Tasche. Auf die Rückseite kritzele ich die Namen der anderen Bewohner, deren Apartments als leer stehend vermerkt wurden, als die Aufzeichnungen wieder beginnen.

Ich lehne mich zurück und will sie mir gerade noch einmal durchlesen, aber als ich beim dritten Namen ankomme, *verblassen* sie. Einer nach dem anderen, von oben nach unten, werden die Worte vom Papier aufgesogen und verschwinden, bis der Zettel wieder leer ist, so wie Namen es tun, wenn ich die Chroniken zurückgebracht habe. Ich hatte immer angenommen, dass dieses Papier nur in eine Richtung funktioniert, damit das Archiv mir Nachrichten schicken kann, nicht als Dialogwerkzeug.

Doch einen Augenblick später tauchen neue Worte auf.

Wer sind diese Leute? - R

Nach einem Moment des Staunens zwinge ich mich, eine kurze Erklärung zum Register zu verfassen: die fehlenden Seiten und die leeren Wohnungen. Wieder sehe ich zu, wie jedes Wort ins Papier sickert, und halte den Atem an, bis Rolands Antwort kommt.

Werde nachforschen.

Und dann:

Papier ist nicht sicher.
Nicht mehr verwenden. - R

Ich spüre das Ende unserer Unterhaltung in Rolands Handschrift, während sie sich auflöst. Als ob er den Stift beiseitegelegt und das Buch geschlossen hätte. Ich habe die uralte Kladde gesehen, die immer auf dem Empfangstisch liegt und über die sie Namen und Nachrichten und Vorladungen verschicken, für jeden Wächter, jedes Crew-Mitglied eine andere Seite. Ich betrachte mein Stück Archivpapier und frage mich, weshalb ich eigentlich nicht gewusst hatte, dass es in beide Richtungen funktionierte.

Vier Jahre Dienst und das Archiv steckt immer noch voller Geheimnisse – einige davon groß, wie die Erinnerungsmanipulationen, andere klein, wie dieses hier. Je mehr ich davon erfahre, umso klarer wird mir, wie wenig ich im Grunde weiß, und umso mehr denke ich über die Dinge nach, die man mir gesagt hat. Die Regeln, die man mir beigebracht hat.

Ich drehe das Archivpapier um. Dort stehen drei neue Namen. Keiner davon ist Owens. Das Archiv lehrt uns, dass Chroniken alle ein Bedürfnis verbindet, ein Verlangen, nämlich zu entkommen. Es ist ein Urinstinkt, ganz lebensnotwendig, ein alles verzehrender Hunger: als befände sich sämtliche Nahrung auf der andern Seite der Narrows-Wände. Alle Luft. Dieses Verlangen verursacht Panik, und die Chronik gerät ins Schlingern, dreht durch, zerbricht und entgleitet.

Aber Owen entgleitet nicht, und das, worum er mich gebeten hat, war nicht der Weg nach draußen.

Sondern Zeit.

Zwing mich nicht, zurückzugehen.

Versprich mir, dass du es nicht tust.

Mackenzie, bitte. Gib mir nur einen Tag Zeit.

Ich drücke die Handballen gegen die Augen. Eine Chronik, die nicht auf meiner Liste steht, nicht entgleitet und nur wach bleiben will.

Was für eine Chronik ist das?

Was ist Owen?

Und dann, irgendwo in meinen verworrenen, müden Gedanken, formt sich aus dem *was* ein viel gefährlicheres Wort.

Wer.

»Machst du dir nie Gedanken über die Chroniken?«, will ich wissen. »Wer sie sind?«

»Waren«, korrigierst du mich. »Nein.«

»Aber … sie sind doch Menschen … waren Menschen. Willst du nicht …«

»Sieh mich an.« Du hebst mit dem Finger mein Kinn an. »Neugier ist die Einstiegsdroge zum Mitleid. Mitleid führt dazu, dass man zögert. Zögern wird dich umbringen. Verstehst du das?«

Ich nicke halbherzig.

»Dann wiederhole es.«

Das tue ich. Immer und immer wieder, bis sich die Worte in mein Gedächtnis eingebrannt haben. Aber im Gegensatz zu deinen anderen Lektionen hat mich diese nie so wirklich überzeugt. Ich höre niemals auf, über das Wer *und das* Warum *nachzudenken. Ich lerne bloß, es nicht mehr vor dir zuzugeben.*

16

Ich kann noch nicht mal sagen, ob die Sonne bereits aufgegangen ist.

Regen prasselt gegen die Fensterscheiben, und als ich rausschaue, sehe ich nichts als Grau. Das Grau der Wolken und der nassen Gebäude und nassen Straßen. Der Sturm zieht seinen dicken Bauch über die Stadt und füllt damit die Lücken zwischen den Häusern.

Ich hatte einen Traum.

In diesem Traum lag Ben bäuchlings auf dem Wohnzimmerfußboden, zeichnete Bilder mit seinem blauen Buntstift und summte Owens Lied. Als ich hereinkam, sah er auf, und seine Augen waren schwarz, aber als er aufstand, schrumpfte das Schwarz, zog sich in der Mitte zusammen, bis nur noch warmes Braun übrig blieb.

»Ich werde nicht entgleiten«, sagte er und malte sich mit weißer Kreide ein X aufs T-Shirt. »Versprochen.« Dann griff er nach meiner Hand, und ich wachte auf.

Was wäre, wenn?

Ein gefährlicher Gedanke, der ständig an mir nagt.

Ich schwinge die Beine aus dem Bett.

»Alle Chroniken entgleiten«, sage ich laut.

Owen nicht, flüstert eine andere Stimme.

»Noch nicht«, erwidere ich und schüttele die klebrigen Fäden des Traumes ab.

Ben ist weg, denke ich, obwohl die Worte wehtun. *Er ist weg.* Der Schmerz ist so stechend, dass er mich wieder zur Vernunft bringt.

Ich habe Owen einen Tag versprochen, und als ich mich jetzt im Halbdunkel anziehe, frage ich mich, ob ich wohl lange genug gewartet habe. Beinahe muss ich lachen. Vereinbarungen mit einer Chronik treffen. Was Granpa wohl dazu sagen würde? Wahrscheinlich kämen ein paar ordentliche Flüche darin vor.

Es ist doch bloß ein Tag, flüstert die leise, schuldbewusste Stimme in meinem Kopf.

Und ein Tag ist lang genug, um eine erwachsene Chronik entgleiten zu lassen, knurrt Granpas Stimme.

Ich ziehe meine Laufschuhe an.

Warum ist er es dann noch nicht?

Vielleicht ist er es ja. Einer Chronik Unterschlupf gewähren!

Das hab ich nicht. Er ist nicht mein …

Du könntest deinen Job verlieren. Du könntest dein Leben verlieren.

Ich verdränge die Stimmen in meinem Kopf und greife stattdessen nach dem Archivpapier auf meinem Nachttisch. Meine Hand erstarrt kurz, als ich die Zahl zwischen den beiden anderen sehe.

Evan Perkins, 15.
Susan Lank, 18.
Jessica Barnes, 14.

Wie aufs Stichwort fügt sich ein vierter Name der Liste hinzu.

Ich fluche leise vor mich hin. Irgendwo in meinem Kopf taucht der alberne Gedanke auf, dass vielleicht keine neuen Namen mehr nachkommen, wenn ich aufhöre, sie abzuarbeiten. Seufzend falte ich die Liste und stecke sie ein. So funktioniert das Archiv leider nicht.

Draußen in der Küche sitzt Dad am Esstisch.

Offensichtlich ist Sonntag.

Mom hat ihre Rituale – die Schnapsideen, die Putzerei, das Listenschreiben. Dad hat die seinen. Dazu gehört sonntagmorgens den Küchentisch mit nichts als einer Kanne Kaffee und einem Buch zu belegen.

»Wo geht's hin?«, erkundigt er sich, ohne aufzublicken.

»Eine Runde Laufen.« Spontan lege ich ein paar Dehnübungen ein. »Will mich dieses Jahr vielleicht für Leichtathletik anmelden.« Eine der Grundregeln beim Lügen ist Konsequenz.

Dad nimmt einen Schluck Kaffee, nickt abwesend und meint bloß: »Wie nett.«

Mein Herz wird schwer. Eigentlich sollte ich froh sein, dass es ihn nicht wirklich interessiert, aber das bin ich nicht. Es *sollte* ihn interessieren. Mom erdrückt mich schier vor lauter Kümmern, aber das bedeutet nicht, dass er sich einfach ausklinken darf. Auf einmal ist es mir unendlich wichtig, dass er sich kümmert. Ich brauche irgendein Signal von ihm, das mir zeigt, dass er immer noch da ist, immer noch mein Dad.

»Ich habe mit dieser Sommerlektüre angefangen.« Obwohl es eigentlich verboten sein sollte, im Juli Hausaufgaben zu machen.

Er hebt den Kopf, und seine Miene hellt sich ein bisschen auf. »Prima. Das ist eine gute Schule. Wesley hat dir geholfen, oder?« Als ich nicke, meint Dad: »Ich mag diesen Jungen.«

Ich muss lächeln. »Ich mag ihn auch.« Und da offensichtlich Wes ein gutes Mittel ist, um meinem Vater ein Lebenszeichen zu entlocken, füge ich noch hinzu: »Wir haben wirklich eine ganze Menge gemeinsam.«

Prompt wird Dad noch munterer. »Das ist toll, Mac.« Jetzt, wo ich seine Aufmerksamkeit habe, lenkt ihn auch nichts mehr ab. Er sieht mir in die Augen. »Ich bin froh, dass du hier einen Freund gefunden hast, mein Schatz. Ich weiß, es ist nicht leicht. Nichts von alledem ist leicht.« Es schnürt mir die Kehle zu. Dad kann genauso wenig wie Mom aussprechen, was *all das* ist, aber es steht ihm ins müde Gesicht geschrieben. »Ich weiß, du bist stark, aber manchmal wirkst du so … verloren.«

Es kommt mir so vor, als wäre das unsere längste Unterhaltung, seit wir Ben beerdigt haben.

»Bist du …« Er bricht ab, sucht nach Worten. »Ist alles …«

Ich erspare es ihm, indem ich kurz Luft hole und ihm die Arme um den Hals schlinge. Dröhnen füllt meinen Kopf, tief und schwer und traurig, aber ich lasse trotzdem nicht los, nicht mal als er die Umarmung erwidert und der Lärm sich verdoppelt.

»Ich möchte einfach nur wissen, ob du klarkommst«, sagt er, so leise, dass ich es durch das Rauschen hindurch kaum verstehe.

Nein, tue ich nicht, ganz und gar nicht, aber seine Sorge verleiht mir die nötige Stärke, um zu lügen. Um ihn loszulassen, zu lächeln und zu sagen, dass alles in Ordnung ist.

Dad wünscht mir einen guten Lauf. Ich verlasse die Wohnung, um Owen und die andern zu finden.

Laut meiner Liste existiert Owen Chris Clarke nicht.

Aber er ist hier in den Narrows, und es ist an der Zeit, ihn zurückzuschicken.

Ich wickele die Schlüsselschnur um mein Handgelenk und blicke einen vertrauten, schlecht beleuchteten Korridor auf und ab.

Mir wird klar, dass ich ihn zuerst einmal finden muss. Was nicht das Problem ist, weil Owen sich nicht versteckt. Er sitzt an eine Wand gelehnt am Ende eines Gangs auf dem Boden, ein Bein entspannt ausgestreckt, das andere aufgestellt, um sich mit dem Ellbogen darauf abstützen zu können. Sein Kopf ist nach vorne gesunken, sodass ihm die Haare in die Augen fallen.

Er sollte eigentlich völlig durchgedreht sein, mit den Fäusten gegen Türen hämmern, gegen sich selbst wüten, gegen die Narrows, gegen alles, verzweifelt nach einem Ausgang suchen. Er sollte entgleiten. Er sollte nicht *schlafen.*

Ich gehe einen Schritt auf ihn zu.

Er bewegt sich nicht.

Ich mache einen weiteren Schritt und schließe dabei die Finger fest um den Schlüssel.

Als ich bei ihm ankomme, hat er sich immer noch nicht gerührt, also gehe ich vor ihm in die Hocke. Was ist wohl los mit ihm? Ich will gerade wieder aufstehen, als ich an meiner Hand – die, die den Schlüssel umklammert hält – etwas Kühles spüre. Owens Finger gleiten über mein Handgelenk und mit ihnen … nichts. Kein Geräusch.

»Tu das nicht«, sagt er, den Kopf immer noch gesenkt.

Ich lasse den Schlüssel los, sodass er locker am Ende der Schnur baumelt, und richte mich auf.

Schließlich hebt er den Kopf. »Guten Abend, Mackenzie.«

Ein Tropfen kalter Schweiß rinnt mir den Rücken hinunter. Er ist kein bisschen entglitten. Wenn überhaupt, dann wirkt er noch ruhiger. Vernünftig und menschlich und lebendig. *Ben könnte so sein.* Der gefährliche Gedanke spukt durch meinen Kopf. Ich schiebe ihn weg.

»Morgen«, korrigiere ich.

Da steht er mit einer geschmeidigen Bewegung auf, als würde er an der Wand hinabgleiten, nur umgekehrt.

»Entschuldigung.« Er zeigt auf die Umgebung. Ein Lächeln huscht über sein Gesicht. »Ist ein bisschen schwer festzustellen hier.«

»Owen«, sage ich, »ich bin gekommen, um …«

Er macht einen Schritt auf mich zu und streicht mir eine Haarsträhne hinters Ohr. Seine Berührung ist so still, dass ich vergesse zurückzuzucken. Als seine Hand meine Wange entlangstreicht und unter meinem Kinn innehält, fühle ich dasselbe *Schweigen*. Diese Totenstille, die Chroniken an sich haben … Ich habe nie sonderlich darauf geachtet, weil ich immer zu sehr mit Jagen beschäftigt war. Aber es ist nicht nur die Abwesenheit von Geräuschen und Leben. Es ist eine *Stille*, die sich hinter meinen Augen ausbreitet, wo die Erinnerungen sein sollten. Ein Schweigen, das nicht an meiner Haut aufhört, sondern in mich eindringt, mich mit watteweicher Stille erfüllt und sich in mir ausbreitet wie Ruhe.

»Ich kann es dir nicht verübeln«, sagt er leise.

Dann lässt er die Hand sinken, und zum ersten Mal seit Jahren muss ich dem Impuls widerstehen, die Hand auszustrecken und jemanden von mir aus zu berühren. Stattdessen zwinge ich mich, einen Schritt zurückzutreten, etwas Distanz zwischen uns zu schaffen. Owen wendet sich der nächsten Tür zu und legt beide Hände mit gespreizten Fingern ans Holz.

»Ich kann es spüren, weißt du«, flüstert er. »Da ist dieses … Gefühl im Innern meines Körpers, als würde auf der anderen Seite mein Zuhause warten. Als wäre alles in Ordnung, wenn ich nur dorthin gelangen könnte.« Er lässt die Hände weiter an der Tür, dreht aber den Kopf mir zu. »Ist das seltsam?«

Das Schwarz seiner Augen breitet sich nicht aus, seine Pupillen sind klein und klar umrissen, obwohl es hier so dämmerig ist. Noch dazu klingt seine Stimme bemüht emotionslos, wenn er über die Anziehungskraft der Türen spricht, als würde er starke Empfindungen vermeiden, sich an die Vernunft klammern, an sich selbst festhalten. Wieder sieht er die Tür an, schließt die Augen, legt die Stirn dagegen.

»Nein«, sage ich leise. »Das ist nicht seltsam.«

Es ist das, was alle Chroniken fühlen. Ein Beweis für das, was er ist. Aber die meisten Chroniken wollen Hilfe, wollen Schlüssel, einen Ausweg. Die meisten Chroniken sind verzweifelt und verloren. Owen ist nichts von alledem. Warum also ist er hier?

»Die meisten Chroniken wachen aus irgendeinem Grund auf«, sage ich. »Etwas macht sie ruhelos, und um was auch immer es sich dabei handelt, es treibt sie vom Moment des Aufwachens an um.«

Ich will wissen, was mit Owen Chris Clarke passiert ist. Nicht nur, weshalb er aufgewacht ist, sondern auch wie er gestorben ist. Alles, was irgendwie Aufschluss darüber geben könnte, was er hier in meinem Revier macht, mit klaren Augen und besonnenem Verhalten.

»Beschäftigt dich irgendetwas ganz besonders?«, erkundige ich mich sanft.

Er sieht mich im Halbdunkel an, und für einen kurzen Moment trübt Traurigkeit das Blau seiner Augen. Dann ist es wieder verschwunden. Er steht auf. »Kann ich dich was fragen?«

Obwohl er offensichtlich versucht abzulenken, bin ich fasziniert. Chroniken interessieren sich normalerweise nicht für Wächter. Sie betrachten uns lediglich als Hindernis. Eine Frage zu stellen bedeutet, dass er neugierig ist. Neugier signalisiert Interesse. Ich nicke.

»Ich weiß, dass du was tust, was du eigentlich nicht darfst«, sagt er, und sein Blick streichelt über meine Haut, über mein Gesicht. »Indem du mich hierbleiben lässt. Das merke ich.«

»Stimmt«, erwidere ich. »Du hast recht.«

»Warum machst du's dann?«

Weil du keinen Sinn ergibst, würde ich am liebsten sagen. Granpa hat mir beigebracht, immer meinem Bauchgefühl zu vertrauen. *Dein Bauch signalisiert dir, wenn du Hunger hast,* erklärte er, *und wenn du krank bist, und wenn du richtig oder falsch liegst. Dein Bauch weiß es.* Und mein Bauchgefühl sagt mir, dass es einen Grund gibt, weshalb Owen jetzt hier ist.

Ich versuche, mit den Schultern zu zucken. »Weil du mich um einen Tag Zeit gebeten hast.«

»Dieser Typ mit dem Messer wollte deinen Schlüssel haben«, meint Owen. »Du hast ihn ihm aber nicht gegeben.«

»Er hat nicht höflich darum gebeten.«

Wieder dieses geisterhafte Lächeln, nur ein Zittern seiner Lippen, kaum da, schon wieder fort. Er kommt näher, und ich lasse es zu. »Sogar die Toten können gute Manieren haben.«

»Tun die meisten aber nicht«, erwidere ich. »Nachdem ich deine Frage beantwortet habe, beantworte du jetzt eine von meinen.«

Er verbeugt sich ein wenig. Ich betrachte ihn, diese unmögliche Chronik. Wie ist er so geworden?

»Wie bist du gestorben?«

Er erstarrt. Nicht sehr, das muss man ihm lassen, aber ich sehe die Muskeln seines Kiefers zucken. Er fängt an, mit dem Daumen über die Linie zu reiben, die ich in seine Handfläche geritzt habe. »Ich kann mich nicht daran erinnern.«

»Es ist bestimmt traumatisch, daran zu …«

»Nein.« Er schüttelt den Kopf. »Das ist nicht das Problem. Ich kann mich nicht erinnern. Ich kann einfach nicht. Das ist wie … leer.«

Mein Magen macht einen Satz. Könnte auch er manipuliert worden sein?

»Erinnerst du dich denn an dein *Leben?*«, erkundige ich mich.

»Ja das tue ich.« Er schiebt die Hände in die Taschen.

»Erzähl mir davon.«

»Ich bin oben im Norden geboren, an der Küste. Habe in einem Haus auf den Klippen gewohnt. Es war ruhig, was vermutlich heißt, dass ich glücklich war.« Das Gefühl kenne ich. Mein Leben vor dem Archiv besteht aus einer Menge dumpfer Eindrücke, angenehm, aber weit entfernt und seltsam statisch, als würden sie zu jemand anderem gehören. »Dann sind wir in die Stadt gezogen, als ich vierzehn war.«

»Wer ist wir?«

»Meine Familie.« Wieder diese Traurigkeit in seinen Augen. Mir war gar nicht klar, wie nahe beieinander wir stehen, bis ich sie in diesem Blau erkennen kann. »Wenn ich an das Leben am Meer denke, taucht nur ein einzelnes, verschwommenes Bild auf. Aber die Stadt, das sind Bruchstücke, klar und scharf.« Er spricht leise, bedächtig. »Ich bin oft hoch aufs Dach und habe mir vorgestellt, ich stünde wieder auf den Klippen und würde hinausblicken. Unter mir lag ein Meer aus Backstein«, fährt er fort. »Aber wenn ich nach oben sah statt nach unten, hätte ich überall sein können. Dort bin ich erwachsen geworden, in der Stadt. Sie hat mich geformt. Dieser Ort, an dem ich gewohnt habe … der hat mich gut auf Trab gehalten«, sagt er mit einem kleinen nach innen gerichteten Lächeln.

»Wie war euer Haus?«

»Das war kein Haus«, erwidert er. »Also nicht wirklich.«

Ich runzele die Stirn. »Was denn dann?«

»Ein Hotel.«

Mir bleibt die Luft weg.

»Und wie hieß das?«, flüstere ich.

Aber ich kenne die Antwort, bevor er sie ausspricht.

»Das Coronado.«

17

Ich bin sprachlos.

»Was ist denn los?«, erkundigt er sich.

»Nichts«, antworte ich ein bisschen zu hastig. Wie groß ist wohl die Wahrscheinlichkeit, dass es Owen gelingt, hier zu landen, nur eine Armeslänge von den nummerierten Türen entfernt, die nicht nur nach draußen führen, sondern *nach Hause?*

Ich zwinge mich zu einem Schulterzucken. »Das ist ungewöhnlich, oder? In einem Hotel zu wohnen?«

»Es war unglaublich«, meint er leise.

»Echt?«, frage ich, bevor ich mich bremsen kann.

»Glaubst du mir nicht?«

»Nein, das ist es nicht«, sage ich. »Ich kann es mir nur nicht vorstellen.«

»Schließ die Augen.« Ich gehorche. »Durch den Haupteingang kommt man unten in die Eingangshalle. Sie besteht aus ganz viel Glas und dunklem Holz, Marmor und Gold.« Seine Stimme lullt mich ein. »Gold zieht sich durch die Tapete, durch den Teppich, entlang des Holzes, sprenkelt den Marmor. Das gesamte Foyer glitzert. Es glänzt. Dazu Blumen in Kristallvasen: manche Rosen so dunkelrot wie der Teppich, andere so weiß wie der Stein. Es ist immer hell«, sagt er. »Sonnenlicht fällt durch die Fenster herein, denn die Vorhänge sind nie zugezogen.«

»Klingt wunderschön.«

»Das war es. Wir sind in dem Jahr eingezogen, nachdem es zu Wohnungen umgebaut worden war.«

Owen hat irgendwie etwas Förmliches an sich – eine Art zeitlose Eleganz, seine Bewegungen so besonnen, seine Worte sorgfältig gewählt –, aber es ist trotzdem schwer zu glauben, dass er vor so langer Zeit … gelebt hat … und gestorben ist. Noch beeindruckender als sein Alter ist jedoch das Jahr, von dem er gesprochen hat: 1951. Der Name *Clarke* ist mir im Register nicht begegnet, und jetzt weiß ich auch, warum. Seine Familie ist während der Zeitspanne dort eingezogen, aus der die Aufzeichnungen verschwunden sind.

»Mir hat es wirklich gut gefallen«, sagt er jetzt, »aber meine Schwester war total begeistert.«

Sein Blick scheint wieder in die Ferne gerichtet – nicht entgleitend, nicht schwarz, sondern eher melancholisch.

»Für Regina war das alles ein Spiel.« Seine Stimme ist leise. »Als wir ins Coronado eingezogen sind, hat sie das ganze Hotel als ihr Schloss betrachtet, als Labyrinth, voller Verstecke. Unsere Zimmer lagen direkt nebeneinander, aber sie bestand darauf, an verschiedenen Orten im Gebäude Nachrichten für mich zu verstecken. Sie hat sie zerrissen und die einzelnen Papierstückchen an Steine gebunden, an Ringe – irgendwelchen Nippes, um sie damit zu beschweren. Einmal hat sie eine Geschichte für mich geschrieben und sie im ganzen Coronado verteilt, in Spalten im Garten, unter Fliesen, und im Mund von Statuen … Ich habe Tage gebraucht, die einzelnen Fragmente einzusammeln, aber das Ende habe ich trotzdem nie gefunden ...« Er verstummt.

»Owen?«

»Du hast gesagt, du glaubst, es gibt einen Grund, weshalb Chroniken aufwachen. Etwas, das an ihnen nagt ... an uns nagt.« Er sieht mich bei diesen Worten an, und die Traurigkeit verwandelt seine Miene, obwohl sich seine Züge kaum verändern. Er schlingt die Arme um den Brustkorb. »Ich konnte sie nicht retten.«

Mir bleibt die Luft weg. Auf einmal sehe ich die Ähnlichkeit, ganz unverkennbar: die schlanke Gestalt, das silberblonde Haar, diese seltsame, grazile Anmut. Das ermordete Mädchen.

»Was ist passiert?«, flüstere ich.

»Das war 1953. Damals wohnte meine Familie seit zwei Jahren im Coronado. Regina war fünfzehn, ich neunzehn und ich war gerade ausgezogen«, stößt Owen zwischen zusammengebissenen Zähnen hervor, »ein paar Wochen bevor es passiert ist. Nicht weit weg, aber an diesem Tag hätte es genauso gut ein anderes Land, eine andere Welt sein können, denn als sie mich gebraucht hat, war ich nicht da.«

Die Worte treffen mich tief. Genau dasselbe habe ich mir selbst schon tausendmal gesagt, wenn ich an den Tag denke, als Ben gestorben ist.

»Sie ist auf unserem Wohnzimmerfußboden verblutet«, erzählt er. »Und ich war nicht da.«

Dann lässt er sich mit dem Rücken an der Wand hinuntersinken.

»Es war meine Schuld«, flüstert er. »Glaubst du, ich bin deshalb hier?«

Ich knie mich vor ihn hin. »Du hast sie nicht umgebracht, Owen.« Ich weiß es. Ich habe gesehen, wer es war.

»Ich war ihr großer Bruder.« Er rauft sich mit den Fingern die Haare. »Es war meine Aufgabe, sie zu beschützen. Robert war zuerst mein Freund. Ich habe die beiden einander vorgestellt. Ich habe ihn in ihr Leben gebracht.«

Owens Miene verdüstert sich, und er wendet den Blick ab. Als ich gerade nachhaken will, holt mich das Kratzen von Buchstaben in meiner Tasche wieder in die Gegenwart der Narrows und die Existenz anderer Chroniken zurück. In der Erwartung eines neuen Namens ziehe ich die Liste heraus, finde dort aber stattdessen eine neue Nachricht vor:

Melde dich sofort. – R

»Ich muss los«, erkläre ich.

Owen legt mir sanft die Hand auf den Arm. Einen Moment lang verstummen alle Gedanken und Fragen und Sorgen. »Mackenzie«, sagt er, »ist mein Tag um?«

Als ich aufstehe, rutscht seine Hand weg und nimmt die Stille mit sich.

»Nein«, erwidere ich und drehe mich weg. »Noch nicht.«

Meine Gedanken kreisen immer noch um Owens Schwester, als ich das Archiv betrete – die Ähnlichkeit ist so stark, jetzt, wo ich es weiß. Dann erblicke ich den Empfangstisch im Vestibül und bleibe abrupt stehen. Auf dem Tisch häufen sich Akten und Register, Papiere schauen zwischen den hohen Ordnerstapeln heraus, und in der schmalen

Lücke zwischen zwei Türmen sehe ich Patricks Brille. Verdammt.

»Wenn Sie versuchen wollen, einen neuen Rekord darin aufzustellen, wie viel Zeit Sie hier verbringen«, sagt er, ohne von seiner Arbeit aufzublicken. »dann bin ich mir ziemlich sicher, dass es Ihnen gelungen ist.«

»Ich war bloß auf der Suche nach …«

»Ihnen ist schon klar«, fährt er fort, »dass das hier, trotz meines Titels, nicht *wirklich* eine Bibliothek ist, oder? Wir leihen nicht aus, wir stempeln nicht ab, wir haben noch nicht mal einen Präsenzbestandslesesaal. Diese ständigen Besuche sind nicht nur ermüdend, sondern untragbar.«

»Ja, ich weiß, aber …«

»Und haben Sie nicht eigentlich genug zu tun, Miss Bishop? Als ich das letzte Mal nachgesehen habe, hatten Sie …« – er nimmt einen Block vom Tisch, blättert mehrere Seiten durch – »… fünf Chroniken auf Ihrer Liste stehen.«

Fünf.

»Sie wissen schon, *weshalb* Sie eine Liste haben, oder?«

»Ja«, murmele ich.

»Und weshalb es unerlässlich ist, dass Sie sie abarbeiten?«

»Natürlich.« Es gibt einen Grund, weshalb wir ständig die Korridore patrouillieren, in der Hoffnung, die Anzahl niedrig zu halten, anstatt einfach wegzulaufen, während sich die Chroniken in den Narrows häufen. Es heißt, wenn genug Chroniken aufwachen und in den Raum zwischen den Welten eindringen würden, bräuchten sie keine Wächter und Schlüssel mehr, um nach draußen zu entkommen. Sie könnten Türen mit Gewalt öffnen. *Zwei Möglichkeiten, durch eine verschlossene Tür zu gelangen,* sagte Granpa.

»Warum stehen Sie dann immer noch hier ...«

»Roland hat mich herbestellt«, erkläre ich und halte mein Archivpapier hoch.

Patrick lehnt sich schnaubend in seinem Stuhl zurück und betrachtet mich lange.

»Na gut«, meint er schließlich und kehrt mit einem kaum merklichen Kopfnicken in Richtung der Türen hinter ihm an seine Arbeit zurück.

Als ich an ihm vorbeigehe, verlangsame ich meine Schritte, um zu beobachten, wie er etwas in das uralte Register vor ihm schreibt und dann, ohne richtig den Stift zu heben, in eines von einem halben Dutzend kleinerer Bücher. Es ist das erste Mal, dass der Tisch so *chaotisch* aussieht.

»Sie scheinen viel zu tun zu haben«, sage ich.

»Der Schein trügt nicht«, erwidert er.

»Mehr als sonst.«

»Wie scharfsinnig bemerkt.«

»Patrick, ich habe auch mehr zu tun. Sie wollen mir doch nicht sagen, dass fünf Namen normal sind, selbst fürs Coronado.«

Er blickt nicht auf. »Wir haben einige kleinere technische Schwierigkeiten, Miss Bishop. Es tut mir also leid, wenn wir Ihnen Unannehmlichkeiten bereiten.«

Ich runzele die Stirn. »Was für eine Art von technischen Schwierigkeiten?« Namen, die durchrutschen? Bewaffnete Chroniken? Jungs, die nicht entgleiten?

»Kleinere«, fährt er mich an, und sein Tonfall macht deutlich, dass er sich nicht weiter mit mir unterhalten wird.

Während ich durch die Türen trete, um mich auf die Suche nach Roland zu machen, schiebe ich das Papier in die Tasche.

Im warmen Licht des Atriums hebt sich meine Laune sofort, und ich spüre dieses Gefühl des Friedens, von dem Granpa immer gesprochen hat. Die Ruhe.

Bis plötzlich ein lautes Poltern ertönt.

Nicht hier im Atrium, aber in einem der angrenzenden Säle. Das Geräusch eines Metallregals, das zu Boden kracht. Mehrere Bibliothekare lassen sofort ihre Arbeit liegen und eilen in Richtung des Lärms davon, wobei sie die Türen hinter sich schließen. Ich jedoch stehe ganz, ganz still, weil mir auf einmal wieder klar wird, dass ich von schlafenden Toten umgeben bin.

Ich lausche mit angehaltenem Atem. Nichts passiert. Die Türen bleiben verschlossen. Kein Geräusch dringt hindurch.

Auf einmal landet eine Hand auf meiner Schulter. Blitzschnell fahre ich herum und will demjenigen den Arm auf den Rücken drehen, doch plötzlich sind Arm und Körper irgendwie verschwunden, und ich bin diejenige, die mit dem Gesicht nach unten auf einen Tisch gedrückt wird.

»Immer schön langsam«, sagt Roland und lässt mein Handgelenk und meine Schulter los.

Ich brauche ein paar Atemzüge, um mich wieder zu beruhigen. »Warum hast du mich herbestellt? Hast du was gefunden? Und hast du dieses Poltern ge…«

»Nicht hier«, murmelt er und zeigt auf einen Seitenflügel. Ich folge ihm, wobei ich immer noch meinen schmerzenden Arm reibe.

Je weiter wir uns vom Atrium entfernen, umso älter wirkt das Archiv. Roland führt mich durch Flure, die sich schlängeln und winden und schrumpfen, bis sie mehr den Narrows ähneln als dem Regalsystem des Archivs. Die Decke ist nicht mehr hoch oben gewölbt, sondern hängt tief, und die Räume selbst sind kleiner, wie eine Gruft, und staubig.

»Was war dieses Geräusch?«, will ich von Roland wissen, der vor mir hergeht, aber er antwortet nicht, sondern duckt sich nur in einen seltsam geformten Alkoven und dann unter einem noch niedrigeren Steinbogen hindurch. Im Zimmer dahinter ist es dämmrig, und die Wandregale sind voll mit alten, abgewetzten Registerbüchern statt mit Chroniken. Ähnlich wie die Kammer, in der ich meine Prüfung hatte, nur voller und verblichener.

»Wir haben ein Problem«, erklärt er, sobald er die Tür geschlossen hat. »Ich habe die Liste mit Namen durchgesehen, die du geschickt hast. Die meisten haben mir nichts gesagt, aber zwei davon schon. Es sind nämlich zwei weitere Menschen im Coronado gestorben, beide im August, beide innerhalb eines Monats nach Marcus Ellings Ableben. Und beide Chroniken wurden modifiziert, das heißt ihr Tod wurde entfernt.«

Ich lasse mich in einen niedrigen Sessel sinken, während Roland auf und ab tigert. Er wirkt erschöpft, und der Singsang seines Dialekts wird stärker. »Zuerst habe ich sie gar nicht gefunden, weil sie falsch einsortiert waren: Im Register war ein Ort eingetragen, aber im Katalog ein anderer. Irgendjemand wollte nicht, dass sie gefunden werden.«

»Und wer waren sie?«

»Eileen Herring, eine Frau Mitte siebzig, und Lionel Pratt, ein Mann Ende zwanzig. Beide haben im Coronado gewohnt, und beide haben allein gelebt, genau wie Elling, aber das ist die einzige Verbindung, die ich finden konnte. Ich kann nicht mal mit Sicherheit sagen, ob sie *im* Coronado gestorben sind, aber ihre letzten intakten Erinnerungen sind vom Gebäude. Eileen, wie sie ihre Wohnung im ersten Stock verlässt. Lionel, wie er auf der Terrasse eine Zigarette raucht. Die Situationen sind fast schon auffällig banal. Nichts daran gibt irgendeinen Hinweis darauf, was ihren Tod verursacht haben könnte, und doch wurden beide geschwärzt.«

»Marcus, Eileen und Lionel sind im August gestorben. Aber Regina wurde im März umgebracht.«

Seine Augen werden schmal. »Ich dachte, du kennst ihren Namen nicht.«

Mir bleibt einen Moment die Luft weg. Wusste ich auch nicht. Nicht bis Owen es mir erzählt hat. Aber ich kann ja schlecht erklären, dass ich ihren Bruder schütze.

»Du bist nicht der Einzige, der recherchiert, schon vergessen? Ich habe eine Bewohnerin des Coronados aufgespürt, Miss Angelli, die von dem Mord gehört hat.«

Das ist nicht gelogen, argumentiere ich in Gedanken. Nur leicht abgewandelt.

»Was hat sie sonst noch gewusst?«, hakt Roland nach.

Ich schüttele den Kopf, denn ich will es mit dem Schwindeln nicht übertreiben. »Nicht viel. Sie wirkte nicht sehr versessen darauf, alte Geschichten aufzuwärmen.«

»Hat Regina auch einen Nachnamen?«

Ich zögere. Wenn ich ihn nenne, wird Roland sie mit Owen abgleichen, der bekanntermaßen abwesend ist. Ich weiß, ich sollte ihm von Owen erzählen – wir sind ohnehin dabei, Regeln zu brechen –, aber es gibt zweierlei Arten von Regeln, und obwohl Roland schon weit genug gegangen ist, indem er Erstere gebrochen hat, weiß ich nicht, wie er mit der Tatsache umgehen würde, dass ich einer Chronik in den Narrows Schutz gewährt habe. Und ich habe doch noch so viele Fragen an Owen.

Ich schüttele den Kopf. »Das wollte Angelli mir nicht sagen, aber ich werde nicht lockerlassen.« Diese Lüge verschafft mir zumindest ein bisschen Zeit. Ich versuche, das Thema wieder auf die zweite Todesserie zu lenken.

»Zwischen Reginas Ermordung und diesen drei Todesfällen liegen fünf Monate, Roland. Woher wollen wir wissen, dass sie überhaupt etwas miteinander zu tun haben?«

Er legt die Stirn in Falten. »Das wissen wir nicht. Aber das ist schon eine verdächtige Häufung von Archivierungsfehlern. Zuerst dachte ich, es könnte sich um eine Säuberung handeln, aber …«

»Eine Säuberung?«

»Manchmal, wenn Dinge schieflaufen – wenn eine Chronik tatsächlich in der Außenwelt Gräueltaten begeht und es sowohl Opfer als auch Zeugen gibt –, tut das Archiv, was in seiner Macht steht, um das Risiko einer Enthüllung zu minimieren.«

»Willst du damit sagen, dass das Archiv aktiv Morde vertuscht?«

»Nicht alle Beweise können vernichtet werden, aber die meisten lassen sich abwandeln. Leichen können verschwinden. Todesfälle können so dargestellt werden, dass sie natürlich wirken.« Offensichtlich sehe ich so entsetzt drein, wie ich mich fühle, denn er redet weiter. »Ich will nicht behaupten, dass es richtig ist. Ich sage nur, das Archiv kann es sich nicht leisten, dass die Menschen von Chroniken erfahren. Von uns.«

»Aber würde es denn je Beweise vor seinen eigenen Leuten verstecken?«

Wieder runzelt er die Stirn. »Ich weiß von Maßnahmen, die in der Außenwelt ergriffen wurden. Von manipulierten Oberflächen. Ich habe Mitglieder des Archivs gekannt, die der Meinung sind, die Vergangenheit sollte hier, innerhalb dieser Wände, geschützt werden, aber nicht jenseits davon. Leute, für die die Außenwelt nicht heilig ist. Leute, die glauben, dass es Dinge gibt, die Wächter und Crew nicht sehen sollten. Aber selbst sie würden das hier niemals gutheißen, diese Manipulation von Chroniken, das Verstecken der Wahrheit vor *uns*.« Wenn er *uns* sagt, meint er nicht mich. Er meint die Bibliothekare. Er wirkt verletzt.

Verraten.

»Also hat sich irgendjemand hier von den Grundprinzipien verabschiedet«, sage ich. »Die Frage ist, warum.«

»Nicht nur warum. *Wer.*« Roland lässt sich nun ebenfalls in einen Stuhl sinken. »Du erinnerst dich, dass ich vorhin erwähnt habe, wir hätten ein Problem? Direkt nachdem ich Eileen und Lionel gefunden hatte, bin ich zurück, um mir noch mal Marcus' Geschichte anzusehen. Aber das war nicht mehr möglich. Jemand hatte sich an ihm zu schaffen gemacht. Ihn vollständig ausgelöscht.«

Ich muss mich an den Armlehnen meines Sessels festhalten. »Aber das bedeutet, es war einer von den jetzigen Bibliothekaren. Jemand, der *zurzeit* im Archiv arbeitet.«

Auf einmal bin ich froh, dass ich nichts von Owen erzählt habe. Selbst wenn da eine Verbindung bestehen sollte, dann gibt es einen großen Unterschied zwischen ihm und den anderen Opfern: Er ist *wach*. Ich habe eine größere Chance zu erfahren, was er weiß, indem ich ihm zuhöre, als wenn ich ihn wieder in eine Leiche verwandele. Und wenn es tatsächlich eine Verbindung gibt, dann wird dieser Jemand hier das, was von seinen Erinnerungen übrig ist, ganz sicher auslöschen, sobald ich ihn zurückbringe.

»Und in Anbetracht der schnellen Reaktion«, meint Roland, »weiß der- oder diejenige, dass wir nach etwas suchen.«

Ich schüttele den Kopf. »Aber das verstehe ich nicht. Du hast doch gesagt, dass Marcus Ellings Tod manipuliert wurde, gleich nachdem er hier ankam. Das war vor mehr als sechzig Jahren. Weshalb sollten jetzige Bibliothekare oder Bibliothekarinnen versuchen, die Arbeit von alten zu vertuschen?«

Roland reibt sich die Augen. »Würden sie nicht. Und tun sie nicht.«

»Wie meinst du das?«

»Manipulationen haben eine Art Signatur. Erinnerungen, die von unterschiedlichen Händen ausgehöhlt wurden, erscheinen in beiden Fällen als Schwarz, aber es gibt einen feinen Unterschied in der Art, wie sie sich lesen lassen. Der Art, wie sie sich anfühlen. Die Art, wie sich Marcus Ellings Chronik jetzt liest, ist genauso wie zuvor. Und genau gleich wie bei den anderen beiden. Sie wurden alle von derselben Person manipuliert.«

Von ein und derselben Person im Laufe von fünfundsechzig Jahren. »Können Bibliothekare überhaupt so lange dienen?«

»Es gibt nicht unbedingt so etwas wie eine Zwangspensionierung«, antwortet er. »Bibliothekare bestimmen die Dauer ihrer Amtszeit selbst. Und da wir nicht altern, solange wir hier stationiert sind …« Roland verstummt, während ich in Gedanken eine Liste von allen aufstelle, die ich in der Zweigstelle gesehen habe. Es müssen etwa ein oder zwei Dutzend Bibliothekare sein. Ich kenne nur ein paar von ihnen mit Namen.

»Das ist schon clever«, meint Roland, mehr zu sich selbst. »Bibliothekare sind das einzige Element im Archiv, über das es keine vollständigen Aufzeichnungen gibt – nicht geben kann –, das nicht nachvollziehbar ist. Wenn sie zu lange an einem Ort verweilen würden, wäre eine solche Aktion aufgefallen, aber Bibliothekare wechseln regelmäßig die Zweigstelle, werden weiter versetzt. Die Belegschaft ist nie lange zusammen. Leute kommen und gehen. Sie bewegen sich frei zwischen den Zweigstellen hin und her. Es wäre vorstellbar …«

Ich muss automatisch daran denken, dass Roland schon seit meiner Ernennung hier ist, aber die anderen – Lisa, Patrick und Carmen – kamen alle später.

»Du bist hiergeblieben«, sage ich.

»Ich musste ja aufpassen, dass du nicht in Schwierigkeiten gerätst.«

Rolands Chucks wippen nervös.

»Was machen wir jetzt?«, will ich wissen.

»*Wir* machen gar nichts!« Rolands Kopf fährt hoch. »*Du* wirst dich von diesem Fall fernhalten.«

»Ganz sicher nicht.«

»Mackenzie, das ist der andere Grund, weshalb ich dich herbestellt habe. Du bist schon zu viele Risiken eingegangen …«

»Wenn du von der Liste mit Namen sprichst …«

»Du hast Glück, dass ich derjenige war, der sie gefunden hat.«

»Es war ein Unfall.«

»Es war unverantwortlich.«

»Vielleicht, wenn ich gewusst hätte, dass das Papier das kann. Vielleicht, wenn das Archiv nicht immer so ein verdammtes Geheimnis um alles machen würde …«

»Das reicht jetzt! Ich weiß, dass du nur helfen willst, aber wer auch immer das hier tut, ist gefährlich und will ganz offensichtlich nicht geschnappt werden. Du musst dich da unbedingt raushalten, sonst …«

»Sonst bin ich im Weg, meinst du?«

»Nein, sonst gerätst du womöglich noch ins Fadenkreuz.«

Ich muss an Jacksons Messer und Hoopers Angriff denken. *Zu spät.*

»Bitte«, meint Roland. »Du hast viel mehr zu verlieren. Lass mich das von jetzt ab übernehmen.«

Ich zögere.

»Mackenzie …«

»Wie lange bist du schon Bibliothekar?«, will ich wissen.

»Zu lange«, meint er. »Und jetzt versprich es mir.«

Ich zwinge mich zu einem Nicken und verspüre leichte Schuldgefühle, weil seine sichtliche Erleichterung mir zeigt, dass er mir glaubt. Er steht auf und geht zur Tür. Ich folge ihm, aber auf halber Strecke bleibe ich stehen.

»Vielleicht solltest du mich Ben sehen lassen«, sage ich.

»Warum?«

»Du weißt schon, als Vorwand. Falls dieser Jemand uns beobachtet.«

Beinahe hätte Roland gelächelt. Aber er schickt mich trotzdem nach Hause.

18

Mom sagt, es gibt nichts, was sich nicht mit einer heißen Dusche beheben ließe, aber ich dampfe seit einer halben Stunde das Badezimmer voll und bin nicht wirklich weitergekommen.

Roland hatte mich mit einem letzten Blick und der Mahnung, *niemandem* zu vertrauen, nach Hause geschickt. Das mit dem Vertrauen ist nicht schwierig, wenn man weiß, dass jemand versucht, die Vergangenheit zu begraben und mich selbst möglicherweise gleich mit dazu. Sofort muss ich an Patrick denken, aber so wenig ich ihn auch mag, er ist zweifellos ein vorbildlicher Bibliothekar, außerdem tummeln sich an jedem Tag noch mindestens ein weiteres Dutzend Bibliothekare im Archiv. Jeder von ihnen könnte es sein. Wo soll man da überhaupt anfangen?

Ich drehe das Wasser auf feuerheiß und lasse es auf meine Schultern prasseln. Nach meinem Besuch bei Roland bin ich jagen gegangen. Ich wollte den Kopf frei kriegen. Leider hat das nicht funktioniert, und ich konnte auch nur die beiden jüngsten Chroniken zurückbringen, wodurch sich meine Liste fast halbierte – ungefähr fünf Minuten lang, bevor drei neue Namen auftauchten.

Auch nach Owen habe ich gesucht, aber erfolglos. Jetzt mache ich mir Sorgen, dass ich ihn weggejagt haben könnte, wobei *weg* in den Narrows ein relativer Begriff ist. Es gibt nur eine beschränkte Anzahl an Verstecken, von denen ich im Gegensatz zu ihm offensichtlich noch nicht alle gefunden habe. Ich habe noch nie zuvor eine Chronik getroffen, die nicht entdeckt werden sollte. Außerdem hat er ja guten Grund, sich zu verstecken. Sein herausgehandelter Tag ist um, und ich bin diejenige, die vorhat, ihn zurückzuschicken. Das werde ich auch … aber zuerst muss ich herausbekommen, was er weiß, und um das zu erfahren, muss ich sein Vertrauen gewinnen.

Wie gewinnt man das Vertrauen einer Chronik?

Granpa würde sagen, man tut es überhaupt nicht. Aber während das Wasser meine Schultern verbrüht, muss ich an die Traurigkeit in Owens Augen denken, als er von Regina sprach – nicht von ihrem Tod, als seine Stimme ganz hohl wurde, sondern von der Zeit davor, als er mir von den Spielen erzählte, die sie mochte, von den Geschichtsteilen auf den Zetteln, die sie überall im Gebäude versteckt hat.

Einmal hat sie eine Geschichte für mich geschrieben und sie *im ganzen Coronado verteilt, in Spalten im Garten, unter Fliesen, und im Mund von Statuen … Ich habe Tage gebraucht, die einzelnen Fragmente einzusammeln, aber das Ende habe ich trotzdem nie gefunden …*

Ich drehe das Wasser ab.

Das ist meine Chance. Ein symbolisches Pfand für sein Vertrauen. Ein Friedensangebot. Etwas, woran er sich festhalten kann. Dann verlässt mich der Mut. Wie groß ist wohl die Wahrscheinlichkeit, dass etwas, das vor fünfundsechzig Jahren versteckt wurde, immer noch da ist? Dann muss ich an den langsamen Verfall des heruntergekommenen Coronados denken, und mir wird klar, dass vielleicht, vielleicht noch Hoffnung besteht.

Schnell ziehe ich mich an, werfe einen Blick auf das Archivpapier auf meinem Bett (und verziehe das Gesicht beim Anblick der fünf Namen, wovon der älteste *18* ist). Früher musste ich tagelang warten, in der Hoffnung, mal wieder einen Namen zu bekommen, und genoss den Moment, als er auftauchte. Jetzt stecke ich den Zettel achtlos ein. Auf einer großen Umzugskiste türmt sich ein Bücherstapel, mit Dantes *Komödie* ganz oben drauf. Mit dem Taschenbuch unterm Arm mache ich mich auf den Weg.

Dad ist immer noch in der Küche, inzwischen bei der dritten oder vierten Tasse Kaffee, gemessen an der fast leeren Kanne vor ihm. Mom sitzt daneben und schreibt Listen. Sie hat mindestens fünf gleichzeitig vor sich liegen, auf denen sie immer wieder neue Sachen vermerkt, verbessert, Dinge verschiebt, als könnte sie auf diese Weise ihr Leben entschlüsseln.

Beide blicken auf, als ich das Zimmer betrete.

»Wo willst du denn hin?«, erkundigt sich Mom. »Ich habe Farbe gekauft.«

Eine der wichtigsten Regeln beim Lügen ist es, niemals – wenn es sich irgendwie vermeiden lässt – eine andere Person in die Geschichte mit einzubinden, denn über andere hat man keine Kontrolle. Deshalb würde ich mich am liebsten selbst ohrfeigen für die Lüge, die mir sofort über die Lippen kommt: »Treffe mich mit Wesley.«

Dad strahlt. Mom runzelt die Stirn. Schnell mache ich mich auf den Weg zur Tür. Dort jedoch verwandelt sich zu meinem großen Erstaunen die Lüge in Wahrheit, denn als ich sie öffne, lehnt eine große, schwarz gekleidete Gestalt im Türrahmen.

»Sieh an!« Wesley hat einen leeren Kaffeebecher und eine braune Papiertüte in der Hand. »Ich konnte fliehen.«

»Wenn man vom Teufel spricht«, sagt Dad. »Mac wollte gerade ...«

»Von wo fliehen?«, schneide ich Dad das Wort ab.

»Aus den Mauern des Hauses Ayers, wo ich seit Tagen eingesperrt war. Seit Wochen. Jahren.« Er legt die Stirn an den Türrahmen. »Ich weiß es schon gar nicht mehr.«

»Ich hab dich erst gestern gesehen.«

»Tja. Es hat sich angefühlt wie Jahre. Jetzt bin ich hier, um Kaffee zu erbetteln und Süßigkeiten zu bringen, und um dich zu erretten aus deiner Knechtschaft in den Tiefen des ...« Er verstummt, als er meine Mutter mit verschränkten Armen hinter mir stehen sieht. »Oh, hi!«

»Du musst der Junge sein«, sagt Mom. Ich verdrehe die Augen, aber Wesley lächelt bloß. Und zwar nicht schief, sondern ein echtes Lächeln, das sich eigentlich mit seinen stacheligen Haaren und den dunkel umrahmten Augen beißen sollte, es aber nicht tut.

»Sie müssen die Mutter sein.« Er schiebt sich an mir vorbei in die Wohnung, wobei er die Papiertüte in die linke Hand verlagert und ihr seine rechte hinstreckt. »Wesley Ayers.«

Mom wirkt von seinem Lächeln und der offenen, entspannten Art völlig überrumpelt. Ich bin es auf jeden Fall.

Er zuckt noch nicht mal zusammen, als sie ihm die Hand schüttelt.

»Ich kann verstehen, weshalb meine Tochter Sie mag.«

Wesleys Lächeln wird noch breiter. »Meinen Sie, es liegt an meinem guten Aussehen, meinem Charme oder der Tatsache, dass ich sie mit süßen Stückchen versorge?«

Wider Willen muss Mom lachen.

»Morgen, Mr. Bishop«, begrüßt Wesley meinen Vater.

»Was für ein schöner Tag«, meint Dad. »Ihr beide solltet rausgehen. Deine Mom und ich kriegen das mit dem Streichen schon alleine hin.«

»Super!« Wesley legt mir schwungvoll den Arm um die Schultern, woraufhin mich der Lärm mit voller Wucht trifft. Ich versuche, so gut ich kann dagegen anzukämpfen, und nehme mir vor, ihm eine zu verpassen, sobald wir allein sind.

Mom versorgt uns mit frischem Kaffee zum Mitnehmen und begleitet uns bis zur Tür, von wo aus sie uns hinterherblickt. Sobald sie verschwunden ist, schubse ich Wesleys Arm weg und atme erleichtert auf. »Idiot.«

Er geht voran in Richtung Eingangshalle.

»Du, Mackenzie Bishop«, erklärt er, als wir den Treppenabsatz erreichen, »warst ein ganz böses Mädchen.«

»Wieso das?«

Am Fuße der Treppe schwingt er sich ums Geländer herum. »Du hast mich in eine Lüge verwickelt! Glaub ja nicht, das wäre mir entgangen.«

Wir gehen durch die Bibliothek hinaus in den Garten, wo mich das gesprenkelte Morgenlicht begrüßt. Der Regen hat aufgehört, und wie ich mich so umsehe, frage ich mich, ob Regina wohl ein Geschichtenpuzzleteil an einem solchen Ort verstecken würde. Der Efeu wächst wild und buschig und würde es vermutlich gut verbergen, aber ich bezweifle, dass ein Stückchen Papier die Jahreszeiten überdauern würde, ganz zu schweigen von vielen Jahren.

Wes lässt sich auf die Faust-Bank fallen und holt ein Zimtbrötchen aus der Papiertüte. »Wo wolltest du denn in Wirklichkeit hin, Mac?«, erkundigt er sich, während er mir die Tüte hinhält.

Ich versuche, meine Gedanken wieder auf ihn zu konzentrieren, nehme mir ebenfalls ein Brötchen und hocke mich auf die Banklehne.

»Ach, weißt du«, antworte ich trocken, »ich dachte, ich leg mich ein paar Stündchen in die Sonne, lese ein Buch, genieße den Sommer.«

»Immer noch damit beschäftigt, deine Liste abzuarbeiten?«

»So ist es.« Und Owen zu befragen. Und herauszufinden, weshalb ein Bibliothekar ein Interesse daran haben könnte, Todesfälle zu vertuschen, die Jahrzehnte zurückliegen. Ohne das Archiv davon in Kenntnis zu setzen.

»Dann hast du das Buch also nur mitgebracht, um deine Eltern auf eine falsche Fährte zu locken? Wie clever von dir.«

Ich beiße in das Zimtbrötchen. »Ich bin in der Tat eine Meisterin der Täuschung.«

»Das glaube ich gerne«, meint Wesley zwischen zwei Bissen. »Also, was deine Liste angeht …«

»Ja?«

»Ich hoffe, es macht dir nichts aus, aber ich habe mich um die Chronik in deinem Revier gekümmert.«

Ich erstarre. *Owen.* Konnte ich ihn deshalb heute Morgen nicht finden? Hat Wesley ihn schon zurückgeschickt? Mühsam versuche ich, mir nichts anmerken zu lassen. »Wie meinst du das?«

»Na, eine Chronik eben. Du weißt schon? Eines von diesen Dingern, die wir jagen sollen?«

Ich muss mich wirklich anstrengen, meinen Schrecken zu verbergen. »Ich hab dir doch gesagt: Ich. Brauche. Keine. Hilfe.«

»Ein kleines Dankeschön reicht völlig aus, Mac. Außerdem hab ich ja nicht gerade nach ihr gesucht. Das Mädel ist mehr oder weniger in mich reingerannt.«

Das Mädel? Ich ziehe die Liste aus der Tasche. *Susan Lank, 18* ist verschwunden. Ich seufze doch erleichtert auf und lasse mich nach hinten sinken.

»Zum Glück konnte ich meinen Charme einsetzen«, sagt er. »Außerdem hat sie mich für ihren Freund gehalten. Was die Sache, wie ich zugeben muss, ein bisschen erleichtert hat.« Er fährt sich mit der Hand durch die Haare. Sie bewegen sich nicht.

»Danke«, sage ich leise.

»Ich weiß, dieses Wort ist schwer auszusprechen. Braucht viel Übung.«

Ich werfe den Rest meines Brötchens nach ihm.

»He, pass auf!«, warnt er mich, »meine Haare.«

»Wie lange brauchst du eigentlich, bis sie so nach oben stehen?«, frage ich.

»Ewig«, antwortet er und erhebt sich. »Aber das ist es wert.«

»Ach ja?«

»Nur damit du's weißt, Miss Bishop, das hier ...« – seine Handbewegung reicht von seinen schwarzen Haarstacheln bis hin zu den Stiefeln – »... ist absolut unverzichtbar.«

Ich ziehe eine Augenbraue hoch und strecke mich auf dem verwitterten Stein aus. »Lass mich raten«, erwidere ich und ziehe eine Schnute. »Du willst einfach nur auffallen.« Mein Tonfall ist leicht übertrieben, damit er auch mitbekommt, dass ich ihn aufziehe. »Du fühlst dich unsichtbar in deiner Haut, also musst du dich verkleiden, um eine Reaktion zu provozieren.«

Wes schnappt nach Luft. »Woher weißt du das nur?« Er kann sich aber ein Lächeln nicht verkneifen. »Ehrlich gesagt, so sehr ich die gequälte Miene meines Vaters auch genieße, oder die Verachtung seiner zukünftigen Vorzeigefrau, das hier erfüllt tatsächlich einen höheren Zweck.«

»Und der wäre?«

»Einschüchterung«, verkündet er. »Es macht den Chroniken Angst. Der erste Eindruck ist unheimlich wichtig, vor allem in potenziell aggressiven Situationen. So ein prompter Vorteil hilft mir dabei, die Kontrolle zu behalten. Viele der Chroniken kommen nicht aus dem Hier und Jetzt. Und das hier ...« – wieder zeigt er auf seine Erscheinung – »... kann, ob du's glaubst oder nicht, ziemlich einschüchternd sein.«

Er macht einen Schritt auf mich zu, wobei er in das Sonnenlicht tritt. Er hat die Ärmel hochgekrempelt, wodurch Lederarmbänder zum Vorschein kommen, die einige Narben kreuzen und andere verdecken. Seine braunen Augen sind lebendig und warm, und der Kontrast zwischen seinen eher hellen Augen und den schwarzen Haaren ist krass aber nicht unangenehm. Alles in allem ist Wesley Ayers ziemlich attraktiv. Er ertappt mich dabei, wie mein Blick über seine Kleidung wandert.

»Was ist los, Mac?«, will er wissen. »Erliegst du endlich meinem höllisch guten Aussehen? Ich wusste, es ist nur eine Frage der Zeit.«

»O ja, genau, das ist es …« kontere ich lachend.

Er beugt sich herunter, legt seine Hand neben meine Schulter auf die Bank.

»He du«, sagt er.

»He.«

»Alles klar bei dir?«

Die Wahrheit liegt mir auf der Zunge. Ich möchte es ihm erzählen. Aber Roland hat mich davor gewarnt, irgendjemandem zu vertrauen, und obwohl es mir manchmal so vorkommt, als würde ich Wes seit Monaten statt seit Tagen kennen, ist das eben nicht der Fall. Es ist auch keine Option, ihm nur einen Teil, aber nicht die ganze Geschichte anzuvertrauen, denn Halbwahrheiten sind noch viel unschöner als Lügen.

»Natürlich.«

»Natürlich«, ahmt er mich nach, lässt sich zurück auf seine Bankhälfte fallen und schirmt mit dem Arm die Augen gegen die Sonne ab.

Mein Blick wandert zurück zur Tür, die in die Bibliothek führt, und ich muss an die Register denken. Ich habe mich so sehr auf die frühen Jahre konzentriert, dass ich mir die aktuelle Liste gar nicht angesehen habe. Bei allem Interesse an den Toten darf ich die Lebenden nicht vergessen.

»Wer wohnt denn sonst noch hier?«, frage ich.

»Hm?«

»Hier im Coronado«, hake ich nach. Ich kann Wes vielleicht nicht erzählen, was los ist, aber das bedeutet nicht automatisch, dass er mir nicht helfen kann. »Bislang bin ich erst dir und Jill und Miss Angelli begegnet. Wer wohnt sonst noch hier?«

»Also, da wäre zum Beispiel dieses Mädchen, das vor Kurzem im zweiten Stock eingezogen ist. Ihre Eltern wollen das Café unten wieder eröffnen. Wie ich gehört habe, sind ihre Hobbys Lügen und Leute-Verdreschen.«

»Ach ja? Also, da ist dieser seltsame Goth-Typ, der immer vor 4C rumlungert.«

»Ziemlich sexy auf so eine geheimnisvolle Art, richtig?«

Ich verdrehe die Augen. »Wer ist der älteste Bewohner hier?«

»Oh, diese Ehre gebührt Lucian Nix oben im sechsten Stock.«

»Wie alt ist er?«

Wes zuckt mit den Schultern. »Uralt.«

In diesem Moment fliegt die Bibliothekstür auf, und Jill taucht auf der Schwelle auf.

»Hab doch gedacht, ich hätte dich gehört«, sagt sie.

»Wie geht's dir, Erdbeerchen?«, erkundigt sich Wes.

»Dein Dad ruft seit einer halben Stunde pausenlos bei uns an.«

»Ach?«, meint er. »Da hab ich wohl was vergessen.« So wie er es sagt, weiß er ganz offensichtlich genau, wie spät es ist.

»Komisch«, meint Jill, während Wes sich langsam erhebt, »denn dein Dad scheint zu glauben, du hättest dich heimlich fortgeschlichen.«

»Wow«, schalte ich mich ein. »Dann war das ja gar kein Spaß, als du behauptet hast, du wärst aus dem Hause Ayers geflohen.«

»Also, klär das gefälligst!« Jill dreht sich um und macht die Tür zu.

»Sie ist echt süß«, sage ich.

»Sie ist genau wie meine Tante Joan, nur in Klein. Das ist fast schon unheimlich. Sie braucht nur noch einen Stock und eine Flasche Brandy.«

Ich folge ihm ins Haus, bleibe aber in der Bibliothek stehen.

»Wünsch mir Glück«, meint er.

»Viel Glück.« Und als er im Flur verschwindet, rufe ich ihm noch hinterher: »He, Wes?«

Er taucht wieder auf. »Was?«

»Danke für deine Hilfe.«

Er lächelt. »Siehste? Wird immer leichter.«

Dann ist er weg, und ich bleibe mit einer möglichen Spur zurück. Lucian Nix. Wie lange hat er hier im Gebäude gewohnt? Ich ziehe das neueste Register aus dem Regal und blättere, bis ich den sechsten Stock erreiche.

6E. Lucian Nix.

Dann nehme ich mir das nächste Register vor.

6E. Lucian Nix.

Und das nächste.

6E. Lucian Nix.

So geht das weiter, über die fehlenden Einträge hinweg, bis zum allerersten blauen Buch. 1950.

Er war die ganze Zeit hier.

Ich drücke mein Ohr an die Tür von 6E.

Nichts. Ich klopfe. Nichts. Ich klopfe wieder und will gerade meinen Ring abziehen und nach irgendwelchen Lebenszeichen im Innern der Wohnung lauschen, als schließlich jemand zurückklopft. Es folgt eine Art Schlurfen auf der anderen Seite, begleitet von gemurmelten Flüchen, und Sekunden später wird die Tür aufgerissen, wobei sie seitlich an einen Rollstuhl knallt. Noch mehr Flüche, bevor der Rollstuhl so weit zurückweicht, dass sich die Tür ganz öffnen lässt. Der Mann im Stuhl ist, genau wie Wesley es formuliert hat, uralt. Seine Haare sind schneeweiß und seine milchigen Augen auf einen Punkt irgendwo links von mir gerichtet. Eine dünne Rauchfahne steigt aus seinem Mund auf, in dessen Winkel eine schmale, fast abgebrannte Zigarette klemmt. Ein Schal ist um seinen Hals geschlungen, und seine klauenähnlichen Finger zupfen an den Fransen herum.

»Was starren Sie mich denn so an?«, will er wissen. Die Frage überrumpelt mich, denn er ist ganz eindeutig blind. »Sie sagen nichts«, fügt er hinzu, »also starren Sie mich vermutlich an.«

»Mr. Nix?«, erkundige ich mich. »Ich bin Mackenzie Bishop.«

»Sind Sie eine Kussmamsell? Ich habe Betty doch gesagt, ich brauche keine Mädchen, die dafür bezahlt werden, dass sie mich besuchen. Dann doch lieber gar keine Mädchen.«

Ich bin mir nicht so ganz sicher, von was er spricht. »Ich bin keine Kussmamsell.«

»Es gab mal eine Zeit, da brauchte ich nur zu lächeln …« Jetzt lächelt er, wobei er ein falsches Gebiss entblößt, das nicht richtig sitzt.

»Sir, ich bin nicht hier, um Sie zu küssen.«

Beim Klang meiner Stimme verändert er die Position seines Rollstuhls, sodass er mir fast direkt gegenübersteht, und hebt das Kinn. »Weshalb klopfen Sie dann an meine Tür, junges Fräulein?«

»Meine Familie renoviert den Café unten, und ich wollte mich gerne vorstellen.«

Er zeigt auf seinen Rollstuhl. »Ich kann ja nicht wirklich runtergehen. Lasse mir alles nach oben bringen.«

»Aber es gibt doch … einen Fahrstuhl.«

Sein Lachen klingt wie Schmirgelpapier. »Jetzt habe ich so lange überlebt, da habe ich nicht vor, in einer dieser metallischen Todesfallen umzukommen.« Das macht ihn mir sofort sympathisch. Seine Hand bewegt sich zitternd zum Mund, er nimmt den Zigarettenstummel zwischen die Finger. »Bishop. Bishop. Betty hat einen Muffin mitgebracht, der im Flur lag. Vermutlich bist du die Übeltäterin.«

»Ja, Sir.«

»Bin ja mehr ein Keks-Liebhaber. Also nichts gegen andere Backwaren. Ich mag nur einfach Kekse. Nun, ich schätze mal, du willst reinkommen.«

Er schiebt den Rollstuhl ein paar Zentimeter zurück in den Flur, wobei er sich an der Teppichkante verfängt. »Vermaledeites Ding«, knurrt er.

»Kann ich Ihnen behilflich sein?«

Er hebt die Hände. »Ich hab zwei davon. Neue Augen könnt' ich aber brauchen. Betty ersetzt meine Augen, und sie ist nicht da.«

Ich frage mich, wann Betty wohl zurückkommt.

»Warten Sie.« Ich trete über die Schwelle. »Lassen Sie mich mal.«

Ich dirigiere den Rollstuhl durch die Wohnung bis zu einem Tisch. »Mr. Nix«, sage ich, nachdem ich mich neben ihn gesetzt habe. Die Dante-Ausgabe lege ich auf die abgenutzte Tischplatte.

»Kein *Mr.* Einfach Nix.«

»In Ordnung … Nix. Ich hoffe, Sie können mir weiterhelfen. Ich versuche nämlich, mehr über eine Serie von …« – ich überlege, wie ich es höflich formulieren könnte, aber mir fällt nichts ein –, »… eine Serie von Todesfällen herauszufinden, die vor sehr langer Zeit hier passiert sind.«

»Und warum willst du das wissen?«, erkundigt er sich. Er klingt dabei allerdings nicht so abweisend wie Angelli, und er tut auch nicht so, als hätte er keine Ahnung.

»Vor allem aus Neugier«, antworte ich. »Und weil ich den Eindruck habe, dass niemand darüber reden will.«

»Das liegt daran, dass die meisten Leute nichts darüber wissen. Heutzutage. Seltsame Geschichte, diese Todesfälle.«

»Inwiefern?«

»Na ja, so viele Tote innerhalb so kurzer Zeit. Keine Fremdeinwirkung, hieß es, aber man fragt sich schon. Kam noch nicht mal in der Zeitung. Hier in der Gegend waren das natürlich schon große Neuigkeiten. Eine Weile sah es so aus, als müsste das Coronado dichtmachen. Niemand wollte mehr einziehen.« Ich muss an die lange Reihe leerer Spalten in den Registern denken. »Alle dachten, es wäre verflucht.«

»Sie offensichtlich nicht«, wende ich ein.

»Sagt wer?«

»Na ja, Sie sind schließlich immer noch hier.«

»Ich mag vielleicht etwas dickköpfig sein. Das bedeutet aber nicht, dass ich auch nur die leiseste Ahnung habe, was in jenem Jahr passiert ist. Eine Pechsträhne, oder was Schlimmeres. Trotzdem ist es seltsam, dass die Leute es unbedingt vergessen wollten.«

Oder wie wichtig es dem Archiv war, dass sie es tun.

»Es fing alles mit diesem armen Mädchen an«, fährt Nix fort. »Regina. Hübsches Ding. So fröhlich. Und dann hat jemand sie umgebracht. Wirklich traurig, wenn die Menschen derart jung sterben.«

Jemand? Weiß er denn nicht, dass es Robert war?

»Hat man ihren Mörder je gefasst?«, hake ich nach.

Nix schüttelt betrübt den Kopf. »Nein, nie. Die Leute glaubten, es war ihr Freund, aber gefunden hat man ihn nie.«

Wut steigt in mir auf, weil ich vor mir sehe, wie Robert versucht, das Blut von seinen Händen zu wischen, ehe er einen von Reginas Mänteln überzieht und davonläuft.

»Sie hatte einen Bruder, richtig? Was ist mit ihm passiert?«

»Seltsamer Junge.« Nix' Finger tänzeln über den Tisch, bis sie eine Zigarettenschachtel ertasten. Ich greife nach der dazugehörigen Streichholzschachtel und zünde eines für ihn an. »Die Eltern sind direkt nach Reginas Tod ausgezogen, aber der Junge blieb. Konnte nicht loslassen. Hat sich die Schuld gegeben, glaube ich.«

»Armer Owen«, flüstere ich.

Nix runzelt die Stirn und kneift seine blinden Augen zusammen. »Woher kennst du seinen Namen?«

»Den haben Sie mir gesagt«, erwidere ich ganz ruhig, während ich das Streichholz ausschüttele.

Er blinzelt ein paarmal, dann klopft er sich an die Stelle zwischen den Augenbauen. »Tut mir leid. Da oben lässt es offensichtlich nach. Langsam, zum Glück, aber trotzdem.«

Ich lege das ausgeglühte Streichholz auf den Tisch. »Dieser Bruder, Owen. Wie ist der denn gestorben?«

»Dazu komme ich gleich«, meint Nick und zieht an seiner Zigarette. »Nach Regina, also da wurde es nach und nach wieder ruhiger im Coronado. Wir waren alle wie erstarrt. Der April ging vorbei. Dann der Juni. Und der Juli. Und dann, als wir gerade dabei waren, aufzuatmen ...« Er klatscht in die Hände, wobei Asche auf seinen Schoß rieselt. »Da ist Marcus gestorben. Hat sich aufgehängt, hieß es, aber seine Fingerknöchel waren zerschnitten und er hatte blaue Flecken an den Handgelenken. Das weiß ich, weil ich mitgeholfen habe, die Leiche runterzuholen. Keine Woche später stürzt Eileen die Südtreppe hinunter, bricht sich das Genick. Und dann, ach, wie hieß er noch gleich, Lionel? Jedenfalls ein junger Mann.« Er lässt die Hände wieder in den Schoß sinken.

»Wie ist er gestorben?«

»Wurde erstochen. Mit vielen Stichen. Man hat seine Leiche im Aufzug gefunden. Hätte nicht viel Sinn gehabt, das als Unfall abtun zu wollen. Aber weder ein Motiv oder eine Tatwaffe, noch ein Mörder. Niemand wusste, was man davon halten sollte. Und schließlich Owen ...«

»Was ist da passiert?« Ich umklammere die Armlehnen meines Stuhls.

Nix zuckt mit den Schultern. »Das weiß niemand so genau – nun ja, ich bin der Einzige, der noch übrig ist, deshalb sollte ich vermutlich sagen, niemand *wusste* es –, aber es war ihm nicht gut gegangen.« Seine milchigen Augen sehen mich an, und er zeigt mit einem knochigen Finger Richtung Zimmerdecke. »Er ist vom Dach runter.«

Ich blicke nach oben und mir ist ganz elend. »Er ist gesprungen?«

Nix stößt eine lang gezogene Rauchwolke aus. »Vielleicht. Vielleicht auch nicht. Kommt darauf an, wie man die Dinge präsentiert. Ist er gesprungen, oder wurde er gestoßen? Hat Marcus sich aufgehängt? Ist Eileen gestolpert? Hat Lionel … nun, an dem, was Lionel passiert ist, lässt sich nicht rütteln, aber du verstehst, worauf ich hinaus will. Nach jenem Sommer hat es jedoch aufgehört und fing nie wieder an. Niemand ist je schlau daraus geworden, und es bringt nicht viel, morbiden Gedanken nachzuhängen, deshalb haben die Leute hier das Einzige getan, was sie konnten: Sie haben vergessen. Sie ließen die Vergangenheit ruhen. Und das solltest du wahrscheinlich auch tun.«

»Sie haben recht«, sage ich leise, aber mein Blick ist immer noch an die Decke gerichtet, weil ich an das Dach denken muss, und an Owen.

Ich bin oft hoch aufs Dach und habe mir vorgestellt, ich stünde wieder auf den Klippen und würde hinausblicken. Unter mir lag ein Meer aus Backstein …

Es dreht mir den Magen herum bei der Vorstellung, wie er über die Kante stürzt, wie seine blauen Augen weit aufgerissen sind, kurz bevor er auf dem Asphalt unten aufschlägt.

»Ich sollte besser wieder los.« Ich erhebe mich. »Vielen Dank, dass Sie mit mir darüber geredet haben.«

Nix nickt gedankenverloren. Auf dem Weg zur Tür drehe ich mich noch mal um und sehe ihn immer noch über seine Zigarette gebeugt dasitzen, die kurz davor ist, seinen Schal in Brand zu setzen.

»Welche Art von Keksen?«, erkundige ich mich.

Er hebt den Kopf und lächelt. »Haferkekse mit Rosinen. Die weichen.«

Ich lächele ebenfalls, obwohl er es natürlich nicht sehen kann. »Mal schauen, was sich machen lässt.« Mit diesen Worten verlasse ich die Wohnung. Und mache mich auf den Weg zur Treppe.

Owen ist als Letzter gestorben, und auf die eine oder andere Weise ist er vom Dach gestürzt.

Also birgt vielleicht das Dach Antworten.

19

Ich nehme die Treppe hinauf bis zur Zugangstür aufs Dach, die ziemlich zugerostet wirkt, sich aber mit etwas Mühe trotzdem öffnen lässt, wobei das Metall am Betonrahmen entlangkratzt. Dann trete ich durch Staub und Spinnweben unter einem bröckelnden Vordach hinaus in ein Meer aus Steinleibern. Ich hatte die Figuren ja schon von der Straße aus gesehen, die Wasserspeier entlang der Dachkante. Was ich von unten aus nicht erkennen konnte, war, dass sie die gesamte Fläche bedecken. Kauernd, mit Flügeln und spitzen Zähnen drängen sie sich hier und dort zusammen wie Krähen und starren mich mit ihren zerbrochenen Gesichtern an. Die Hälfte ihrer Gliedmaßen fehlt, vom Zahn der Zeit zusammen mit Regen, Eis und Sonne weggefressen.

Das also ist Owens Dach.

Ich versuche mir vorzustellen, wie er an eines dieser Monster gelehnt dasteht, den Kopf an einem Maul abgestützt. Ich kann es förmlich vor mir sehen. Ihn hier an diesem Ort.

Aber ich kann mir nicht vorstellen, wie er springt.

Owen hat zwar etwas Trauriges, etwas Verlorenes an sich, aber zu diesem Bild passt es nicht. Traurigkeit kann sich mitunter in die Gesichtszüge einer Person eingraben, sodass sie ganz kraftlos und matt aussieht, aber seine Züge sind scharf. Kühn. Fast schon trotzig.

Ich streiche über einen Dämonenflügel, ehe ich langsam an den Rand des Daches trete.

Unter mir ein Meer aus Backstein. Aber wenn ich nach oben sah statt nach unten, hätte ich überall sein können.

Wenn er nicht gesprungen ist, was ist dann passiert?

Ein Tod ist etwas Dramatisches. Heftig genug, um in jeder Oberfläche Spuren zu hinterlassen, um sich einzubrennen wie Licht auf Fotopapier.

Ich ziehe den Ring vom Finger, knie mich hin und lege die Handflächen aufs verwitterte Dach. Mit geschlossenen Augen greife ich immer wieder nach dem Faden, der so dünn und schwach ist, dass ich ihn fast nicht festhalten kann. Ein ferner Ton kitzelt meine Haut, bis ich endlich zu fassen kriege, was von der Erinnerung noch übrig ist. Meine Finger werden taub. Ich spule die Zeit zurück, an Jahren der Stille vorbei. Jahrzehnte mit nichts als einem leeren Dach.

Dann wird es plötzlich schwarz.

Ein flaches, mattes Schwarz, das ich sofort wiedererkenne. Jemand hat die Erinnerungen des Daches manipuliert, bis nichts mehr übrig blieb als derselbe tote Raum, den ich schon in Marcus Ellings Chronik gesehen habe.

Trotzdem fühlt es sich irgendwie anders an. Es ist genau, wie Roland gesagt hat. Schwarz ist Schwarz, aber es fühlt sich nicht an wie dieselbe Hand, dieselbe Signatur. Das ergibt auch Sinn, denn Elling wurde von einem Bibliothekar im Archiv manipuliert, dieses Dach von jemandem in der Außenwelt.

Die Tatsache, dass verschiedene Leute versucht haben, dieses Stück Vergangenheit auszulöschen, ist allerdings ziemlich unerfreulich. Was um alles in der Welt kann passiert sein, um das zu rechtfertigen?

... es gibt Dinge, die selbst Wächter und Crew nicht sehen sollten ...

Ich spule weiter, an der Schwärze vorbei, bis das Dach wiederauftaucht, blass und unverändert, wie ein Foto. Und auf einmal erwacht das Foto mit einem Satz zum Leben, mit Licht und Gelächter. Diese Erinnerung ist es, die gesummt hat. Ich lasse sie ablaufen und sehe eine Abendgala, mit Lichterketten, Männern im Smoking und Frauen in Kleidern mit eng geschnürten Taillen und A-Linien-Röcken, Champagnergläsern und Tabletts, die auf den Flügeln der Wasserspeier abgestellt sind. Auf der Suche nach Owen oder Regina oder Robert suche ich die Menge ab, aber ich kann keinen von ihnen entdecken. Zwischen zwei Statuen ist ein Banner gespannt, das den Umbau des Coronados vom Hotel in einen Apartmentkomplex verkündet. Die Clarkes wohnen noch gar nicht hier. Es wird ein Jahr dauern, bis sie einziehen. Drei Jahre bis zu dieser Kette von Todesfällen. Verwundert spule ich die Erinnerung weiter zurück, beobachte, wie sich die Party auflöst und zu einem leeren Raum verblasst.

Vor jener Feier gibt es nichts, das laut genug wäre, zu summen, also lasse ich den Erinnerungsfaden los und blinzele ins helle Sonnenlicht des verlassenen Daches. Ein schwarzer Streifen inmitten der blassen Vergangenheit. Jemand hat Owens Tod ausradiert, ihn aus diesem Ort herausgeschnitten und die Vergangenheit von beiden Seiten verschüttet.

Was könnte in jenem Jahr bloß passiert sein, damit das Archiv – oder jemand vom Archiv – das getan hat?

Ich spaziere zwischen den Steinleibern hindurch, berühre jeden einzelnen in der Hoffnung, einer von ihnen könnte summen, aber sie sind allesamt still, leer. Als ich jedoch die rostige Tür fast schon wieder erreicht habe, höre ich es auf einmal. Ich halte mitten in der Bewegung inne, die Hand auf ein Exemplar mit besonders großem Maul zu meiner Rechten gelegt. Er flüstert.

Das Geräusch ist kaum mehr als ein Ausatmen durch zusammengebissene Zähne, aber es ist da, ein ganz leises Summen unter meinen Fingerspitzen. Ich schließe die Augen und spule die Zeit zurück. Als ich die Erinnerungssequenz schließlich erreiche, ist sie ganz verwaschen, ein Muster aus Licht, das bis zur Unkenntlichkeit verschwommen ist. Als ich gerade seufzend die Hand wegnehme, bleibt mein Blick an etwas hängen – ein Stückchen Metall im Maul des Wasserspeiers. Er hat das Gesicht dem Himmel zugewendet, und die Zeit hat den Großteil seines Kopfes und seiner Mimik abgeschliffen, doch sein bezahntes Maul steht immer noch unzerstört einige Zentimeter offen, und hinter den Zähnen klemmt etwas fest. Ich schiebe die Hand vorsichtig zwischen die Kiefer und ziehe ein aufgerolltes Stück Papier heraus, das mit einem Ring zusammengebunden ist.

Einmal hat sie eine Geschichte für mich geschrieben und sie im ganzen Coronado verteilt, in Spalten im Garten, unter Fliesen, und im Mund von Statuen …

Regina.

Mit zitternden Händen ziehe ich den Metallring ab und rolle das brüchige Papier auf.

Und dann, nachdem er endlich den Gipfel erreicht hatte, stand der Held den Göttern und Monstern gegenüber, die ihm den Weg versperren sollten.

Ich lasse den Zettel wieder einrollen und betrachte stattdessen den Ring, der ihn zusammengehalten hatte. Es ist kein Schmuckstück – zu groß, um an einen Finger oder Daumen zu passen – und sowieso nicht die Art Ring, wie ihn ein junges Mädchen tragen würde, aber trotzdem ein perfekter Kreis. Er scheint aus Eisen zu bestehen. Das Metall ist kalt und schwer, und auf einer Seite wurde ein kleines Loch hineingebohrt. Abgesehen davon ist der Ring erstaunlich frei von Kratzern oder anderen Spuren. Vorsichtig schiebe ich ihn wieder über die Papierrolle und schicke dem längst verstorbenen Mädchen im Stillen meinen Dank.

Viel Zeit kann ich Owen nicht schenken, und auch kein abgeschlossenes Ende.

Aber das hier kann ich ihm geben.

»Owen?«

Beim Geräusch meiner Stimme, die durch die Narrows hallt, zucke ich zusammen.

»Owen!«, rufe ich trotzdem noch einmal und halte dann den Atem an, während ich lausche. Nichts. Also versteckt er sich immer noch. Als ich gerade die Hände ausstrecken will, um die Wände zu lesen – obwohl sie mich beim letzten Mal auch nicht zu ihm geführt haben –, höre ich es, wie eine leise, vorsichtige Einladung.

Das Summen. Es ist dünn und fern, wie die Erinnerungsfäden, gerade noch so greifbar, verfolgbar.

Ich schlängele mich durch die Flure, geführt von der Melodie, bis ich Owen schließlich in einem Alkoven sitzend entdecke, einer türlosen Nische, die durch das fehlende Schlüsselloch- und Umrisslicht noch dämmeriger ist als der Rest der Narrows. Kein Wunder, dass ich ihn nicht finden konnte. Meine Augen nehmen die Vertiefung in der Wand ja kaum wahr. So an die Wand gedrückt ist er nicht viel mehr als eine dunkle Gestalt mit einer Krone aus silberblondem Haar. Er hält den Kopf gesenkt, während er vor sich hin summt und mit dem Daumen über die kleine dunkle Linie in seiner Handfläche streicht.

Dann blickt er zu mir auf, und das Lied verstummt. »Mackenzie.« Sein Tonfall ist ganz ruhig, aber sein Blick hart, als würde er versuchen, sich zu stählen. »Ist der Tag um?«

»Nicht ganz«, erwidere ich und trete zu ihm in den Alkoven. »Ich hab was gefunden.« Ich lasse mich in die Hocke sinken. »Etwas, das dir gehört.«

Mit diesen Worten strecke ich ihm die Hand hin und öffne die Faust. Die Papierrolle mit ihrem Eisenring schimmert leicht in der Dunkelheit.

Owens Augen werden groß. »Wo hast du das ...?«, flüstert er mit zitternder Stimme.

»Im Maul eines Wasserspeiers«, antworte ich. »Auf dem Dach vom Coronado.« Ich halte ihm immer noch die Nachricht und den Ring hin, und als er schließlich danach greift, streift seine Haut meine, wodurch einen Moment lang Ruhe in meinem Kopf einkehrt. Dann ist es wieder vorbei, während er mein Geschenk betrachtet.

»Wie hast du …?«

»Weil ich da jetzt wohne.«

Owen atmet mit einem Schaudern aus. »Da also führen die nummerierten Türen hin?« Sehnsucht liegt in seiner Stimme. »Ich glaube, das wusste ich.«

Dann zieht er das brüchige Papier aus dem Ring und liest trotz Dunkelheit den Text. Ich beobachte, wie sich dabei seine Lippen bewegen.

»Das ist aus der Geschichte«, flüstert er. »Die sie für mich versteckt hat, bevor sie gestorben ist.«

»Worum ging es denn darin?«

Nachdenklich schließt er die Augen, und ich frage mich schon, wie er sich nach so langer Zeit noch an eine Geschichte erinnern kann, bis mir einfällt, dass er ja ganze Jahrzehnte verschlafen hat. Reginas Ermordung ist für ihn so frisch wie für mich Bens Tod.

»Es war eine Art Suche, eine Art Odyssee. Sie hat das Coronado genommen und es größer gemacht, statt eines Gebäudes eine ganze Welt erfunden, sieben Stockwerke voller Abenteuer. Der Held stieß auf Höhlen und Drachen, unbezwingbare Steilwände, unüberwindbare Berge, unglaubliche Gefahren.« Ein schwaches Lachen kommt bei der Erinnerung über seine Lippen. »Regina konnte alles in eine Geschichte verwandeln.« Er schließt die Hand um die Nachricht und den Ring. »Darf ich das behalten? Nur bis der Tag um ist?«

Als ich nicke, leuchten Owens Augen auf – wenn auch vielleicht nicht voller Vertrauen, dann doch zumindest voller Hoffnung. Genau, wie ich es mir gewünscht hatte. Ich hasse es, ihm diesen Hoffnungsschimmer so schnell wieder rauben zu müssen, aber ich habe keine andere Wahl. Ich muss es wissen.

»Als ich das letzte Mal hier war«, sage ich, »wolltest du mir von Robert erzählen. Was ist mit ihm passiert?«

Das Licht in Owens Augen erlischt, als hätte ich die Flamme einer Kerze ausgeblasen.

»Er ist davongekommen«, stößt er durch zusammengebissene Zähne hervor. »Sie haben ihn davonkommen lassen. *Ich* habe ihn davonkommen lassen. Ich war ihr großer Bruder und ich …« Es liegt so viel Schmerz in seiner Stimme, bevor er ganz verstummt, aber als er mich ansieht, ist sein Blick klar und direkt. »Als ich hierherkam, dachte ich anfangs, ich bin in der Hölle. Ich dachte, es wäre meine Strafe dafür, dass ich Robert nicht gefunden habe, dass ich nicht die ganze Welt auf den Kopf gestellt habe, um ihn aufzuspüren. Dass ich ihn nicht zerfleischt habe. Denn das hätte ich getan. Mackenzie, das hätte ich wirklich getan. Er hat es verdient. Er hat Schlimmeres verdient.«

Es schnürt mir die Kehle zu, als ich Owen sage, was ich mir selbst so oft gesagt habe, obwohl es nie hilft: »Es würde sie auch nicht zurückbringen.«

»Ich weiß. Glaub mir, das weiß ich. Und ich hätte noch viel Schlimmeres getan«, fügt er hinzu, »wenn ich geglaubt hätte, dass es eine Möglichkeit gibt, Regina zurückzuholen. Ich hätte mit ihr getauscht. Ich hätte Seelen verkauft. Ich hätte die Welt in Stücke gerissen. Ich hätte alles getan, jede Vorschrift gebrochen, nur um sie zurückzuholen.«

Es tut mir im Herzen weh. Ich kann gar nicht sagen, wie oft ich neben Bens Schublade saß und mich gefragt habe, wie viel Lärm wohl nötig wäre, um ihn aufzuwecken. Und ich kann auch nicht leugnen, wie sehr ich mir seit meiner Begegnung mit Owen gewünscht habe, dass er nicht entgleitet: Denn wenn er es schaffen konnte, warum nicht auch Ben?

»Es war meine Aufgabe, sie zu beschützen«, murmelt er, »und stattdessen habe ich zugelassen, dass sie umgebracht wird …« Offensichtlich deutet er mein Schweigen als Mitleid, denn er fügt hinzu: »Ich erwarte nicht, dass du das verstehst.«

Aber das tue ich. Nur zu gut.

»Mein kleiner Bruder ist tot.« Die Worte sind ausgesprochen, bevor ich es verhindern kann. Owen sagt nicht: *Das tut mir leid.* Stattdessen rutscht er ein Stückchen näher heran, bis wir nebeneinandersitzen.

»Was ist passiert?«, fragt er.

»Er wurde überfahren«, flüstere ich. »Fahrerflucht. Derjenige ist auch davongekommen. Ich würde alles dafür geben, diesen Morgen umschreiben zu können. Ich würde Ben den ganzen Weg bis zur Schule begleiten, würde mir fünf Extrasekunden Zeit nehmen, um ihn zu umarmen, auf seine Hand zu zeichnen, alles zu tun, um diesen Moment zu ändern, als er die Straße überquert hat.«

»Und wenn du den Fahrer ausfindig machen könntest …«

»Dann würde ich ihn umbringen.« In meiner Stimme liegt nicht das leiseste Zögern.

Wir schweigen.

»Wie war er denn so?«, erkundigt er sich und stupst mit seinem Knie meines an. Diese Geste hat etwas so Normales an sich, als wäre ich einfach nur ein Mädchen und er ein Junge und wir sitzen in einem Flur – irgendeinem Flur, nicht in den Narrows, wo ich mit einer Chronik, die ich eigentlich hätte zurückbringen sollen, über meinen kleinen Bruder rede.

»Ben? Er war viel zu clever. Man konnte ihm absolut nichts vormachen, nicht mal bei Dingen wie dem Weihnachtsmann oder dem Osterhasen. Er setzte seine alberne Brille auf und nahm einen so lange ins Kreuzverhör, bis er den wunden Punkt gefunden hatte. Und er konnte sich auf nichts konzentrieren, außer beim Zeichnen. Er war künstlerisch echt begabt. Er hat mich zum Lachen gebracht.« Noch nie habe ich so über Ben gesprochen, nicht seit er gestorben ist. »Und er konnte manchmal eine echte Plage sein. Er hasste es zu teilen. Machte lieber etwas kaputt, als davon abzugeben. Einmal hat er eine ganze Schachtel Bleistifte zerbrochen, weil ich mir einen borgen wollte. Als könnte man einen zerbrochenen Bleistift nicht mehr verwenden. Also habe ich einen Spitzer geholt, einen dieser kleinen aus Plastik, und habe alle Bleistifthälften gespitzt, bis wir beide einen ganzen Satz davon hatten. Halb so lang wie am Anfang, aber sie haben immer noch funktioniert. Hat ihn wahnsinnig gemacht.«

Ich muss kurz lachen, aber dann wird mir wieder eng in der Brust. »Es fühlt sich falsch an zu lachen«, flüstere ich.

»Ist das nicht seltsam? Als ob man sich nur an die guten Dinge erinnern dürfte, nachdem sie gestorben sind. Aber niemand ist nur nett.«

Ich spüre das Kratzen von Buchstaben in meiner Tasche, beschließe aber, es zu ignorieren.

»Ich habe ihn besucht«, sage ich. »Im Archiv. Ich rede mit ihm, mit seinem Regal, erzähle ihm, was er verpasst. Natürlich nie die tollen Dinge. Nur die langweiligen, beliebigen. Aber egal, wie sehr ich mich an die Erinnerung an ihn klammere, ich fange an, ihn zu vergessen, eine Kleinigkeit nach der anderen. Manchmal habe ich das Gefühl, das Einzige, was mich davon abhält, seine Schublade aufzubrechen, ihn zu sehen, ja, ihn sogar aufzuwecken, ist die Tatsache, dass das da drin nicht er ist. Nicht wirklich. Sie sagen, es hätte keinen Sinn, weil es nicht Ben wäre.«

»Weil Chroniken keine Menschen sind?«, fragt Owen.

Ich winde mich. »Nein. Das trifft es überhaupt nicht.« Obwohl die meisten Chroniken tatsächlich keine Menschen sind, oder zumindest nicht menschlich, nicht so wie er. »Chroniken folgen einem bestimmten Muster. Sie entgleiten. Das Einzige, was mehr wehtut als die Vorstellung, dass dieses Ding in der Schublade nicht mein Bruder ist, ist die Vorstellung, dass er es ist und ich ihm Schmerzen zufüge. Ihm Qualen bereite. Und ihn dann nach alledem doch wieder ins Archiv zurückschicken muss.«

Ich spüre, wie Owen langsam die Hand nach meiner ausstreckt, aber nur wenige Millimeter über meiner Haut innehält. Er wartet ab, ob ich mich entziehe. Als ich stillhalte, umschließt er sanft meine Finger mit seinen. Bei seiner Berührung verstummt die Welt. Ich lehne den Kopf an die Mauer und schließe die Augen. Die Stille ist willkommen, denn sie betäubt die Gedanken an Ben.

»Ich habe nicht das Gefühl, dass ich entgleite«, sagt Owen.

»Das liegt daran, dass es bei dir nicht passiert.«

»Nun, das bedeutet ja dann, dass es möglich ist, richtig? Was, wenn …«

»Stopp!« Ich ziehe meine Hand weg und stehe auf.

»Tut mir leid.« Owen erhebt sich ebenfalls. »Ich wollte dich nicht verärgern.«

»Ich bin nicht verärgert«, erwidere ich. »Aber Ben ist tot. Und nichts wird ihn zurückbringen.« Die Worte sind mehr an mich selbst gerichtet als an ihn. Ich wende mich zum Gehen. Ich muss mich bewegen. Muss jagen.

»Warte«, sagt er und greift wieder nach meiner Hand. Während die Stille sich in mir ausbreitet, hält er mir mit der anderen Hand die Nachricht hin. »Falls du noch mehr von Reginas Geschichte findest, würdest du ... würdest du sie mir mitbringen?« Ich bin eigentlich schon halb weg. »Bitte, Mackenzie. Es ist alles, was mir von ihr bleibt. Was würdest du denn dafür geben, irgendetwas von Ben zu besitzen, an dem du dich festhalten kannst?«

Ich muss an die Schachtel mit Bens Sachen denken, die ich auf meinem Bett ausgekippt hatte und mit zitternden Händen jeden einzelnen Gegenstand angefasst habe, in der Hoffnung, dass noch das Bruchstück einer Erinnerung daran hing. Wie ich mich an eine alberne Plastikbrille geklammert hatte.

»Ich werde die Augen offen halten«, verspreche ich, woraufhin mich Owen an sich zieht. Ich will zurückweichen, aber ich spüre nichts, außer gleichbleibender Stille.

»Danke«, flüstert er an meinem Ohr, und mein Gesicht wird heiß, als seine Lippen sachte meine Haut berühren. Dann lässt er mich los, womit auch die Ruhe verschwindet, und zieht sich wieder in die Nische zurück, wo die Dunkelheit alles verschluckt bis auf seine silbrigen Haare. Ich zwinge mich wegzugehen. Mich auf die Jagd zu begeben.

So angenehm seine Berührung auch war, so hängt mir während meiner Arbeit doch etwas anderes nach. Seine Worte. Diese zwei Worte, die ich nicht hören wollte, aber die sich festgesetzt haben.

Was, wenn hallt durch meinen Kopf, während ich jage.

Was, wenn verfolgt mich durch die Narrows.

Was, wenn begleitet mich bis nach Hause.

20

Vorsichtig spähe ich aus der Narrows-Tür den Flur entlang, um sicher zu gehen, dass die Luft rein ist, bevor ich aus der Wand heraus in den zweiten Stock des Coronados trete und meinen Ring anstecke. Ich hatte die Liste bis auf zwei Namen abgearbeitet, als es plötzlich wieder vier waren. Was auch immer das Archiv gerade für technische Probleme hat, ich hoffe, sie bekommen das bald in den Griff. Ich bin müde, fühle mich ganz leer und sehne mich nach nichts als Ruhe und Entspannung.

Mir gegenüber hängt ein Spiegel, in dem ich kurz meine Erscheinung überprüfe. Trotz der bleiernen Müdigkeit und der wachsenden Angst und Frustration sehe ich … gut aus. Granpa sagte immer, er würde mir das Kartenspielen beibringen. Sagte, ich würde die Bank knacken, weil man mir nie etwas ansieht. Es sollte irgendetwas geben – ein Zeichen, eine Falte zwischen meinen Augen, ein zuckender Muskel im Kiefer.

Ich bin zu gut in dem, was ich tue.

Hinter meinem Spiegelbild sehe ich, dass das Gemälde so schief hängt, als hätte die Kraft der Wellen, die an die Felsen branden, es aus dem Gleichgewicht gebracht. Als ich es gerade rücke, gibt der Rahmen ein leises, rasselndes Geräusch von sich. Alles in diesem Gebäude scheint auseinanderzufallen.

Auf der Schwelle zu 2F bleibe ich erstaunt stehen und mache große Augen.

Ich hatte mich auf leere Räume und die übliche Auswahl an Takeaway-Abendessen eingestellt, aber nicht auf das, was mich erwartet. Die Umzugskisten wurden zusammengefaltet und in der Ecke neben einigen Tüten mit Verpackungsmaterial gestapelt, aber ansonsten wirkt die Wohnung exakt wie, nun ja, eine normale Wohnung. Die Möbel wurden zusammengebaut und aufgestellt, Dad rührt in einem Topf am Herd, neben sich ein aufgeschlagenes Buch. Er hält inne, zieht einen Stift hinterm Ohr hervor und macht sich eine Randnotiz. Mom sitzt am Küchentisch, umgeben von so vielen Farbmustern, dass es aussieht, als hätte sie einen Einrichtungsladen ausgeraubt.

»Oh, hallo, Mac!«, begrüßt sie mich.

»Ich dachte, ihr hättet bereits gestrichen.«

»Wir haben angefangen«, erklärt Dad und macht sich eine weitere Notiz in sein Buch.

Mom schüttelt den Kopf, während sie verschiedene Musterplättchen aufeinanderstapelt. »Es war nicht ganz das Richtige, verstehst du? Es muss stimmen. Einfach stimmen.«

»Lyndsey hat angerufen«, sagt Dad.

»Wie geht's Wes?«, will Mom wissen.

»Gut. Er hilft mir mit der *Göttlichen Komödie*.«

»Ach, so nennt man das jetzt?«

»Dad!«

Mom runzelt die Stirn. »Hattest du das Buch nicht dabei, als du gegangen bist?«

Ich betrachte meine leeren Hände und zermartere mir das Hirn. Wo habe ich es liegen lassen? Im Garten? In der Bibliothek? Bei Nix? Auf dem Dach? Nein, auf dem Dach habe ich es nicht mehr gehabt …

»Ich sag doch, die haben nicht gelesen«, flüstert Dad.

»Er hat … Charakter«, fügt Mom hinzu.

»Du solltest Mac mal in seiner Gesellschaft erleben. Ich schwöre, ich habe da ein Lächeln gesehen!«

»Kochst du tatsächlich was?«, erkundige ich mich.

»Jetzt kling doch nicht so überrascht.«

»Mac, was hältst du von diesem Grün?«

»Essen ist fertig.«

Ich verteile Teller auf dem Tisch und versuche herauszufinden, wo dieser Schmerz in meiner Brust herkommt. Und irgendwann zwischen dem Einschenken von Wasser in ein Glas und einem Bissen Gemüse wird mir klar, woher. Das hier – das Geplänkel und die Scherze und das Essen – ist das, was normale Familien tun. Mom lächelt nicht zu künstlich, und Dad läuft nicht davon.

Das hier ist normal. Entspannt.

Wir leben weiter.

Ohne Ben.

Mein Bruder hat eine Lücke hinterlassen, die anfängt, sich zu schließen. Und wenn das passiert ist, wird er wirklich weg sein. Ganz und gar verschwunden. Ist es nicht das, was ich wollte? Dass meine Eltern aufhören wegzurennen? Dass meine Familie heilt? Aber was ist, wenn ich noch nicht bereit bin, Ben loszulassen?

»Alles klar bei dir?«, fragt Dad. Da erst merke ich, dass mir die Gabel auf halbem Weg zum Mund stehen geblieben ist. Ich öffne den Mund, um die drei kleinen Worte auszusprechen, die alles kaputt machen werden. *Ich vermisse Ben.*

»Mackenzie?« Das Lächeln verschwindet aus dem Gesicht meiner Mutter.

Ich blinzele. Ich schaffe das.

»Tut mir leid«, sage ich. »Ich habe nur gerade gedacht …«

Denk nach, denk nach, denk nach.

Mom und Dad beobachten mich. Mein Gehirn stolpert über Lügen, bis ich die richtige finde. Ich lächele, obwohl es sich wie eine Grimasse anfühlt. »Könnten wir nach dem Essen Kekse backen?«

Mom zieht die Augenbrauen hoch, aber sie nickt. »Natürlich.« Dann spielt sie mit ihrer Gabel herum. »Was denn für welche?«

»Haferkekse mit Rosinen. Die ganz weichen.«

Als die Kekse im Ofen sind, rufe ich Lyndsey zurück. Ich verziehe mich dazu in mein Zimmer und lasse sie reden. Sie stimmt nebenher ihre Gitarre und erzählt von ihren Eltern und dem Typ im Fitnessstudio. Irgendwo zwischen ihrer Beschreibung des neuen Musiklehrers und ihrem Gejammer über die Diätversuche ihrer Mutter, unterbreche ich sie.

»Du, Lyndsey.«

»Ja?«

»Ich muss oft an Ben denken. Sehr oft.«

Seltsamerweise reden wir nie über Ben. Durch eine Art stumme Übereinkunft war dieses Thema immer tabu. Aber jetzt kann ich nicht anders.

»Ja?«, fragt sie. Ich höre den dumpfen Klang der Gitarre, die beiseitegelegt wird. »Ich denke die ganze Zeit an ihn. Neulich abends hab ich auf einen kleinen Jungen aufgepasst, und der hat darauf bestanden, mit einem grünen Wachsmalstift zu zeichnen. Wollte nichts anderes nehmen. Da musste ich an Ben denken und wie gerne er blaue Buntstifte mochte. Ich musste lächeln, obwohl es gleichzeitig wehgetan hat.«

Meine Augen brennen. Ich greife nach dem blauen Teddy, der immer noch die schwarze Brille auf der Nase hat.

»Aber weißt du«, meint Lyndsey, »irgendwie fühlt es sich an, als wäre er gar nicht weg, weil ich ihn in allem sehe.«

»Ich habe das Gefühl, ich fange an, ihn zu vergessen«, flüstere ich.

»Nee, tust du nicht.« Sie klingt total überzeugt.

»Woher willst du das wissen?«

»Wenn du ein paar Kleinigkeiten meinst – den genauen Klang seiner Stimme, den Farbton seiner Haare, dann okay, ja. Das wirst du vergessen. Aber das ist nicht Ben, verstehst du? Er ist dein Bruder. Er besteht aus allen Momenten seines Lebens. Die wirst du niemals alle vergessen.«

»Belegst du jetzt auch noch einen Philosophiekurs?«, meine ich. Sie lacht. Und ich auch, ein hohles Echo ihres Lachens.

»Und«, sagt sie dann und dreht den Gute-Laune-Regler hoch, »wie läuft's mit dem Eyeliner-Typen?«

Ich träume wieder von Ben.

Er liegt in meinem neuen Zimmer auf dem Boden und zeichnet mit einem blauen Stift direkt auf die Holzdielen, sodass aus den Blutflecken Monster mit trüben Augen werden. Dann blickt er auf. Seine Augen sind ganz schwarz, aber während ich zusehe, zieht sich die Schwärze nach innen zurück, bis nichts mehr von ihr übrig bleibt als ein Punkt im Zentrum seiner hellbraunen Iris.

Er öffnet den Mund, doch es gelingt ihm nur die erste Hälfte von »Ich werde nicht entgleiten« zu sagen, bevor er verstummt. Dann verblassen auch seine Augen, lösen sich in Luft auf. Dann sein ganzes Gesicht. Sein Körper verschwindet, als würde ihn eine unsichtbare Hand ausradieren, Zentimeter um Zentimeter.

Ich strecke die Hand nach ihm aus, doch bis ich seine Schulter berühre, ist von ihm nur eine vage Gestalt übrig.

Ein Umriss.

Eine Skizze.

Und dann nichts mehr.

Im Dunklen setze ich mich auf.

Lege den Kopf auf die Knie, aber es hilft nichts. Die Enge in meiner Brust ist kein reines Atemproblem. Ich schnappe mir die Brille von der Bärenschnauze, greife nach der Erinnerung und sehe sie mir viermal hintereinander an, aber die blasse Erscheinung einer Ben-ähnlichen Gestalt macht es nur noch schlimmer, erinnert mich bloß daran, wie viel ich vergesse. Also schlüpfe ich in Jeans und Stiefel und schiebe die Liste in meine Hosentasche, ohne auch nur einen Blick auf die Namen zu werfen.

Ich weiß, es ist keine gute Idee, überhaupt keine gute Idee, aber auf dem Weg durch die Wohnung, den Flur hinunter, in die Narrows hinein bete ich die ganze Zeit, dass Roland am Empfang sitzt. Statt der roten Chucks erwartet mich jedoch ein Paar schwarze Lederstiefel, deren Absätze auf der Tischkante ruhen. Die junge Frau hat ein Notizbuch auf dem Schoß und einen Stift hinters Ort geklemmt, zusammen mit einer sandblonden Haarsträhne, die unerklärlicherweise wie von der Sonne aufgehellt wirkt.

»Miss Bishop«, begrüßt mich Carmen. »Wie kann ich helfen?«

»Ist Roland da?«

Sie runzelt die Stirn. »Tut mir leid, aber er ist beschäftigt. Sie werden wohl mit mir vorliebnehmen müssen.«

»Ich würde gerne meinen Bruder besuchen.«

Die Stiefel verschwinden vom Tisch. Ihre grünen Augen blicken traurig drein. »Das hier ist kein Friedhof, Miss Bishop.« Es kommt mir komisch vor, von einer so jungen Person gesiezt zu werden.

»Das weiß ich«, erwidere ich mit Bedacht und versuche, den richtigen Ansatz zu finden. »Ich hatte nur gehofft …«

Carmen nimmt den Stift hinterm Ohr hervor und legt ihn ins Buch, um die Seite zu markieren. Dann verschränkt sie die Finger auf der Tischplatte. Jede ihrer Bewegungen ist geschmeidig, präzise.

»Manchmal erlaubt mir Roland, ihn zu besuchen.«

Eine kleine Falte taucht über ihrer Nasenwurzel auf. »Ich weiß. Aber deshalb ist es noch lange nicht in Ordnung. Ich denke, Sie sollten …«

»Bitte«, sage ich. »In meiner Welt gibt es nichts mehr von ihm. Ich möchte einfach nur neben seinem Regal sitzen.«

Nach einem langen Augenblick macht sie eine Notiz auf einem Block neben sich. Wir warten schweigend, was gut ist, denn das Blut rauscht mir so laut in den Ohren, dass ich fast nichts höre. Dann öffnen sich die Türen hinter ihr, und ein kleiner, dünner Bibliothekar erscheint.

»Ich brauche mal eine Pause«, erklärt Carmen ihm und macht Dehnbewegungen für ihren Nacken. Der Bibliothekar – Elliot heißt er, fällt mir wieder ein – nickt gehorsam und nimmt Platz. Auf Carmens Aufforderung hin trete ich ein ins Atrium, woraufhin sie die Türen hinter uns schließt.

Wir durchqueren den Saal und biegen dann in den sechsten Seitenflügel ab.

»Was hätten Sie getan«, erkundigt sie sich. »wenn ich Nein gesagt hätte?«

Ich zucke mit den Schultern. »Vermutlich wäre ich wieder nach Hause gegangen.«

Wir überqueren einen Innenhof. »Das glaube ich nicht.«

»Ich glaube nicht, dass Sie Nein gesagt hätten.«

»Warum das?«, will sie wissen.

»Ihre Augen sind traurig«, erwidere ich, »selbst wenn Sie lächeln.«

Ihr Gesicht zuckt. »Ich mag zwar Bibliothekarin sein, Miss Bishop, aber auch wir haben Menschen, die wir vermissen. Menschen, die wir zurückhaben wollen. Es ist nicht immer einfach, so weit von den Lebenden entfernt zu sein, und so nah bei den Toten.«

Ich habe noch nie eine der Archiv-Angestellten so reden hören. Es ist, als würde Licht durch die Ritzen des Panzers dringen. Wir gehen eine kurze Holztreppe hinauf.

»Warum haben Sie diesen Job angenommen?«, frage ich. »Das ergibt doch keinen Sinn. Sie sind so jung …«

»Es war eine Ehre, befördert zu werden.« Doch ihre Worte klingen hohl. Ich sehe, wie sie sich in sich selbst zurückzieht, in ihre Rolle.

»Wen haben Sie verloren?«

Carmens Lächeln ist gleichzeitig strahlend und traurig. »Ich bin Bibliothekarin, Miss Bishop. Ich habe alle verloren.«

Bevor ich etwas erwidern kann, öffnet sie die Tür zu dem großen Lesesaal mit dem roten Teppich und den Sesseln in den Ecken, und führt mich zu den Wandregalen am hinteren Ende. Mit den Fingern fahre ich über den Namen.

BISHOP, BENJAMIN GEORGE

Ich will ihn nur sehen. Weiter nichts. Ich *muss* ihn sehen. Wie ich meine Handflächen fest auf die Schubladenfront gedrückt habe, spüre ich fast körperlich die Anziehungskraft. Diese Sehnsucht. Fühlen sich so die Chroniken, wenn sie in den Narrows gefangen sind, mit nichts als dem verzweifelten Gefühl, dass sich hinter diesen Türen etwas Lebensnotwendiges befindet, dass sie, wenn sie doch nur entkommen könnten …

»Ist noch etwas, Miss Bishop?«, erkundigt sich Carmen vorsichtig.

»Darf ich ihn sehen?«, flüstere ich. »Nur für einen Moment?«

Sie zögert. Doch dann tritt sie auf einmal ans Regal und zieht denselben Schlüssel heraus, mit dem sie Jackson Lerner ausgeschaltet hat. Golden und scharfkantig, ohne Zacken, aber als sie ihn in den Schlitz von Bens Schublade steckt und umdreht, ist in der Wand ein leises Klicken zu hören. Die Schublade öffnet sich einen kleinen Spalt. Etwas in mir verkrampft sich.

»Ich gebe Ihnen ein paar Minuten«, murmelt Carmen, »aber mehr nicht.«

Ich nicke, kann den Blick aber nicht von dem schmalen Spalt zwischen dem vorderen Schubladendeckel und der restlichen Regalfront lösen, ein Streifen aus tiefem Schatten. Ich höre Carmens Schritte, die sich entfernen. Dann strecke ich die Hände aus, umfasse die Kante und ziehe die Schublade meines Bruders heraus.

21

Ich sitze auf der Schaukel bei uns im Hof und wippe von den Fersen auf die Zehenspitzen und zurück, während du kleine Holzsplitter vom Gerüst abkratzt.

»Du darfst niemandem davon erzählen«, sagst du. »Nicht deinen Eltern. Nicht deinen Freunden. Nicht Ben.«

»Warum nicht?«

»Die Menschen sind nicht vernünftig, wenn es um die Toten geht.«

»Das verstehe ich nicht.«

»Wenn du jemandem sagen würdest, dass es einen Ort gibt, wo ihre Mutter oder ihr Bruder oder ihre Tochter immer noch existiert – in irgendeiner Form –, dann würden sie Himmel und Hölle in Bewegung setzen, um dorthin zu gelangen.«

Du kaust auf einem Zahnstocher herum.

»Egal, was die Leute behaupten, sie würden alles dafür tun.«

»Woher weißt du das?«

»Weil ich es so machen würde. Und du auch, glaub mir.«

»Würde ich nicht.«

»Jetzt vielleicht nicht mehr, weil du weißt, was eine Chronik ist. Und du weißt, dass ich dir nie verzeihen würde, wenn du versuchen würdest, eine von ihnen aufzuwecken. Aber wenn du keine Wächterin wärst … Wenn du jemanden verloren hättest und glauben würdest, derjenige wäre für immer verschwunden, und dann findest

du heraus, dass du ihn zurückbekommen könntest, dann wärst du da wie alle anderen. Würdest an den Wänden kratzen, um hineinzugelangen.«

Sein Anblick verursacht mir einen solchen Druck auf der Brust, dass es fast meine Lungen und mein Herz zerquetscht.

Benjamin liegt auf dem Schubladenbrett, so still wie unter dem Laken im Krankenhaus. Doch jetzt ist da kein Laken, und seine Haut ist auch nicht übersät von Prellungen und ganz blau. Eine leichte Röte liegt auf seinen Wangen, als würde er schlafen, und er trägt dieselben Kleider wie an jenem Tag, bevor sie kaputtgingen. Jeans mit Grasflecken und sein schwarz-rot-gestreiftes Lieblingsshirt, ein Geschenk von Granpa aus dem Sommer, als er gestorben ist, mit einem X auf der Brust. Ich war bei ihm, als Granpa es ihm überreicht hat. Ben trug es tagelang, bis es eklig roch und wir es ihm förmlich vom Leib reißen mussten, um es zu waschen. Jetzt riecht es nach gar nichts. Seine Arme liegen links und rechts vom Körper, was falsch aussieht, weil er immer auf der Seite geschlafen hat, die Fäuste unterm Kissen vergraben. Andererseits kann ich so die schwarze Kritzelzeichnung auf seinem linken Handrücken sehen, die ich an jenem Morgen dorthin gemalt habe und die mich darstellen sollte.

»Hallo, Ben«, flüstere ich.

Ich möchte die Hand ausstrecken, ihn berühren, aber meine Finger gehorchen mir nicht, verweigern die Bewegung. Und dann flüstert da wieder diese gefährliche Stimme im hintersten Winkel meines Kopfes, die ich in meinen schwachen Momenten höre.

Wenn Owen aufwachen kann, ohne zu entgleiten, warum nicht auch Ben?

Was, wenn manche Chroniken nicht dem üblichen Muster folgen?

Es ist Angst und Wut und Rastlosigkeit, die sie aufwachen lassen. Aber Ben war nie ängstlich oder wütend oder rastlos. Würde er dann überhaupt aufwachen? Vielleicht würden Chroniken, die nicht aufwachen, auch nicht entgleiten, wenn sie es täten … *Aber Owen ist aufgewacht,* warnt mich eine andere Stimme. Außer ein Bibliothekar hat ihn geweckt und versucht seine Erinnerungen zu manipulieren. Vielleicht ist das der Trick. Vielleicht entgleitet Owen nicht, weil er nicht von selbst aufgewacht ist.

Ich betrachte Bens Körper und versuche, mir wieder bewusst zu machen, dass das hier nicht mein Bruder ist.

Es war einfacher zu glauben, als ich ihn nicht sehen konnte.

Meine Brust schmerzt, aber mir ist nicht nach Weinen zumute. Bens dunkle Wimpern ruhen auf seinen Wangen, einige Löckchen kringeln sich über seiner Stirn. Beim Anblick seiner Haare löst sich meine Hand aus ihrer Erstarrung, um sie ihm aus dem Gesicht zu streichen, wie ich es früher immer gemacht habe.

Das ist alles, was ich tun will.

Aber als meine Finger seine Haut berühren, öffnen sich langsam Bens Augen.

Erschrocken schnappe ich nach Luft und ziehe die Hand zurück, aber es ist zu spät. Bens braune Augen – Moms Augen, warm und hell und groß – blinzeln einmal, zweimal.

Dann setzt er sich auf.

»Mackenzie?«, fragt er.

Der Schmerz in meiner Brust verwandelt sich schlagartig in Panik. Mein Puls rast. Es gelingt mir nicht, ruhig zu wirken.

»Hallo, Ben«, würge ich heraus, denn vor lauter Schreck fällt mir das Atmen schwer, das Sprechen.

Mein Bruder blickt sich im Raum um – die vielen Regale bis zur Decke, die Tische und der Staub und die seltsame Atmosphäre. Dann schwingt er die Beine über die Schubladenkante.

»Was ist passiert?« Und bevor ich antworten kann: »Wo ist Mom? Wo ist Dad?«

Er hüpft hinunter, schnüffelt. Zieht die Stirn kraus. »Ich will nach Hause.«

Meine Hand tastet nach seiner.

»Dann lass uns nach Hause gehen, Ben.«

Er streckt die Hand nach meiner aus, aber dann hält er inne. Sieht sich wieder um.

»Was ist hier los?«, will er wissen. Sein Tonfall ist unsicher.

»Komm schon, Ben.«

»Wo bin ich?« Der schwarze Punkt in seinen Augen zittert. *Nein.* »Wie bin ich hierhergekommen?« Er tritt einen kleinen Schritt zurück. Weg von mir.

»Es wird alles gut.«

Als er mich ansieht, liegt Panik in seinen Augen. »Sag mir, wie ich hierhergekommen bin.« Verwirrung. »Das ist nicht lustig.« Qual.

»Ben, bitte«, flehe ich leise. »Lass uns einfach nach Hause gehen.«

Ich weiß nicht, was ich mir dabei denke. Ich kann nicht denken. Ich sehe ihn an und weiß nur, dass ich ihn nicht hier lassen kann. Er ist Ben, und ich habe tausendmal geschworen, dass ich nicht zulassen würde, dass ihm jemand wehtut. Weder die Monster unterm Bett, noch die Bienen im Garten oder die Schatten in seinem Kleiderschrank.

»Ich verstehe das nicht.« Seine Stimme ist rau. Seine Iris werden dunkler. »Ich weiß nicht … Ich war …«

Das darf doch eigentlich nicht passieren. Er ist nicht von alleine aufgewacht. Er sollte nicht …

»Warum …«, fragt er.

Ich knie mich vor ihn hin, damit ich seine Hände in meine nehmen kann. Ich drücke sie. Und ich versuche zu lächeln.

»Ben …«

»Warum sagst du mir nicht, was passiert ist?«

Das Schwarz seiner Augen breitet sich zu schnell aus, verdrängt das warme, helle Braun. Alles, was ich in diesen Augen noch sehe, ist die Spiegelung meines Gesichts, mit einem Ausdruck zwischen Schmerz und Ungläubigkeit, dass er entgleitet. Owen ist nicht entglitten. Warum muss es dann bei Ben passieren?

Das ist nicht fair.

Ben fängt an zu weinen, abgehackte Schluchzer.

Ich ziehe ihn in meine Arme.

»Sei stark für mich«, flüstere ich in seine Haare, aber er antwortet nicht. Ich umklammere ihn fester, als könnte ich den Ben, den ich kenne – kannte –, festhalten, ihn bei mir halten, aber er schiebt mich weg. Mit erstaunlicher Kraft für einen so kleinen Körper. Ich stolpere nach hinten und werde von einem weiteren Paar Arme aufgefangen.

»Geh weg!«, befiehlt der Mann, der mich festhält. Roland.

Sein Blick ist nicht auf mich gerichtet, aber die Worte sind für mich bestimmt. Er schiebt mich zur Seite und nähert sich meinem Bruder. *Nein, nein, nein,* denke ich. Das Wort hämmert in meinem Kopf wie ein Metronom.

Was habe ich getan?

»Ich wollte nicht …«

»Bleib weg«, knurrt Roland, ehe er sich vor Ben auf den Boden kniet.

Das ist nicht Ben, denke ich. Ich betrachte die Chronik – ihre Augen sind schwarz, während Bens braun waren.

Nicht Ben, denke ich und schlinge die Arme um die Brust, um nicht zu zittern.

Nicht Ben, als Roland meinem Bruder die Hand auf die Schulter legt und etwas zu ihm sagt, das so leise ist, dass ich es nicht hören kann.

Nicht Ben. Metall glänzt in Rolands anderer Hand, als er einen bartlosen Goldschlüssel in Nicht-Bens Brust stößt und umdreht.

Nicht-Ben schreit nicht auf, sondern sackt einfach zusammen. Seine Lider schließen sich, sein Kopf fällt nach vorn und sein Körper sinkt zu Boden, wo er jedoch nie aufschlägt, weil Roland ihn auffängt, um ihn dann hochzuheben und in seine Schublade zu legen. Der Schmerz weicht aus seinem Gesicht, die Anspannung aus seinen Gliedern. Sein ganzer Körper entspannt sich, als würde er in tiefen Schlaf fallen.

Roland schiebt die Tür zu, sodass die Dunkelheit Nicht-Bens Körper verschlingt. Ich höre das Schloss einrasten, und etwas in mir zerbricht.

Roland blickt nicht auf, während er einen Notizblock aus der Tasche zieht.

»Es tut mir leid, Miss Bishop.«

»Roland«, flehe ich. »Tu das nicht.« Er kratzt etwas aufs Papier. »Es tut mir so leid«, sage ich. »Es tut mir so unendlich leid, aber, bitte, tu das nicht …«

»Ich habe keine andere Wahl«, erwidert er, als sich die Karte an Bens Schublade rot färbt. Das Zeichen für den gesonderten Archivteil.

Nein, nein, nein, scheint das Metronom zu kreischen, und jedes Mal zerreißt etwas in mir.

Ich mache einen Schritt nach vorn.

»Bleib, wo du bist«, befiehlt Roland, und ich weiß nicht, ob es an seinem Tonfall liegt oder an der Tatsache, dass es innerlich so wehtut, dass ich keine Luft mehr bekomme, jedenfalls gehorche ich. Vor meinen Augen verschieben sich die Regale. Bens rot markierte Schublade zieht sich mit einem Zischen zurück, bis die Wand sie verschluckt hat. Die Schubladen rings herum rutschen weiter, bis die Lücke geschlossen ist.

Bens Schublade ist verschwunden.

Ich sinke auf dem alten Holzboden auf die Knie.

»Steh auf«, befiehlt Roland.

Mein Körper fühlt sich völlig kraftlos an, meine Lungen schwer, mein Puls zu langsam. Mühsam rappele ich mich auf, woraufhin Roland meinen Arm packt und mich aus dem Raum in einen leeren Saal führt.

»Wer hat die Schublade geöffnet?«

Ich werde Carmen nicht verpfeifen. Sie hatte nur helfen wollen.

»Ich.«

»Du hast keinen Schlüssel.«

»›Zwei Möglichkeiten, ein Schloss zu öffnen‹«, erwidere ich dumpf.

»Ich habe dich gewarnt, dass du dich fernhalten sollst«, schimpft Roland. »Ich habe dich gewarnt, dass du keine Aufmerksamkeit auf dich ziehen sollst. Ich habe dich gewarnt, was mit Wächtern passiert, die ihre Stelle verlieren. Was hast du dir nur dabei *gedacht?*«

»Nichts«, antworte ich. Mein Hals tut weh, als hätte ich geschrien. »Ich musste ihn einfach sehen …«

»Du hast eine Chronik aufgeweckt.«

»Das wollte ich doch nicht …«

»Er ist kein verdammtes Hündchen, Mackenzie, und er ist nicht dein Bruder. Dieses *Ding* ist nicht dein Bruder, und das weißt du.«

Die Risse breiten sich unter meiner Haut weiter aus.

»Wie kannst du das nicht wissen?«, fährt Roland fort. »Also wirklich …«

»Ich dachte, er würde nicht entgleiten!«

Er verstummt. *»Wie bitte?«*

»Ich dachte … dass er vielleicht … nicht entgleitet.«

Roland packt meine Schultern fest mit beiden Händen. »Alle. Chroniken. Entgleiten.«

Owen nicht, sagt die Stimme in mir.

Roland lässt mich los. »Gib deine Liste ab.«

Falls überhaupt noch Luft in meinen Lungen war, so nimmt dieser Befehl mir den letzten Atem.

»Was?«

»Deine Liste.«

Sollte sich herausstellen, dass sie auf irgendeine Art und Weise untauglich ist, wird sie den Job verlieren. Und sollte das der Fall sein, dann wirst du, Roland, sie höchstpersönlich entfernen.

»Roland …«

»Du kannst sie dir morgen Vormittag abholen, wenn du zu deiner Anhörung erscheinst.«

Er hatte mir versprochen, dass er es nicht tun würde. Ich hatte ihm vertraut … aber wie war ich mit *seinem* Vertrauen umgegangen? Ich sehe die Qual in seinen Augen. Also schiebe ich zitternd die Hand in meine Tasche und reiche ihm das zusammengefaltete Papier. Dann zeigt er auf die Tür, aber ich kann mich nicht von der Stelle rühren.

»Miss Bishop.«

Meine Füße sind wie festgewachsen.

»Miss Bishop.«

Das darf nicht sein. Ich wollte doch nur Ben besuchen. Ich musste doch nur …

»Mackenzie«, sagt Roland. Mühsam setze ich mich in Bewegung.

Ich folge ihm durch das Labyrinth aus Regalen. Es gibt keine Wärme und keinen Frieden. Mit jedem Schritt, jedem

Atemzug werden die Risse tiefer, breiten sich weiter aus. Roland führt mich durchs Atrium ins Vestibül an den Empfangstisch, wo immer noch pflichtschuldig Elliot sitzt.

Als Roland mich ansieht, ist der Ärger Traurigkeit gewichen. Müdigkeit.

»Geh nach Hause«, sagt er. Ich nicke steif. Dann dreht er sich um und verschwindet wieder im Archiv.

Elliot blickt von seiner Arbeit auf, ein Hauch von Neugier im Gesicht.

Ich spüre, wie ich zerbreche.

Es gelingt mir gerade noch, durch die Tür in die Narrows zu treten, bevor ich in tausend Stücke zerspringe.

Es tut weh.

Mehr als alles andere. Schlimmer als Lärm oder Berührungen oder Messerschnitte. Ich weiß nicht, wie ich machen kann, dass es aufhört. Es muss aufhören.

Ich kriege keine Luft.

Ich kann nicht …

»Mackenzie?«

Als ich mich umdrehe, steht Owen hinter mir im Gang. Er schaut mich mit seinen blauen Augen an, und zwischen seinen Brauen befindet sich eine kleine Falte.

»Was ist passiert?«, will er wissen.

Alles an ihm ist ruhig, still, gelassen. Schmerz verwandelt sich in Wut. Ich versetze ihm einen Stoß, mit voller Kraft.

»Warum bist du nicht entglitten?«, fahre ich ihn an.

Owen wehrt sich nicht, nicht mal aus Reflex, versucht nicht zu fliehen. Nur ein leichtes Zucken in seiner Kiefermuskulatur verrät eine Gefühlsregung. Am liebsten würde ich ihn zu Boden werfen. Ich will, dass er entgleitet. Er muss einfach. Ben hat es getan.

»Owen, warum?«

Wieder gebe ich ihm einen Schubs. Er tritt einen Schritt zurück.

»Was macht dich so besonders? Was macht dich so anders? Ben ist entglitten. Und zwar sofort, während du seit Tagen hier bist und überhaupt keine Anzeichen dafür zeigst, und das ist nicht fair.«

Bei meinem nächsten Schubs stößt er mit dem Rücken an die Wand am Ende des Korridors.

»Es ist nicht fair!«

Meine Hände vergraben sich in seinem Pulli. Die Stille füllt wie Rauschen den Raum in meinem Kopf, aber sie reicht nicht aus, um den Schmerz auszuradieren.

»Beruhig dich.« Owen umklammert meine Hände, drückt sie an seine Brust. Die Stille wird dichter, fließt in meinen Kopf hinein.

Mein Gesicht fühlt sich ganz nass an, obwohl ich mich nicht daran erinnern kann, geweint zu haben. »Das ist nicht fair.«

»Es tut mir leid«, sagt er. »Bitte beruhige dich.«

Ich will, dass der Schmerz aufhört. Ich halte ihn nicht mehr aus. Ich werde nicht in der Lage sein, mich wieder aufzurappeln. Da ist so viel Wut, und diese Schuldgefühle und …

Dann küsst Owen meine Schulter. »Das mit Ben tut mir leid.«

Die Stille baut sich auf wie eine Welle, die allen Ärger und Schmerz wegspült.

»Es tut mir leid, Mackenzie.«

Ich erstarre, aber als er seine Lippen auf meine Haut drückt, lodert die Stille in meinem Kopf auf, löscht alles andere aus. Hitze wogt durch meinen Körper und schärft meine Sinne, während die Ruhe meine Gedanken dämpft. Er küsst meinen Hals, mein Kinn. Jedes Mal, wenn seine Lippen meine Haut streifen, blühen die Hitze und die Stille nebeneinander auf, breiten sich aus, bis sie Stück für Stück den Schmerz und die Wut und die Schuldgefühle verdrängt haben und nur noch Wärme und Begehren und Ruhe bleibt. Seine Lippen streichen über meine Wangen. Dann zieht er sich ein Stück zurück, betrachtet mich behutsam mit seinen hellen Augen, sein Mund kaum einen Atemzug von meinem entfernt. Als er mich berührt, ist da nichts als Berührung. Kein Gedanke an falsch und auch kein Gedanke an Verlust und kein Gedanke an irgendwas, denn Gedanken können das statische Rauschen nicht durchdringen.

»Es tut mir leid, M.«

M. Das zieht mich vollends in die Tiefe. Dieses kleine Wort, das er unmöglich verstehen kann. M. Nicht Mackenzie. Nicht Mac. Nicht Bishop. Nicht Wächter.

Das will ich. Das brauche ich. Ich kann nicht das Mädchen sein, das die Vorschriften missachtet und ihren toten Bruder aufgeweckt hat, die alles kaputt gemacht hat …

Ich schließe die Lücke zwischen uns, ziehe Owens Körper an mich.

Seine Lippen sind weich aber fest, und als der Kuss intensiver wird, breitet sich die Ruhe weiter aus, füllt jeden Winkel meines Gehirns, brandet über mich hinweg. Ertränkt mich.

Dann ist sein Mund auf einmal weg, und seine Hände lassen meine los. Alles kommt zurück, viel zu laut. Ich ziehe ihn wieder an mich, spüre den unglaublich vorsichtigen Druck seines Mundes, als er mir den Atem raubt, die Gedanken raubt.

Owen drückt mich an die Wand, bedrängt mich mit seinen Küssen und der Stille, die seine Berührung begleitet. Ich lasse alles über mich hinwegrauschen, lasse die Fragen und Zweifel wegwaschen, die Chroniken und die Schlüssel und den Ring und alles andere, bis ich nur noch M bin, an seinen Lippen, seinem Körper. M, die sich im hellen Blau seiner Augen spiegelt, bis er sie schließt und mich noch fordernder küsst, und dann bin ich nichts mehr.

23

Ich kann nicht ewig hierbleiben, vergraben unter Owens Berührung. Irgendwann löse ich mich von ihm, durchbreche den Schutzmantel der Stille, und bevor meine Willenskraft einknickt und ich wieder nachgebe, gehe ich. Da ich nicht jagen kann, verbringe ich den Rest der Nacht damit, das Coronado abzusuchen, wandere wie betäubt von Stockwerk zu Stockwerk, versuche die Wände nach Hinweisen zu lesen, nach irgendetwas, das das Archiv – oder wer von dort auch immer versucht hatte, die Dinge zu vertuschen – übersehen haben könnte, aber jenes Jahr ist voller Löcher. Ich lasse den Zeitstrahl immer wieder durchlaufen, in der Hoffnung, irgendwelche Spuren in den Erinnerungen zu finden, aber dort gibt es nur undeutliche Eindrücke und lange Phasen mit zu flachem Schwarz. Ellings früheres Apartment ist abgeschlossen, aber ich lese die Stufen im südlichen Treppenhaus, wo Eileen angeblich gestürzt ist, und wage mich sogar in die Aufzüge, auf der Suche nach Lionels Messerstecher, doch dort erwartet mich ebenfalls nur das unnatürliche Nichts von ausgehöhlter Vergangenheit. Was auch immer hier passiert ist, irgendjemand hat sich große Mühe gegeben, alles zu entfernen, sodass selbst jemand wie ich nichts mehr erkennen kann.

Ein dumpfer Schmerz hat sich hinter meinen Augen eingenistet, und ich habe bereits alle Hoffnung aufgegeben, irgendeine hilfreiche, intakte Erinnerungssequenz zu finden, aber ich suche trotzdem weiter. Ich muss einfach. Denn jedes Mal, wenn ich stehen bleibe, holt mich der Gedanke, Ben zu verlieren – ihn wirklich zu verlieren –, wieder ein, zusammen mit dem Schmerz, dem Gedanken an Owens Kuss – dass ich die Berührung einer Chronik ausgenutzt habe. Also bleibe ich in Bewegung.

Ich fange an, nach weiteren Schnipseln von Reginas Geschichte Ausschau zu halten. Dazu stecke ich meinen Ring wieder an, in der Hoffnung, damit das Kopfweh zu lindern, und suche auf die altmodische Art und Weise, dankbar für die Ablenkung. Ich sehe in Schubladen und auf Ablagen nach, obwohl sechzig Jahre vergangen sind und die Wahrscheinlichkeit, irgendetwas zu finden, ziemlich gering ist. Ich suche nach Geheimfächern in der Bibliothek und ziehe sogar die Hälfte der Bücher aus den Regalen, um dahinterschauen zu können. Mir fällt wieder ein, dass Owen etwas von Gartenspalten gesagt hat. Obwohl ich weiß, dass Papier hier niemals so lange überleben würde, taste ich trotzdem im Dunkeln die moosigen Steine ab. Die stille Luft im Morgengrauen tut gut.

Die Sonne geht auf, während ich hinter den Schränken und rings um die alten Geräte im Café nachsehe, wobei ich darauf achte, die halb gestrichenen Wände nicht zu berühren. Und als ich meine Suche gerade aufgeben will, wandert mein Blick zu der Plane, die zum Schutz über das Rosenmuster im Boden geworfen wurde. *In Gartenspalten und unter Fliesen,* hatte Owen gesagt. Es ist eine gewagte Hoffnung, aber ich knie mich trotzdem hin und ziehe die Plastikplane beiseite. Die Rose darunter ist so breit wie meine Armspannweite, und jedes marmorne Rosenblatt hat die Größe meiner Handfläche. Vorsichtig streiche ich über das rostfarbene Muster. Fast in der Mitte spüre ich, wie sich ein Stein kaum merklich bewegt. Eines der Blütenblätter ist lose.

Mit klopfendem Herzen schiebe ich die Fingerspitzen unter die Kante. Es lässt sich herausheben. Das Versteck ist kaum mehr als eine Mulde, die mit weißem Stoff ausgelegt ist. Darin liegt, zusammengefaltet und durch ein schmales Metallstück beschwert, ein weiteres Teil von Reginas Geschichte.

Das Papier ist vergilbt, aber noch intakt, geschützt durch seine geheime Kammer. Ich nehme es heraus und betrachte es im Morgenlicht.

Die roten Steine verschoben sich und wurden zu Stufen, zu einer großen Treppe, die hoch und immer höher hinaufführte. Und der Held begann mit dem Aufstieg.

Die Teile sind nicht in der richtigen Reihenfolge. Im letzten Fragment war von Göttern und Monstern auf irgendeinem Gipfel die Rede. Das hier ist eindeutig früher. Aber was kommt danach?

Mein Blick fällt auf das kleine Metallteil, das die Nachricht festgehalten hatte. Es ist ungefähr so dick wie ein Bleistift, aber nur halb so lang. Am einen Ende läuft es spitz zu, wie eine Graphitmine. In das stumpfe Ende wurde eine Kerbe gehauen, und es besteht aus demselben Metall wie der Ring, der die erste Nachricht zusammenhielt.

Einen entsetzlichen, bitteren Moment lang bin ich geneigt, meinen Fund wieder zurückzulegen, ihn in seinem Versteck zu lassen. Es scheint mir so unfair, dass Owen etwas von Regina bekommen sollte, wenn ich nichts von Ben haben kann.

Doch so grausam es auch ist, dass Ben entglitten ist und Owen nicht, es ist doch nicht Owens Schuld. Er ist die Chronik und ich bin die Wächterin. Er konnte nicht wissen, was passieren würde, während ich bewusst beschlossen habe, meinen Bruder zu wecken.

Inzwischen ist die Sonne ganz aufgegangen. Der Morgen meiner Anhörung. Ich schiebe sowohl den Zettel als auch den Metallstift in meine Tasche und mache mich auf den Weg nach oben.

Dad ist bereits auf. Ich erzähle ihm, ich sei Laufen gewesen. Keine Ahnung, ob er mir glaubt. Er sagt, ich würde müde aussehen, und ich gebe zu, dass ich es bin. Wie in Trance dusche ich und stolpere dann durch die ersten Stunden des Tages, während ich versuche, nicht an die Anhörung zu denken, daran, für untauglich befunden zu werden, daran, alles zu verlieren. Ich helfe Mom bei der Entscheidung für eine neue Wandfarbe und packe die Hälfte der Haferkekse für Nix ein, bevor ich mich mit einer lahmen Entschuldigung aus dem Staub mache. Mom ist so mit dem Farbthema beschäftigt – *es ist immer noch nicht das Richtige, nicht ganz das Richtige, es muss stimmen* –, dass sie nur nickt. In der Tür bleibe ich noch einmal stehen, um ihr bei der Arbeit zuzusehen und Dad zu lauschen, der im Nebenzimmer telefoniert. Ich versuche, mir dieses *vorher* einzuprägen, da ich nicht weiß, was *danach* sein wird.

Dann gehe ich.

Während ich die Narrows mit ihrer feuchten Luft und den entfernten Geräuschen durchquere, überrollt mich die Erinnerung an die vergangene Nacht. Die Erinnerung an die Stille. Sofort steigt wieder Panik in mir auf, und ich wünschte, ich könnte verschwinden. Aber das kann ich nicht. Stattdessen gibt es etwas anderes, das ich tun sollte.

Nachdem ich den Alkoven und damit Owen gefunden habe, drücke ich ihm die Nachricht und den kleinen Eisenstift in die Hand und bleibe gerade lange genug für einen kurzen Kuss und einen Augenblick der Ruhe. Doch die Ruhe verwandelt sich in nackte Angst, als ich die Tür zum Archiv erreiche und hindurchgehe.

Ich weiß nicht, was ich erwartet habe – eine Reihe von Bibliothekaren, die bereits auf Position stehen, um mir meinen Schlüssel und meinen Ring abzunehmen? Jemand mit Namen Agatha, die mich für untauglich erklären wird, bevor sie meinen Job aus meinem Leben herausschneidet und dabei meine Identität gleich mit? Ein Tribunal? Einen Lynchmob?

Auf jeden Fall habe ich nicht damit gerechnet, dass Lisa vom Tisch aufblickt, mich über ihre grüne Hornbrille mustert und fragt, was ich will.

»Ist Roland da?«, erkundige ich mich zögerlich.

Sie wendet sich wieder ihrer Arbeit zu. »Er hat schon angekündigt, dass Sie vorbeischauen.«

Ich trete unruhig von einem Fuß auf den anderen. »Ist das alles?«

»Er hat gemeint, ich soll Sie reinschicken.« Lisa richtet sich auf. »Ist alles in Ordnung, Miss Bishop?«

Im Vestibül ist es still, aber mein Herz klopft so laut, dass sie es einfach hören muss. Ich schlucke und zwinge mich zu nicken. Man hat ihr also nichts gesagt. In diesem Moment kommt Elliot hereingestürmt. Ich erstarre, denn ich bin sicher, dass er gekommen ist, um sie zu informieren, um mich abzuholen, aber als er sich über ihre Schulter beugt, sagt er nur: »Drei, vier, sechs, zehn bis vierzehn.«

Lisa schnauft angespannt. »In Ordnung. Sorg dafür, dass sie geschwärzt werden.«

Ich runzele die Stirn. Was ist denn das für eine technische Schwierigkeit?

Nachdem Elliot verschwunden ist, sieht Lisa mich wieder an, als hätte sie meine Anwesenheit ganz vergessen.

»Immer eins«, sagt sie und meint damit: erster Seitenflügel, erster Saal, erster Nebenraum. »Finden Sie selber hin?«

»Ich glaube schon.«

Sie nickt und öffnet schwungvoll einige riesige Bücher auf dem Tisch, während ich an ihr vorbei ins Atrium gehe. Beim Blick hinauf zur gewölbten Decke aus Stein und buntem Glas frage ich mich, ob ich den Frieden hier je wieder erleben werde. Ob ich je wieder die Gelegenheit dazu haben werde.

In der Ferne rumpelt etwas, kurz darauf gefolgt von einer Art Nachbeben des Lärms. Erschrocken sehe ich mich um und entdecke Patrick auf der anderen Seite des Atriums, aber als er das Geräusch hört, verschwindet er im nächsten Seitenflügel und zieht die Türen hinter sich zu. Ich komme an Carmen vorbei, die an einem Regal in der ersten Halle steht. Sie nickt mir zu.

»Miss Bishop«, sagt sie. »Was führt Sie so bald wieder zu uns?«

Einen Moment lang starre ich sie einfach nur an. Ich habe das Gefühl, meine Verbrechen müssten mir auf die Stirn geschrieben stehen, aber nichts an ihrem Tonfall deutet darauf hin, dass sie Bescheid weiß. Hat Roland wirklich nichts gesagt?

»Bin nur hier, um mit Roland zu sprechen.« Mit viel Mühe gelingt es mir, ruhig zu klingen. Sie winkt mich weiter, also biege ich in den ersten Seitenflügel ab, dann in den ersten Saal und bleibe vor der ersten Tür stehen. Sie ist geschlossen. Ein dickes, glasloses Exemplar. Ich lege die Fingerspitzen dagegen und sammle meinen Mut, bevor ich sie öffne.

Zwei Augenpaare blicken mir entgegen: eines grau und ziemlich streng, das andere braun und schwarz umrahmt.

Auf dem Tisch mitten im Raum hockt Wesley.

»Gehe ich recht in der Annahme, dass ihr euch kennt?«, meint Roland.

Kurz überlege ich, zu lügen, denn Wächter sollen ja eigentlich alleine arbeiten, alleine existieren. Aber Wesley nickt.

»Hallo, Mac«, begrüßt er mich.

»Was macht *er* denn hier?«, will ich wissen.

Roland kommt auf mich zu. »Mr. Ayers wird dich bei deinen Revierpflichten unterstützen.«

»Du gibst mir einen Babysitter?«

»Also, bitte.« Wes hüpft vom Tisch. »Ich bevorzuge das Wort *Partner*.«

Ich runzele die Stirn. »Aber nur die Crew arbeitet in Teams.«

»Ich mache eine Ausnahme«, erklärt Roland.

»Mac, komm schon«, meint Wes, »das wird lustig.«

Ich muss an Owen denken, der im Dunkel der Narrows wartet, aber ich schiebe das Bild schnell wieder weg. »Roland, was soll das hier?«

»Du wirst gemerkt haben, dass die Anzahl deiner Namen angestiegen ist.«

Ich nicke. »Und ihr Alter. Lisa und Patrick haben beide gesagt, es gäbe ein kleines technisches Problem.«

Roland verschränkt die Arme vor der Brust. »Es nennt sich Störfall.«

»Ich nehme mal an, ein Störfall ist schlimmer als ein kleines technisches Problem.«

»Ist euch aufgefallen, wie sehr im Archiv auf Ruhe geachtet wird? Wisst ihr, was der Grund dafür ist?«

»Dass die Chroniken nicht aufwachen«, meint Wesley.

»In der Tat. Wenn zu viel Lärm herrscht, zu viel Betrieb, dann fangen die mit dem leichten Schlaf an, sich zu regen. Je mehr Lärm, je mehr Betrieb, umso mehr Chroniken. Sogar Tiefschläfer wachen auf.«

Was die älteren Chroniken in meinem Revier erklärt.

»Ein Störfall tritt ein, wenn der Lärm, den Chroniken beim Aufwachen machen, andere Chroniken aufweckt, und so weiter. Wie Dominosteine. Mehr und immer mehr, bis es wieder unter Kontrolle ist.«

»Oder bis sie alle umgefallen sind«, flüstere ich.

»Als es anfing, haben wir sofort gehandelt, indem wir ganze Säle verdunkelt haben. Die mit dem leichten Schlaf zuerst. Das hätte eigentlich ausreichen sollen. Ein Störfall beginnt an einer Stelle, wie ein Feuer, also hat er ein Zentrum. Wenn es einem gelingt, den heißesten Teil zu löschen, dann müsste man eigentlich den Rest auch in den Griff bekommen. Aber es funktioniert nicht. Jedes Mal, wenn wir ein Feuer löschen, flackert es an einem vollkommen ruhigen Ort wieder auf.«

»Das klingt irgendwie nicht normal«, meint Wes.

Roland wirft mir einen bedeutungsvollen Blick zu. *Weil es das auch nicht ist.*

Soll also der Störfall von den manipulierten Chroniken ablenken? Oder steckt da noch mehr dahinter? Ich wünschte, ich könnte fragen, aber um Rolands Beispiel zu folgen, will ich vor Wes nicht zu viel sagen.

»Was das Coronado betrifft«, fährt Roland fort, »das ist momentan mehr betroffen als andere Reviere. Deshalb, Mackenzie, wird dich Wesley dort unterstützen, bis die *kleineren technischen Schwierigkeiten* behoben sind und deine Zahlen wieder auf ein normales Maß heruntergehen.«

In meinem Kopf dreht sich alles. Ich bin hierhergekommen in der Annahme, meinen Job zu verlieren, mein Selbst zu verlieren, und stattdessen bekomme ich einen Partner.

Roland hält mir einen zusammengefalteten Zettel hin.

»Deine Liste.«

Ich nehme sie, halte dabei aber seinen Blick fest. Was ist mit gestern Abend? Was ist mit Ben? Ich werde mich hüten, diese Fragen laut auszusprechen, deshalb erkundige ich mich stattdessen: »Gibt es sonst noch was?«

Roland betrachtet mich einen Augenblick lang, dann zieht er etwas hinten aus seiner Hosentasche und reicht es mir. Ein zusammengefaltetes schwarzes Taschentuch. Ich bin überrascht, wie schwer es ist. Offensichtlich ist in den Stoff etwas eingewickelt. Als ich ihn aufschlage, fällt mir vor Staunen die Kinnlade runter.

Es ist ein Schlüssel.

Und zwar nicht so ein einfacher Kupferschlüssel wie der, den ich um den Hals trage, und auch keiner dieser dünnen goldenen, wie sie die Bibliothekare benutzen, sondern er ist größer, schwerer, kälter. Ein fast schwarzes Teil mit scharfen Bartzacken und rostigen Kanten. Ich spüre ein Ziehen in meiner Brust: Ich habe diesen Schlüssel schon mal gesehen. Ich hatte ihn schon mal in der Hand.

Wesley macht große Augen. »Ist das ein *Crew*-Schlüssel?«

Roland nickt. »Er hat Antony Bishop gehört.«

»Warum hast du zwei Schlüssel?«, will ich wissen.

Du siehst mich an, als wärst du davon ausgegangen, dass mir das zweite Band um deinen Hals nie auffallen würde. Jetzt ziehst du es über den Kopf und hältst es mir hin. Am Ende baumelt schwer das Metall. Als ich den Schlüssel in die Hand nehme, fühlt er sich kalt und seltsam schön an mit seinem geschwungenen Griff am einen Ende und den scharfen Zähnen am anderen. Ich kann mir kein Schloss auf der Welt vorstellen, in das diese Zacken passen sollen.

»Was macht man damit?«, frage ich und wiege ihn in der Hand.

»Das ist ein Crew-Schlüssel«, erklärst du. »Wenn eine Chronik entkommt, muss man sie zurückbringen, und zwar schnell. Die Crew kann keine Zeit damit verschwenden, in den Narrows nach Türen zu suchen. Deshalb verwandelt dieser Schlüssel jede Tür in eine Archivtür.«

»Jede Tür?«, hake ich nach. »Sogar die Haustür? Oder die zu meinem Zimmer? Oder die beim Schuppen, der bald einstürzt …«

*»*Jede *Tür. Man muss nur den Schlüssel ins Schloss stecken und umdrehen. Nach links für die Bibliothekare, nach rechts für Retoure.«*

Ich fahre mit dem Daumen über die Zacken. »Ich dachte, du bist nicht mehr bei der Crew.«

»Stimmt. Hab es nur noch nicht über mich gebracht, ihn zurückzugeben.«

Ich tue so, als würde ich den Schlüssel ins Schloss einer Tür stecken, die ich bloß nicht sehen kann. Gerade will ich ihn in der Luft herumdrehen, als du mein Handgelenk packst. Dein Lärm rauscht durch meinen Kopf, voller Winterbäume und weit entfernter Stürme.

»Vorsichtig«, warnst du mich. »Crew-Schlüssel sind gefährlich. Man verwendet sie, um die Nähte zwischen der Außenwelt und dem Archiv aufzureißen, damit sie uns hindurchlassen. Wir glauben gerne, wir könnten diese Art von Macht mit Drehungen nach links oder rechts kontrollieren, aber diese Schlüssel, die können Löcher in die Welt reißen. Mir ist das einmal passiert, aus Versehen. Hat mich fast aufgefressen.«

»Wie?«

»Crew-Schlüssel sind zu stark und zu clever. Wenn du dieses Stück rostiges Metall in die Höhe hältst, nicht an eine Tür, sondern nur in die Luft und einmal ganz herumdrehst, dann wird es einen Riss in die Welt fetzen, eine Art negative Tür, die ins Nichts führt.«

»Wenn sie nirgends hinführt«, frage ich, »was kann dann schon Schlimmes passieren?«

»Eine Tür, die nirgends hinführt, und eine Tür, die ins Nichts *führt, sind zwei völlig verschiedene Dinge, Kenzie. Eine Tür, die ins Nichts führt, ist gefährlich. Eine Tür ins Nichts ist eine Tür zum Nichts.« Mit diesen Worten nimmst du den Schlüssel wieder an dich und streifst dir das Band über den Kopf. »Eine Leere.«*

Gebannt blicke ich immer noch auf den Crew-Schlüssel. »Kann er sonst noch was?«

»Na klar.«

»Was denn?«

Du lächelst mich schief an. »Wenn du zur Crew befördert wirst, wirst du's erfahren.«

Ich kaue nachdenklich auf meiner Unterlippe herum. »Du?«

»Ja, Kenzie?«

»Wenn Crew-Schlüssel doch so mächtig sind, wird das Archiv dann nicht merken, dass deiner fehlt?«

Du lässt dich in deinem Stuhl zurücksinken und zuckst mit den Schultern. »Dinge werden verlegt. Dinge werden verloren. Niemand wird ihn vermissen.«

»Granpa hat dir seinen Schlüssel gegeben?« Ich hatte mich immer gefragt, was wohl damit passiert war.

»Bekomme ich auch einen Crew-Schlüssel?«, will Wesley wissen und wippt begeistert auf und ab.

»Ihr werdet ihn euch teilen müssen«, erwidert Roland. »Das Archiv führt genau Buch über diese Schlüssel. Es fällt auf, wenn einer verschwindet. Der einzige Grund, weshalb sie nicht merken werden, dass dieser hier weg ist, ist, dass …«

»… er einfach verschwunden bleibt«, beende ich den Satz für ihn.

Roland lächelt beinahe. »Antony hat ihn so lange behalten, wie er nur konnte, dann hat er ihn mir zurückgebracht. Ich habe ihn nie abgegeben, deshalb betrachtet das Archiv ihn immer noch als verloren.«

»Und wieso gibst du ihn jetzt mir?«

Roland reibt sich die Augen. »Die Störfälle breiten sich aus. Rasend schnell. Wenn immer mehr Chroniken aufwachen und immer mehr entkommen, musst du vorbereitet sein.«

Ich betrachte den Schlüssel in meiner Hand, und das Gewicht der Erinnerung zieht an meinen Fingern. »Diese Schlüssel führen ins Archiv und daraus hinaus, aber Granpa hat gesagt, sie würden auch noch andere Dinge tun. Wenn ich ihn bekomme und Crew spielen soll, dann will ich wissen, was er damit gemeint hat.«

»Dieser Schlüssel ist keine Beförderung! Er darf nur im Notfall verwendet werden, und selbst dann nur, um ins Archiv oder wieder hinaus zu gelangen.«

»Wo sollte ich denn sonst hingehen?«

»Oh, geht es dabei um Abkürzungen?«, will Wes wissen. »Meine Tante Joan hat mir davon erzählt. Es gibt diese Türen, aber sie führen nicht in die Narrows oder ins Archiv, sondern sie existieren nur in der Außenwelt. Wie Löcher, die in den Raum gestanzt wurden.«

Roland schenkt uns einen vernichtenden Blick und seufzt. »Abkürzungen werden von der Crew benutzt, um sich zielschneller durch die Außenwelt bewegen zu können. Manche erlauben einem, ein paar Häuserblöcke zu überspringen, andere führen durch eine ganze Stadt.«

Wes nickt, aber ich bin nicht überzeugt. »Warum habe ich dann noch nie eine gesehen? Nicht mal ohne meinen Ring.«

»Ich bin sicher, das hast du, nur hast du es nicht gewusst. Abkürzungen sind unnatürliche … Löcher im Raum. Sie sehen nicht aus wie Türen, sondern da ist nur eine Art Ungenauigkeit in der Luft, an der der Blick abrutscht. Die Crew lernt, nach den Orten Ausschau zu halten, die ihre Augen meiden wollen. Aber das braucht Zeit und Übung. Keines von beidem habt ihr. Außerdem brauchen Crew-

Mitglieder Jahre, um sich einzuprägen, welche Türen wohin führen, was nur einer von vielen Gründen ist, weshalb ihr *keine* Erlaubnis habt, diesen Schlüssel zu benutzen, falls ihr eine findet. Verstanden?«

Ich falte das Taschentuch über dem Schlüssel zusammen und nicke. Dann stecke ich ihn in die Tasche. Roland ist ganz offensichtlich nervös, was ja auch kein Wunder ist. Wenn Abkürzungen kaum mehr sind als ein bisschen Luft und die Dinge passieren können, die Granpa mir geschildert hat, wenn man einen Crew-Schlüssel *in* der Luft dreht, dann ist die Wahrscheinlichkeit, eine Leere in die Außenwelt zu reißen, gar nicht so klein.

»Zusammenbleiben, keine Spielereien mit dem Schlüssel, nicht nach Abkürzungen suchen.« Wes zählt die einzelnen Punkte an den Fingern ab.

Wir wenden uns beide zum Gehen.

»Miss Bishop«, ruft Roland. »Ein Wort unter vier Augen.«

Wesley verlässt den Raum, während ich auf meine Bestrafung, mein Urteil warte. Roland schweigt, bis Wes die Tür hinter sich geschlossen hat.

»Miss Bishop«, sagt er, ohne mich anzusehen. »Mr. Ayers wurde vom Störfall in Kenntnis gesetzt. Er weiß nichts von seiner mutmaßlichen Ursache. Du wirst diesen Teil, sowie den Rest unserer Nachforschungen, für dich behalten.«

Ich nicke. »Ist das alles, Roland?«

»Nein.« Seine Stimme wird leiser. »Mit dem Öffnen von Benjamins Schublade hast du das Gesetz des Archivs gebrochen und mein Vertrauen missbraucht. Dein Verhalten wird ein einziges Mal nachgesehen, aber wenn du so etwas jemals wieder tust, verwirkst du damit deine Position, und ich werde dich persönlich abziehen.« Seine grauen Augen sind direkt auf mich gerichtet. »*Das* war dann alles.«

Ich senke den Kopf, damit man mir den Schmerz nicht ansieht. Dann hole ich einmal tief Luft, nicke mühsam ein weiteres Mal und gehe.

Wesley wartet an der Archivtür auf mich. Elliot am Empfangstisch ist fieberhaft mit Schreiben beschäftigt. Er blickt nicht einmal auf, als ich hereinkomme, obwohl der Anblick von zwei Wächtern wohl eher ungewöhnlich ist.

Wes hingegen wirkt ganz aufgedreht.

»Schau mal.« Er hält mir seine Liste hin. Es steht ein einziger Name darauf, der eines Kindes. »Das ist meine …« Er dreht den Zettel um. Auf der Rückseite sind sechs Namen vermerkt. »Und das da deine. Teilen heißt Kümmern.«

»Wesley, du hast aber schon zugehört? Das ist kein Spiel hier.«

»Das heißt aber nicht, dass wir keinen Spaß haben werden. Und sieh nur!« Er tippt auf die Mitte meiner Liste, wo sich ein Name von den anderen abhebt.

Dina Blunt, 33.

Bei der Aussicht auf eine weitere erwachsene Chronik, eine Wächter-Mörderin, verziehe ich das Gesicht, denn mir ist die letzte noch allzu deutlich in Erinnerung, aber Wesley wirkt seltsam erfreut.

»Kommen Sie, Miss Bishop«, meint er und streckt mir die Hand hin. »Lassen Sie uns jagen gehen.«

24

Wesley Ayers ist zu nett.

»Dann hat dieser fiese Sechsjährige versucht, mich durch einen Tritt gegen das Knie zu Fall zu bringen …«

Zu gesprächig.

»… aber weil er gut sechzig Zentimeter kleiner ist als ich, trifft er volle Kanne mein Schienbein …«

Zu fröhlich.

»Ich meine, er war sechs und hatte diese Fußballerschuhe an …«

Was bedeutet …

»Er hat es dir gesagt«, unterbreche ich ihn.

Wesley runzelt die Stirn, aber es gelingt ihm, weiter zu lächeln. »Wovon redest du?«

»Roland hat es dir erzählt, oder? Dass ich meinen Bruder verloren habe.«

Kurz erscheint ein Lächeln auf seinen Lippen, das gleich wieder erstirbt. Schließlich nickt er.

»Ich wusste es schon«, erwidert er. »Ich habe ihn gesehen, als dein Vater meine Schulter berührt hat. Ich habe ihn gesehen, als du mich in den Narrows geschubst hast. Ich habe nicht in den Kopf deiner Mutter hineingeschaut, aber man kann es an ihrem Gesicht ablesen, an ihrer Haltung.

Ich wollte nicht hinsehen, Mac, aber er ist direkt an der Oberfläche. Er steht euch allen ins Gesicht geschrieben.«

Ich weiß nicht, was ich sagen soll. Wir stehen da in den Narrows, und alle Unaufrichtigkeit fällt von uns ab.

»Roland hat gesagt, es wäre ein Unfall gewesen. Er meinte, er will nicht, dass du allein bist. Ich weiß nicht, was genau passiert ist. Aber ich möchte, dass du weißt, du bist nicht allein.«

Meine Augen brennen so sehr, dass ich fest die Zähne zusammenbeiße und wegsehe.

»Alles klar bei dir?«, fragt er.

Die Lüge will mir ganz automatisch über die Lippen kommen, aber ich verkneife sie mir. »Nein.«

Wes blickt ebenfalls zu Boden. »Weißt du, ich habe immer gedacht, wenn man stirbt, verliert man alles.« Er geht ein paar Schritte den Flur hinunter und spricht dabei weiter, sodass ich gezwungen bin, ihm zu folgen. »Das machte mich so traurig am Tod. Dass man all die Dinge verliert, die man sein ganzes Leben über ansammelt, all die Erinnerungen und das Wissen. Aber als mir meine Tante Joan von den Chroniken und dem Archiv erzählt hat, veränderte sich das alles.« An einer Ecke bleibt er stehen. »Das Archiv bedeutet, dass die Vergangenheit nie vorbei ist. Nie verloren. Das zu wissen ist befreiend. Es gab mir die Erlaubnis, immer nach vorn zu schauen. Schließlich müssen wir unsere eigenen Chroniken schreiben.«

»Mein Gott, was für ein Klischee.«

»Ich sollte Grußkarten entwerfen, ich weiß.«

»Ich glaube nicht, dass es eine Sparte für diese Art von Sentimentalität gibt.«

»Eigentlich sehr schade.«

Ich lächele, aber über Ben will ich immer noch nicht reden. »Deine Tante Joan. Die hast du also beerbt?«

»Großtante, um genau zu sein. Die Dame mit den blauen Haaren ... auch bekannt als Joan Petrarch. Eine Furcht einflößende Person.«

»Lebt sie noch?«

»Ja.«

»Aber sie hat den Job an dich abgegeben. Bedeutet das, sie hat abgedankt?«

»Nicht so ganz.« Er zappelt herum, weicht meinem Blick aus. »Die Aufgabe kann nur dann weitergegeben werden, wenn der bisherige Wächter oder die Wächterin nicht mehr dazu in der Lage ist. Tante Joan hat sich vor ein paar Jahren die Hüfte gebrochen. Versteh mich nicht falsch, sie ist immer noch verdammt auf zack. Schnell wie der Blitz mit ihrem Gehstock. Ich hab Narben als Beweis. Aber nach dem Unfall hat sie mir den Job übertragen.«

»Es muss klasse sein, mit ihr darüber reden zu können. Sie um Rat zu fragen, um Hilfe zu bitten. Die Geschichten zu hören.«

Wesleys Lächeln verblasst. »Es ... so funktioniert das nicht.«

Ich komme mir vor wie ein Idiot. Natürlich hat sie das Archiv *verlassen*. Man hatte sie manipuliert. Ausradiert.

»Nachdem sie den Job abgegeben hat, hat sie das alles vergessen.« Der Schmerz in seinen Augen ist einer, den ich wiedererkenne. Ich war vielleicht nicht in der Lage, in Wes' fröhliches Lächeln einzustimmen, aber ich kann sein Gefühl der Einsamkeit teilen. Es ist schlimm genug, von Leuten umgeben zu sein, die nie davon wussten, aber jemanden zu haben und dann zu verlieren … Kein Wunder, dass Granpa seinen Titel bis zu seinem Tod behalten hat.

Wes wirkt verloren, und ich wünschte, ich wüsste, wie ich ihn zurückholen kann. Doch dann muss ich es gar nicht, weil eine Chronik es für mich erledigt. Kaum erreicht uns das Geräusch, blitzt Wesleys Lächeln wieder auf. Seine Augen funkeln – eine Art Hunger, wie ich ihn schon bei Chroniken gesehen habe. Ich wette, er marschiert in den Narrows auf und ab, in der Hoffnung auf einen Kampf.

Das Geräusch ertönt erneut. Wie es aussieht, sind die Zeiten vorbei, als wir die Chroniken tatsächlich jagen mussten. Inzwischen sind sie so zahlreich, dass sie uns von alleine finden.

»Na, du willst doch schon seit Tagen hier jagen«, sage ich. »Bist du bereit?«

Wesley verbeugt sich. »Nach dir.«

»Na prima.« Ich lasse meine Fingerknöchel knacken. »Aber behalt deine Hände bei dir, damit ich mich auf meine Arbeit konzentrieren kann statt auf diese entsetzliche Rockmusik, die du verbreitest.«

Er zieht eine Augenbraue hoch. »Ich klinge wie eine Rockband?«

»Bilde dir bloß nichts darauf ein. Du klingst wie eine Rockband, die man von einem Laster geworfen hat.«

Sein Lächeln wird breiter. »Super. Und wenn wir schon dabei sind, du klingst wie ein Gewitter. Außerdem, wenn dich mein einwandfreier Musikgeschmack aus dem Takt bringt, dann lern doch einfach, mich auszublenden.«

Ich werde jetzt nicht zugeben, dass ich das nicht kann, dass ich nicht weiß, wie, also schnaube ich bloß. Als das Geräusch der Chronik erneut erklingt, eine Art Faust-gegen-Tür-Schlagen, ziehe ich meinen Schlüssel vom Hals und versuche, mein plötzlich schneller klopfendes Herz zu beruhigen, während ich mir das Lederband ein paarmal ums Handgelenk wickele.

Ich hoffe, dass es nicht Owen ist. Der Gedanke überrascht mich. Ich kann nicht glauben, dass ich in diesem Moment lieber einem zweiten Hooper gegenüberstehen würde als Owen. Aber es kann nicht Owen sein. Er würde niemals so viel Krach machen … außer, er hätte angefangen zu entgleiten. Vielleicht hätte ich Wesley von ihm erzählen sollen, aber er ist ein Teil der Nachforschungen, wodurch er zu den Dingen gehört, über die ich nicht sprechen soll. Trotzdem, falls Wes Owen findet oder umgekehrt, wie soll ich erklären, dass ich diese eine Chronik brauche, dass ich ihn vor dem Archiv beschütze, dass er ein Indiz ist? (Mehr ist er nicht, sage ich mir so nachdrücklich wie möglich.)

Das kann ich nicht erklären.

Ich kann nur hoffen, dass Owen clever genug ist, sich so weit wie möglich von uns fernzuhalten.

»Mac, entspann dich«, meint Wes, der mein angespanntes Gesicht bemerkt hat. »Ich werde dich beschützen.«

Sicherheitshalber lache ich. »Ja, klar. Du mit deinen Haarstacheln wirst mich vor den großen bösen Monstern beschützen.«

Wes zieht einen kurzen zylinderförmigen Gegenstand aus der Jackentasche. Mit einer schnellen Bewegung aus dem Handgelenk fährt der Zylinder aus und verwandelt sich in einen Stab.

Ich lache. »Deinen Stock hatte ich ganz vergessen! Kein Wunder, dass dieser Sechsjährige dich getreten hat«, sage ich. »Du siehst aus, als würdest du gleich eine Piñata in Stücke hauen.«

»Das ist ein japanischer *Bō*-Stock.«

»Es ist ein Stöckchen. Pack das jetzt weg. Die meisten Chroniken sind doch sowieso schon total verängstigt, Wes. Du machst es nur noch schlimmer.«

»Du redest von ihnen, als wären sie Menschen.«

»Und du, als wären sie es nicht. *Pack das Ding weg.*«

Murrend faltet Wesley seine Waffe wieder zusammen und steckt sie ein. »Dein Revier«, sagt er, »deine Regeln.«

Das Klopfen ertönt erneut, gefolgt von einem leisen »Hallo? Hallo?«.

Wir biegen um die Ecke und bleiben stehen.

Am Ende des Flures steht ein junges Mädchen mit roten Locken und schon ziemlich abgesplittertem blauen Nagellack. Sie hämmert so fest sie kann an eine der Türen.

Wesley macht einen Schritt auf sie zu, aber ich bedeute ihm mit einem Blick zurückzubleiben. Als ich auf das Mädchen zugehe, fährt sie herum. Ihre Augen sind schwarz gesprenkelt.

»Mel«, sagt sie. »Mein Gott, hast du mich erschreckt.« Sie ist nervös, aber nicht feindselig.

»Ganz schön unheimlich hier«, erwidere ich im Versuch, ihr Unbehagen widerzuspiegeln.

»Wo bist du denn gewesen?«, fährt sie mich an.

»Ich hab nach einem Ausgang gesucht«, antworte ich. »Und ich glaube, ich habe endlich einen gefunden.«

Das Mädchen wirkt total erleichtert. »Wird auch Zeit«, meint sie. »Dann geh mal voraus.«

»Siehst du?«, sage ich zu Wesley, als ich mich an die Retoure-Tür lehne, nachdem ich das Mädchen hindurchgeführt habe. »Kein Stock nötig.«

Er lächelt. »Beeindruckend …«

Jemand kreischt auf.

Einer dieser schrecklichen Schreie. Animalisch. Und ganz nah.

Wir gehen den Weg zurück, den wir gekommen sind, bis wir eine T-Kreuzung erreichen, an der wir rechts abbiegen. Vor uns im Flur steht eine Frau. Sie ist ausgemergelt und hat den Kopf nach rechts gedreht. Sie ist kaum kleiner als Wesley, hat uns den Rücken zugewandt, und gemessen an dem Laut, der eben aus ihrem Mund kam, würde ich darauf wetten, dass es sich um *Dina Blunt, 33* handelt.

»Jetzt bin ich dran«, flüstert Wesley.

Ich ziehe mich bis zur nächsten Ecke zurück und lausche, wie er einmal laut und hart auf die Wand klatscht. Ich kann die Frau nicht sehen, aber ich stelle mir vor, wie sie bei diesem Geräusch herumfährt und Wes entdeckt.

»Ian, warum?«, wimmert sie. Die Stimme kommt näher. »Warum hast du mich dazu gebracht, das zu tun?«

Ich drücke mich an die Wand und warte.

In meinem Flurteil bewegt sich etwas, und ich sehe gerade noch, wie ein silberblonder Haarschopf durch die Schatten huscht. Rasch schüttele ich den Kopf, in der Hoffnung, dass Owen mich sehen kann und dass er auch sonst schlau genug ist, sich jetzt nicht blicken zu lassen.

»Ich habe dich geliebt.« Die Worte sind jetzt viel, viel näher. »Ich habe dich geliebt, und du hast mich trotzdem dazu gebracht.«

Wesley tritt einen Schritt zurück, wodurch er in meinem Sichtfeld auftaucht, aber nach einem ganz kurzen Seitenblick auf mich sieht er wieder die Frau an, deren Schritte ich nun ebenfalls hören kann, zusammen mit ihrer Stimme.

»Warum hast du mich nicht davon abgehalten?«, jammert sie. »Warum hast du mir nicht geholfen?«

»Lass mich dir jetzt helfen.« Wesley ahmt meinen ruhigen Tonfall nach.

»Du hast mich dazu gebracht. Du hast mich dazu gebracht, Ian«, sagt sie, als könnte sie ihn gar nicht hören, als hinge sie in einer albtraumhaften Schleife fest. *»Das ist alles deine Schuld!«*

Mit jedem Wort wird ihre Stimme kreischender, bis sich die Worte in ein Heulen und dann in einen Schrei verwandeln, bevor sie versucht, sich auf Wes zu stürzen. Die beiden bewegen sich an mir vorbei, Wesley immer ein Stück zurück und sie hinterher, Schritt für Schritt.

Ich husche hinter ihr in den Flur.

»Ich kann dir helfen«, sagt Wes, aber am Zug um seine Augen kann ich erkennen, dass er dieses Maß an Orientierungsverlust nicht gewöhnt ist. Er ist nicht daran gewöhnt, Worte statt Gewalt anzuwenden. »Beruhig dich doch«, meint er schließlich. »Beruhig dich erst mal.«

»Was ist denn mit *der* los?« Die Frage stammt weder von Wesley noch von mir, sondern von einem Jungen hinter Wes am Ende des Korridors, der einige Jahre jünger ist als wir.

Wes wirft ihm einen kurzen Blick zu, den Dina Blunt sofort ausnutzt, um sich auf ihn zu stürzen. Als sie nach seinem Arm greift, packe ich ihren. Vor lauter Panik verliert sie in ihrer Vorwärtsbewegung das Gleichgewicht, sodass ich ihren eigenen Schwung ausnützen kann, um sie zurückzureißen, mit beiden Händen ihren Kopf zu packen und ihn mit einer schnellen Bewegung zu verdrehen.

Das Knacken ihres Genicks ist deutlich zu hören, gefolgt vom Aufprall ihres Körpers, als sie auf den Boden sackt.

Der Junge macht ein Geräusch zwischen Keuchen und Aufschrei. Mit weit aufgerissenen Augen dreht er sich um und jagt um die nächste Ecke davon. Wesley folgt ihm nicht. Er rührt sich nicht mal vom Fleck. Stattdessen starrt er bloß auf Dina Blunts reglose Gestalt. Dann wandert sein Blick zu mir hinauf.

Ob dieser Blick reine Verblüffung oder auch Bewunderung ausdrückt, kann ich nicht sagen.

»Was ist aus der menschenfreundlichen Vorgehensweise geworden?«

Ich zucke mit den Schultern. »Die reicht manchmal nicht aus.«

»Du bist verrückt«, sagt er. »Du bist ein verrücktes, unglaubliches Mädchen. Und du jagst mir eine Wahnsinnsangst ein.«

Ich grinse.

»Wie hast du das gemacht?«, will Wes wissen.

»Neuer Trick.«

»Wo hast du den gelernt?«

»Durch Zufall.« Das ist nicht mal gelogen. Ich hatte Owen nie darum gebeten, es mir zu zeigen.

Der Körper der Chronik zuckt auf dem Boden. »Es wird nicht lange halten«, erkläre ich und packe sie an den Armen. Wes nimmt die Beine.

»So sind also Erwachsene?«, fragt er, während wir sie zur nächsten Retoure-Tür tragen. Ihre Augenlider flattern. Wir beschleunigen unsere Schritte.

»O nein«, antworte ich, als wir die Tür erreichen. »Sie werden noch viel schlimmer.« Ich drehe den Schlüssel, wodurch der Lichtschein den Flur erfüllt.

Wes lächelt grimmig. »Na, toll.«

Dina Blunt fängt an zu wimmern, als wir sie hineinschieben.

»Also«, meint Wesley, während ich die Tür schließe und die Stimme der Frau verklingt, »wer kommt als Nächstes?«

Zwei Stunden später ist die Liste wie durch ein Wunder abgearbeitet, und es ist mir immerhin gelungen, eine Stunde und neunundfünfzig Minuten lang nicht daran zu denken, wie Bens Schublade in der Wand verschwunden ist. Eine Stunde und neunundfünfzig Minuten lang kein Gedanke an den skrupellosen Bibliothekar. Das Jagen verdrängt alles andere, aber in dem Moment, als wir aufhören, kehrt der Lärm zurück.

»Alle erledigt?«, erkundigt sich Wes und lehnt sich an die Wand.

Ich betrachte den leeren Zettel und falte ihn schnell zusammen, bevor ein neuer Name auftauchen kann. »Scheint so. Wünschst du dir immer noch, du hättest mein Revier?«

Er lächelt. »Vielleicht nicht alleine, aber wenn du dazu gehören würdest? Ja.«

Ich versetze seinem Schuh einen Tritt, und anscheinend bilden zwei Stiefel genug Puffer zwischen uns, damit fast nichts von Wesleys Lärm zu mir hindurchdringt. Nur eine kleine Rückkopplung – aber so langsam gewöhne ich mich daran.

Gemeinsam schlendern wir durch die Flure zurück.

»Jetzt könnte ich wirklich etwas von Bishops Gebäck vertragen«, fügt er hinzu. »Meinst du, Mrs. Bishop hat etwas im Angebot?«

Wir erreichen die nummerierten Türen, wo ich den Schlüssel in Tür I stecke – die in unser Stockwerk führt –, obwohl das nachlässig ist und die Gefahr des Entdecktwerdens birgt. Aber ich muss ganz, ganz, ganz dringend duschen. Ich drehe den Schlüssel herum.

»Wären Haferkekse mit Rosinen akzeptabel?«, frage ich und öffne die Tür.

»Himmlisch.« Er hält sie für mich auf. »Nach dir.«

Es passiert ganz schnell.

Die Chronik kommt wie aus dem Nichts.

Ein kurzes Aufflackern, wie wenn ich einen Erinnerungsfilm zurückspule. Aber das hier ist keine Erinnerung, das ist die Gegenwart, und es bleibt nicht genug Zeit. Rotbraune Haare, ein grünes Sweatshirt und schlaksige Teenager-Gliedmaßen – alles Dinge, die ich meiner Meinung nach schon zur *Retoure* gebracht habe. Das hält den sechzehnjährigen Jackson Lerner jedoch nicht davon ab, Wesley so hart anzurempeln, dass er rückwärts auf den Boden knallt.

Ich versuche noch die Tür zuzumachen, aber Jacksons Fuß saust durch die Luft und trifft mich voll auf der Brust. Der Schmerz explodiert in meinen Rippen, bevor auch ich zu Boden gehe und nach Luft schnappe, während Jacksons Finger die Tür gerade noch erwischen, bevor sie zufällt.

Dann ist er weg.

Durch die Tür.

Raus.

Ins Coronado.

25

Einen schrecklichen, beängstigenden Moment lang weiß ich nicht, was ich tun soll.

Eine Chronik ist entkommen, und ich bin nur damit beschäftigt, nach Luft zu schnappen. Dann endet dieser Moment, und der nächste beginnt, und irgendwie sind Wes und ich wieder auf den Beinen, stürmen zur Narrows-Tür hinaus auf den Flur des Coronados. Es ist niemand zu sehen.

Wes fragt mich, ob alles in Ordnung ist. Ich hole tief Luft und nicke, wobei Schmerzwellen durch meinen Brustkorb laufen.

Ich habe meinen Ring noch nicht wieder angesteckt, aber ich muss sowieso keine Wände lesen, um Jackson zu finden, denn sein grünes Sweatshirt verschwindet gerade eben im nördlichen Treppenhaus in der Nähe unserer Wohnung. Während ich ihm hinterherrenne, schlägt Wes die andere Richtung ein, um die Südtreppe hinter den Aufzügen zu nehmen. Ich folge den hallenden Schritten im Treppenhaus. Als ich in den Flur des ersten Stocks einbiege, sehe ich, wie Jackson auf halber Strecke hektisch abbremst, weil ihm Wesley aus der entgegengesetzten Richtung den Weg zur großen Treppe, dem Foyer und dem *Ausgang* abschneidet.

Die Chronik sitzt in der Falle.

»Jackson, warte«, keuche ich.

»Du hast gelogen«, knurrt er mich an. »Es gibt kein Zuhause.« Seine Augen sind weit aufgerissen und vor Panik schon ganz schwarz. Einen Augenblick lang habe ich das Gefühl, wieder vor Ben zu stehen. Ich bin wie festgewachsen, während Jackson sich umdreht und mit mehreren Tritten die nächstbeste Wohnungstür zertrümmert.

Wes stürmt hinterher und löst damit auch mich aus meiner Erstarrung, als Jackson in der Wohnung verschwindet.

Das Apartment hinter der zerbrochenen Tür 1C ist modern, spartanisch eingerichtet, aber eindeutig bewohnt. Jackson hat schon fast das Fenster erreicht, als Wes einen Hechtsprung über ein niedriges Sofa macht, Jackson am Arm packt und ihn zurückreißt. Jackson windet sich jedoch aus seinem Griff und will seitlich durch einen Flur abhauen, aber ich hole ihn ein und stoße ihn mit voller Wucht gegen die Wand, wobei ein großes gerahmtes Poster ins Wanken gerät.

Im Badezimmer am Ende des Ganges plätschert die Dusche, und jemand singt laut, aber ziemlich falsch. Jackson drückt mich von sich weg und will zu einem Tritt ausholen, aber da ich rechtzeitig ausweiche, gräbt sich die Gummiferse seines Schuhs in die Gipswand ein, was mir die Gelegenheit gibt, ihn am Handgelenk zu packen, so lange er noch mit dem Gleichgewicht kämpft. Dann ziehe ich ihn zu mir her, um ihn mit einem Unterarmstoß auf den Boden befördern zu können. Als ich jedoch versuche, ihn dort festzuhalten, erwischt er mich diesmal mit einem Tritt, der den Schmerz in meiner Brust so heftig aufflammen lässt, dass ich loslassen muss.

Wesley ist zur Stelle, als Jackson sich aufrappelt und ins Wohnzimmer stürmt. Er schlingt ihm den Arm um den Hals und zieht kräftig, aber Jackson wehrt sich wie verrückt. Bei einem Schritt zurück stößt Wesley gegen einen gläsernen Couchtisch, der ihn voll in die Kniekehlen trifft, sodass er das Gleichgewicht verliert. Beide gehen zu Boden. In dem Moment, als sie krachend in den Scherben landen, wird die Dusche abgestellt. Jackson hat sich als Erster wieder aufgerappelt. In seinem Arm steckt ein Stück Glas, und bevor ich ihn daran hindern kann, ist er auch schon aus der Wohnung gerannt.

Wesley blutet an der Wange und an der Hand, aber wir nehmen trotzdem sofort die Verfolgung auf. In seiner Panik ist Jackson an der Treppe vorbei zu den Aufzügen gelaufen. Als wir ihn erreichen, zieht er sich gerade mit einem Fauchen die Scherbe aus dem Arm und zerrt mit Gewalt das Aufzuggitter auseinander. Laut der Anzeige am Metallschacht befindet sich der Aufzugkorb im vierten Stock. Das Erdgeschoss mit dem Foyer ist zwei Stockwerke hoch. Was bedeutet, dass es von unserer Position aus zwei Stockwerke in die Tiefe geht.

»Es ist vorbei«, ruft Wesley und macht einen Schritt auf ihn zu.

Jackson starrt zuerst hinunter in den Aufzugschacht, dann sieht er wieder uns an.

Und dann springt er.

Wes und ich stöhnen beide auf, bevor wir uns blitzschnell auf den Weg zur Treppe machen.

Chroniken bluten nicht. Chroniken können nicht sterben, aber Schmerz fühlen sie bis zu einem gewissen Grad schon.

Dieser Sprung muss wehgetan haben. Hoffentlich hat ihn das zumindest kurzfristig aufgehalten.

Ein gellender Schrei ertönt, allerdings nicht aus dem Aufzugschacht. Jemand in 1C schimpft aufgebracht los. Auf der Hälfte der Treppe sehen wir Jackson, der, seinen Oberkörper umklammernd – geschieht ihm recht –, humpelnd, aber zielstrebig auf die Eingangstüren des Coronado zusteuert.

»Schlüssel!«, ruft Wes, woraufhin ich das schwarze Taschentuch herausziehe.

»Nach rechts für Retoure«, sage ich, als er ihn sich schnappt, den Fuß auf das dunkle Holzgeländer setzt und die letzten zwei Meter nach unten hechtet. Als ich die letzte Treppenstufe erreiche, hat Wes Jackson gerade gepackt und mit solcher Wucht gegen die Eingangstür geschleudert, dass das Glas einen Sprung bekommen hat. Ich helfe ihm, die um sich schlagende Chronik dort festzuhalten, während Wes den Crew-Schlüssel ins Schlüsselloch steckt und mit Kraft nach rechts umdreht. Die Szenerie hinterm Fenster zeigte bis gerade eben noch die sonnenbeschienene Straße mit vorbeifahrenden Autos, aber sobald Wes den Schlüssel dreht, wird ihm die Tür wie durch einen Windstoß aus der Hand gerissen und öffnet sich zu einer Welt aus Weiß. Unglaubliches Weiß, in das Jackson Lerner hineinfällt.

Dann knallt die Tür mit derselben Wucht wieder zu, wobei die bereits angesprungene Scheibe vollends herausfällt. Der Crew-Schlüssel steckt noch im Schloss. Durch den glaslosen Rahmen ist ein Bus zu sehen, der vorbeituckert. Zwei Leute auf der Straße haben sich umgedreht, um zu sehen, was die Eingangstür so zugerichtet hat.

Ich stolpere zurück, während Wesley nur ein benommenes Lachen ausstößt, ehe seine Beine unter ihm nachgeben.

Obwohl jede Bewegung heftige Schmerzwellen auslöst, kauere ich mich neben ihn auf den Boden.

»Alles klar bei dir?«, will ich wissen.

Wes starrt die kaputte Tür an. »Wir haben es geschafft«, meint er strahlend. »Genau wie die von der Crew.«

Aus der Schnittwunde an seiner Wange tropft Blut, aber er schaut immer noch ganz aufgeregt die Stelle an, wo sich die Tür zur Retoure aufgetan hatte. Ich ziehe den Schlüssel aus dem Schloss. Dann höre ich es. Sirenen. Die Leute von der anderen Straßenseite kommen herüber, und auch das Heulen des Polizeiautos wird immer klarer. Wir müssen hier weg, denn es lässt sich unmöglich alles erklären.

»Komm schon«, dränge ich ihn und mache mich auf den Weg zu den Aufzügen. Wes steht mühsam auf und folgt mir etwas wacklig. Mir ist gar nicht wohl beim Gedanken, diese Todesfalle zu benutzen, aber ich will nicht unbedingt den Weg der Zerstörung zurückgehen, den wir gekommen sind. Schon gar nicht mit dem blutüberströmten Wes an meiner Seite. Als der Aufzug schließlich kommt, zögert Wes kurz, bevor er zu mir in den Käfig steigt. Nachdem sich die Türen geschlossen haben und ich den Knopf für den zweiten Stock gedrückt habe, drehe ich mich zu ihm um. Er lächelt. Wie kann er jetzt lächeln? Ich schüttele den Kopf.

»Rot steht dir«, sage ich schließlich

Er wischt sich über die Backe und betrachtet seine verschmierten Hände.

»Ich glaube, du hast recht.«

Wasser tropft von meinen Haarspitzen auf die Couch, wo ich mit dem Crew-Schlüssel in der Hand dahocke und dem *Schhhhhhh* der laufenden Dusche lausche. Ich wünschte, sie könnte die Frage wegwaschen, die mich umtreibt, während ich Granpas Schlüssel hin- und herdrehe.

Woher hat Roland das gewusst?

Woher hat er gewusst, dass wir den Schlüssel heute brauchen würden? War es Zufall? Granpa hat nie an Zufälle geglaubt. Er meinte, Zufall wäre nur ein Wort für Menschen, die zu faul waren, die Wahrheit herauszufinden. Aber Granpa hatte Roland vertraut. Ich vertraue Roland. Ich kenne ihn. Zumindest glaube ich das. Er ist derjenige, der mir als Erster eine Chance gegeben hat. Der Verantwortung für mich übernommen hat. Der die Regeln für mich gebeugt hat. Und manchmal sogar gebrochen.

Das Wasserrauschen verstummt.

Jackson wurde zurückgebracht. Ich habe ihn eigenhändig bei der Retoure abgeliefert. Wie konnte er ein zweites Mal in weniger als einer Woche entkommen? Er sollte eigentlich in der Zone mit den roten Regalen sein. Niemals wäre er dort wieder aufgewacht. Außer, jemand hat ihn geweckt und rausgelassen.

Wesley öffnet die Badezimmertür. Seine schwarzen Haare stehen nicht länger stachelig nach oben, sondern hängen ihm in die Augen. Auch der Kajal ist weggewaschen. Auf seiner nackten Brust ruht sein Schlüssel. Er ist schlank, aber die Muskeln zeichnen sich trotzdem unter der Haut ab. Gott sei Dank trägt er seine Hose.

»Alles klar?«, erkundige ich mich und stecke den Crew-Schlüssel ein.

»Nicht ganz. Ich brauch deine Hilfe.« Er verschwindet wieder im Badezimmer, und ich folge ihm.

Auf dem Waschbecken ist ein ganzes Arsenal an Erste-Hilfe-Utensilien ausgebreitet. Vielleicht hätte ich ihn ins Archiv bringen sollen, aber die Schnittwunde in seinem Gesicht ist nicht so tief – ich hatte schon schlimmere –, und ich will jetzt ganz bestimmt nicht Patrick erklären müssen, was passiert ist.

Da Wesleys Wange wieder anfängt zu bluten, tupft er sie mit einem Waschlappen ab. Ich krame in meinem persönlichen Medizinfundus herum, bis ich eine Tube Hautkleber finde.

»Bitte herunterbeugen, großer Mensch«, sage ich, während ich versuche, sein Gesicht nur mit dem Tupfer und nicht mit den Fingern zu berühren. Das macht mich so ungeschickt, dass ich einen Klecks Kleber auf sein Kinn schmiere, woraufhin Wes seufzend nach meiner Hand greift. Der Lärm dröhnt durch meinen Kopf, metallisch und schrill.

»Was machst du da?«, beschwere ich mich. »Lass los.«

»Nein.« Stattdessen nimmt er mir den Tupfer und den Hautkleber aus der Hand, legt beide beiseite und drückt meine Handfläche auf seine Brust. Der Lärm wird lauter. »Du musst es herausfinden.«

Ich verziehe das Gesicht. »Was herausfinden?«, frage ich laut, um das Getöse zu übertönen.

»Wie du Ruhe bekommst. Es ist gar nicht so schwer.«

»Für mich schon«, fauche ich, während ich versuche, ihn zurückzudrängen, mich abzugrenzen, eine Mauer zu errichten, aber es funktioniert nicht, sondern wird dadurch nur noch schlimmer.

»Das liegt daran, dass du dagegen ankämpfst. Du versuchst, jedes Geräusch auszublenden, aber die Menschen bestehen nun mal aus Lärm, Mac. Die Welt ist voller Lärm. Ruhe findet man nicht, indem man alles von sich wegschiebt. Sondern indem man sich hineinbegibt. Das ist alles.«

»Wesley, lass los.«

»Kannst du schwimmen?«

Das Rock-Band-Hämmern pocht in meinem Kopf, hinter meinen Augen. »Was hat das jetzt damit zu tun?«

»Gute Schwimmer kämpfen nicht gegen das Wasser an.« Jetzt nimmt er auch noch meine andere Hand. Seine Augen sind hell, mit goldenen Sprenkeln darin, selbst hier im Dämmerlicht. »Sie bewegen sich mit dem Wasser, durch es hindurch.«

»Ja, und?«

»Hör auf zu kämpfen. Lass den Lärm zu weißem Rauschen werden. Lass ihn wie Wasser sein und dich darauf treiben.«

Ich starre ihn an.

»Lass dich einfach treiben«, wiederholt er.

Es geht für mich gegen alle Vernunft, nicht mehr abblocken zu wollen, sondern den Lärm willkommen zu heißen.

»Vertrau mir«, sagt er.

Ich hole einmal zittrig Luft, und dann wage ich es. Ich lasse los. Einen Moment lang braust Wesley über mich hinweg, lauter denn je, rüttelt meine Knochen durch und hallt in meinem Kopf wider. Aber dann, nach und nach, wird der Lärm gleichmäßiger, ebbt ab. Er wird gleichförmiger. Verwandelt sich tatsächlich in weißes Rauschen. Es ist überall, umspült mich, aber zum ersten Mal fühlt es sich nicht so an, als wäre es *in* mir. In meinem Kopf. Ich atme die angehaltene Luft aus.

Dann lässt Wesley mich auf einmal los, und damit verschwindet auch der Lärm.

Ich sehe, wie er versucht, ein Lächeln zu unterdrücken, was ihm aber nicht gelingt. Es ist kein selbstgefälliges Lächeln, und noch nicht mal ein schiefes. Es ist ein stolzes. Ich kann nicht anders, als ein bisschen zurückzulächeln. Dann schlägt der Kopfschmerz zu, ich zucke zusammen und beuge mich über das Waschbecken.

»Schritt für Schritt, ganz langsam«, erklärt Wes strahlend. Er hält mir die Tube mit dem Hautkleber hin. »Wenn du jetzt bitte so freundlich wärst, mich zusammenzuflicken? Ich möchte nicht, dass das eine Narbe gibt.«

»Das werde ich nicht verbergen können«, meint er, während er mein Werk im Badezimmerspiegel begutachtet.

»Du siehst damit aus wie ein echt harter Kerl«, erwidere ich. »Sag einfach, du hast bei einer Schlägerei verloren.«

»Woher willst du wissen, dass ich nicht gewonnen habe?« Er sieht mich im Spiegel an. »Außerdem kann ich das mit der Schlägerei nicht schon wieder bringen. Hab ich schon zu oft.«

Er hat mir den Rücken zugedreht. Seine Schultern sind schmal, aber kräftig. Muskulös. Ich spüre, wie mir warm wird, während mein Blick zwischen seinen Schulterblättern die Kurve seines Rückens hinunterwandert. Dabei entdecke ich einen flachen roten Schnitt, in dem ein Glassplitter glitzert.

»Halt still«, befehle ich. Mit den Fingerspitzen berühre ich seinen unteren Rücken. Der Lärm tost wieder los, aber dieses Mal warte ich ab, bis er sich um mich herum beruhigt hat, wie Wasser. Er ist immer noch da, aber ich kann durch ihn hindurch denken. Ich glaube, nicht dass ich je sehr auf Körperkontakt erpicht sein werde, aber vielleicht kann ich mit etwas Übung lernen, mich treiben zu lassen.

Wes sieht mich im Spiegel an und zieht eine Augenbraue hoch.

»Übung macht den Meister«, erkläre ich und werde rot. Meine Finger wandern sein Rückgrat hinauf, über seine Rippen, bis ich den Splitter erreicht habe. Wesley verkrampft sich unter meiner Berührung, wodurch auch meine Anspannung steigt.

»Pinzette.« Gehorsam reicht er sie mir.

Ich packe das Glasstückchen in der Hoffnung, dass es sich nicht noch tiefer hineinschiebt.

»Jetzt einatmen.« Wes befolgt die Aufforderung brav. »Und jetzt ausatmen.«

Dabei ziehe ich den Splitter heraus, und sein Atem stockt nur kurz. Dann halte ich ihm die Scherbe zur Begutachtung hin. »Nicht schlecht.« Ich klebe ein Pflaster über die Wunde. »Die solltest du behalten.«

»Au ja«, meint er und dreht sich zu mir um. »Ich sollte sie abwaschen und in eine kleine Trophäe verwandeln. ›Mit Dank an eine entlaufene Chronik und dem Sofatisch in 1C‹ in den Sockel eingraviert.«

Wes lässt sie auf ein kleines Scherbenhäufchen fallen, aber er sieht mich dabei weiterhin unverwandt an. Das schiefe Lächeln verschwindet.

»Wir sind ein gutes Team, Mackenzie Bishop.«

»Sind wir.« Das sind wir wirklich, und das ist es auch, was die Hitze unter meiner Haut abkühlt, die flatternden Mädchennerven in Schach hält. Das hier ist Wesley. Mein Kumpel. Mein Partner. Vielleicht eines Tages mein Crew-Kollege. Die Angst, das zu verlieren, hält mich im Zaum.

»Nächstes Mal«, sage ich und löse mich von ihm, »hältst du mir die Tür bitte nicht mehr auf.«

Anschließend mache ich das Bad sauber, bevor ich es Wes überlasse, damit er sich vollends anziehen kann, aber er folgt mir mit immer noch nacktem Oberkörper in den Flur hinaus.

»Da siehst du mal, was ich davon habe, wenn ich versuche, ein Gentleman zu sein.«

O Gott – er flirtet mit mir.

»Keine Gentleman-Aktionen mehr«, erkläre ich, als wir mein Zimmer erreichen. »Ganz offensichtlich bist du nicht dafür gemacht.«

»Ganz offensichtlich.« Er schlingt mir locker von hinten den Arm um den Bauch.

Ich gebe ein Fauchen von mir, aber weniger wegen des Lärms als vor Schmerz. Sofort lässt er mich los.

»Was ist denn?« Auf einmal ist er wieder ganz ernst.

»Nichts«, meine ich und reibe mir vorsichtig die Rippen.

»Zieh mal dein T-Shirt aus.«

»Um mich zu verführen, wirst du dich aber echt mehr anstrengen müssen, Wesley Ayers.«

»*Ich* hab mich schließlich auch schon ausziehen müssen«, kontert er. »Ich finde, da ist es nur fair.«

Das Lachen tut weh.

»Und, Mackenzie, ich versuche hier nicht, dich zu verführen«, meint er und richtet sich auf. »Ich will nur helfen. Und jetzt lass mich mal sehen.«

»Ich will aber nichts sehen. Ich will es lieber nicht so genau wissen.« Es ist mir gelungen, mich zu duschen und umzuziehen, ohne einen Blick auf meine Rippen zu werfen. Oft tut es noch mehr weh, wenn man die Dinge sieht.

»Kein Problem. Dann mach die Augen zu, und ich schau es mir für dich an.«

Wesley greift vorsichtig nach dem Saum meines T-Shirts. Nachdem er lange genug gezögert hat, um sicherzugehen, dass ich ihm nichts antun werde, zieht er es mir über den Kopf. Ich konzentriere mich auf die Stifte im Becher auf meinem Schreibtisch, aber ich kann ein Zittern nicht unterdrücken, als Wesleys Finger federleicht über meine Taille streichen. Das Geräusch seiner Berührung lenkt mich sogar vom Schmerz ab, bis seine Hand weiter hochwandert und …

»Aua!« Ich blicke nach unten. Über meine Rippen breitet sich bereits ein großer Bluterguss aus.

»Mac, das solltest du wirklich anschauen lassen.«

»Ich dachte, genau das tust du gerade.«

»Ich meine, von einem Mediziner. Wir sollten dich gleich zu Patrick bringen, einfach nur zur Sicherheit.«

»Auf gar keinen Fall.« Patrick ist der Letzte, den ich jetzt sehen will.

»Mac …«

»Ich habe Nein gesagt.« Schmerz pulsiert beim Atmen zwischen meinen Rippen, aber immerhin *kann* ich atmen, was ja schon mal ein gutes Zeichen ist. »Ich werd's überleben«, sage ich und greife wieder nach meinem Top.

Wes lässt sich aufs Bett fallen. Als ich es mir gerade über den Kopf ziehe, klopft es an der Tür, und Mom schaut herein, in der Hand einen Teller mit Hafer-Rosinen-Keksen.

»Mackenz… Oh.«

Sie lässt den Blick über das Bild schweifen, das sich ihr bietet: Wesley mit nacktem Oberkörper auf meinem Bett ausgestreckt, und ich, die ich hastig mein Top runterziehe, damit sie die blauen Flecken nicht sieht. Ich gebe mir größte Mühe, verlegen zu wirken, was nicht schwierig ist.

»Hallo, Wesley. Ich wusste gar nicht, dass du da bist.«

Was natürlich frech gelogen ist, denn meine Mutter liebt mich zwar, aber sie würde nicht mit einem Teller Kekse und einem Saftkrug auftauchen, wenn ich alleine wäre. Wann ist sie nach Hause gekommen?

»Wir waren zusammen laufen«, sage ich rasch. »Wes will mir dabei helfen, wieder fit zu werden.«

Wesley macht einige vage Dehnübungen, die mehr als deutlich machen, dass er kein Läufer ist. Ich werde ihn umbringen.

»Mhm«, macht Mom. »Also, ich … stell das mal … hier ab.«

Sie platziert das Tablett auf einem unausgepackten Karton, ohne uns aus den Augen zu lassen.

»Danke, Mom.«

»Vielen Dank, Mrs. Bishop«, sagt Wesley. Ich sehe, dass er die Kekse hungrig beäugt. Er ist ein fast so guter Lügner wie ich. Es macht mir Angst.

»Ach, und Mac«, fügt Mom hinzu, während sie selbst nach einem der Kekse greift.

»Was?«

»Lasst die Tür bitte offen«, zwitschert sie und klopft dabei an den Holzrahmen, bevor sie verschwindet.

»Wie lange laufen wir denn schon zusammen?«, erkundigt sich Wes.

»Ein paar Tage.« Ich werfe ihm einen Keks an den Kopf.

»Gut zu wissen.« Er schnappt sich den Keks und verschlingt ihn mit einem Happs. Dann nimmt er sich Bens Bär vom Nachtkästchen. Die Plastikbrille sitzt nicht mehr auf seiner Schnauze, sondern liegt gefaltet daneben, wo ich sie letzte Nacht hingelegt habe, als ich mich auf den Weg zu meinem Bruder gemacht habe. Mir wird eng in der Brust. *Weg, weg, weg,* hämmert es dumpf in meinem Kopf.

»Hat der ihm gehört?« Das Mitleid steht ihm deutlich ins Gesicht geschrieben, und ich weiß, dass es nicht seine Schuld ist – er versteht es nicht, kann er auch gar nicht –, aber ich hasse diesen Blick.

»Ben konnte diesen Bär nicht ausstehen«, sage ich. Wesley setzt ihn vorsichtig, ehrfürchtig wieder zurück auf das Tischchen.

Ich lasse mich aufs Bett sinken. Dabei piekst mir etwas in die Hüfte, und ich ziehe den Crew-Schlüssel aus der Tasche.

»Das war knapp heute«, meint Wes.

»Aber wir haben es geschafft.«

»Haben wir.« Gerade will er lächeln, da ändert sich seine Miene. Ich spüre es auch.

Beide tasten wir nach unserem Archivpapier und falten die Listen gleichzeitig auseinander, um dieselbe Nachricht vorzufinden.

Wächter Bishop und Ayers:
Melden Sie sich im Archiv.
Sofort.

26

Ich kenne diesen Raum.

Die kalten Marmorböden, die Wände voller Aktenschränke und der lange Tisch in der Mitte: Es ist das Zimmer, in dem ich zur Wächterin wurde. Genau wie damals sitzen auch heute Leute am Tisch, aber die Gesichter – zumindest die meisten von ihnen – haben gewechselt. Selbst während wir uns hier versammeln, höre ich in der Ferne die Geräusche des Störfalls.

Wie Wesley und ich so dastehen, schießt mir der Gedanke durch den Kopf, dass ich die eine Anhörung noch abwenden konnte, nur um gleich vor dem nächsten Strafgericht zu landen. Die heute Morgen wäre verdient gewesen. Das heute Nachmittag ergibt keinen Sinn.

Patrick sitzt am Tisch und schaut finster drein. Ich frage mich, wie lange er diesen Gesichtsausdruck wohl schon pflegt, während er darauf gewartet hat, dass wir hereinkommen. Das erscheint mir einen Augenblick lang auf so absurde Art komisch, dass ich befürchte, laut herauszulachen, aber als mein Blick über den Rest der versammelten Mannschaft wandert, verschwindet dieses Bedürfnis schnell.

Neben Patrick sitzt Lisa mit ihren zweifarbigen Augen und undurchdringlicher Miene.

Dann kommt Carmen, die ihren Notizblock an die Brust gedrückt hält.

Am Kopf des Tisches sitzt mit verschränkten Armen Roland.

Hinter den Sitzenden stehen noch zwei weitere Leute – der neue Kollege, Elliot, und Beth, die Frau mit dem Zopf. Auf den Gesichtern im Raum spiegelt sich von Verächtlichkeit bis hin zu Neugier alles wider.

Ich versuche, Rolands Blick aufzufangen, aber er sieht mich nicht an. Stattdessen beobachtet er die anderen. Da fällt bei mir der Groschen: Wesley und ich sind nicht die Einzigen, die hier vor Gericht stehen.

Roland glaubt, einer von ihnen hat die Chroniken manipuliert. Ist das seine Methode, die Verdächtigen zu versammeln? Ich lasse den Blick über ihre Gesichter schweifen. Könnte einer dieser Menschen ein solches Chaos anrichten? Und warum? Ich durchforsche meine Erinnerungen auf der Suche nach irgendeiner, die heraussticht, nach irgendeinem Moment, der einen von ihnen schuldig wirken lässt. Aber Roland ist wie ein Familienmitglied; Lisa ist manchmal streng, aber sie meint es gut; Carmen hat sich mir anvertraut, mir geholfen und hat meine Geheimnisse nicht verraten. Und so wenig ich Patrick auch mag, er hält sich penibel an die Regeln. Was die zwei Leute dahinter anbetrifft … mit Beth habe ich mich noch nie unterhalten, und über Elliot weiß ich nichts, außer dass er sich hierher hat versetzen lassen, kurz bevor das ganze Schlamassel angefangen hat. Wenn ich ein bisschen Zeit mit ihnen verbringen könnte, würde ich vielleicht einen Hinweis bekommen …

Etwas stößt gegen meinen Schuh, und ein kurzes Aufflackern von Metallgeräuschen und Schlagzeug durchzuckt meine Gedanken. Ich werfe einen Blick zu Wesley hinüber, der besorgt dreinschaut.

»Ich kann immer noch nicht fassen, dass du vor meiner Mutter behauptet hast, wir hätten ein Date«, raune ich.

»Ich habe ihr nur gesagt, dass wir zusammen ausgehen. Deutlicher konnte ich ja nicht wirklich werden, oder?«, zischt er zurück.

»Dafür gibt es Lügen.«

»Ich versuche, so wenig wie möglich zu lügen. Auslassungen sind fürs Karma wesentlich weniger schädlich.«

Jemand hustet, und als ich mich umdrehe, sehe ich zwei weitere Personen den Raum betreten, die beide schwarz gekleidet sind. Die Frau ist groß und hat die blauschwarzen Haare zu einem Pferdeschwanz gebunden, während der Mann aus Karamell zu bestehen scheint: goldene Haut, goldenes Haar und ein entspanntes Lächeln. Ich habe die beiden noch nie zuvor gesehen, aber sie haben etwas Wunderbares, Furchteinflößendes und Kaltes an sich. Dann entdecke ich das Zeichen, das direkt über ihren Handgelenken in die Haut geritzt ist. Drei Striche. Sie gehören zur Crew.

»Miss Bishop«, sagt Patrick, woraufhin ich meine Aufmerksamkeit rasch wieder dem Tisch zuwende. »Das hier ist nicht Ihr erster Regelverstoß.«

Ich runzele die Stirn. »Was für einen Regelverstoß habe ich denn begangen?«

»Sie haben eine Chronik in die Außenwelt entkommen lassen«, antwortet er, nimmt seine Brille ab und wirft sie auf den Tisch.

»Wir haben den Kerl auch wieder eingefangen«, meldet sich Wesley zu Wort.

»Mr. Ayers, Sie haben sich, bis zum heutigen Tag, absolut nichts zuschulden kommen lassen. Vielleicht sollten Sie lieber den Mund halten.«

»Aber er hat recht«, protestiere ich. »Was zählt, ist, dass wir die Chronik gefangen haben.«

»Er hätte aber gar nicht erst ins Coronado gelangen sollen«, meint Lisa warnend.

»Er hätte überhaupt nicht in die Narrows gelangen sollen«, erwidere ich. »Ich habe Jackson Lerner diese Woche schon einmal zurückgebracht. Also erklären Sie mir bitte mal, wie es ihm gelungen ist, ein zweites Mal aufzuwachen, wieder einen Weg in mein Revier zu finden und dabei meine Liste zu umgehen? Ein Ergebnis des Störfalls?«

Roland wirft mir einen Blick zu, aber Patrick studiert die Tischplatte. »Jackson Lerner war ein Archivierungsfehler.«

Ich muss mir mühsam das Lachen verkneifen, woraufhin er mich warnend ansieht, genau wie Lisa. Carmen vermeidet den Blickkontakt und kaut auf ihrer Unterlippe herum. Sie ist diejenige, die mir Jackson abgenommen hat. Sie hätte ihn vorschriftsmäßig versorgen müssen.

»Es war mein …«, sagt sie leise, aber Patrick fällt ihr sofort ins Wort.

»Miss Bishop, dieser Archivierungsfehler entstand durch Ihre unsachgemäße Übergabe der fraglichen Chronik. Ist es nicht richtig, dass Sie Jackson Lerner ins Vestibül des Archivs brachten statt in die Retourenabteilung?«

»Ich hatte keine Wahl.«

»Jackson Lerners Anwesenheit in den Narrows ist hier nicht das zentrale Thema«, schaltet sich Lisa ein. »Die Tatsache, dass es ihm gestattet wurde, in die Außenwelt …« *Gestattet,* sagt sie, als wären wir einfach beiseitegetreten. *Gestattet,* weil wir immer noch am Leben waren, als er entkam. »Die Tatsache, dass zwei Wächter im selben Revier patrouillierten und doch keiner von ihnen …«

»Wer hat das überhaupt genehmigt?«, unterbricht Patrick sie.

»Ich war das«, sagt Roland.

»Warum hast du ihnen nicht auch gleich einen Crew-Schlüssel gegeben und sie befördert, wenn du schon mal dabei warst?«, fährt Patrick ihn an.

Granpas Crew-Schlüssel in meinem Stiefel wiegt in diesem Moment eine gefühlte Tonne.

»Der Status von Miss Bishops Revier erforderte sofortige Unterstützung«, erklärt Roland und sieht Patrick dabei direkt an. »In Mr. Ayers Revier ist bisher kein Anstieg zu verzeichnen. Wohingegen das Coronado und die angrenzenden Bereiche, aus *irgendeinem* Grund, den größten Schaden bei diesem Störfall davontragen. Die Entscheidung lag durchaus in meinem Zuständigkeitsbereich. Oder, Patrick, hast du vergessen, dass ich nicht nur in dieser Zweigstelle, sondern auch in diesem Bundesstaat und dieser Region der ranghöchste Beamte bin, und damit hier der Leiter und dein Vorgesetzter?«

Roland? Der Ranghöchste? Mit seinen roten Chucks und den Lifestyle-Zeitschriften?

»Wie lange sind Miss Bishop und Mr. Ayers denn schon ein Team?«, will Lisa wissen.

Roland zieht eine Uhr aus der Tasche, ein grimmiges Lächeln auf den Lippen. »Ungefähr drei Stunden.«

Der Mann in der Ecke lacht, woraufhin die Frau ihm einen Stoß mit dem Ellenbogen verpasst.

»Miss Bishop«, wendet Patrick sich wieder an mich, »sind Sie sich bewusst, dass es in dem Moment, wo eine Chronik in die Außenwelt gelangt, nicht länger Aufgabe des Wächters, sondern die der Crew ist?« Beim Wort Crew zeigt er auf die beiden Personen in der Ecke. »Stellen Sie sich vor, zu welcher Verwirrung es führt, wenn die Crew erscheint, um die Chronik zurückzuschicken, und feststellen muss, dass sie schon verschwunden ist.«

»Wir haben ein paar Glasscherben vorgefunden«, erwähnt der Mann.

»Und auch die Polizei«, fügt die Frau hinzu.

»Und eine Dame im Bademantel, die irgendwas von Vandalen gefaselt hat …«

»Aber keine Chronik.«

»Und wie kommt das?«, will Patrick nun von Wesley wissen.

»Als Lerner geflohen ist, sind wir sofort hinterher«, antwortet Wes. »Wir haben ihn durchs Hotel verfolgt, ihn geschnappt, bevor er das Gebäude verlassen konnte, und ihn zurückgebracht.«

»Sie haben außerhalb Ihres Zuständigkeitsbereiches agiert.«

»Wir haben unseren Job gemacht.«

»Nein«, fährt Patrick ihn an, »Sie haben den Job der Crew gemacht. Sie haben Menschenleben gefährdet und ihr eigenes dazu.«

»Es war gefährlich, die Chronik zu verfolgen, sobald sie die Außenwelt erreicht hatte«, fügt Carmen hinzu. »Sie hätten dabei sterben können. Sie sind beide ausgezeichnete Wächter, aber keine Crew.«

»Noch nicht«, meint Roland. »Aber sie haben auf jeden Fall ihr Potenzial demonstriert.«

»Du kannst das doch nicht ernsthaft gutheißen«, entrüstet sich Patrick.

»Ich habe ihre Arbeit als Team genehmigt, was ich wohl nicht tun würde, wenn ich sie nicht für fähig halten würde.« Roland steht auf. »Und um ganz ehrlich zu sein, finde ich nicht, dass es unter den gegebenen ... Umständen ein sinnvoller Umgang mit unserer Zeit ist, Wächter zu maßregeln. In Anbetracht dieser Umstände sollte es Mr. Ayers meiner Meinung nach weiterhin gestattet sein, Miss Bishop zu assistieren, solange sein eigenes Revier nicht darunter leidet.«

»So funktioniert das Archiv aber nicht ...«

»Dann muss das Archiv lernen, etwas flexibler zu sein«, wendet Roland ein. »Aber«, fügt er hinzu, »sollte es irgendwelche Anzeichen geben, dass Mr. Ayers nicht in der Lage ist, seine eigenen Aufgaben zu bewältigen, muss das Team aufgelöst werden.«

»Einverstanden«, meint Lisa.

»In Ordnung«, stimmt Carmen zu.

»Von mir aus«, sagt Patrick.

Weder Elliot noch Beth haben irgendetwas beigetragen, aber jetzt nicken sie beide zustimmend.

»Damit ist diese Versammlung aufgelöst«, erklärt Roland. Lisa erhebt sich als Erste und steuert auf die Tür zu, aber beim Öffnen erreicht uns eine weitere Welle des Krachs – als würden Metallregale auf Steinboden stürzen. Sie zieht ihren Schlüssel aus der Tasche – dünn und aus glänzendem Gold wie der, den Roland Ben in die Brust gestoßen hat – und eilt in Richtung des Lärms davon. Carmen, Elliot und

Beth folgen ihr. Die beiden Crew-Mitglieder sind bereits verschwunden, und auch Wesley und ich machen uns auf den Weg zum Ausgang, sodass nur Roland und Patrick zurückbleiben.

Als ich die Tür schon fast erreicht habe, höre ich Patrick etwas sagen, das mir das Blut in den Adern gefrieren lässt. »Da du ja hier der *Leiter* bist«, murmelt er, »ist es meine Pflicht, dich davon in Kenntnis zu setzen, dass ich eine Beurteilung von Miss Bishop angefordert habe.«

Er sagt es laut genug, dass ich es hören kann, aber ich werde ihm nicht die Genugtuung verschaffen, mich umzudrehen. Er versucht bloß, mich zu verunsichern.

»Patrick, du wirst Agatha in diese Sache nicht mit hineinziehen«, erwidert Roland leise, und als Patrick ihm antwortet, ist seine Stimme nicht mehr als ein Flüstern.

Ich beschleunige meine Schritte und blicke starr geradeaus, während ich Wesley nach draußen folge. Die Zahl der Bibliothekare im Atrium scheint sich im Lauf des vergangenen Tages verdoppelt zu haben. Auf halber Strecke zum Empfangstisch kommen wir an Carmen vorbei, die einigen unbekannten Gesichtern Anweisungen erteilt, wobei sie die Flügel, Säle und Räume aufzählt, die geschwärzt werden sollen. Als die anderen sich entfernen, sage ich Wes, dass er vorausgehen soll, und bleibe stehen, um Carmen etwas zu fragen.

»Was bedeutet das, Zimmer ›zu schwärzen‹?«

Sie zögert.

»Carmen, ich weiß bereits, was ein Störfall ist. Also, was heißt das genau?«

Sie beißt sich auf die Lippe. »Das ist eine letzte Möglichkeit, Miss Bishop. Wenn es zu viel Lärm gibt, wenn zu viele

Chroniken aufwachen, ist das Schwärzen eines Zimmers der schnellste Weg, um einen Störfall abzutöten, aber ...«

»Was?«

»Es tötet auch den Inhalt ab«, erwidert sie und sieht sich dabei nervös um. »Das Schwärzen eines Raumes schwärzt alles, was sich darin befindet. Es handelt sich um einen unwiderruflichen Prozess, der den Ort in eine Krypta verwandelt. Je mehr Zimmer wir schwärzen müssen, umso mehr Inhalte verlieren wir. Ich habe vorher schon Störfälle erlebt, aber noch nie etwas dieser Art. Fast ein Fünftel der Zweigstelle ist bereits verloren.« Sie beugt sich zu mir herüber. »Wenn es so weitergeht, könnten wir alles verlieren.«

Mir wird schlecht. Ben ist in dieser Zweigstelle. Und Granpa auch.

»Was ist mit dem roten Bereich?«, will ich wissen. »Was ist mit der Sondersammlung?«

»Die Bereiche mit beschränktem Zugang sowie Archivmitglieder befinden sich im Gewölbekeller. Sie sind damit sicherer und sollten fürs Erste standhalten, aber ...«

In diesem Moment kommen drei weitere Bibliothekare auf sie zugestürzt, und Carmen wendet sich ab, um mit ihnen zu sprechen. Ich denke schon, sie hat mich vergessen, aber als ich gehen will, dreht sie sich noch einmal um und sagt: »Pass auf dich auf.«

»Du siehst aus, als wärst du krank«, meint Wes, sobald wir wieder in den Narrows stehen.

Ich fühle mich auch ganz elend. Ben und Granpa befinden sich beide in der Zweigstelle, die vom Zusammenbruch bedroht ist, einer Zweigstelle, die jemand versucht zu zerstören. Und das ist meine Schuld. Ich habe mit der Suche angefangen. Ich habe auf Antworten gedrängt. Habe die Dominosteine angestoßen …

»Mac, rede mit mir.«

Ich sehe Wesley an. Ich mag es nicht, ihn anzulügen. Es ist anders, als Mom und Dad und Lyndsey zu belügen. Das sind eher so allgemeine Lügen – einfache, Alles-oder-nichts-Lügen. Aber bei Wes muss ich herausfiltern, was ich sagen kann und was nicht, und das mit dem *Nicht-Können* stimmt ja so nicht ganz, denn ich könnte es ihm schließlich erzählen. Ich sage mir, dass ich es ihm ja auch erzählen *würde*, wenn Roland mich nicht gewarnt hätte. Ich *würde* ihm alles erzählen. Sogar das mit Owen. Das rede ich mir zumindest ein. Aber ob es auch stimmt?

»Ich habe ein ungutes Gefühl«, antworte ich. »Das ist alles.«

»Ach, das überrascht mich jetzt. Es ist ja nicht so, als hätten sie uns gerade vorgeladen, oder als würde unsere Zweigstelle zusammenbrechen oder als wäre unser Revier auf höchst verdächtige Weise außer Kontrolle geraten.« Dann wird er wieder ernst. »Spaß beiseite, Mac, ich würde mir Sorgen machen, wenn du wegen irgendetwas davon ein *gutes* Gefühl hättest.« Er wirft einen Blick auf die Archivtür. »Was geht da drin vor?«

Ich zucke mit den Schultern. »Keine Ahnung.«

»Dann lass es uns herausfinden.«

»Wesley, falls es dir noch nicht aufgefallen sein sollte, ich kann mir gerade nicht leisten, in noch mehr Schwierigkeiten zu geraten.«

»Ich muss zugeben, ich hätte dich nie für so kriminell gehalten.«

»Was soll ich da sagen? Ich bin die Beste der schlimmsten Sorte. Und jetzt lassen wir die Bibliothekare ihren Job machen, und wir machen unseren. Falls du einen weiteren Tag davon erträgst.«

Er lächelt, aber es wirkt etwas dünn. »Er braucht schon mehr als überfüllte Narrows, eine geflohene Chronik, einen Glastisch und ein Strafgericht, um mich loszuwerden. Ich hol dich um neun ab, einverstanden?«

»Neun ist prima.«

Wes macht sich auf den Weg durch die Narrows in Richtung seines Zuhauses. Nachdem er verschwunden ist, schließe ich die Augen. Was für ein Schlamassel, denke ich bei mir, als plötzlich ein Kuss wie ein Tropfen Wasser auf meinem Hals landet.

Ich erschaudere, aber dann fahre ich blitzschnell herum und drücke denjenigen an die Wand. Dort, wo meine Hände seinen Hals berühren, strömt die Ruhe in mich hinein. Owen sieht mich mit hochgezogener Augenbraue an.

»Hallo, M.«

»Du solltest doch wissen«, sage ich, »dass man sich besser nicht anschleicht.« Dann lasse ich ihn los.

Owens Hände wandern langsam zu meinen Handgelenken, und nach einer eleganten Drehung bin auf einmal ich diejenige, die mit dem Rücken zur Wand steht, während er sanft meine Arme über meinem Kopf festhält. Die aufregende Wärme überläuft mich prickelnd, während darunter die Ruhe meinen Kopf füllt.

»Wenn ich mich recht erinnere«, meint er, »habe ich dich genau dadurch gerettet.«

Ich beiße mir auf die Lippe, als er sich vorbeugt, um meine Schulter zu küssen, dann meinen Hals – Hitze und Stille pulsieren durch mich hindurch, beides gefällt mir.

»Ich musste nicht gerettet werden«, flüstere ich und spüre, wie er lächelt und seinen Körper fest an meinen presst. Ich zucke zusammen.

»Was ist los?« Seine Lippen schweben direkt über meinem Hals.

»Langer Tag«, meine ich und schlucke schwer.

Er zieht sich ein Stückchen zurück, hört dabei aber nicht auf, mich mit federleichten Küssen zu bedecken, die eine Spur über meine Wange bis zu meinem Ohr ziehen, während er seine Finger mit meinen verschränkt. Die Stille wird stärker und dämpft die Gedanken. Am liebsten würde ich mich hineinflüchten. Darin verschwinden.

»Wer war der Typ?«, will er wissen.

»Ein Freund.«

»Ah«, meint Owen lang gezogen.

»Nein, nix ›Ah‹«, verteidige ich mich. »Bloß ein Freund.«

Ganz bewusst, notwendigerweise nur ein Freund. Bei Wesley steht zu viel auf dem Spiel. Bei Owen hingegen gibt es keine Zukunft zu verlieren, indem ich nachgebe. Überhaupt keine Zukunft. Nur Flucht. Zweifel wispern durch die Stille hindurch. Warum interessiert ihn das? Ist das Eifersucht, die da über sein Gesicht huscht? Neugier? Oder etwas anderes? Es ist leicht für mich, andere zu lesen, aber in seinem Fall so schwer. Sollten sich zwei Menschen eigentlich auf diese Weise anschauen? Nur Gesichter sehen und nichts von alledem dahinter?

Er kann mich jedenfalls gut genug lesen, um zu wissen, dass ich nicht über Wesley reden möchte, denn er lässt das Thema fallen und hüllt mich stattdessen in Stille und Küsse ein, zieht mich zurück in den Alkoven, wo wir schon mal gesessen sind, und zieht mich dort an der Wand an sich. Seine Hände wandern zu behutsam über meine Haut, daher ziehe ich ihn trotz meiner schmerzenden Rippen wieder an mich. Ich küsse ihn und genieße es, wie die Stille sich verstärkt, wenn sein Körper ganz nah ist, wie ich die Gedanken ausblenden kann, einfach indem ich mich noch mehr an ihn drücke und ihn fester küsse. Was für eine wunderbare Kontrolle.

»M«, stöhnt er an meinem Hals. Ich merke, dass ich rot werde. Trotz der ganzen seltsamen Umstände hat die Art, wie er mich ansieht, wie er mich berührt, etwas an sich, das sich so unglaublich … normal anfühlt. Junge-und-Mädchen und Lächeln-und-Seitenblicke und Flüstern-und-Schmetterlinge-im-Bauch, so normal. Danach sehne ich mich so sehr. Ich spüre das Kratzen von Buchstaben in der Tasche, inzwischen fast pausenlos. Aber ich lasse die Liste, wo sie ist.

Ein kleines Lächeln umspielt Owens Mundwinkel. Wir sind uns nahe genug, um unseren Atem zu teilen, wobei die Stille verwirrend, aber nicht richtig intensiv ist. Noch nicht. Gedanken tröpfeln durch meinen Kopf, Warnungen und Zweifel, die ich zum Schweigen bringen will. Ich will verschwinden.

Während ich meine Finger in seinen Haaren vergrabe und ihn an mich ziehe, frage ich mich, ob auch Owen flüchten will. Ob er sich in meiner Berührung auflösen und vergessen kann, was er ist und was er verloren hat.

Ich blende Teile meines Lebens aus. Ich blende alles aus außer dem hier. Außer ihm. Unter seinen Fingern entspannt sich mein Körper ganz langsam. Ich lasse zu, dass er mich umspült, alles ertränkt, was ich nicht brauche, um ihn zu küssen oder zuzuhören oder zu lächeln oder zu wollen. *Das* ist es, was ich will. Das ist meine Droge. Der Schmerz, sowohl der oberflächliche als auch der innere, ist endlich verschwunden. Alles ist verschwunden außer der Stille.

Und die Stille ist wunderbar.

»Warum rauchst du, Granpa?«

»Wir alle tun Dinge, die wir nicht sollten, Dinge, die uns schaden.«

»Ich *nicht.«*

»Du bist noch jung. Das kommt erst.«

»Aber ich verstehe das nicht. Warum tust du dir das an?«

»Das kannst du noch nicht begreifen.«

»Gib mir eine Chance.«

Du runzelst die Stirn. »Um zu flüchten.«

»Erklär es mir.«

»Ich rauche, um vor mir selbst zu flüchten.«

»Vor welchem Teil?«

»Vor allen Teilen. Es ist nicht gut für mich, und das weiß ich, aber ich tue es trotzdem, und damit ich es tun und genießen kann, muss ich den Gedanken daran verdrängen. Ich kann davor und danach daran denken, aber während ich es tue, höre ich auf zu denken. Ich höre auf zu sein. Ich bin nicht dein Granpa, und auch nicht Antony Bishop. Ich bin niemand. Ich bin nichts. Nur Rauch und Frieden. Wenn ich über mein Tun nachdenke, dann denke ich daran,

dass es falsch ist, und dann kann ich es nicht genießen, also denke ich gar nicht. Ergibt das jetzt einen Sinn?«

»Nein. Überhaupt nicht.«

»Ich hatte letzte Nacht einen Traum …«, sagt Owen und rollt dabei den Eisenring von Reginas Nachricht über seine Fingerknöchel. »Na ja, ich weiß nicht, ob es Tag oder Nacht war.«

Wir sitzen auf dem Boden. Ich lehne mich an ihn, und er hat mir den Arm um die Schultern gelegt, sodass wir die Finger locker verschränken können. Die Stille in meinem Kopf ist wie eine Decke, ein Puffer. Sie ist Wasser, aber statt darauf zu treiben, wie Wes es mir beigebracht hat, versinke ich darin. Es ist wie Frieden, nur tiefer. Weicher.

»Ich wusste gar nicht, dass Chroniken träumen können«, sage ich und zucke zusammen, weil es so hart klingt, als wäre er ein *Es* statt *er* oder *du*.

»Natürlich«, erwidert er. »Warum, glaubst du, wachen sie – wir – auf? Ich vermute, es liegt an den Träumen. Weil sie so lebendig sind, so dringlich, können wir nicht mehr schlafen.«

»Von was hast du denn geträumt?«

Er schiebt den Ring in seine Handfläche und schließt die Finger darum.

»Von der Sonne«, sagt er. »Ich weiß, es scheint unmöglich, an einem Ort, der so dunkel ist wie hier, von Licht zu träumen. Aber das habe ich getan.«

Das Kinn auf meinen Kopf gestützt fährt er fort: »Ich stand auf dem Dach. Und die Welt unter mir glitzerte in der

Sonne wie Wasser. Ich konnte nicht gehen, denn es gab keinen Weg hinunter, also stand ich einfach da und habe gewartet. So viel Zeit schien zu verstreichen – ganze Tage, Wochen –, aber es wurde nie dunkel, und ich wartete immer weiter, dass etwas – jemand – auftauchen würde.« Die Finger seiner freien Hand malen Muster auf meinen Arm. »Und dann bist du gekommen.«

»Was ist dann passiert?«

Er sagt nichts.

»Owen?« Ich drehe den Hals, um ihn anzusehen.

Traurigkeit huscht über seine Augen. »Ich bin aufgewacht.«

Er steckt den Eisenring ein und holt stattdessen den Eisenstab und das zweite Stück der Geschichte heraus, das ich ihm vor der Anhörung gebracht habe.

»Wo hast du das gefunden?«, will er wissen.

»Unter einer Marmorrose«, erwidere ich. »Deine Schwester hat sich einige schlaue Verstecke ausgesucht.«

»Die Steinerne Rose«, sagt er leise. »So hieß das Café damals. Und Regina war immer schlau.«

»Owen, ich habe überall gesucht, aber das Ende habe ich immer noch nicht gefunden. Wo könnte es sein?«

»Es ist ein großes Gebäude. Größer, als es aussieht. Aber die Teile der Geschichte scheinen zu den Orten zu passen, an denen sie versteckt waren. Im Rosen-Teil ging es darum, aus Steinen herauszuklettern. Das vom Dach handelte davon, den höchsten Punkt zu erreichen, mit den Monstern zu kämpfen. Auch das Ende wird zu seinem Versteck passen. Der Held wird den Kampf gewinnen – das tut er immer –, und dann ...«

»Wird er heimkehren«, beende ich leise seinen Satz. »Du hast gesagt, es ist eine Reise. Eine Suche. Ist nicht der Sinn einer Suche, irgendwo ans Ziel zu gelangen? Nach Hause zu kommen?«

Er küsst mich aufs Haar. »Du hast recht.« Seine Finger spielen mit dem Metallstück. »Aber wo ist das Zuhause?«

Könnte es 2F sein? Dort haben die Clarkes früher gewohnt. Könnte das Ende von Reginas Geschichte in ihrer damaligen Wohnung versteckt sein? In meiner?

»Ich weiß nicht, M«, flüstert er. »Vielleicht hat Regina dieses letzte Spiel gewonnen.«

»Nein«, widerspreche ich. »Noch hat sie nicht gewonnen.«

Und auch der Verbrecher im Archiv nicht. Owens Stille lindert meine Panik und schafft Klarheit in meinem Kopf. Je länger ich darüber nachdenke, umso mehr begreife ich, dass dieser Störfall auf keinen Fall nur ein Ablenkungsmanöver von den dunklen Geheimnissen in der Vergangenheit des Coronados ist. Da steckt mehr dahinter. Es gab keinen Grund, den Frieden des Archivs zunichtezumachen, nachdem die Beweise im Archiv und der Außenwelt schon vernichtet worden waren. Nein, mir fehlt da noch irgendein Puzzleteil. Ich sehe das große Ganze nicht.

Ich löse mich von Owen und setze mich so hin, dass ich ihn ansehen kann, gebe die Stille auf, um ihm eine Frage zu stellen, die ich längst hätte stellen sollen: »Kanntest du einen Mann namens Marcus Elling?«

Eine kleine steile Falte taucht zwischen Owens Augenbrauen auf. »Er hat auf unserem Stock gewohnt. Er war still, aber immer nett zu uns. Was ist mit ihm passiert?«

Ich sehe ihn erstaunt an. »Das weißt du nicht?«

Owens Miene ist ausdruckslos. »Sollte ich?«

»Was ist mit Eileen Herring? Oder Lionel Pratt?«

»Die Namen kommen mir bekannt vor. Sie haben auch im Coronado gewohnt, richtig?«

»Owen, sie sind alle gestorben. Ein paar Monate nach Regina.« Er starrt mich nur verwirrt an. Mein Mut sinkt. Wenn er sich im Zusammenhang mit den Morden an nichts erinnern kann, nicht an seinen eigenen Tod auf dem Dach … Ich dachte, ich würde ihn vor dem Archiv beschützen, aber was ist, wenn ich zu spät bin? Wenn sich jemand die Erinnerungen, die ich brauche, bereits geholt hat? »An was kannst du dich denn noch erinnern?«

»Ich … ich wollte nicht gehen. Kurz nach Reginas Tod haben meine Eltern alles eingepackt und sind weggelaufen, aber das konnte ich nicht. Wenn noch irgendein Teil von ihr im Coronado war, konnte ich sie nicht allein lassen. Das ist das Letzte, an das ich mich erinnere. Aber das war wenige Tage nachdem sie gestorben ist. Vielleicht eine Woche.«

»Owen, du bist fünf *Monate* nach deiner Schwester gestorben.«

»Das kann nicht sein.«

»Tut mir leid, aber es stimmt. Und ich muss herausfinden, was zwischen ihrem Tod und deinem passiert ist.« Mühsam rappele ich mich auf, wobei der Schmerz wieder durch meine Rippen fährt. Es ist schon spät, ein heftiger Tag liegt hinter mir, und morgen früh bin ich wieder mit Wesley verabredet.

Auch Owen steht auf und zieht mich zu einem letzten, stillen Kuss an sich. Als er seine Stirn an meine legt, verstummt die ganze Welt. »Was kann ich tun, um zu helfen?«

Berühre mich, möchte ich gerne sagen, denn die Stille dämpft die Panik, die sich in meiner Brust ausbreitet. Ich schließe die Augen, um den Moment des Nichts zu genießen, ehe ich mich von ihm löse. »Versuche, dich an die letzten fünf Monate deines Lebens zu erinnern«, sage ich im Gehen.

»Der Tag ist fast vorbei, oder?«, fragt er, bevor ich um die Ecke biege.

»Ja«, rufe ich. »Fast.«

27

Wesley verspätet sich.

Er sollte mich eigentlich um neun abholen. Ich bin im Morgengrauen aufgewacht und habe die Stunde, bevor Mom und Dad aufgestanden sind, damit verbracht, die Wohnung nach losen Dielenbrettern und anderen Verstecken abzusuchen, wo Regina einen Geschichtszettel deponiert haben könnte. Ich habe die Kisten aus meinem Schrank geräumt, die Hälfte der Schubladen in der Küche herausgezerrt, jedes Holzbrett überprüft, ob es nachgibt, und dabei absolut gar nichts gefunden.

Anschließend habe ich meinen Eltern eine Runde Dehnübungen vorgespielt, da ich behauptet hatte, Wes würde demnächst vorbeikommen, um mich zum Joggen im Rhyne Park abzuholen (unten in der Bibliothek habe ich eine Karte entdeckt, und der grüne Fleck namens RHYNE schien zu Fuß erreichbar zu sein). Ich erwähnte sicherheitshalber noch, dass wir uns auf dem Rückweg was zum Mittagessen besorgen würden, und scheuchte meine Eltern mit dem Versprechen, beim Sport genug zu trinken und mich vorher einzucremen, an ihre Arbeit.

Dann wartete ich auf Wes, genau wie vereinbart.

Aber neun Uhr kam und ging ohne ihn.

Nun fällt mein Blick auf die Dose mit den Haferkeksen, und ich denke an Nix und die Fragen, die ich ihm stellen könnte. Zu Owen und den fehlenden Monaten.

Ich gebe meinem Partner noch zehn Minuten, dann zwanzig.

Als die Uhr halb zehn zeigt, schnappe ich mir die Dose und mache mich auf den Weg zum Treppenhaus. Ich kann es mir nicht leisten, untätig herumzusitzen.

Aber auf halber Strecke den Korridor hinunter lässt mich plötzlich etwas innehalten – dieses Bauchgefühl, von dem Granpa immer sprach, das einen warnt, wenn etwas nicht stimmt. Es ist das Gemälde mit der Meerlandschaft. Es hängt wieder schief. Als ich nach dem Rahmen greife, um es gerade zu rücken, höre ich ein vertrautes Klappern, als wäre innen etwas lose und würde herumrutschen. Alles in mir erstarrt.

Ich bin an der Küste geboren, hatte Owen gesagt.

Mit klopfendem Herzen nehme ich das Bild von der Wand und drehe es um. Es ist hinten verkleidet, wie mit einer zweiten Leinwand, aber eine Ecke ist locker, und als ich das Bild schräg halte, fällt etwas heraus und landet mit einem dumpfen Plumpsen auf dem alten karierten Teppichboden. Nachdem ich das Gemälde wieder aufgehängt habe, hebe ich das Stück Papier auf, das um ein flaches Metallstück gewickelt ist.

Mit zitternden Händen falte ich es auseinander und lese …

Er besiegte die Männer und tötete die Monster und
übertraf die Götter, und zum Schluss hatte sich
der Held, der alles bezwungen hatte, das Eine verdient,
wonach er sich am meisten sehnte: nach Hause
zurückzukehren.

Das Ende von Reginas Geschichte.

Ich lese es noch zweimal, dann betrachte ich das dunkle Metallstück eingehender, um das der Zettel gewickelt gewesen war. Es ist ungefähr so dick wie eine Fünf-Cent-Münze und auch etwa so groß, wenn man die Münze in eine grob rechteckige Form hämmern würde. Zwei gegenüberliegende Kanten sind gleichmäßig und gerade, die anderen beiden abgeschrägt. An einer der kurzen Seiten ist eine Kerbe herausgeschnitten, als ob jemand ein Messer knapp unter der Kante durchgezogen hätte. Die Unterseite des Rechtecks wurde so lange geschliffen, bis sie eine scharfe Schneide bildete und das Metall spitz zulief.

Irgendetwas kommt mir daran bekannt vor, und obwohl ich es nicht festmachen kann, durchläuft mich ein Gefühl des Sieges, als ich das Metallstück und den Zettel einstecke und mich auf den Weg nach oben mache.

Im sechsten Stock klopfe ich und lausche geduldig den Geräuschen des Rollstuhls auf dem Holzboden. Nix öffnet die Tür noch weniger elegant als beim letzten Mal. Als es ihm schließlich gelingt, leuchtet sein Gesicht auf.

»Miss Mackenzie.«

Ich muss lächeln. »Woher wussten Sie denn, dass ich es bin?«

»Entweder du oder Betty«, antwortet er. »Und Betty hüllt sich in Parfüm ein wie in einen dicken Mantel.« Ich lache. »Hab ihr gesagt, sie soll aufhören, darin zu baden.«

»Ich habe die Kekse mitgebracht«, sage ich. »Tut mir leid, dass es so lange gedauert hat.«

Er dreht den Rollstuhl um und lässt sich von mir zurück zum Tisch schieben.

»Wie du siehst«, meint er und zeigt mit der Hand auf die Wohnung, »bin ich so beschäftigt gewesen, dass es mir kaum aufgefallen ist.«

Alles sieht völlig unverändert aus, wie eine Kopie des letzten Besuches, bis hin zur Zigarettenasche auf seinem Schal. Ich bin froh zu sehen, dass er das Ding noch nicht in Brand gesteckt hat.

»Betty war nicht da, um sauberzumachen«, sagt er.

»Nix …« Ich weiß nicht genau, wie ich es formulieren soll. »Gibt es Betty denn noch?«

Er lacht heiser. »Sie ist keine tote Ehefrau, wenn du das meinst, und ich bin zu alt für imaginäre Freunde.« Ein bisschen erleichtert bin ich schon. »Sie kommt ab und zu vorbei, um nach mir zu sehen«, erklärt er. »Die Freundin der Tochter der Schwester meiner verstorbenen Frau oder so ähnlich. Hab's vergessen. Sie sagt, ich würde langsam verkalken, aber in Wirklichkeit sind mir manche Dinge nur nicht wichtig genug, um sie mir zu merken.« Er zeigt auf den Tisch. »Du hast dein Buch hier vergessen.« Und tatsächlich liegt die *Göttliche Komödie* immer noch da, wo ich sie hingelegt habe. »Keine Sorge. Ich hab nicht reingeschaut.«

Ich überlege, ob ich es einfach wieder da lassen soll. Vielleicht merkt er es gar nicht. »Tut mir leid«, entschuldige ich mich. »Sommerschullektüre.«

»Weshalb machen Schulen so etwas?«, grummelt er. »Was für einen Sinn hat der Sommer, wenn sie einem Hausaufgaben geben?«

»Genau!« Ich schiebe ihn an den Tisch und lege ihm die Tupperdose in den Schoß.

Er schüttelt sie. »Das sind zu viele Kekse für mich allein. Da wirst du mir helfen müssen.«

Nachdem ich mir einen genommen habe, setze ich mich Nix gegenüber. »Ich wollte Sie fragen …«

»Wenn es um diese Todesfälle geht«, unterbricht er mich, »über die hab ich nachgedacht.« Er knabbert an den Rosinen in seinem Keks. »Seit du mich gefragt hast. Ich hatte das alles fast vergessen. Erschreckend, wie leicht es ist, schlimme Sachen zu vergessen.«

»Ist die Polizei davon ausgegangen, dass es zwischen den Todesfällen einen Zusammenhang gab?«, frage ich.

Nix rutscht auf seinem Stuhl herum. »Sie waren sich nicht sicher. Ich meine, natürlich war es auffällig. Aber wie ich schon sagte, man kann die Punkte miteinander verbinden, oder man kann es sein lassen. Und die Polizei hat Letzteres getan, hat sie als zufällige Einzelfälle eingestuft.«

»Was ist mit dem Bruder passiert, Owen? Sie haben gesagt, er wäre hiergeblieben.«

»Wenn du etwas über diesen Jungen wissen willst, weißt du, wen du dann fragen solltest? Diese Antiquitätensammlerin.«

Ich runzele die Stirn. »Miss Angelli?« Ich muss an die nicht gerade subtile Art denken, wie sie mir die Tür vor der Nase zugeschlagen hat. »Weil sie sich für Geschichte interessiert?«

Nix beißt von seinem Keks ab. »Deswegen auch, ja. Aber vor allem, weil sie in Owen Clarkes alter Wohnung wohnt.«

»Nein«, widerspreche ich. »Das tue ich. 2F.«

Doch Nix schüttelt den Kopf. »Du wohnst im ehemaligen Apartment der *Familie* Clarke. Aber die sind direkt nach dem Mord ausgezogen. Aber dieser Junge, Owen, er konnte nicht gehen, aber auch nicht bleiben, nicht dort, wo seine Schwester … Jedenfalls ist er in eine leer stehende Wohnung gezogen. Dort, wo jetzt diese Angelli-Dame lebt. Ich wüsste gar nichts davon, wenn sie mich nicht mal besucht hätte, vor ein paar Jahren, nachdem sie eingezogen war, weil sie neugierig auf die Geschichte des Gebäudes war. Wenn du mehr über Owen wissen willst, solltest du mit ihr sprechen.«

»Danke für den Tipp.« Ich bin bereits aufgestanden.

»Danke für die Kekse.«

In diesem Moment geht die Tür auf, und eine Dame mittleren Alters erscheint. Nix schnüffelt kurz.

»Ah, Betty.«

»Lucian Nix, das ist aber hoffentlich kein Zucker, den du da isst.«

Betty steuert direkt auf Nix zu, und während des folgenden Gerangels um die Kekse, begleitet von Flüchen, suche ich das Weite und mache mich auf den Weg nach unten. Auf der Liste in meiner Tasche kratzen immer noch neue Namen, aber sie werden noch eine Weile warten müssen.

Als ich den dritten Stock erreiche, gehe ich in Gedanken die verschieden Lügenvarianten durch, mit denen ich Angelli dazu bringen könnte, mich reinzulassen. Ich bin ihr nur einmal begegnet, seit sie mir die Tür vor der Nase zugeschlagen hat, und erntete von ihr kaum mehr als ein kurzes Nicken.

Aber als ich ihre Tür erreiche und das Ohr ans Holz drücke, höre ich nur Stille.

Ich klopfe, halte den Atem an und hoffe. Immer noch Stille.

Probeweise drücke ich gegen die Tür, aber sie ist verschlossen. Als Nächstes durchsuche ich meine Taschen nach einer

Plastikkarte oder einer Haarnadel oder irgendetwas, mit dem ich das Schloss knacken könnte, während ich Granpa stumm für den Nachmittag danke, an dem er mir beigebracht hat, wie man das macht.

Aber vielleicht muss ich das ja gar nicht. Ich trete einen Schritt zurück, um die Tür in Augenschein zu nehmen. Miss Angelli wirkt auf mich ein bisschen zerstreut. Ich würde fast wetten, dass sie leicht vergesslich ist, und in Anbetracht des Durcheinanders in ihrer Wohnung ist die Wahrscheinlichkeit, einen Schlüssel zu verlegen, ziemlich hoch. Der Türrahmen ist schmal, aber breit genug, um oben eine kleine Ablagefläche zu bilden. Ich stelle mich auf die Zehenspitzen und strecke mich, bis ich mit den Fingerspitzen über den oberen Rand fahren kann. Sie stoßen auf einen Metallgegenstand, und kurz darauf purzelt ein Schlüssel auf den karierten Teppich.

Die Menschen sind so super berechenbar. Ich schnappe mir den Schlüssel und halte den Atem an, als ich ihn im Schloss drehe und die Tür aufspringt, die direkt ins Wohnzimmer führt. Nachdem ich über die Schwelle getreten bin, kann ich wieder nur staunen. Ich hatte beinahe vergessen, wie viel Zeug es hier gibt, das sämtliche freien Flächen bedeckt – Schönes und Kitschiges und Altes. Es stapelt sich auf Regalen und Tischen und sogar auf dem Fußboden, sodass ich mir zwischen Türmen aus Krimskrams einen Weg ins Zimmer bahnen muss. Ich kann mir nicht vorstellen, wie Miss Angelli hier gehen kann, ohne etwas umzustoßen.

Der Grundriss von 3D ist derselbe wie bei 2F, mit der offenen Küche und dem Flur, der vom Wohnzimmer zu den

Schlafzimmern führt. Während ich mich langsam darauf zubewege, versichere ich mich in jedem Zimmer, dass ich allein bin. Statt auf Menschen treffe ich nur auf Unmengen von Sachen, und ich weiß nicht, ob es am Chaos liegt oder an der Tatsache, dass ich eingebrochen bin, aber ich kann das Gefühl nicht abschütteln, beobachtet zu werden. Es folgt mir durchs Apartment, und als aus Richtung des Wohnzimmers ein kurzes Krachen zu hören ist, erwarte ich, dass Miss Angelli hinter mir steht.

Aber da ist niemand.

Dann fällt es mir wieder ein. Die Katze.

Im Wohnzimmer wurden einige Bücher umgeworfen, aber Angellis Katze Jezzie ist nirgends zu sehen. Ich bekomme eine Gänsehaut. Ich versuche, mir einzureden, dass mir das Vieh sicher aus dem Weg gehen wird, wenn ich ihm aus dem Weg gehe. Dann schiebe ich einen Bücherstapel sowie eine steinerne Büste beiseite und schlage eine Ecke des Teppichs zurück, damit ich Platz zum Lesen habe.

Ich hole tief Luft, ziehe meinen Ring vom Finger und knie mich auf die blanken Dielen. Doch in dem Moment, als ich die Hände aufs Holz lege, bevor ich überhaupt nach der Vergangenheit gegriffen habe, beginnt der ganze Raum unter meinen Fingern zu summen. Zu zittern. Zu rasseln. Ich brauche einen Moment, bis ich begreife, dass ich nicht allein das Gewicht der Erinnerung im Fußboden spüre, sondern dass die vielen Antiquitäten in diesem Zimmer, die vielen Dinge voller Erinnerungen die Grenzen zwischen den Objekten verwischen. Das Summen des Bodens berührt das Summen der Dinge, die auf dem Boden liegen, und so weiter, bis das ganze Zimmer singt. Es tut weh. Eine kribbelnde

Taubheit kriecht meine Arme hinauf und windet sich um meine geprellten Rippen.

Es ist zu viel zu lesen. Es gibt hier einfach zu viel *Krempel,* der meinen Kopf füllt wie sonst der menschliche Lärm. Ich habe noch nicht einmal geschafft, am Summen vorbei nach möglichen Erinnerungen zu greifen, denn vor lauter Krach kann ich kaum denken. Als der Schmerz hinter meinen Augen aufflackert, begreife ich, dass ich mich gegen das Summen stemme, also versuche ich, mir Wesleys Lektionen in Erinnerung zu rufen.

Lass den Krach zu weißem Rauschen werden, sagte er. Ich hocke also mit geschlossenen Augen und auf den Boden gedrückten Handflächen mitten in Miss Angellis Apartment und warte darauf, dass die Geräusche mich umspülen und zu einem gleichmäßigen Ton werden. Es klappt, nach und nach, bis ich schließlich wieder denken kann, mich konzentrieren, nach dem Faden greifen.

Nachdem ich die Erinnerung zu fassen bekommen habe, spult sich die Zeit zurück, und damit verändert sich auch das Chaos, bewegt sich, wird weniger, verschwindet Stück für Stück aus dem Zimmer, bis ich den Großteil des Fußbodens und die Wände sehen kann. Menschen gleiten durch den Raum, frühere Mieter – einige der Erinnerungen sind trüb und verblasst, andere leuchtend hell –, ein älterer Mann, eine Dame mittleren Alters, eine Familie mit kleinen Zwillingen. Das Zimmer leert sich, wandelt sich, bis es schließlich Owens Raum ist.

Ich spüre es, noch bevor sein blonder Haarschopf auftaucht und er sich rückwärts durchs Zimmer bewegt, weil ich die Zeit immer noch zurückspule. Zuerst bin ich erleichtert, dass es überhaupt eine Erinnerung zu lesen *gibt*, und dass sie nicht zusammen mit all den anderen aus jenem Jahr geschwärzt wurde. Auf einmal wird das Bild scharf, und ich könnte schwören, dass ich …

Schmerz schießt durch meinen Kopf, als ich mit einem Ruck den Film anhalte und langsam vorwärts ablaufen lasse.

Im Zimmer bei Owen ist ein Mädchen.

Ich erhasche nur einen kurzen Blick auf sie, bevor er mir die Sicht verstellt. Sie sitzt an einem der Fenster, und er kniet vor ihr, ihr Gesicht in beide Hände genommen, seine Stirn an ihre gedrückt. Der Owen, den ich kenne, ist absolut ruhig, beherrscht und manchmal, auch wenn ich ihm das nie sagen würde, fast gespenstisch. Dieser Owen hier ist lebendig, voll rastloser Energie, die in seinen angespannten Schultern steckt und der Art, wie er mit den Fersen wippt, während er spricht. Die Worte selbst sind nicht viel mehr als Gemurmel, aber ich höre, dass sie leise und eindringlich sind. So plötzlich, wie er sich hingekniet hat, steht er auch wieder auf, wobei seine Hände das Gesicht des Mädchens loslassen, als er sich wegdreht … Und dann achte ich nicht mehr auf ihn, weil ich *sie* ansehe.

Sie sitzt mit angezogenen Beinen da, genau wie an jenem Abend, als sie getötet wurde. Die blonden Haare fallen ihr über die Knie, und obwohl sie den Kopf gesenkt hat, weiß ich genau, wer sie ist.

Regina Clarke.

Aber das kann nicht sein.

Regina ist gestorben, bevor Owen in diese Wohnung gezogen ist.

Und dann, als wüsste sie, was ich denke, blickt sie auf, an mir vorbei. Sie ist Regina, aber auch wieder nicht, eine verdrehte Version. Ihr Gesicht ist verzerrt vor Panik, und ihre dunklen Augen werden immer dunkler, während die Farbe dem Schwarz weicht …

Ein kreischender Laut bohrt sich in meinen Kopf, hoch und lang gezogen und entsetzlich. Auf einmal sehe ich wieder alles bunt, dann schwarz, dann wieder bunt, als sich etwas gegen meinen nackten Arm drückt. Ich zucke zurück, raus aus der Erinnerung und weg vom Fußboden, aber ich bleibe dabei mit der Ferse an der Steinbüste hängen, sodass ich rückwärts auf den Teppich knalle. Beim Aufprall explodiert der Schmerz in meinen Rippen, und ich kann wieder klar genug sehen, um das *Ding* wahrzunehmen, das mich angegriffen hat. Jezzies kleiner schwarzer Körper kommt auf mich zugesprungen. Schnell rutsche ich nach hinten, aber …

Ein schrilles Heulen fährt durch meine Knochen, als eine zweite Katze, dick und weiß mit einem Halsband, ihren Schwanz um meinen Ellbogen schlingt. Ich habe mich gerade befreit …

Eine dritte Katze streift an meinem Bein entlang, was zu einer Explosion aus Klageschreien führt, Rot, Licht, Schmerz und Metall, das unter meiner Haut reibt. Schließlich schaffe ich es, mich loszureißen, stolpere rückwärts hinaus in den Hausflur und ziehe schnell die Tür zu.

An der gegenüberliegenden Wand lasse ich mich zu Boden sinken, während meine Augen vor lauter Kopfschmerz tränen, der so plötzlich und brutal einsetzt wie eben die Berührung durch die Katzen. Ich brauche Ruhe, echte Ruhe, also greife ich in die Tasche, um meinen Ring herauszuholen, aber da ist nichts.

O nein!

Ich betrachte die Tür von 3D. Mein Ring muss immer noch dort drin liegen. Ich fluche, nicht gerade leise, und lasse den Kopf auf die Knie sinken, während ich versuche, durch den Schmerz hindurchzudenken und die Puzzlestücke dessen zusammenzusetzen, was ich vor dem Angriff der Katzen gesehen habe.

Reginas Augen. Sie wurden dunkel. Sie verschwammen im Schwarz, als würde sie *entgleiten*. Aber das tun nur Chroniken. Nur eine Chronik könnte im Apartment ihres Bruders sitzen, *nachdem* sie gestorben ist, und das bedeutet, es war nicht Regina, genau wie der Körper in Bens Schublade nicht Ben war, was heißt, sie ist irgendwie *rausgekommen*. Aber wie? Und wie hat Owen sie gefunden?

»Mackenzie?«

Als ich den Kopf hebe, sehe ich Wesley auf mich zukommen.

Er beschleunigt seine Schritte. »Was ist passiert?«

Ich lege wieder die Stirn auf die Knie. »Ich geb dir zwanzig Dollar, wenn du da reingehst und meinen Ring holst.«

Wesleys Stiefel bleiben irgendwo rechts von mir stehen. »Was macht dein Ring bei Miss Angelli in der Wohnung?«

»Bitte, Wes, hol ihn einfach für mich.«

»Bist du eingebrochen …«

»Wesley.« Ich hebe ruckartig den Kopf. »Bitte.« Offensichtlich sehe ich noch schlimmer aus, als ich mich fühle, denn er nickt und tut wie geheißen. Ein paar Augenblicke später

kommt er wieder und lässt den Ring vor mir auf den Teppich fallen. Rasch streife ich ihn über.

Dann kniet Wesley sich vor mich hin. »Möchtest du mir erzählen, was passiert ist?«

Ich seufze. »Ich wurde angegriffen.«

»Von einer *Chronik?*«

»Nein … von Miss Angellis Katzen.«

Seine Mundwinkel zucken.

»Das ist nicht witzig«, knurre ich und schließe die Augen. »Das werde ich mir ewig anhören dürfen, richtig?«

»Auf jeden Fall. Aber du kannst einem auch einen ganz schönen Schrecken einjagen, Mac.«

»Du bist zu schreckhaft.«

»Du hast dich ja nicht gesehen.« Er zieht einen kleinen Spiegel aus einer der vielen Taschen seiner Hose und klappt ihn auf, damit ich das Blutrinnsal begutachten kann, das von meiner Nase bis übers Kinn läuft. Ich wische es mit dem Ärmel weg.

»Na gut, das ist furchterregend. Pack das weg«, sage ich. »Die Katzen haben also diese Runde gewonnen.«

Als ich mir mit der Zunge über die Lippen fahre, schmecke ich Blut. Mühsam rappele ich mich auf. Der Flur schwankt leicht. Wesley greift nach meinem Arm, aber ich winke ab und mache mich auf den Weg zur Treppe. Er folgt mir.

»Was hast du denn da drin gemacht?«, will er wissen.

Durch den Kopfschmerz fällt es mir schwer, mich auf die Feinheiten des Lügens zu konzentrieren. Also lasse ich es.

»Ich war neugierig«, erkläre ich auf dem Weg die Treppe hinunter.

»Du musst ganz schön neugierig gewesen sein, um in Angellis Wohnung einzubrechen.«

Wir erreichen den zweiten Stock. »Meine wissbegierige Ader war schon immer eine Schwäche von mir.« Ich sehe immer noch Reginas Augen vor mir. Wie ist sie rausgekommen? Sie war keine Wächter-Mörderin, kein Monster. Sie war auch nicht so aggressiv drauf wie Jackson. Sie war fünfzehn Jahre alt. Der Mord konnte gereicht haben, um sie unruhig zu machen, sie sogar aufzuwecken, aber sie hätte es nie durch die Narrows schaffen sollen.

Ich verlasse das Treppenhaus, aber als ich mich nach Wesley umdrehe, sieht er mich mit gerunzelter Stirn an.

»Schau mich nicht so an mit deinen großen braunen Augen.«

»Das ist kein gewöhnliches Braun«, erwidert er. »Sondern Haselnussbraun. Kannst du die goldenen Sprenkel nicht sehen?«

»Du meine Güte, wie viel Zeit verbringst du denn jeden Tag vor dem Spiegel?«

»Nicht genug, Mac. Nicht genug.« Doch der fröhliche Ton ist aus seiner Stimme verschwunden. »Ganz schön geschickt, wie du versuchst, mich mit meinem guten Aussehen abzulenken, aber das wird nicht funktionieren. Also, was ist los?«

Ich seufze. Und dann schaue ich Wesley richtig an. Der Schnitt auf seiner Backe ist am Verheilen, aber seitlich am Kiefer prangt ein neuer blauer Fleck. So wie er seinen linken Arm hält, habe ich den Eindruck, dass er etwas abbekommen hat, und er wirkt völlig erschöpft.

»Wo warst du denn heute Morgen?«, will ich wissen. »Ich habe auf dich gewartet.«

»Ich wurde aufgehalten.«

»Von deiner Liste?«

»Die Namen waren nicht mal auf meiner Liste. Kaum hatte ich die Narrows betreten … ich hatte gar nicht genug Hände. Und auch nicht genug Zeit. Bin kaum lebendig da durchgekommen. Dein Revier ist schlimm, aber meines ist auf einmal undurchdringlich.«

»Dann hättest du nicht kommen sollen.« Ich drehe mich um und gehe den Flur hinunter.

»Ich bin dein Partner«, ruft er, während er mir folgt. »Und anscheinend ist genau das das Problem. Du warst gestern bei der Anhörung dabei, Mac. Du hast die Warnung gehört. Wie können nur so lange Partner sein, wie mein Revier sauber bleibt. Das hat jemand absichtlich getan. Und ich versuche schon den ganzen Vormittag zu verstehen, welchen Grund ein Mitglied des Archivs haben sollte, zu verhindern, dass wir zusammenarbeiten. Und dabei komme ich immer wieder zu dem Schluss, dass ich irgendetwas nicht weiß.« Auf halber Strecke den Flur hinunter greift er nach meinem Arm, und ich muss mich zwingen, mich nicht loszureißen, als der Lärm mich überflutet. »*Gibt* es da etwas, das ich wissen sollte?«

Ich weiß nicht, was ich antworten soll. Ich habe keine Wahrheit oder Lüge parat, die irgendetwas richten würde. Allein durch meine Nähe habe ich ihn schon in Gefahr gebracht, bereits eine Zielscheibe auf seinen Rücken gemalt. Er wäre sicherer, wenn er einfach weggeblieben wäre. Wenn ich ihn nur aus diesem Schlamassel heraushalten könnte. Von mir fernhalten könnte.

»Wesley …« Alles andere geht kaputt. Ich will nicht, dass das hier auch noch kaputtgeht.

»Vertraust du mir?« Seine Frage kommt so plötzlich und ehrlich, dass sie mich unvorbereitet trifft.

»Ja, das tu ich.«

»Dann rede mit mir. Was auch immer da vor sich geht, lass mich helfen. Mackenzie, du bist nicht allein. Unser ganzes Leben wird von Lügen bestimmt, von Geheimnissen. Ich will einfach nur, dass du weißt, dass du vor mir nichts verheimlichen musst.«

Es bricht mir das Herz, denn ich weiß, er meint es genau so, wie er es sagt. Und trotzdem kann ich mich ihm nicht anvertrauen. Ich werde es nicht tun. Ich werde ihm nichts von den Mordfällen oder den manipulierten Chroniken oder dem Verräter im Archiv oder von Regina oder Owen erzählen. Und das ist kein edler Versuch, ihn aus der Schusslinie zu halten. Die Wahrheit ist, ich habe Angst.

»Danke.« Es klingt genauso unbeholfen, wie wenn jemand auf ein von Herzen gemeintes *Ich liebe dich* mit *Ich weiß* antwortet. Deshalb füge ich schnell noch hinzu: »Wir sind ein Team, Wes.«

Ich hasse mich selbst, als ich sehe, wie seine Schultern nach unten sacken. Er lässt meinen Arm los, wodurch eine Stille übrig bleibt, die schwerer wiegt als Lärm. Er wirkt so müde, mit den dunklen Augenringen, selbst unter seinem Make-up.

»Du hast recht«, erwidert er hohl. »Das sind wir. Deshalb gebe ich dir noch eine letzte Chance, mir zu erzählen, was genau da vor sich geht. Und mach dir nicht die Mühe zu lügen. Kurz davor testest du immer erst stumm die Worte, und dabei zuckt dein Kiefer ein bisschen. Du hast das schon oft getan. Also lass es einfach.«

Da wird mir auf einmal klar, wie müde auch ich bin. Ich bin der Lügen und Auslassungen und Halbwahrheiten überdrüssig. Ich habe Wes in Gefahr gebracht, aber er ist immer noch hier – und wenn er bereit ist, sich mit mir diesem Chaos zu stellen, dann hat er verdient zu wissen, was ich weiß. Ich will gerade loslegen und ihm das sagen, ihm alles sagen, als er seine Hand in meinen Nacken legt, mich an sich zieht und küsst.

Der Lärm überflutet mich, doch ich kämpfe nicht dagegen an, blende ihn nicht aus, und einen Moment lang kann ich an nichts anderes denken, als dass Wes nach Sommerregen schmeckt.

Seine Lippen verweilen auf meinen, fest und warm.

Einen langen Moment.

Dann löst er sich, schwer atmend.

Als er die Hände sinken lässt, begreife ich plötzlich.

Er trägt seinen Ring nicht.

Er hat mich nicht einfach nur geküsst.

Er hat mich *gelesen*.

Wesleys Miene ist voller Schmerz, und ich weiß nicht, was er gesehen oder gefühlt hat, aber was auch immer er in mir gelesen hat, es veranlasst ihn dazu, sich umzudrehen und hinauszustürmen.

28

Wesley knallt die Treppenhaustür hinter sich zu. Ich drehe mich um und haue mit der Faust gegen die Wand, so stark, dass eine Kerbe in der verblassten gelben Tapete zu sehen ist und der Schmerz aus meiner Hand den Arm hinaufschießt. Aus dem Spiegel an der Wand gegenüber starrt mir mein Gesicht entgegen. Es wirkt … verloren. Auf einmal ist es auch in meinen Augen zu sehen. Die Augen, die ich von Granpa geerbt habe. Während ich mich so ansehe, suche ich nach Spuren von ihm in mir, nach dem Teil, der weiß, wie man lügt und lächelt und lebt und existiert. Ich kann ihn nirgends finden.

Was für ein Schlamassel. Wahrheiten sind unschön und Lügen genauso. Es ist mir egal, was Granpa behauptet hat, ich glaube, es ist unmöglich, einen Menschen wie in Tortenstücke zu zerteilen, sauber und glatt.

Schließlich stoße ich mich von der Wand ab, wobei sich die Wut zu etwas Hartem, Ruhelosem zusammenballt. Ich muss Owen finden. Auf dem Weg zur Narrows-Tür ziehe ich meinen Schlüssel über den Kopf und die Liste aus der Tasche. Als ich sie auffalte, wird mir ganz schlecht. Das Kratzen der Buchstaben hatte fast gar nicht mehr aufgehört, aber ich hatte trotzdem nicht damit gerechnet, dass das Papier absolut *voll* mit Namen sein würde. Meine Schritte werden langsamer, und einen Augenblick lang habe ich das Gefühl, dass es zu viele sind, dass ich nicht alleine dort hineingehen sollte. Aber dann muss ich wieder an Wesley denken und beeile mich. Ich brauche seine Hilfe nicht. Ich war schon Wächterin, bevor er überhaupt wusste, was Wächter sind. Rasch ziehe ich meinen Ring ab und betrete die Narrows.

Es ist so laut.

Schritte und Weinen und Murmeln und Klopfen. Die Angst, die mich packt, lässt nicht nach, also halte ich mich an ihr fest und benutze sie, um wachsam zu bleiben. Die Bewegung fühlt sich gut an, und das Schlagen meines eigenen Herzens in meinen Ohren wird zu Rauschen, das alles außer Instinkt und Gewohnheit und meinen automatischen Bewegungen überdeckt, während ich die Narrows auf der Suche nach Owen durchquere.

Dabei schaffe ich kaum mehr als einen Flurabschnitt ohne Zwischenfälle. Aber kaum habe ich die Retouren-Tür hinter zwei streitsüchtigen Teenagern geschlossen, tauchen an ihrer Stelle neue Namen auf. Ein Schweißtropfen rinnt mir den Nacken hinunter. Das Metall des Messers fühlt sich an meinem Unterschenkel warm an, aber ich lasse es, wo es ist. Ich brauche es nicht. So kämpfe ich mich langsam zu Owens Nische vor.

Dann füllen plötzlich immer mehr Wächter-Killer meine Liste.

Noch mal zwei Chroniken.

Noch mal zwei Kämpfe.

Mit dem Rücken an die Retouren-Tür gelehnt betrachte ich atemlos das Papier.

Vier neue Namen.

»*Verdammt!*« Ich schlage mit der Faust gegen die Tür, immer noch ganz außer Atem. Müdigkeit macht sich breit, denn das Hochgefühl des Erfolgs wird von der Tatsache gedämpft, dass die Liste immer gleich einen Namen nachlegt, oder sogar zwei oder drei. Es ist völlig unmöglich, Fortschritte zu machen, ganz zu schweigen davon, sie abzuarbeiten. Wenn es hier so schlimm ist, was ist dann wohl erst im Archiv los?

»Mackenzie?«

Owen steht neben mir. Er schlingt die Arme um mich, was mir einen Moment der Erleichterung und Ruhe verschafft, aber er ist nicht stark genug, um das Bild der Verletztheit in Wesleys Augen zu verdrängen, oder den Schmerz, die Schuldgefühle und die Wut auf ihn, auf mich selbst, auf alles.

»Es geht alles kaputt«, murmele ich an seiner Schulter.

»Ich weiß«, erwidert Owen und küsst meine Wange, dann meine Schläfe, bevor er seine Stirn an meine lehnt. »Ich weiß.«

Die Stille blüht auf und verblasst, während ich daran denke, wie er Reginas Gesicht gehalten hat, seine Stirn an ihre gelegt hat, das leise Rauschen seiner Stimme, als er mit ihr sprach. Aber was hat sie da gemacht? Wie hat er sie gefunden? Hat er überhaupt gewusst, was sie war? Haben sie es deshalb aus seiner Erinnerung gelöscht?

Aber das passt alles nicht zusammen. Die Wände des Coronados und die Erinnerungen der Chroniken waren von verschiedenen Leuten manipuliert worden, aber in beiden Fällen war sehr sorgfältig gearbeitet worden, und die Zeit, die in den Wänden fehlt, entspricht ziemlich genau der Zeit in den Erinnerungen der Menschen. Angellis Wohnung jedoch war unberührt geblieben, was bedeutet, dass sie einen Ort vergessen haben, oder er musste nicht gelöscht werden. Weshalb also sollte er dann aus Owens Erinnerung verschwunden sein? Außerdem waren bei den anderen manipulierten Chroniken *Stunden* ausradiert worden, höchstens ein oder zwei Tage. Warum sollten Owen ganze *Monate* fehlen?

Es ergibt keinen Sinn. Außer, er lügt.

Und sobald dieser Gedanke in meinem Kopf aufgetaucht ist, bricht das schreckliche Gefühl, dass es stimmt, wie eine riesige Welle über mich herein, als hätte es nur darauf gewartet. Sich langsam aufgebaut.

»Was ist das Letzte, woran du dich erinnerst?«, will ich wissen.

»Das hab ich dir doch schon gesagt …«

Ich löse mich aus seiner Umarmung. »Nein, du hast mir erzählt, was du gefühlt hast. Dass du Regina dort nicht allein lassen wolltest. Aber was ist das Letzte, das du *gesehen* hast? Der letzte Moment deines Lebens?«

Er zögert.

In der Ferne weint jemand.

In der Ferne schreit jemand.

In der Ferne ist Fußgetrappel und Klopfen zu hören. Der Lärm kommt näher.

»Ich erinnere mich nicht …«, meint er.

»Es ist aber wichtig.«

»Glaubst du mir nicht?«

»Ich möchte es gerne.«

»Dann tu's«, sagt er leise.

»Willst du das Ende deiner Geschichte wissen, Owen?« Das ungute Gefühl in meinem Bauch zieht sich zu einem

Knoten zusammen. »Ich sag dir, was ich herausgefunden habe. Vielleicht hilft das ja deiner Erinnerung auf die Sprünge. Deine Schwester wurde ermordet. Deine Eltern sind weggezogen, du aber nicht. Stattdessen bist du in eine andere Wohnung gezogen, und dann kam Regina zurück, nur dass es nicht Regina war, Owen. Es war ihre Chronik. Du wusstest, dass sie nicht normal ist, oder? Aber du konntest ihr nicht helfen. Also bist du vom Dach gesprungen.«

Eine Weile sieht Owen mich einfach nur an.

Dann sagt er mit ruhiger, leiser Stimme: »Ich wollte nicht springen.«

Mir ist schlecht. »Also erinnerst du dich doch.«

»Ich dachte, ich könnte Regina helfen. Das habe ich wirklich gedacht. Aber sie ist immer weiter entglitten. Ich wollte nicht springen, aber sie ließen mir keine Wahl.«

»Wer?«

»Die Crew, die kam, um sie zurückzuholen. Und mich zu verhaften.«

Crew? Woher sollte er diesen Begriff kennen, außer er …

»Du hast dazugehört! Zum Archiv.«

Ich will, dass er es leugnet, aber das tut er nicht.

»Sie hat dort nicht hingehört«, sagt er.

»Hast du sie rausgelassen?«

»Sie hat zu mir gehört. Nach Hause. Und wo wir gerade von zu Hause sprechen«, fügt er hinzu, »ich glaube, du hast etwas, das mir gehört.«

Meine Hand zuckt in Richtung des letzten Geschichtenschnipsels in meiner Tasche. Zu spät versuche ich, die Bewegung zu unterdrücken.

»Mackenzie, ich bin kein Monster.« Er macht einen Schritt auf mich zu und streckt die Hand nach meiner aus, aber ich weiche zurück. Seine Augen werden schmal, während er den Arm sinken lässt. »Du hättest es doch auch getan«, meint er. »Du hättest Ben doch auch mit nach Hause genommen.«

Vor meinem inneren Auge sehe ich Ben, kurz nachdem er aufgewacht ist, wie er schon entgleitet und ich vor ihm knie, ihm sage, dass alles gut wird, dass wir heimgehen werden. Aber das hätte ich nicht getan. So weit wäre ich nicht gegangen. Denn in dem Moment, als er mich von sich weggestoßen hat, habe ich in der Schwärze seiner Augen die Wahrheit gesehen. Das war nicht mein Bruder. Das war nicht Ben.

»Nein«, erwidere ich. »Du täuschst dich. So weit wäre ich nicht gegangen.«

Ich trete noch einen Schritt zurück, auf eine Kurve im Flur zu. Owen versperrt den Weg zu den nummerierten Türen, aber wenn ich es schaffe, ins Archiv zu gelangen …

»Mackenzie.« Er streckt wieder die Hand nach mir aus. »Bitte, tu das nicht …«

»Was ist mit den anderen Leuten?«, will ich wissen, während ich mich weiter zurückziehe. »Mit Marcus und Eileen und Lionel? Was ist mit *denen* passiert?«

»Ich hatte keine Wahl«, erklärt er. »Ich habe versucht, Regina im Zimmer festzuhalten, aber sie war so verzweifelt …«

»Sie ist entglitten.«

»Ich habe mich so sehr bemüht, ihr zu helfen, aber ich konnte ja nicht die ganze Zeit da sein. Diese Leute haben sie gesehen. Sie hätten alles kaputt gemacht.«

»Also hast du sie *umgebracht?*«

Er lächelt grimmig. »Was, glaubst du denn, hätte das Archiv gemacht?«

»Nicht das, Owen.«

»Sei doch nicht so naiv!«, fährt er mich an, und die Wut blitzt durch seine Augen wie Licht.

Die Biegung im Flur befindet sich nur noch wenige Schritte hinter mir. Als ich losrenne, ruft er noch: »In diese Richtung würde ich nicht gehen.« Was er damit meint, begreife ich erst, als ich um die Ecke biege und Auge in Auge mit einer brutal wirkenden Chronik stehe. Hinter ihm steht noch ein Dutzend weitere. Sie starren mich alle mit schwarzen Augen an.

»Ich habe ihnen gesagt, sie müssen warten«, erklärt er, als ich in seinen Flurabschnitt zurückweiche, »dann würde ich sie rauslassen. Aber vermutlich verlieren sie langsam die Geduld. Genau wie ich.« Er streckt die Hand aus. »Das Papier mit dem Schluss, bitteschön.«

Seine Stimme ist sanft, aber ich merke, wie sich seine Körperhaltung verändert, diese winzigen Verschiebungen in seinen Schultern, den Knien und Händen. Ich wappne mich innerlich.

»Ich habe ihn nicht«, lüge ich.

Owen stößt einen leisen, enttäuschten Seufzer aus.

Dann ist der Augenblick vorbei. Blitzschnell kommt er auf mich zu. Ich bücke mich, ziehe das Messer aus seinem Versteck, halte es ihm vor die Brust, woraufhin er mein Handgelenk packt und mit voller Wucht gegen die Wand schlägt. Dann schnappt er nach meiner freien Hand, und bevor ich zu einem Tritt ansetzen kann, drückt er mich mit seinem ganzen Körper an die Wand. Die Stille drängt auf mich ein, zu gewaltig.

»Miss Bishop.« Sein Griff wird fester. »Wächter sollten doch keine Waffen bei sich tragen.« In meinem Handgelenk gibt etwas knirschend nach, und ich schnappe nach Luft, als mir das Messer aus den Fingern fällt. Als Owen mich loslässt, werfe ich mich zur Seite, aber er fängt mit einer Hand das Messer auf und packt mit der anderen meinen Arm, sodass er mich wieder von hinten an sich ziehen kann. Er hält mir das Messer an die Kehle. »Wenn ich du wäre, würde ich stillhalten. Ich hatte mein Messer sechzig Jahre lang nicht mehr richtig in der Hand. Vielleicht bin ich ein bisschen eingerostet.«

Seine freie Hand fährt über meinen Bauch hinab bis in die Tasche meiner Jeans. Als seine Finger den Zettel und das Metallstück ertasten, seufzt er erleichtert und zieht beide heraus. Er küsst mich auf den Scheitel, das Messer immer noch an meinem Hals. Dann hält er seinen Fund so, dass ich ihn sehen kann. »Ich hab mir schon Sorgen gemacht, dass das Bild nicht mehr da sein könnte. Ich hatte nicht erwartet, so lange weg zu sein.«

»Du hast die Geschichte versteckt.«

»Stimmt, aber es war nicht die *Geschichte*, die ich verstecken wollte.«

Das Messer verschwindet, und er versetzt mir einen Stoß, sodass ich nach vorne taumele. Als ich mich umdrehe, steckt er gerade den Papierfetzen ein und reiht die Metallteile auf seiner Handfläche auf. Ein Ring, ein Stab, ein Rechteck.

»Willst du einen Zaubertrick sehen?«, fragt er.

Das Rechteck in der Faust, hält er den Ring und den Stab hoch. Dann schiebt er die Spitze des Stabes in das kleine Loch, das in den Ring gebohrt wurde, und verschraubt beide Teile. Zum Schluss steckt er die eingekerbte Kante des Rechtecks in die Vertiefung im Stab.

Als er den Gegenstand hochhält, damit ich ihn sehen kann, gefriert mir das Blut in den Adern. Das Ding ist nicht so verschnörkelt wie der, den Roland mir gegeben hat, aber es besteht kein Zweifel, um was es sich handelt.

Der Ring, der Stab, das Rechteck.

Der Griff, der Stiel, der Bart.

Es ist ein Crew-Schlüssel.

»Ich bin nicht sonderlich beeindruckt«, sage ich und fasse vorsichtig mein Handgelenk an. Sobald ich die Finger beuge, schießt der Schmerz durch meine Hand. Aber mein Schlüssel hängt am gesunden Arm, und wenn ich eine Retoure-Tür finde … Heimlich suche ich mit den Augen den Flur ab, aber der nächste weiße Kreidekreis befindet sich mehrere Meter hinter Owen.

»Solltest du aber«, meint er. »Wenn du möchtest, dass ich dir danke, dann mache ich das gern. Ohne dich hätte ich es nicht geschafft.«

»Das glaube ich nicht.«

»Ich selbst hätte es nicht riskieren können. Was, wenn die Crew mich erwischt hätte, bevor ich die Stücke gefunden habe? Was, wenn die Stücke nicht dort gewesen wären, wo sie sein sollten? Nein, das hier …« – er hält den Schlüssel in die Höhe – »… habe ich allein dir zu verdanken. Du hast mir den Schlüssel gebracht, der Türen zwischen den Welten öffnet, den Schlüssel, der mir dabei helfen wird, das Archiv zu zerstören, eine Zweigstelle nach der anderen.«

Wut macht sich in mir breit. Ich frage mich, ob ich ihm wohl das Genick brechen kann, bevor er mich ersticht. Ich wage einen Schritt nach vorn. Er rührt sich nicht.

»Owen, das werde ich nicht zulassen.« Ich muss den Schlüssel zurückbekommen, bevor er anfängt, Türen damit zu öffnen. Und als könnte er mich über die Entfernung hinweg lesen, lässt er ihn in der Hosentasche verschwinden.

»Du musst dich mir nicht in den Weg stellen«, sagt er.

»Doch, das muss ich. Genau das ist mein Job, Owen. Die Chroniken davon abhalten, nach draußen zu entkommen, egal wie geistig umnachtet sie sind.«

»Ich wollte nur meine Schwester zurückhaben«, erklärt er, während er immer noch mit dem Messer spielt. »Sie haben es schlimmer gemacht, als es hätte sein müssen.«

»Klingt so, als hättest du es selber schon ziemlich vermasselt.« Ich schleiche mich einen weiteren Schritt nach vorn.

»Du verstehst doch überhaupt nichts, du kleine Wächterin«, knurrt er. Gut, er wird wütend, und wütende Menschen machen Fehler. »Das Archiv nimmt sich *alles* und gibt nichts zurück. Ich wollte nur eines …«

Die Geräusche einer Rauferei klingen zu uns herüber, ein Rufen, ein Schrei, und Owens Aufmerksamkeit ist für den Bruchteil einer Sekunde abgelenkt. Sofort greife ich an, indem ich mein ganzes Gewicht nach vorne werfe. Die Spitze meines Stiefels trifft den Griff seines Messers und katapultiert es hinauf in die deckenlose Dunkelheit der Narrows. Mein nächster Tritt schleudert ihn zurück, während das Messer ein Stück hinter mir klirrend zu Boden fällt. Auch Owen stürzt, doch er fängt sich mit einer Rolle ab. Irgendwie gelingt es ihm, sich rechtzeitig aus der Hocke aufzurichten, um meinem nächsten Schlag auszuweichen. Stattdessen hält er mein Bein fest, zieht mich nach vorne und knallt mir den Arm gegen die Brust, sodass ich der Länge nach zu Boden gehe. Beim Aufprall fährt ein stechender Schmerz durch meine geprellten Rippen.

»Es ist zu spät«, erklärt er, während ich versuche, wieder Luft zu bekommen. »Ich werde das Archiv zerstören.«

»Das Archiv hat Regina nicht umgebracht«, keuche ich, während ich mich auf alle viere rolle. »Robert war das.«

Seine Augen werden dunkel. »Ich weiß. Und dafür habe ich ihn bezahlen lassen.«

Mir wird ganz elend. Ich hätte es wissen müssen.

Er ist davongekommen. Sie haben ihn davonkommen lassen. Ich habe ihn davonkommen lassen. Ich war ihr großer Bruder …

Owen hat sich alles genommen, was ich gefühlt habe, und es nachgeahmt, verdreht, benutzt. Er hat *mich* benutzt.

Ich springe auf und will ihn packen, aber er ist zu schnell, sodass ich ihn kaum berühren kann, bevor seine Hand meinen Hals packt und er mich mit dem Rücken gegen die Tür schleudert. Ich bekomme keine Luft mehr. Vor meinen Augen verschwimmt alles, während ich verzweifelt an seinem Arm kratze. Er zuckt noch nicht mal zusammen.

»Eigentlich wollte ich das nicht tun.«

Dann tastet seine freie Hand nach dem Lederband um mein Handgelenk. Nach meinem Schlüssel. Er zieht einmal kräftig, wodurch die Kordel reißt, und steckt den Schlüssel hinter mir ins Schloss.

Als er ihn umdreht, ertönt ein Klicken, bevor die Tür aufschwingt und uns beide in strahlend weißes Licht taucht. Er beugt sich vor, um seine Wange an meine zu legen und mir ins Ohr zu flüstern.

»Weißt du, was mit lebenden Personen im Retoure-Zimmer passiert?«

Ich öffne den Mund, aber es kommt kein Laut heraus.

»Ich auch nicht«, sagt er. Dann gibt er mir einen Schubs, hinein ins Licht, und knallt die Tür zu.

29

In der Woche vor deinem Tod spüre ich, dass es so weit ist.

Ich sehe den Abschied in deinen Augen. Die zu langen Blicke auf alles, als könntest du dir die Erinnerungen dadurch stark genug einprägen, damit sie ausreichen.

Aber es ist nicht dasselbe. Und diese anhaltenden Blicke machen mir Angst.

Ich bin noch nicht so weit.

Ich bin noch nicht so weit.

Ich bin noch nicht so weit.

»Ich kann das nicht ohne dich, Granpa.«

»Doch, du kannst es. Und du musst.«

»Was, wenn ich Mist baue?«

»Oh, das wirst du. Du wirst Mist bauen, du wirst Fehler machen, du wirst Dinge kaputt machen. Manches wirst du reparieren können, anderes wirst du verlieren. Das gehört alles dazu. Aber eines musst du für mich tun.«

»Was denn?«

»Lange genug am Leben bleiben, um neuen Mist zu bauen.«

In dem Moment, wo sich die Retoure-Tür schließt, gibt es keine Tür mehr, und das weiße Licht ist so hell und schattenlos, dass das Zimmer wie endloser Raum wirkt: kein Boden, keine Wände, keine Decke. Nichts als blendendes Weiß. Ich weiß, ich muss mich konzentrieren, muss die Stelle finden, wo die Tür war, und hinausgehen, um Owen zu suchen – ich kann das schaffen, sagt die rationale Wächter-Stimme in mir, wenn es mir nur gelingt, zu atmen und mich bis zur Wand zu bewegen.

Ich mache einen Schritt nach vorn, und auf einmal explodiert das Weiß auf allen Seiten und verwandelt sich in Farbe und Klang und Leben.

Mein Leben.

Mom und Dad auf der Verandaschaukel unseres ersten Hauses, ihre Füße auf seinem Schoß und sein Buch auf ihren Beinen abgestützt, dann das neue blaue Haus, wo Mom mit ihrem dicken Bauch kaum durch die Tür passt und Ben die Treppe erklimmt, als wäre es ein Gebirge. Ben, der auf Wände und Fußböden und alles malt, außer auf Papier. Ben, der den Platz unterm Bett in ein Baumhaus verwandelt, weil er Höhenangst hat, und Lyndsey, die sich mit ihm dort versteckt, obwohl sie kaum reinpasst, und Lyndsey auf dem Dach und Granpa im Sommerhaus, wo er mir beibringt, wie man ein Schloss knackt, einen Faustschlag landet, wie man lügt, wie man liest, wie man stark ist, und Krankenhausstühle und aufgesetztes Lächeln und Kämpfen und Lügen und Bluten und In-Stücke-Brechen, und Umziehen und Kartons und Wesley und Owen. Alles strömt aus mir heraus wie etwas Lebensnotwendiges, wie Blut oder Sauerstoff, denn mein Körper und mein Geist schalten sich immer mehr ab, mit jedem Bild, das aus meinem Kopf gesogen wird.

Auf einmal falten sich die Bilder in sich zusammen, während das Weiß den Raum wieder Stück für Stück zurückerobert und dabei mein Leben auslöscht wie Monitore, die ausgeknipst werden. Ich beginne zu schwanken. Das Weiß breitet sich aus, verschlingt alles. Meine Beine geben unter mir nach. Die Bilder verschwinden eines nach dem anderen, und mein Herz setzt einen Schlag aus.

Nein.

Die Luft und das Licht werden dünner.

Mit zusammengekniffenen Augen konzentriere ich mich auf die Tatsache, dass die Schwerkraft mir zeigt, dass ich auf dem Boden sitze. Konzentriere mich auf die Tatsache, dass ich aufstehen muss. Ich kann inzwischen die Stimmen hören. Mom erzählt zwitschernd vom Café; Dad sagt, ich solle es als Abenteuer betrachten; Wesley verspricht, nicht wegzugehen; Ben sagt, ich soll doch mal schauen kommen; und Owen erklärt mir, dass es vorbei ist.

Owen. Die Wut, die in mir aufflammt, hilft mir, mich zu konzentrieren, sogar als die Stimmen schwächer werden. Mit immer noch geschlossenen Augen bemühe ich mich aufzustehen. Da mir mein Körper nicht gehorchen will, versuche ich stattdessen zu kriechen, mich irgendwie auf die Wand zuzubewegen, die irgendwo dort vor mir sein muss. Es wird zu still im Zimmer und mein Geist zu langsam, aber ich krieche auf allen vieren vorwärts – wobei mich der Schmerz in meinem Handgelenk daran erinnert, dass ich noch am Leben bin –, bis meine Fingerspitzen an den Sockel der Wand stoßen.

Mein Herz setzt wieder einen Schlag aus, stolpert.

Meine Haut kribbelt taub, als es mir gelingt, in meinen Stiefel zu greifen und Granpas Crew-Schlüssel herauszuziehen. Mithilfe der Wand ziehe ich mich mühsam hoch, obwohl mein Körper gefährlich schwankt, und fahre mit den Händen über die Oberfläche, bis ich die unsichtbare Erhebung eines Türrahmens spüre.

Die Szenen um mich herum sind nun alle verstummt, bis auf die mit Granpa.

Die Worte kann ich zwar nicht verstehen, und ich weiß auch nicht mehr, ob meine Augen offen oder geschlossen sind, und das macht mir wahnsinnige Angst, also konzentriere ich mich auf den weichen Louisiana-Dialekt in Granpas Stimme, während ich mit den Händen hin- und herstreiche, bis meine Finger das Schlüsselloch berühren.

Ich stecke den Schlüssel hinein und drehe ihn mit Kraft nach links um, während Granpas Stimme verstummt. Alles wird kurz schwarz, bevor das Schloss klickt und die Tür sich öffnet. Nach Luft schnappend und mit zitternden Gliedern stolpere ich hindurch.

Ich befinde mich wieder in den Narrows. Eigentlich sollten Crew-Schlüssel einen nicht hierherbringen. Andererseits bin ich mir ziemlich sicher, dass sie auch nicht dazu gedacht sind, aus einem Retouren-Raum herauszuführen. Während ich mich mühsam auf den Beinen halte, dröhnt mein Puls in meinen Ohren. Ich bin dankbar, immer noch einen Puls zu haben. Auf dem Boden liegt ein zerknülltes Stück Papier. Meine Liste. Ich hebe sie auf und erwarte, jede Menge Namen zu sehen, aber dort steht kein einziger, sondern nur eine Anweisung:

Verlass die Narrows.
Halt dich von den Narrows fern.
Es ist zu spät. – R

Ich blicke mich um.

Es ist leer und schmerzhaft still hier, und als ich um die nächste Ecke biege, sehe ich, dass meine nummerierten Türen alle weit offen stehen. Die Zimmer dahinter liegen im Schatten, aber ich höre lautes Rufen im Foyer und im Café – Befehle, beherrscht und frostig, wie sie von Mitgliedern des Archivs erteilt werden, nicht von Chroniken oder Anwohnern. Nur im zweiten Stock ist alles still. Ich zucke innerlich zusammen, und eine Stimme in mir flüstert, *falsch, falsch, falsch,* also schließe ich die beiden anderen Türen und trete hinaus in den Flur.

Das Erste, was ich sehe, ist das Rot auf der verblassten gelben Tapete.

Blut.

Ich lasse mich auf die Knie fallen und spreche ein Gebet, noch während ich den Boden berühre und hineingreife. Die Erinnerung summt in meinen Knochen und macht meine Hände taub, als ich sie zurückspule. Die Szene befindet sich ganz am Anfang und läuft viel zu schnell vorbei, ein verschwommenes Bild aus schwarzen Haarstacheln, Metall und Rot. Alles in mir verkrampft sich. Ich halte die Erinnerungen abrupt an und lasse sie vorwärtslaufen.

Starr vor Wut sehe ich zu, wie Owen aus der Narrows-Tür tritt und einen Stift samt Papier aus der Tasche zieht. Der Zettel ist genauso groß wie der von meiner Liste. Archivpapier. Am Ende des Ganges ertönt ein dumpfes Geräusch, wie Klopfen, während Owen den Spiegel als Unterlage benutzt und ein einzelnes Wort auf den Zettel schreibt: *Draußen.*

Kurze darauf schreibt eine unsichtbare Hand zurück: *Gut.*

Owen lächelt und steckt das Papier ein.

Das Klopfen hört auf. Nun sehe ich Wesley bei uns vor der Tür stehen. Er dreht sich um und lässt die Faust sinken. Gemessen an der Art, wie er Owen ansieht, hat er beim Lesen meiner Haut wohl genug erfahren.

Owen lächelt bloß. Dann sagt er etwas. Seine Worte sind nicht mehr als ein Murmeln, aber Wesleys Miene verändert sich. Seine Lippen bewegen sich, woraufhin Owen mit den Schultern zuckt, bevor er plötzlich das Messer zückt. Er schiebt seinen Finger in das Loch im Griff und lässt die Waffe locker kreisen.

Wesley ballt die Hand zur Faust und will Owen eine verpassen, doch dieser weicht geschmeidig aus und holt im Gegenzug lächelnd mit dem Messer aus. Wesley zuckt gerade noch rechtzeitig zurück, aber dann lässt Owen das Messer niedersausen, und diesmal ist Wes nicht schnell genug. Er schnappt nach Luft, stolpert zurück und hält seine Schulter fest. Owens nächstem Angriff kann er wieder ausweichen, jedoch nicht dessen Faustschlag mit der freien Hand, der ihn an der Schläfe trifft. Er sackt auf ein Knie hinunter, und bevor er sich wieder aufrappeln kann, stößt Owen ihn mit voller Wucht nach hinten gegen die Wand. Wesleys Schulter hinterlässt einen leuchtend roten Fleck neben einer der Geistertüren im Flur, und seine linke Gesichtshälfte ist ebenfalls blutverschmiert, weil das Blut ihm aus einem Schnitt an der Stirn übers linke Auge läuft. Er bricht auf dem Boden zusammen, während Owen im Treppenhaus verschwindet.

Dann rappelt Wesley sich mühsam auf und folgt ihm.

Genau wie ich.

Ich springe auf, wodurch die Vergangenheit von der Gegenwart verdrängt wird, als ich den Flur entlang und die Treppe hinaufjage. Ich muss ganz dicht an ihnen dran sein, denn ich kann die Schritte einige Stockwerke über mir hören. Als ich am fünften Stock vorbeirase – noch mehr Blut auf den Stufen –, höre ich über mir die Tür zum Dach zuschlagen. Der Klang hallt immer noch in meinen Ohren wider, als ich den Ausgang erreiche und in den Garten aus steinernen Dämonen hinausstolpere.

Dort sind sie.

Wesley verpasst Owen einen Schlag gegen den Kiefer. Owens Gesicht schnellt zur Seite, und sein Lächeln wird gefährlicher, bevor Wes zu einem weiteren Fausthieb ansetzt, den Owen jedoch abfängt. Dann zieht er Wes an sich heran und stößt ihm das Messer in den Bauch.

30

Ein Schrei dringt aus meiner Kehle, als Owen das Messer wieder herauszieht und Wesley am Boden zusammenbricht.

»Miss Bishop, ich bin beeindruckt.« Owen dreht sich zu mir um. Die Sonne ist am Untergehen, wodurch sich die Wasserspeier in den Schatten zu vervielfältigen scheinen.

Wesley hustet, versucht, sich zu bewegen, kann aber nicht.

»Wes, halt durch!«, flehe ich. »Bitte. Es tut mir leid. Bitte.« Als ich einen Schritt auf ihn zumache, hebt Owen drohend das Messer.

»Ich habe versucht, keine lebenswichtigen Organe zu treffen«, sagt er. »Aber wie ich schon sagte, ich bin etwas eingerostet.«

Er streckt den Fuß in Richtung Dachkante aus und späht hinunter. Das blutverschmierte Messer hängt locker zwischen seinen Fingern.

»Da geht es ziemlich weit runter, Owen. Außerdem wimmelt es unten nur so vor Crew-Mitgliedern.«

»Die werden mit den Chroniken alle Hände voll zu tun haben«, erwidert er. »Deshalb bin ich ja hier oben.«

Er zieht den Crew-Schlüssel aus der Tasche und schiebt ihn durch die Luft, als wäre da … eine Tür. Mein Blick gleitet ein paarmal daran ab, bis ich den Rahmen erkenne.

Eine *Abkürzung.*

Der Schlüssel verschwindet im Schloss.

»Warst du deshalb das letzte Mal hier oben auf dem Dach? Um zu flüchten?«

»Wenn sie mich lebend gefangen hätten«, erklärt er, die Hand immer noch am Schlüssel, »hätten sie mein Leben ausradiert.«

Ich muss ihn von dieser Tür weglocken, bevor er hindurchgeht.

»Von dir hätte ich nicht erwartet, dass du so feige bist davonzulaufen«, sage ich mit hörbarem Abscheu in der Stimme.

Prompt lässt seine Hand den Schlüssel los. Er hängt da einfach in der Luft, während Owen von der Kante zurücktritt. »Wie bist du rausgekommen?«, will er von mir wissen.

»Das bleibt mein Geheimnis.« Ich mache auf dem Absatz kehrt und gehe ein Stück weg, den Crew-Schlüssel schwer in der Tasche. Mir ist eine Idee gekommen. »Es gibt da etwas, was ich nicht verstehe. Du hast also zur Crew gehört, von mir aus – aber du bist trotzdem eine Chronik.« Ich mache noch einen Schritt. »Du hättest entgleiten sollen.«

Er zieht den Schlüssel aus dem Schloss und steckt ihn ein, bevor er über Wesleys Körper hinweg auf mich zutritt.

»Es gibt einen Grund, weshalb Chroniken entgleiten«, erwidert er. »Und der ist nicht Wut, oder Angst. Es ist die Verwirrung. Alles ist fremd. Alles ist erschreckend. Deshalb ist Regina entglitten. Und Ben.«

»Lass meinen Bruder aus dem Spiel!« Ich mache einen weiteren Schritt zurück, wobei ich beinahe über den Sockel einer Statue stolpere. »Du hast genau gewusst, was passieren würde.«

Owen steigt über einen abgebrochenen Steinarm hinweg, ohne dabei nach unten zu sehen. »Verwirrung ist der Auslöser. Deshalb werden alle Mitglieder des Archivs in der Sondersammlung aufbewahrt. Denn *unsere* Chroniken entgleiten nicht. Wir öffnen die Augen und wissen sofort, wo wir sind. Wir sind nicht verängstigt und leicht aufzuhalten.«

Ich schiebe mich durch einen Spalt zwischen zwei Statuen, wodurch Owen einen Augenblick lang aus meinem Sichtfeld verschwindet. Kurz darauf taucht er wieder auf, weil er mir durch das Labyrinth aus Wasserspeiern folgt. Gut. Das bedeutet, er hat sich von seiner Abkürzung entfernt. Von Wes.

»Aber andere Chroniken sind nicht wie wir, Owen. *Sie* entgleiten.«

»Kapierst du's denn nicht? Sie entgleiten, weil sie sich verloren fühlen, verwirrt sind. Regina ist entglitten, Ben genauso. Wenn wir ihnen vom Archiv hätten erzählen dürfen, als sie noch am Leben waren, vielleicht hätten sie es dann auch geschafft.«

»Das weißt du nicht.« Ich verschwinde wieder lange genug, um den Crew-Schlüssel aus der Tasche zu ziehen und in meinem Ärmel zu verstecken.

»Das Archiv schuldete uns eine Chance. Sie nehmen sich alles. Wir haben verdient, irgendetwas zurückzubekommen. Aber, nein, das wäre ja gegen die Regeln. Weißt du, weshalb das Archiv so viele Regeln hat? Weil sie Angst vor uns haben. Schreckliche Angst. Sie machen uns stark, stark genug, um zu lügen und zu betrügen, zu kämpfen, zu jagen und zu töten, stark genug, um aufzubegehren und auszubrechen. Sie haben nichts außer ihren Geheimnissen und ihren Regeln.«

Ich zögere. Er hat recht. Ich habe sie gesehen, die Angst des Archivs, in den Vorschriften und Drohungen. Aber das bedeutet nicht, dass *sein* Verhalten richtig ist.

»Ohne die Regeln«, zwinge ich mich zu sagen, »gäbe es nur Chaos.« Bei meinem nächsten Schritt nach hinten fühle ich, wie meine Schulter an einen Wasserspeier stößt. Also weiche ich seitlich aus, ohne den Blick von Owen abzuwenden. »Das ist es, was du willst, oder? Chaos.«

»Ich will Freiheit.« Er folgt mir unaufhaltsam. »Das Archiv ist ein Gefängnis, und nicht nur für die Toten. Deshalb werde ich es zum Einsturz bringen, Regal für Regal, Zweigstelle für Zweigstelle.«

»Du weißt, dass ich das nicht zulassen werde.«

Mit dem Messer locker in der Hand kommt er auf mich zu. Er lächelt. »Du wolltest, dass das alles passiert.«

»Nein, wollte ich nicht.«

Er zuckt mit den Schultern. »Egal. Das Archiv wird es jedenfalls so sehen. Sie werden dich ausradieren und wegwerfen. Du bedeutest ihnen nichts. Hör auf wegzulaufen. Es gibt jetzt kein Entkommen mehr.«

Ich weiß, dass er recht hat. Darauf verlasse ich mich. Inzwischen stehe ich in einem Kreis aus geflügelten Statuen, deren Fratzen halb verfallen sind und die dicht beieinander kauern. Owen sieht mich an, als wäre ich eine Maus, die er in die Falle getrieben hat. Seine Augen leuchten selbst in der Dämmerung.

»Ich werde für meine Fehler geradestehen, Owen, aber nicht für deine. Du bist ein Monster.«

»Ach, und du nicht? Das Archiv macht uns zu Monstern. Und dann zerstört es diejenigen, die zu stark werden, und vergräbt die, die zu viel wissen.«

Als seine Hand blitzschnell auf mich zukommt, werfe ich mich zur Seite. Dabei tue ich so, als hätte ich es zu spät bemerkt, als wäre ich zu langsam. Er packt mich am Ellbogen und drängt mich zurück gegen einen Dämon, wo er mich mit seinen Armen einkesselt. Dann lächelt er, zieht mich lange genug an sich, um die Spitze seines blutbefleckten Messers zwischen meine Schulterblätter zu legen.

»Ich wäre an deiner Stelle nicht so schnell im Urteilen. Du und ich, wir sind gar nicht so verschieden.«

»Du hast es so hingedreht, dass ich das denke. Du hast dir mein Vertrauen erschlichen, mich glauben lassen, wir wären uns ähnlich, aber ich bin nicht im Geringsten wie du, Owen!«

Er drückt seine Stirn an meine. Die Stille schneidet durch mich hindurch, und ich hasse es.

»Nur weil du mich nicht lesen kannst«, flüstert er, »heißt das noch lange nicht, dass ich dich nicht lesen kann. Ich habe in dich hineingeschaut. Ich habe deine Dunkelheit und deine Träume und deine Ängste gesehen, und der einzige Unterschied zwischen uns ist, dass ich das wahre Ausmaß des Archivs und seiner Verbrechen kenne, während du es gerade erst lernst.«

»Falls du damit meinst, dass ich nicht einfach kündigen kann, das weiß ich schon.«

»Du weißt *überhaupt nichts*«, zischt Owen und zieht mich fest an sich. Um nicht das Gleichgewicht zu verlieren, halte ich mich mit der freien Hand an ihm fest und hebe hinter ihm die mit dem Schlüssel in die Höhe.

»Ich könnte es dir zeigen«, murmelt er, nun wieder sanfter. »Es muss nicht auf diese Weise enden.«

»Du hast mich benutzt.«

»Das haben die auch«, erwidert er. »Aber ich gebe dir etwas, das die nicht haben und auch nie haben werden. Eine Wahl.«

Ich stecke den Schlüssel hinter seinem Rücken in die Luft und beginne, ihn zu drehen. Granpa sagte, es muss eine ganze Umdrehung sein, aber auf halber Strecke bietet die Luft plötzlich Widerstand und wird um das Metall herum fest, als würde sich ein Schloss bilden. Ein seltsames Gefühl kriecht vom Schlüssel in meine Finger hinein, während aus dem Nichts eine Tür entsteht, kaum sichtbar, aber doch da, ein Schatten, der hinter Owen in der Luft schwebt. Ich sehe ihm fest in die Augen. Sie sind so kalt und leer und grausam. Kein Schmetterlinge-im-Bauch, kein Schulter-an-Schulter, Knie-an-Knie, kein zärtliches Lächeln. Es macht die Sache einfacher.

»Ich werde dir niemals helfen, Owen.«

»Na, dann helfe ich dir«, sagt er, »indem ich dich umbringe, bevor sie es tun.«

Ich halte den Schlüssel weiterhin fest, lasse aber mit dem anderen Arm Owen los. »Verstehst du denn nicht, Owen?«

»Was verstehen?«

»Der Tag ist vorbei.« Mit diesen Worten drehe ich den Schlüssel vollends herum.

Überrascht reißt er die Augen auf, als er das Klicken hinter sich hört, aber es ist zu spät. Sobald der Schlüssel die volle Umdrehung erreicht hat, öffnet sich die Tür mit explosiver Kraft nach hinten, aber weder zu den dunklen Fluren der Narrows, noch zur weißen Weite des Archivs, sondern zu einer riesigen Schwärze, einer Leere, wie ein Weltraum ohne Sterne. Ein Nichts. Ein Nirgends. Genau wie Granpa mich gewarnt hatte. Was mein Großvater nicht beschrieben hatte, war die vernichtende Kraft, der Sog, wie Luft, die aus einer offenen Flugzeugklappe gesaugt wird. Sie reißt Owen und das Messer nach hinten, wo beide von der Leere verschluckt werden, die auch an mir zerrt, doch ich halte mich mit aller mir noch verbliebenen Kraft an den Armstummeln eines Wasserspeiers fest. Der gewaltige Windsog im Türrahmen ändert seine Richtung, sobald er die Chronik verschlungen hat und schlägt mir die Tür vor der Nase zu.

Zurück bleibt nichts. Keine Tür, nichts außer dem Schlüssel, den Roland mir geliehen hat, der im unsichtbaren Schloss in der Luft steckt. Die daran hängende Schnur baumelt immer noch hin und her.

Meine Beine geben unter mir nach.

Von irgendwo höre ich ein stockendes Husten.

Wesley.

Ich ziehe den Schlüssel heraus und renne los, im Slalomlauf zwischen den Wasserspeiern hindurch zum Rand des Daches, wo Wesley zusammengekrümmt in einer Blutlache liegt, die immer größer wird. Ich lasse mich neben ihm auf den Boden fallen.

»Wes. Wes, bitte, komm schon.«

Er hat die Zähne fest zusammengebissen und die Hand gegen seinen Bauch gedrückt. Als ich seinen Arm nehme und versuche, ihn mir um die Schultern zu legen, keucht er mühsam, und da ich meinen Ring noch nicht wieder angesteckt habe, spüre ich *Schmerz Angst Sorge Wut den Gang auf und ab laufen wo ist sie wo ist sie ich hätte nicht gehen sollen und etwas Enges wie Panik*, bevor ich mich darauf konzentrieren kann, ihn aufzurichten.

»Es tut mir leid«, flüstere ich, während ich ihn auf die Füße zerre, wobei seine Angst und sein Schmerz mich umspülen, seine Gedanken sich mit meinen vermischen. »Du musst aufstehen. Es tut mir leid.«

Tränen rinnen ihm über die Wangen, schwarz vom Kajal. Sein Atem kommt stoßweise, als ich ihn viel zu langsam zur Tür zum Treppenhaus führe. Er zieht eine rote Spur hinter sich her.

»Mac«, stößt er zwischen zusammengebissenen Zähnen hervor.

»Schhhh. Keine Sorge. Alles wird gut.« Das ist eine unfassbar schlechte Lüge, denn wie kann es wieder gut werden, wenn er so viel Blut verliert? Wir werden es niemals die Treppe hinunter schaffen. Bis der Notarzt kommt, hält er nicht durch. Er braucht sofort medizinische Betreuung. Er braucht Patrick. Wir erreichen die Dachtür, und ich stecke den Crew-Schlüssel ins Schloss.

»Wenn du mir stirbst, Wes, hau ich dir dermaßen eine rein«, sage ich, während ich ihn an mich ziehe, den Schlüssel nach links drehe und ihn über die Schwelle ins Archiv schleppe.

31

Am Tag bevor du stirbst frage ich dich, ob du dich fürchtest.

»Alles geht zu Ende«, antwortest du.

»Aber hast du Angst?«

Du bist so dünn. Brüchige Knochen, mit Haut wie Papier darüber.

»Weißt du, Kenzie, als ich das erste Mal vom Archiv erfahren habe«, sagst du, während eine Rauchfahne von der Zigarette aus deinem Mundwinkel aufsteigt, »da dachte ich jedes Mal, wenn ich etwas oder jemanden berührt habe: Das wird jetzt aufgezeichnet. Mein Leben wird eine Aufzeichnung aller Momente. Auf die lässt es sich herunterbrechen. Mir gefiel diese Logik, diese Sicherheit. Wir sind nichts weiter als aufgezeichnete Momente. So habe ich gedacht.«

Du drückst die Zigarette auf Moms frisch gestrichener Verandabrüstung aus.

»Dann bin ich meinen ersten Chroniken begegnet, von Angesicht zu Angesicht, und sie waren keine Bücher und auch keine Listen oder Akten. Ich wollte es nicht akzeptieren, aber Fakt ist, sie waren Menschen. Kopien von Menschen. Denn der einzige Weg, eine Person wirklich festzuhalten, ist nicht in Worten, nicht in einzelnen Bildern, sondern in Knochen und Haut und Erinnerung.«

Du benutzt den Zigarettenstummel, um diese drei Striche in die Asche zu malen.

»Ich weiß nicht, ob mich das fürchten oder trösten soll, dass alles auf diese Weise gesichert ist. Dass sich irgendwo meine Chronik selbst erstellt.«

Du schnippst den Stummel in Dads Sträucher, aber die Asche wischst du nicht weg.

»Wie ich schon sagte, Kenzie. Alles hat ein Ende. Ich habe keine Angst zu sterben«, verkündest du mit einem müden Lächeln. »Ich hoffe nur, ich bin clever genug, tot zu bleiben.«

Das Erste, was mir auffällt, ist der Lärm.

An einem Ort, wo Ruhe das oberste Gebot ist, herrscht ohrenbetäubendes Geklapper – ein Klopfen und Kratzen und Schlagen und Knallen, das laut genug ist, um die Toten aufzuwecken. Und ganz offensichtlich tut es das auch. Die Doppeltür hinter dem Empfangstisch steht weit offen und bietet Blick auf das Chaos dahinter: die friedliche Atmosphäre des riesigen Raumes, zerstört durch umgeworfene Regale, Leute, die hin und her eilen, sich in Gruppen zusammenfinden und in den Gängen verschwinden, Befehle bellen. Und alle von ihnen sind zu weit weg. Granpa ist dort drin. Ben ist dort drin. Wes stirbt in meinen Armen, und niemand sitzt vorne am Tisch. Wie kann es sein, dass der Empfang unbesetzt ist?

»Hilfe!«, rufe ich, aber das Wort wird vom Geräusch des um mich herum einstürzenden Archivs verschluckt. »Hallo!« Wesleys Knie geben neben mir nach, und ich rutsche unter seinem Gewicht zu Boden. »Komm schon, Wes, *bitte*.« Ich schüttele ihn, aber er reagiert nicht.

»Hilfe!«, schreie ich wieder, während ich nach seinem Puls taste, und dieses Mal höre ich Schritte. Als ich aufblicke, sehe ich Carmen durch die Tür kommen. Sie schließt sie hinter sich.

»Miss Bishop?«

»Carmen, ich bin so froh, Sie zu sehen!«

Mit gerunzelter Stirn blickt sie auf Wesleys Körper hinunter. »Was machen Sie hier?«

»Bitte, Sie müssen mir ...«

»Wo ist Owen?«

Der Schock trifft mich mit voller Wucht, und die Welt gerät ins Wanken.

Es war Carmen, die ganze Zeit.

Das Archivmesser in Jacksons Händen.

Hoopers Name, der erst so spät auf meiner Liste aufgetaucht ist.

Jacksons zweite Flucht.

Der Störfall, der sich durch die Säle ausbreitet.

Sie hat Marcus Elling und Eileen Herring und Lionel Pratt manipuliert.

Sie hat Wesleys Revier nach der Anhörung zum Überlaufen gebracht.

Sie hat Owen zurückgeschrieben, sobald er draußen war.

Das war alles Carmen.

Unter meinen Händen schnappt Wesley nach Luft und hustet Blut.

»Carmen«, sage ich so ruhig ich nur kann. »Ich weiß nicht, wieso du von Owen weißt, aber jetzt müssen wir erst mal Hilfe für Wesley organisieren. Ich kann nicht zulassen, dass er ...«

Carmen bewegt sich nicht. »Sag mir, was du mit Owen gemacht hast!«

»Aber er wird sterben!«

»Dann sag es mir lieber schnell.«

»Owen ist nirgends«, fahre ich sie an.

»Was?«

»Man wird ihn nie finden«, erwidere ich. »Er ist weg.«

»Niemand ist für immer *weg*«, gibt sie zurück. »Sieh dir nur Regina an.«

»Du hast sie aufgeweckt.«

Carmen zieht die Stirn kraus. »Du solltest wirklich mehr Mitgefühl haben. Schließlich hast du Ben aufgeweckt.«

»Weil ihr beide mich beeinflusst habt. Du hast das Archiv hintergangen. Du hast Owens Morde vertuscht. Du hast *Chroniken* manipuliert. Warum? Warum hast du das für ihn getan?«

Carmen hält mir ihren Handrücken hin, um mir die drei Striche des Archivs zu zeigen, die in ihre Haut eingegraben sind. Crew-Zeichen. »Wir waren mal zusammen. Bevor ich befördert wurde. Du gehörst nicht zur Crew. Du hattest nie einen Partner. Sonst würdest du verstehen. Ich würde alles für ihn tun. Und das habe ich auch.«

»Wes ist für mich auch so etwas wie ein Partner.« Ich taste sein Jackett ab, bis ich den zusammengefalteten *Bō*-Stock gefunden habe. »Und du bringst ihn gerade um!«

Ich rappele mich auf, wobei mir alles vor den Augen verschwimmt. Mit einer schnellen Bewegung aus dem Handgelenk lasse ich den Stock ausfahren. Wenigstens habe ich jetzt etwas, woran ich mich festhalten kann.

»Du kannst mir nicht wehtun«, erklärt Carmen mit einem vernichtenden Blick. »Glaubst du, ich bin freiwillig hier?

Glaubst du, irgendjemand würde sein *Leben* in der Außenwelt gegen diesen Ort eintauschen? Niemand. Niemals.«

Da erst fallen mir die Kratzer an ihren Armen auf, der Schnitt an ihrer Wange. Alle Wunden sind kaum mehr als dünne blutleere Linien.

»Du bist tot.«

»Chroniken sind *Aufzeichnungen* der Toten«, korrigiert sie mich. »Aber, ja, wir sind hier alle Chroniken.« Indem sie auf mich zukommt, schneidet sie mir den Weg zu den Türen und dem Rest des Archivs ab. »Erschreckend, oder? Denk nur mal: Patrick, Lisa – sogar dein Roland. Und niemand hat dir etwas gesagt.«

Ich ignoriere das flaue Gefühl im Magen. »Wann bist du gestorben?«

»Kurz nach Regina. Owen war am Boden zerstört ohne seine Schwester, so wütend aufs Archiv. Ich wollte ihn einfach nur wieder lächeln sehen. Ich dachte, Regina würde dabei helfen. Am Schluss hat er alles dermaßen vermasselt, dass ich ihn nicht mehr retten konnte.« Dann werden ihre grünen Augen ganz groß. »Aber ich wusste, ich würde ihn wieder zurückbringen können.«

»Warum hast du dann so lange gewartet?«

Sie kommt näher. »Glaubst du, das habe ich gewollt? Glaubst du, ich habe ihn nicht jeden einzelnen Tag vermisst? Ich musste mich immer wieder versetzen lassen, musste warten, bis sie vergessen haben, mich nicht mehr beobachten, und dann …« – ihre Augen werden zu schmalen Schlitzen – »… musste ich warten, bis ein Wächter das Coronado übernimmt. Jemand Junges, Beeinflussbares. Jemand, den Owen benutzen konnte.«

Benutzen. Das Wort kriecht über meine Haut.

Das Getöse des Archivs hinter ihr schwillt an, und sie wirft einen Blick über die Schulter. »Erstaunlich, wie leicht es ist, ein bisschen Krach zu machen.«

In dem Moment, als sie kurz wegschaut, stürze ich in Richtung Tür. Ich drücke so fest dagegen, wie ich nur kann, bevor sie mich am Arm packt und mich rückwärts auf den Steinboden stößt. Die Türen öffnen sich, wodurch der Lärm zu uns hereinschwappt, aber bevor ich wieder aufstehen kann, kniet Carmen schon über mir und drückt mir den Stock gegen den Hals.

»Wo. Ist. Owen?«, will sie wissen.

Ein paar Meter weiter liegt Wesley und stöhnt. Ich kann ihn nicht erreichen.

»Bitte«, keuche ich.

»Keine Sorge«, meint Carmen. »Es wird bald vorbei sein, und dann kommt er zurück. Das Archiv lässt niemanden gehen. Du dienst, bis du stirbst, und wenn du gestorben bist, wecken sie dich in deinem Regal und stellen dich vor die Wahl, machen dir ein einmaliges Angebot. Entweder du stehst auf und arbeitest, oder sie schließen deine Schublade für immer. Keine echten Alternativen, was?« Sie drückt auf den Stab. »Verstehst du nicht, weshalb Owen diesen Ort so gehasst hat?«

Über ihrer Schulter sehe ich durch die Tür hindurch Leute. Durch pures Glück gelingt es mir, die Finger zwischen den Stock und meinen Hals zu schieben und nach Hilfe zu rufen, bevor Carmen mir wieder die Luft abschneidet.

»Sag mir, was du mit Owen gemacht hast!«, befiehlt sie.

Leute kommen durch die Türen, am Tisch vorbei, aber Carmen bemerkt nichts, denn all ihre Angst und Wut und Aufmerksamkeit ist auf mich gerichtet.

»Ich habe ihn nach Hause geschickt«, antworte ich mühsam. Dann schaffe ich es, den Fuß anzuziehen und ihr einen Tritt zu verpassen, durch den Carmen rückwärts in Patrick und Roland hineinstolpert.

»Was zum Teufel?«, knurrt Patrick, während sie ihr die Arme auf dem Rücken festhalten.

»Er wird zurückkommen«, kreischt sie, als die Männer sie auf die Knie zwingen. »Er würde mich nie hier zurücklassen ...« Ihre Augen werden groß, bevor alles Leben aus ihr weicht. Als die beiden Bibliothekare sie loslassen, sackt sie mit dem scheußlichen Geräusch eines toten Körpers auf den Fliesen zusammen. Patrick hält seinen golden glänzenden Schlüssel noch in der Hand.

Ich huste und schnappe mühsam nach Luft, während sich der Raum mit Lärm füllt – nicht nur mit dem Chaos aus dem Archiv, das durch die Türen hereindringt, sondern mit rufenden Leuten.

»Patrick! Schnell!«

Als ich mich umdrehe, sehe ich Lisa und zwei weitere Bibliothekare neben Wesley knien. Er bewegt sich nicht mehr. Ich schaffe es nicht, ihn anzuschauen, also richte ich den Blick aufs Atrium, wo Leute hektisch herumrennen, Türen verbarrikadieren und jede Menge Krach machen.

»Hat er noch einen Puls?«, höre ich Patrick fragen.

Meine Hände zittern unablässig.

»Er wird schwächer. Du musst dich beeilen.«

Ich habe das Gefühl, als sollte ich jetzt zusammenbrechen, aber in mir ist nichts mehr, was brechen könnte.

»Er hat so viel Blut verloren.«

»Richtet ihn auf, schnell.«

Eine Bibliothekarin, die ich noch nie zuvor gesehen habe, nimmt mich am Ellbogen und führt mich zu einem Stuhl am Empfangstisch. Kraftlos lasse ich mich daraufsinken. Sie hat einen tiefen Kratzer am Hals. Ohne Blut. Ich schließe die Augen. Ich weiß, dass ich verletzt bin, aber ich spüre es nicht mehr.

»Miss Bishop.« Als ich blinzelnd die Augen öffne, sehe ich Roland neben meinem Stuhl knien.

»Wer sind diese ganzen Leute?« Ich versuche, mich auf das Chaos hinter den Türen des Vestibüls zu konzentrieren.

»Sie arbeiten fürs Archiv. Manche sind Bibliothekare. Andere in höheren Positionen. Sie versuchen, den Störfall unter Kontrolle zu bekommen.«

Ein weiterer ohrenbetäubender Knall ist zu hören.

»Mackenzie ...« Roland umklammert die Lehne meines Stuhls. Er hat Blut an den Händen. Wesleys Blut. »Du musst mir erzählen, was passiert ist.«

Und das tue ich. Ich erzähle ihm alles. Und als ich fertig bin, sagt er: »Du solltest jetzt nach Hause gehen.«

Mein Blick wandert zu dem glänzenden roten Fleck auf dem Boden. Vor meinem inneren Auge sehe ich, wie Wesley auf dem Dach zusammenbricht, ich sehe, wie er aufgebracht davonstürmt, sehe ihn vor Angellis Wohnung auf dem Boden hocken, sehe, wie er mir beibringt, wie man sich tragen lässt, wie er mit mir jagt, wie er mir vorliest, wie er auf einem verschnörkelten Eisenstuhl im Garten sitzt, wie er mir den

Garten zeigt, wie er mitten in der Nacht mit seinem schiefen Lächeln im Flur steht.

»Ich darf Wes nicht verlieren«, flüstere ich.

»Patrick wird alles tun, was in seiner Macht steht.«

Wesleys Körper ist verschwunden. Der von Carmen auch. Patrick ist weg. Ich betrachte meine Hände. Getrocknetes Blut blättert von meinen Handflächen ab. Ich blinzele, versuche, mich auf Roland zu konzentrieren. Seine roten Chucks und seine grauen Augen und dieser Akzent, den ich nie richtig einordnen konnte.

»Stimmt das?«, will ich wissen.

»Stimmt was?«

»Dass alle Bibliothekare … dass ihr tot seid?«

Roland schluckt schwer.

»Wie lange bist du schon …« Ich verstumme. Ist *tot* überhaupt das passende Wort? Wir sind dazu ausgebildet, Chroniken als etwas anderes zu betrachten, als etwas Geringeres als Menschen, aber wie könnte Roland je weniger sein?

Er lächelt traurig. »Ich wollte eigentlich gerade in den Ruhestand gehen.«

»Du meinst, wieder ganz tot sein.« Er nickt, und mir läuft ein Schauer über den Rücken. »Es gibt also ein leeres Regalfach mit deinem Namen und deinen Daten?«

»So ist es. Und die Vorstellung wurde eigentlich immer verlockender. Aber dann wurde ich zu diesem Treffen hinzugerufen. Eine Einführungsprüfung. Irgendein verrückter alter Mann und seine Enkeltochter.« Er erhebt sich und hilft mir ebenfalls beim Aufstehen. »Ich habe es nicht bereut. Und jetzt, geh nach Hause.«

Roland bringt mich zur Archivtür. Ein Mann, den ich nicht kenne, tritt an ihn heran und flüstert ihm leise und eindringlich etwas zu.

Er erklärt ihm, dass das Archiv nach wie vor undicht ist, aber dass weiteres Personal aus anderen Zweigstellen herbeordert wurde. Einige Bereiche werden immer noch versiegelt, um den Fluss einzudämmen. Fast die Hälfte des normalen Bestandes musste versiegelt werden. Die roten Regale und die Sondersammlung wurden bisher verschont.

Roland fragt nach und bestätigt, dass Ben und Granpa in Sicherheit sind.

Dann taucht die Crew auf, denen das selbstbewusste Lächeln inzwischen vergangen ist, sie schauen jetzt grimmig und müde drein. Sie berichten, dass das Coronado gesäubert wurde. Keine Opfer. Zwei Chroniken ist die Flucht nach draußen gelungen, aber beide werden verfolgt.

Ich frage nach Wesley.

Es heißt, dass man mich rufen wird, sobald sie etwas wissen.

Es heißt, ich soll nach Hause gehen.

Ich frage wieder nach Wesley.

Sie sagen mir wieder, ich soll nach Hause gehen.

32

An dem Tag, an dem du stirbst, erklärst du mir, dass ich eine besondere Gabe besitze.

Am Tag, an dem du stirbst, sagst du mir, dass ich ein Naturtalent bin.

Am Tag, an dem du stirbst, sagst du mir, dass ich stark genug bin.

Am Tag, an dem du stirbst, sagst du mir, dass alles gut wird.

Nichts von alledem stimmt.

In den Jahren, Monaten und Tagen zuvor hast du mir alles beigebracht, was ich weiß. Aber an dem Tag, an dem du stirbst, sagst du nichts.

Du schnipst deine Zigarette weg, legst deine hohle Wange an mein Haar und rührst dich nicht mehr, bis ich schon denke, du bist eingeschlafen. Dann richtest du dich auf, blickst mir tief in die Augen, und in diesem Moment weiß ich, dass du nicht mehr da sein wirst, wenn ich morgen früh aufwache.

Am nächsten Morgen liegt eine Nachricht auf meinem Tisch, mit deinem Schlüssel als Briefbeschwerer. Aber das Papier ist leer, abgesehen vom Symbol des Archivs. Mom sitzt in der Küche und weint. Dad ist ausnahmsweise nicht bei der Arbeit, sondern sitzt neben ihr. Als ich das Ohr an meine Zimmertür drücke und versuche, etwas anderes als meinen eigenen Herzschlag zu hören, wünsche ich mir, du hättest irgendetwas gesagt. Es wäre schön gewesen, Worte zu haben, an denen ich mich festhalten kann, wie all die anderen Male.

Jahrelang liege ich wach und gehe in Gedanken diesen Abschied durch, schreibe die Nachricht neu, und statt der schweren Stille deiner letzten Stunden sagst du mir genau das, was ich hören muss, was ich wissen muss, um all das zu überleben.

Nacht für Nacht habe ich denselben schlimmen Traum.

Ich befinde mich auf dem Dach, eingekesselt von einem Kreis aus Wasserspeiern, deren Klauen, Arme und zerbrochene Flügel einen Käfig aus Stein um mich herum bilden. Dann fängt die Luft vor mir an zu zittern, sich zu kräuseln, bis die Tür ins Nichts Form annimmt und sich über den Himmel ausdehnt wie eine Blutlache, bis sie sich dunkel und greifbar abzeichnet. Sie hat einen Knauf, der sich dreht, und die Tür öffnet sich, und Owen Chris Clarke mit seinem gehetzten Blick und seinem bedrohlichen Messer steht auf der Schwelle. Er tritt heraus auf das betonierte Dach, woraufhin die steinernen Dämonen mich noch fester packen, während er auf mich zukommt.

»Ich werde dich befreien«, sagt er, kurz bevor er mir das Messer in die Brust stößt und ich aufwache.

Jede Nacht habe ich diesen Traum, und jede Nacht lande ich schließlich oben auf dem Dach, um die Luft im Kreis der Wasserspeier nach Anzeichen einer Tür abzusuchen. Doch von der Leere, die ich erschaffen habe, ist so gut wie nichts mehr zu sehen – nichts als ein ganz leichtes Kräuseln, ein Riss in der Welt –, und wenn ich die Augen schließe und sie berühren will, greifen meine Hände glatt hindurch.

Jede Nacht habe ich diesen Traum, und jeden Tag studiere ich meine Liste in der Hoffnung, ins Archiv gerufen zu werden. Aber beide Seiten des Papiers sind leer, wie immer seit dem Vorfall, und am dritten Tag habe ich solche Angst, dass die Liste nicht mehr funktioniert, dass ich einen Stift hole und selbst eine Botschaft schreibe, wobei mir völlig egal ist, wer sie liest.

Bitte um Nachricht.

Dann sehe ich zu, wie die Buchstaben vom Papier verschluckt werden.

Niemand antwortet.

Ich schreibe noch mal. Und noch mal. Und noch mal. Die Antwort ist immer nur Schweigen und ein leeres Blatt. Panik nagt an meinem geschundenen Körper. Im gleichen Maß, wie meine blauen Flecken blasser werden, steigt meine Angst. Ich hätte doch längst etwas hören sollen.

Am dritten Morgen erkundigt sich Dad nach Wes, und es schnürt mir dermaßen die Kehle zu, dass ich meine fadenscheinige Lüge kaum herausbekomme. Und als am Ende des dritten Tages endlich eine Vorladung auf meinem Zettel auftaucht …

Bitte melden Sie sich im Archiv. – A.

… lasse ich alles stehen und liegen.

Ich ziehe den Ring vom Finger und den Crew-Schlüssel aus der Tasche – schließlich hat Owen meinen Wächter-Schlüssel mit sich ins Nichts genommen – und stecke ihn ins Schloss meiner Zimmertür. Einmal tief Luftholen, eine Umdrehung nach links, und ich betrete das Archiv.

Die Zweigstelle ist immer noch nicht ganz wiederhergestellt. Die meisten der Türen sind nach wie vor geschlossen, aber das Chaos hat sich gelichtet, und der Lärm ist einem dumpfen, gleichmäßigen Brummen gewichen, wie das eines Kühlschranks. Kaum bin ich über die Schwelle getreten, öffne ich auch schon den Mund, um nach Wesley zu fragen. Doch dann blicke ich auf, und die Frage bleibt mir im Hals stecken.

Hinterm Tisch stehen Roland und Patrick, davor eine Dame in einem elfenbeinfarbenen Mantel. Sie ist groß und schlank, hat rote Haare, einen ebenmäßigen Teint und ein freundliches Gesicht. An einem kurzen Band um ihren Hals hängt ein scharf geschliffener goldener Schlüssel, und sie trägt eng anliegende schwarze Handschuhe. Die Ruhe, die sie ausstrahlt, steht in krassem Gegensatz zum Geräuschpegel des beschädigten Archivs.

Die Frau tritt graziös einen Schritt nach vorn.

»Miss Bishop«, sagt sie mit einem herzlichen Lächeln, »ich heiße Agatha.«

Agatha, die Gutachterin.

Agatha, die darüber entscheidet, ob ein Wächter in der Lage ist, seinen Job zu machen, oder ob er oder sie entlassen werden sollte. Ausgelöscht. Ihre Miene ist vollkommen undurchdringlich, aber Patricks strenger Gesichtsausdruck ist ebenso eindeutig wie die Angst in Rolands Augen. Auf einmal habe ich das Gefühl, als wäre das Zimmer von Glasscherben erfüllt, durch die ich hindurchgehen soll.

»Vielen Dank, dass Sie gekommen sind«, sagt Agatha. »Ich weiß, Sie haben in letzter Zeit eine Menge durchgemacht, aber wir müssen uns unterhalten …«

»Agatha«, wird sie von Roland unterbrochen. Sein Ton ist flehend. »Ich glaube wirklich, wir sollten das aufschieben …«

»Ihre väterliche Sorge ist bemerkenswert.« Agatha schenkt ihm ein kleines, schmeichelndes Lächeln. »Aber wenn Mackenzie nichts dagegen einzuwenden hat …«

»Absolut nicht«, erkläre ich so gelassen wie nur möglich.

»Wunderbar.« Agatha wendet sich an Roland und Patrick. »Sie können dann jetzt gehen. Ich bin sicher, Sie haben momentan alle Hände voll zu tun.«

Patrick verschwindet, ohne mich anzusehen. Roland zögert, und ich flehe ihn mit Blicken an, mir etwas über Wes' Zustand zu sagen, aber er zieht sich wortlos ins Archiv zurück und schließt die Tür.

»Sie haben ja einige ziemlich aufregende Tage hinter sich«, meint Agatha. »Setzen Sie sich doch.«

Ich gehorche. Sie nimmt hinter dem Tisch Platz.

»Eines noch, bevor wir anfangen. Wenn ich mich nicht irre, besitzen Sie einen Schlüssel, den Sie eigentlich nicht haben sollten. Bitte geben Sie ihn jetzt zurück.«

Ich erstarre. Es gibt nur einen einzigen Weg aus dem Archiv hinaus – die Tür hinter meinem Rücken –, und dafür braucht man einen Schlüssel. Trotzdem zwinge ich mich, Granpas alten Crew-Schlüssel aus der Tasche zu holen und zwischen uns auf den Tisch zu legen. Es kostet mich all meine Kraft, dann die Hand zurückzuziehen und ihn dort liegen zu lassen.

Agatha faltet die Hände und nickt beifällig.

»Sie wissen nichts über mich, Miss Bishop«, sagt sie, was nicht ganz stimmt. »Aber ich weiß viel über Sie. Das ist mein Job. Ich weiß über Sie und Owen Bescheid und über Carmen. Ich weiß auch, dass Sie viel über das Archiv herausgefunden haben. Es wäre uns lieber gewesen, Sie hätten das meiste davon zu gegebener Zeit erfahren. Bestimmt haben Sie Fragen.«

Natürlich habe ich Fragen. Ich habe nichts als Fragen. Und obwohl es sich anfühlt, als würde ich in eine Falle tappen, muss ich es trotzdem wissen.

»Ein Freund von mir wurde von einer der Chroniken verletzt, die mit den jüngsten Vorfällen zu tun hatte. Wissen Sie, was mit ihm passiert ist?«

Agatha lächelt nachsichtig. »Wesley Ayers lebt.«

Das sind die besten drei Worte, die ich je gehört habe.

»Es war knapp«, fügt sie hinzu. »Er ist immer noch dabei, sich zu erholen. Ihre Loyalität ist rührend.«

Ich versuche, meine überspannten Nerven zu beruhigen. »Man sagt, das sei in der Crew eine geschätzte Eigenschaft.«

»Loyal und ehrgeizig«, stellt sie fest. »Möchten Sie sonst noch irgendetwas wissen?«

Der Goldschlüssel glitzert an seinem schwarzen Band. Ich zögere.

»Zum Beispiel«, fährt sie in heiterem Ton fort, »stelle ich mir vor, dass Sie sich vielleicht fragen, weshalb wir die Herkunft der Bibliothekare geheim halten. Weshalb wir um so viele Dinge ein Geheimnis machen.«

Agatha wirkt gefährlich offen. Sie gehört zu den Menschen, von denen man gemocht werden will. Ich traue der ganzen Sache überhaupt nicht, aber ich nicke brav.

»Das Archiv braucht Personal«, erklärt sie. »In den Narrows müssen immer Wächter patrouillieren. Und die Crew in der Außenwelt. Es muss immer Bibliothekare im Archiv geben. Man hat die Wahl, Mackenzie, das wissen Sie. Es geht einfach nur darum, wann man vor die Wahl gestellt wird.«

»Sie warten, bis die Leute tot sind.« Ich muss mich anstrengen, damit man mir die Verachtung nicht anhört. »Sie wecken sie auf, wenn sie nicht mehr Nein sagen können.«

»Sie *wollen* es nicht, Mackenzie, das ist etwas ganz anderes als nicht *können*.« Agatha rutscht auf ihrem Stuhl nach vorne. »Ich will ehrlich zu Ihnen sein. Ich denke, Sie haben Ehrlichkeit verdient. Wächter sind damit beschäftigt, Wächter zu sein, und können sich darauf verlassen, dass sie alles Nötige über die Crew lernen, wenn sie Mitglied der Crew werden. Crew-Mitglieder sind damit beschäftigt, zur Crew zu gehören, und können sich darauf verlassen, dass sie alles Nötige über das Dasein als Bibliothekar erfahren, wenn, beziehungsweise falls, dieser Zeitpunkt kommt. Wir haben herausgefunden, dass die beste Art, den Leuten dabei zu helfen, gewissenhaft ihre Arbeit zu machen, ist, ihnen eine Sache zu geben, auf die sie sich konzentrieren können. Die Frage ist, werden Sie auch weiterhin in der Lage sein, sich aufs Wesentliche zu konzentrieren?«

Obwohl sie mir diese Frage stellt, weiß ich, dass mein Schicksal nicht von meiner Entscheidung abhängt. Sondern von ihr. Ich bin in dieser Geschichte ein loses Ende: Owen ist weg. Carmen ist weg. Aber ich bin noch hier. Und selbst nach allem, was passiert ist, oder vielleicht gerade deswegen, muss ich mich erinnern. Ich will nicht ausradiert werden. Ich will nicht, dass das Archiv aus meinem Leben herausgeschnitten wird. Ich will nicht sterben. Meine Hände fangen an zu zittern, also verberge ich sie unter dem Tisch.

»Mackenzie?«, drängt mich Agatha.

Mir bleibt nur eine Möglichkeit, obwohl ich nicht sicher bin, ob ich es zustande bringe, aber ich habe keine Wahl: Ich lächele. »Meine Mutter sagt immer, es gibt nichts, was sich nicht mit einer heißen Dusche beheben ließe.«

Agatha lacht ein leises, perlendes Lachen. »Ich kann verstehen, weshalb Roland sich für Sie einsetzt.«

Sie steht auf und kommt um den Tisch herum, wobei sie mit einer Hand über die Tischplatte streicht.

»Das Archiv ist eine Maschine«, fährt sie fort. »Eine Maschine, deren Aufgabe es ist, die Vergangenheit zu bewahren. Das Wissen zu bewahren.«

»Wissen ist Macht«, sage ich. »So heißt es doch, oder?«

»Ja. Aber Macht in den falschen Händen, in zu vielen Händen, birgt Gefahren und führt zu Unstimmigkeiten. Sie haben ja selbst gesehen, was bereits zwei Individuen für einen Schaden anrichten können.«

Ich widerstehe dem Impuls, den Blick abzuwenden. »Mein Großvater pflegte immer zu sagen, dass jeder starke Sturm mit einem Windhauch beginnt.«

Sie geht hinter meinem Stuhl vorbei, während ich mich so fest an die Sitzfläche klammere, dass mein verletztes Handgelenk schmerzt.

»Er scheint ein sehr weiser Mann zu sein.« Sie legt eine Hand auf die Lehne meines Stuhls.

»Das war er«, erwidere ich.

Dann schließe ich die Augen, weil ich weiß, es ist vorbei. Ich stelle mir vor, wie der goldene Schlüssel durch den Stuhl fährt und sich das Metall in meinen Rücken bohrt. Ob es wohl wehtun wird, wenn mein Leben ausgehöhlt wird? Ich schlucke schwer und warte. Aber nichts passiert.

»Miss Bishop«, sagt Agatha, »Geheimnisse sind eine unerfreuliche Notwendigkeit, aber sie haben hier ihren Platz und ihren Zweck. Sie schützen uns. Und sie schützen jene, die uns wichtig sind.« Die Drohung ist subtil aber eindeutig.

»Wissen ist Macht«, erklärt sie. Als ich die Augen öffne, steht sie wieder vor mir. »Aber Nichtwissen kann ein Segen sein.«

»Stimmt«, erwidere ich und sehe ihr dabei direkt in die Augen. »Aber wenn man etwas weiß, dann gibt es kein Zurück mehr. Nicht wirklich. Man kann die Erinnerungen eines Menschen auslöschen, aber derjenige ist dann nicht mehr derselbe wie vorher. Wenn ich es mir aussuchen darf, dann möchte ich lieber lernen, mit dem zu leben, was ich weiß.«

Stille senkt sich auf uns herab, bis Agatha schließlich lächelt und meint: »Wollen wir hoffen, dass Sie die richtige Entscheidung treffen.« Sie zieht etwas aus der Tasche ihres elfenbeinfarbenen Mantels, legt es mir in die Hand und schließt meine Faust darum.

»Und ich auch.« Ihre behandschuhten Finger halten meine fest. Als sie loslässt, sehe ich nach, was sie mir gegeben hat. Es ist ein Wächter-Schlüssel, leichter als der, den ich von Granpa bekommen habe, und ganz neu, aber trotzdem mit Griff und Bart und allem. Er gibt mir die Möglichkeit, nach Hause zu gehen.

»Ist das dann alles?«, erkundige ich mich leise.

Agatha lässt die Frage in der Luft hängen. Irgendwann nickt sie und meint: »Fürs Erste.«

34

Im Bishop's drängen sich die Leute.

Mein Treffen mit Agatha ist erst zwei Tage her, und das Café ist auch noch lange nicht fertig – die Hälfte der Ausstattung wurde noch gar nicht geliefert –, aber nach den eher wenig erfolgreichen Willkommensmuffins hat Mom darauf bestanden, eine Vorab-Eröffnungsfeier für die Bewohner des Coronados zu veranstalten, einschließlich Kaffee und Backwaren umsonst.

Sie strahlt und bedient und unterhält sich, und obwohl sie ihre verdächtig fröhliche Miene aufgesetzt hat, wirkt sie irgendwie glücklich. Dad unterhält sich mit drei oder vier Männern über Kaffee. Er führt sie sogar hinter den Tresen, um ihnen die neue Kaffeemühle zu zeigen, die Mom auf sein Drängen hin schließlich angeschafft hat. Drei Kinder, unter ihnen Jill, sitzen auf der Terrasse, lassen in der Sonne die Beine baumeln, nippen an kalten Getränken und teilen sich einen Muffin. Ein kleines Mädchen malt an einem Tisch in der Ecke mit blauen Stiften auf einen Papieruntersetzer. Mom hat nur blaue Stifte bestellt. Bens Lieblingsfarbe. Miss Angelli bewundert die rote Steinrose am Boden. Und, das größte Wunder von allen, an einem der Terrassentische sitzt Nix in seinem Rollstuhl, meine Ausgabe der

Göttlichen Komödie auf dem Schoß. Wann immer Betty gerade wegschaut, schnippst er Asche auf den Boden. Überall drängen sich die Leute.

Ich halte mich nach wie vor an den drei Worten fest – *Wesley Ayers lebt* –, denn ich habe ihn immer noch nicht wiedergesehen. Das Archiv bleibt weiterhin geschlossen und meine Liste weiterhin leer. Alles, was ich habe, sind diese drei Worte und Agathas Warnung, die mir ständig durch den Kopf geht.

»Mackenzie Bishop!«

Lyndsey stürzt sich auf mich und schlingt mir die Arme um den Hals, was mich mit vor Schmerz verzerrtem Gesicht nach hinten stolpern lässt. Unter meinem langärmeligen Top und der Schürze bin ich ein Flickwerk aus Verbänden und Blutergüssen. Das meiste davon konnte ich zum Glück vor meinen Eltern verstecken. Das kaputte Handgelenk schob ich auf einen schlimmen Sturz bei einer meiner Laufrunden. Nicht gerade meine beste Lüge, aber ich bin es so müde. Lyndsey hält mich immer noch fest. Von meinem Ring abgeschirmt klingt sie nach Regen und Harmonie und zu lautem Lachen, aber der Krach ist es wert, und ich ziehe mich weder zurück, noch schiebe ich sie von mir weg.

»Du bist tatsächlich gekommen«, stelle ich lächelnd fest. Es fühlt sich gut an zu lächeln.

»Na, klar doch. Schicke Schürze übrigens.« Sie zeigt auf das riesige *B* auf meiner Brust. »Mom und Dad springen auch irgendwo rum. Alle Achtung, das hat deine Mutter ja echt toll hingekriegt – hier ist der Teufel los!«

»Koffein und Zucker umsonst sind das beste Rezept für neue Freunde.« Ich beobachte, wie meine Mutter zwischen den Tischen hin und her wuselt.

»Du musst mich nachher auf jeden Fall noch richtig herumführen … He, ist das der Typ mit dem Eyeliner?«

Sie zeigt mit dem Kopf auf die Terrassentüren, und alles scheint auf einmal stillzustehen.

Seine Augen sind müde und seine Haut einen Hauch zu blass, aber er ist es, mit seinen stacheligen Haaren, den schwarz umrandeten Augen und den Händen in den Hosentaschen vergraben. Als würde er meinen Blick spüren, dreht er sich um, sieht mich an und strahlt.

»Das ist er«, antworte ich. Ich habe einen komischen Druck auf der Brust.

Statt das volle Café zu durchqueren, weist Wes mit dem Kopf in Richtung Foyer und geht hinaus.

»Na, schnell hinterher.« Lyndsey gibt mir kichernd einen Schubs. »Ich versorg mich hier schon selbst«, meint sie und beugt sich über den Tresen, um sich einen Keks zu schnappen.

Rasch ziehe ich die Schürze aus und drücke sie Lyndsey in die Hand, bevor ich Wesley ins Foyer hinaus folge – wo noch mehr Leute mit Kaffee in der Hand herumstehen –, den Korridor hinunter durch die Bibliothek hinaus in den Garten. Als wir die Welt aus Moos und Kletterpflanzen erreichen, bleibt er stehen und dreht sich um. Ich schlinge ihm die Arme um den Hals und genieße das Schlagzeug, die Bässe und die metallischen Rockklänge, die über mich hinwegspülen und den Schmerz, die Schuldgefühle und die Angst unserer letzten Berührung mit sich fortreißen. Wir zucken beide ein bisschen zusammen, lassen uns aber trotzdem nicht los. Ich lausche seinem Lärm, so seltsam und gleichmäßig wie ein Herzschlag. Ohne es zu merken, muss ich ihn fester an mich gedrückt haben, denn er schnappt nach Luft und meint: »Sachte, sachte.« Dann lehnt er sich mit dem Rücken an die Bank, während er mit einer Hand vorsichtig seinen Bauch hält. »Man könnte wirklich meinen, du suchst nur nach einer Ausrede, mich anzufassen.«

»Erwischt.« Ich schließe die Augen, weil sie auf einmal anfangen zu brennen. »Es tut mir so leid«, murmele ich in sein Hemd.

Er lacht, zischt dann aber vor Schmerz. »He, dafür musst du dich doch nicht entschuldigen. Ich weiß ja, dass du nicht anders kannst.«

Mein Lachen klingt ziemlich gequält. »Ich spreche nicht von der Umarmung.«

»Wovon dann?«

Ich löse mich von ihm, damit ich ihm in die Augen schauen kann. »Von allem, was passiert ist.« Als er mich daraufhin fragend ansieht, wird mir ganz elend.

»Wes«, sage ich langsam, »du erinnerst dich doch noch, oder?«

Er wirkt etwas verwirrt. »Ich weiß noch, dass ich mich mit dir zum Jagen verabredet habe. Punkt neun Uhr.« Vorsichtig lässt er sich auf der Steinbank nieder. »Aber um ehrlich zu sein, an den nächsten Tag erinnere ich mich nicht wirklich. Auch nicht mehr an die Messerattacke. Patrick meint, das wäre normal. Wegen des Traumas.«

Mir tun alle Knochen weh, als ich mich neben ihn sinken lasse. »Mhm …«

»Mac, an was *sollte* ich mich denn erinnern?«

Ich starre die Steine an, die den Boden des Gartens bedecken.

Wissen ist Macht, aber Nichtwissen kann ein Segen sein.

Vielleicht hat Agatha ja recht. Ich muss an jenen Moment im Archiv denken, als Roland mir von den Manipulationen erzählt hat. Als er mich davor warnte, was mit denen passiert, die versagen und entlassen werden. Wie ich ihn dafür gehasst habe, dass er es mir gesagt hatte, und mir wünschte, ich könnte es rückgängig machen. Aber es gibt kein Zurück.

Warum also können wir nicht einfach nach vorn schauen?

Ich will Wes nicht noch mehr wehtun. Ich will ihm keinen Schmerz bereiten, indem er meinen Verrat erneut durchleben muss. Und nach der unerquicklichen Begegnung mit Agatha habe ich auch nicht den Wunsch, die Anweisungen des Archivs zu ignorieren. Aber was am schwersten wiegt, ist dieser eine Gedanke in meinem Kopf, der lauter ist als alle anderen:

Ich will nicht beichten.

Ich will nicht beichten, weil *ich* mich nicht daran erinnern will. Wesley hat diese Wahl nicht, und der einzige Grund, weshalb ihm diese Zeitspanne fehlt, bin ich.

Die Wahrheit ist ziemlich unschön, aber ich erzähle sie ihm trotzdem.

Wir sitzen nebeneinander im Garten, und ich berichte ihm alles. Das Einfache und das Schwierige. Er hört zu, runzelt die Stirn, unterbricht mich aber nicht, außer dann und wann mit einem kleinen »Oh« oder »Wow« oder »Was?«.

Und als er am Ende schließlich den Mund öffnet, um etwas zu sagen, ist es nur: »Warum konntest du nicht mit mir darüber reden?«

Ich will ihm gerade von Rolands Anweisung berichten, aber das ist nur die halbe Wahrheit, also setze ich noch einmal neu an.

»Ich bin davongelaufen.«

»Vor was?«

»Ich weiß nicht. Vor dem Archiv. Vor diesem Leben. Das alles hier. Vor Ben. Vor mir selbst.«

»Was ist denn so schlimm an dir?«, will er wissen. »Ich mag dich eigentlich ziemlich gern.« Einen Moment später fügt er noch hinzu: »Ich kann immer noch nicht glauben, dass ich gegen einen dünnen blonden Typen mit Messer verloren habe.«

Ich muss lachen. Es tut zwar weh, aber das ist es wert. »Es war ein ziemlich großes Messer.«

Schweigen senkt sich über uns herab, das Wes irgendwann bricht.

»He du«, sagt er.

»He.«

»Kommst du klar?«

Ich schließe die Augen »Ich weiß nicht. Mir tut alles weh. Ich weiß nicht, was ich dagegen tun soll. Es tut weh, wenn ich atme. Es tut weh, wenn ich denke. Ich habe das Gefühl zu ertrinken, und es ist meine Schuld, und ich weiß nicht, wie ich damit klarkommen soll. Ich weiß nicht, ob ich es überhaupt *kann*. Ich weiß nicht, ob ich es *darf*.«

Wesley stupst mich sanft mit der Schulter an.

»Mac, wir sind doch ein Team«, meint er. »Wir schaffen das gemeinsam.«

»Welchen Teil davon?«

Er lächelt. »Alles.«

Und ich lächele zurück, weil ich will, dass er recht hat.

DANKSAGUNG

Meinem Vater, der dieses Buch lieber mochte als das erste. Und dafür, dass er allen davon erzählen wollte. Und meiner Mutter, weil sie ihm jedes Mal, wenn er es tat, einen Stoß in die Rippen verpasst hat. Ich danke Mel, die immer das Richtige gesagt hat. Und dem Rest meiner Familie, der gelächelt und genickt hat, sogar wenn sie sich nicht ganz sicher waren, was ich da eigentlich treibe.

Ich möchte mich bei meiner Agentin Holly bedanken, die so viele alberne Tierbilder ertragen musste, mit denen ich meinen Gefühlszustand beschreibe, und dafür, dass sie an mich und an dieses Buch geglaubt hat.

Meiner Lektorin Abby danke ich, dass sie diese Welt Stein für Stein mit mir zusammen erschaffen und mir dann geholfen hat, sie wieder einzureißen und aus stabilerem Material neu aufzubauen. Es war ein Heidenspaß und ein Abenteuer.

Mein Dank gilt außerdem meinem unfassbar begabten Cover-Designer Tyler und allen Leuten bei Disney-Hyperion, die mir das Gefühl gegeben haben, Teil einer großen Familie zu sein.

Ich möchte mich bei meinen Freunden bedanken, die mir mit Bestechungsversuchen, Drohungen und Versprechen Mut gemacht und alles auch gehalten haben. Vor allem Beth Revis danke ich für ihren strengen Blick und die Goldsternchen, wenn ich sie am dringendsten gebraucht habe. Rachel Hawkins hat mich jeden Tag mit einem Lachen oder einem Foto von Jon Snow aufgeheitert. Carrie Ryan danke ich für die Bergwanderungen und langen Gespräche und dafür, dass sie einfach ein unglaublich toller Mensch ist. Stephanie Perkins strahlte immer ganz hell, wenn ich ein Licht brauchte, und Ruta Sepetys danke ich dafür, dass sie an mich geglaubt hat, oft noch mehr, als ich an mich selbst glaube. Myra McEntire dafür, dass sie mich vom Abgrund des Wahnsinns zurückgerissen hat. Tiffany Schmidt fürs Lesen und dafür, dass sie Wesley so toll fand. Laura Whitaker für den Tee und die guten Gespräche. Patricia und Danielle für ihre Freundlichkeit und das Umsorgtwerden. Außerdem danke ich der Black Mountain Crew, die mir dabei geholfen haben, meine Deadline einzuhalten.

Ich möchte meinen Mitbewohnern in Liverpool dafür danken, dass sie immer irgendwie helfen wollten, ob es nun darum ging, Tee zu kochen oder für einen ruhigen Ort zu sorgen, damit ich arbeiten konnte. Und meinen Mitbewohnern in New York, die mich nicht komisch anschauen, wenn ich mit mir selber rede, in der Ecke vor mich hin schaukele, oder wenn ich plötzlich in nervöses Lachen ausbreche.

Ich danke der Online-Community für ihre anhaltende Unterstützung und das positive Feedback.

Ich möchte mich bei meinen Lesern bedanken, die jeden schlechten Tag in einen guten Tag, und jeden guten in einen noch besseren verwandeln.

Und bei Neil Gaiman, für die Umarmung.